1Q84

Livro 2

HARUKI MURAKAMI

1Q84

Livro 2

Tradução
Maria João Lourenço
Maria João da Rocha Afonso

casadasletras

ISBN 978-972-46-2069-5
(Edição original: ISBN 978-0-307-59331-3)

CASA DAS LETRAS
uma marca da Oficina do Livro – Sociedade Editorial, Lda.
uma empresa do grupo LeYa
Rua Cidade de Córdova, 2
2610-038 Alfragide
Tel: 21 041 74 10, Fax: 21 471 77 37
E-mail: info@casadasletras.leya.com

Títulos originais: 1Q84
Tradução: Maria João Lourenço e Maria João da Rocha Afonso
Revisão: Rui Augusto
Capa: Rui Garrido/Oficina do Livro, Lda.

1.ª edição: Março de 2012
Depósito legal n.º 338 972/12

Pré-impressão: JCT
Impressão e acabamento: Multitipo – Artes Gráficas, Lda

Esta edição segue a grafia do novo acordo ortográfico.

LIVRO 2

julho-setembro

1

AOMAME

Era a cidade mais aborrecida do mundo

O final da estação das chuvas ainda não tinha sido oficialmente declarado, mas o céu por cima de Tóquio era de um azul intenso e o sol veranil queimava a Terra. Os salgueiros, carregados de folhas verdes ao fim de muito tempo, voltavam a projetar as suas sombras densas e vacilantes sobre o pavimento das ruas.

Tamaru encontrou-se com Aomame à entrada da casa. Vestia um fato de verão em tons escuros, uma camisa branca e uma gravata lisa. Nem uma gota de suor para amostra. Aos olhos de Aomame, continuava a ser um mistério como é que um homem tão corpulento conseguia fazer para nunca transpirar, por mais calor que estivesse.

Ao ver Aomame, Tamaru cumprimentou-a com um breve aceno de cabeça, pronunciou uma saudação quase impercetível e não tornou a abrir a boca. Naquele dia, não trocou com ela ideias sobre este ou aquele assunto, como era seu costume. Percorreu um longo corredor, sem olhar para trás, sempre à frente de Aomame, e conduziu-a até ao sítio onde a viúva se encontrava à espera dela. Aomame tinha a impressão de que Tamaru não se sentia com grande disposição para falar de trivialidades. Talvez a morte da cadela o tivesse perturbado. «Temos de arranjar outro cão de guarda», dissera ele ao telefone, como se falasse do tempo, apesar de Aomame saber perfeitamente que, no fundo, não era um indício de como ele se sentia. A pastora alemã significava muito para ele: acolhera-a durante longos anos, e a cadela, por seu turno, afeiçoara-se a ele. O homem tinha sentido a morte da *Bun*, repentina e em circunstâncias misteriosas, ao mesmo tempo como um insulto e um desafio pessoal. Ao observar as suas costas, largas e mudas como um quadro preto numa sala de aulas, Aomame conseguia imaginar a raiva surda que ele devia estar a sentir.

Tamaru abriu a porta da sala de estar, deixou passar Aomame e ficou de pé na entrada, à espera de que a dona da casa lhe desse instruções.

– Por enquanto estamos bem, não precisamos de nada – disse ela.

Tamaru fez um ligeiro aceno com a cabeça e fechou a porta sem ruído. A senhora e Aomame ficaram as duas sozinhas na divisão. Em cima da mesa, junto à cadeira de braços onde se sentava a anciã, via-se um aquário redondo de vidro com dois peixinhos-vermelhos a nadar no seu interior. Eram peixes normalíssimos, dos mais vulgares que há, à venda em qualquer sítio, e o mesmo se podia dizer do aquário; lá dentro, ao sabor da água, ondulava a planta aquática da ordem. Aomame já tivera ocasião de estar naquela sala de visitas ampla e nobre, mas era a primeira vez que via ali peixes. De quando em quando, sentia na pele uma brisa fresca, como se o ar condicionado estivesse regulado no mínimo. Em cima da mesa, atrás dela, havia um vaso com três lírios brancos. As flores eram grandes e pesadas, pareciam pequenos animais exóticos em estado de meditação.

Com um gesto, a velha senhora convidou Aomame a sentar-se no sofá ao lado do seu. A janela que dava para o jardim tinha as cortinas de renda branca corridas, mas os raios de sol que se faziam sentir nessa tarde de verão incidiam com grande intensidade. Debaixo daquela luz, a velha senhora parecia mais esgotada do que nunca. Afundada no enorme cadeirão, tinha o queixo apoiado nas mãos. Os olhos mostravam-se encovados e as rugas do pescoço mais pronunciadas. Os lábios estavam descorados. O contorno dos seus olhos parecia ligeiramente descaído, como se as pálpebras tivessem desistido de lutar contra a gravidade. Talvez devido a algum problema na circulação sanguínea, viam-se umas manchas brancas, como se estivesse salpicada de farinha. Envelhecera cinco ou seis anos, em relação à última vez em que Aomame a tinha visto. E, nesse momento, dir-se-ia não se importar sequer com os sinais exteriores de cansaço que exibia. Não era normal. Pelo menos, quando anteriormente Aomame se encontrara com ela, via-se que tinha sempre a preocupação de se apresentar bem arranjada e limpa: mobilizava toda a sua energia interior, mantinha uma postura muito direita, controlava a expressão facial, procurando não exteriorizar sinais de envelhecimento. E, em boa verdade, os seus esforços haviam sido, até aí, coroados de êxito.

Aomame reparou que muitas coisas tinham mudado naquela casa. Até mesmo a luz da sala irradiava um brilho diferente do habitual. E, depois, era preciso não esquecer aqueles peixes coloridos e o aquário tão banal, que não se enquadravam numa sala com um pé-direito alto, repleta de verdadeiras antiguidades.

A velha senhora permaneceu em silêncio por algum tempo. Com o queixo apoiado sobre a mão, olhava fixamente para um ponto perdido no espaço ao lado de Aomame. Porém, esse ponto nada tinha de especial que merecesse ser visto, Aomame sabia-o. Não passava de um espaço transitório onde pousar o olhar.

– Tens sede? – perguntou a anciã, baixinho.

– Não, não tenho sede – respondeu Aomame.

– Há chá gelado, se quiseres. Serve-te, tens aí um copo.

A senhora indicou a mesinha de apoio com rodas que estava junto à entrada. Havia um jarro de chá com gelo e rodelas de limão. Ao lado, três copos coloridos de cristal trabalhado.

– Obrigada – disse Aomame, continuando sentada sem mudar de posição, enquanto esperava pelo que a anciã tinha para lhe dizer.

A viúva permaneceu calada durante um bom bocado. Havia um tema que pretendia abordar com Aomame, mas temia que, ao traduzi-lo em palavras, a verdade contida nos *factos* pudesse tornar-se uma realidade ainda mais convincente. Preferia, por isso, adiar o momento da revelação, nem que fosse por pouco tempo. Era esse o significado daquele silêncio. Deitou uma olhadela ao aquário que tinha a seu lado; a seguir, resignada, olhou de frente para Aomame. Os seus lábios formavam uma linha direita, um tudo-nada curvada para cima nas extremidades.

– Calculo que o Tamaru te tenha contado que a *Bun*, a cadela que vigiava a casa-abrigo, morreu em circunstâncias inexplicáveis? – perguntou a anciã.

– Sim, contou-me.

– Depois disso, foi a Tsubasa quem desapareceu.

Aomame contraiu ligeiramente o rosto.

– Desapareceu?

– Esfumou-se. O mais provável é isso ter acontecido de noite. Esta manhã, já lá não estava.

Enrugando os lábios, Aomame esforçou-se por encontrar o que dizer. As palavras adequadas tardavam em sair.

– Mas... pelo que me disse no outro dia, depreendi que a Tsubasa dormia sempre com alguém no quarto, por uma questão de segurança.

– E assim era, mas acontece que a mulher na cama ao lado adormeceu como uma pedra e nem se deu conta do desaparecimento da rapariga. Ao amanhecer, a Tsubasa já não se encontrava deitada no seu *futon*.

– A pastora alemã morreu e, no dia seguinte, foi a Tsubasa quem levou sumiço – disse Aomame, como se estivesse a confirmar os factos.

A anciã concordou com a cabeça.

– Por agora, não sabemos se existe alguma relação entre uma coisa e outra. Todavia, inclino-me a pensar que sim, que existe.

Sem motivo aparente, Aomame olhou de relance para o aquário com os peixes, pousado em cima da mesa. A senhora seguiu o olhar dela e fez o mesmo. Os dois peixes-vermelhos nadavam às voltas no interior do recipiente de vidro, movendo as barbatanas com delicadeza. A luz estival refratava-se de maneira estranha no interior do aquário, produzindo a ilusão de se estar a observar um misterioso fragmento perdido nas profundezas dos mares.

– Estes peixes, tinha-os comprado para a Tsubasa – explicou a viúva a Aomame, sem deixar de olhar para ela. – Estava a decorrer um festival no mercado de Azabu e levei a Tsubasa a dar um passeio. Não me parecia saudável que ela passasse tanto tempo fechada em casa. O Tamaru também foi connosco, escusado será dizer. Numa das barraquinhas da feira, comprámos o aquário com os peixinhos-vermelhos. A menina deu a entender que tinha ficado encantada com eles. Pô-los no quarto e passou o resto do dia a contemplá-los. Após o seu desaparecimento, resolvi trazê-los para aqui. Agora é a minha vez de passar os dias a olhar para eles. Não faço mais nada, limito-me a seguir os seus movimentos. Ainda que pareça estranho, não me canso de os observar. Nunca, até à data, me lembro de ter dedicado tamanha atenção a uns meros peixinhos-vermelhos.

– Tem alguma ideia do paradeiro da Tsubasa? – perguntou Aomame.

– Não – respondeu a velha senhora. – Nem sequer conta com familiares a quem se possa dirigir em busca de ajuda. Tanto quanto sei, a pequena não tem onde se refugiar neste mundo.

– Qual é a probabilidade de alguém a ter levado à força?

A anciã fez um pequeno movimento nervoso com a cabeça, como se quisesse espantar uma minúscula mosca invisível.

– Não, ela *pura e simplesmente* foi-se embora. Ninguém entrou por ali dentro e a levou contra a vontade dela. Se assim fosse, as outras pessoas que vivem na casa teriam acordado e dado por isso. As mulheres que lá vivem têm, todas elas, o sono ligeiro. Creio que a Tsubasa partiu de sua livre vontade. Levantou-se sem fazer barulho, desceu as escadas, abriu a porta, que estava fechada à chave, e saiu. Consigo imaginar a cena. A cadela não podia ladrar, pois tinha morrido na véspera. Apesar de ter à mão uma muda de roupa para o dia seguinte, saiu para a rua em pijama. De certeza que não levou nem um iene com ela.

No rosto de Aomame a crispação acentuou-se.

– Saiu porta fora, em pijama?

A viúva fez que sim com a cabeça.

– Sim. Confesso que não sei... onde diabo poderá ter ido uma rapariguinha de dez anos, sozinha, em pijama, sem dinheiro? É impensável para alguém com dois dedos de testa. Mas, de certa maneira, quando me ponho a pensar nisso, não me parece assim tão estranho. Vou até um pouco mais longe: se aconteceu, é porque tinha de acontecer. Portanto, não me dou ao trabalho de andar à procura dela. Fico aqui quieta, a olhar para os peixes--vermelhos.

A anciã deu outra olhadela ao aquário. Depois voltou a olhar de frente para Aomame.

– Sei que ir à procura dela seria inútil, nesta altura. A pequena encontra-se fora da nossa alçada.

Ao dizer aquilo, deixou de apoiar a cabeça e libertou lentamente, num suspiro, todo o ar que acumulara por tempos infindos dentro do corpo. Colocou as mãos sobre os joelhos.

– Sim, mas o que a terá levado a ir-se embora? – perguntou Aomame. – Sabia que na casa-abrigo estava protegida, e agora não dispõe de outro sítio para onde ir.

– Desconheço o motivo, mas dá-me a impressão de que a morte da cadela deve ter sido o que desencadeou todo o processo. Assim que aqui chegou, afeiçoou-se à *Bun*, que, por seu turno, também ficou desde logo muito ligada a ela. Era como se fossem amigas do peito. Por isso, a morte da cadela, sobretudo de uma maneira tão inexplicável e tão sangrenta, foi para ela um grande choque, como é lógico. Para todas as pessoas que vivem na casa, de resto. Agora que penso nisso, talvez essa morte, perpetrada com requintes de crueldade, tenha constituído uma espécie de aviso dirigido à Tsubasa.

– Um aviso?

– Um aviso para que não ficasse aqui. Como quem diz: «Sabemos que estás aí escondida. Tens de partir, senão a desgraça abater-se-á sobre as pessoas que te rodeiam.» Enfim, uma mensagem do género.

A velha senhora tamborilava com os dedos, marcando um ritmo imaginário sobre os joelhos. Aomame esperou que ela retomasse o fio à meada.

– De certeza que a jovem compreendeu a mensagem e tomou a iniciativa de partir. Não acredito que se fosse embora só por querer. Foi *obrigada* a isso, mesmo sabendo que não tinha para onde ir. Cai-me a alma aos pés só de pensar que uma rapariguinha de dez anos tenha sido forçada a tomar semelhante decisão.

Aomame gostaria de ter esticado o braço para agarrar na mão da viúva, mas, às tantas, ficou-se pelas boas intenções. A história ainda não tinha chegado ao fim.

A anciã prosseguiu:

– Nem preciso de te dizer o rude golpe que isto representou para mim. Foi como se me tivessem arrancado um membro, até porque estava nos meus planos adotar a menina legalmente e tratar dela como se fosse minha filha, apesar de saber que o processo não iria ser fácil. No caso de as coisas darem para o torto, não poderia queixar-me nem reclamar junto de ninguém. Na minha idade, o corpo ressente-se, e tudo isso representa um peso enorme.

– Pode ser que a Tsubasa regresse de um dia para o outro. Não tem dinheiro, muito menos para onde ir...

– Gostaria de acreditar nas tuas palavras, mas não penso que isso vá acontecer – disse a senhora num tom ausente. – Estamos a falar de uma menina que, embora tenha apenas dez anos, já pensa pela sua própria cabeça. Foi ela quem tomou a decisão de se ir embora. Duvido que regresse de livre vontade.

Aomame pediu licença, pôs-se de pé, aproximou-se da mesinha com rodas que estava junto à porta e serviu chá gelado num copo azul de cristal trabalhado. Não era tanto a sede que a movia; precisava de se levantar e de fazer uma pequena pausa. Depois voltou para o sofá, bebeu um gole de chá e pousou o copo em cima da mesa.

– Vamos deixar este caso da Tsubasa, por agora – referiu a velha senhora, enquanto esperava que Aomame encontrasse posição no sofá. A seguir, esticou o pescoço e entrelaçou as mãos diante do peito, como se fosse sua intenção colocar ali um ponto final. – Passemos ao tema da Vanguarda e do seu líder. Quero informar-te do que descobrimos acerca dele. É esse o propósito da tua visita, hoje, se bem que, de certa forma, esteja relacionada com a Tsubasa.

Aomame assentiu com a cabeça. Não era nada que não tivesse imaginado.

– Como tive oportunidade de te dizer antes, devemos *ajustar contas* com esse indivíduo a quem chamam Líder, aconteça o que acontecer. Refiro-me a enviá-lo *para o outro mundo*. Como sabes, esse homem tem por hábito violar rapariguinhas de dez anos, que não tiveram ainda a sua primeira menstruação. Para justificar tais atos, inventou uma doutrina e aproveita-se da comunidade religiosa a que pertence, explorando ao máximo o seu próprio sistema. Mandei averiguar o assunto o melhor que pude e confiei a investigação a profissionais dignos de confiança, o que me custou mais do que o previsto. Não foi tarefa fácil. Isto para dizer que conseguimos, ao fim de muitas diligências, identificar quatro meninas que, tudo leva a crer, terão sido violadas por esse homem. A Tsubasa foi a quarta.

Aomame pegou no copo de chá gelado e bebeu um pequeno gole. Não lhe soube a nada. Era como se tivesse a boca cheia de algodão e todo e qualquer sabor fosse por ele automaticamente absorvido.

– Não sabemos ainda todos os pormenores, mas duas das jovenzinhas, pelo menos, continuam a viver na comunidade religiosa – assegurou a anciã. – Segundo parece, desempenham o papel de sacerdotisas pessoais do Líder. Nunca se mostram diante dos outros fiéis. Ignoro se permanecem na seita por vontade própria ou se tiveram de ali ficar porque não conseguiram escapar. Também não pudemos confirmar se as meninas em questão tiveram relações sexuais com o Líder. Em todo o caso, partilham o mesmo espaço, o que significa que vivem no mesmo sítio, como se de uma família se tratasse. O acesso à área residencial do Líder está rigorosamente proibido, e os seguidores comuns não podem aproximar-se. São muitas as coisas que ainda se encontram envoltas numa nuvem de mistério.

Do copo de cristal trabalhado, pousado em cima de mesa, começaram a escorrer gotas de água pela parte de fora. A viúva interrompeu por momentos o que estava a dizer, a fim de recuperar o fôlego, e depois continuou:

– Uma coisa é certa: diz-se que a primeira das quatro vítimas é a própria filha do Líder.

Aomame franziu o cenho. Os músculos da cara moveram-se sozinhos e ficaram seriamente deformados. Fez menção de dizer alguma coisa, mas as palavras não lhe subiram à boca.

– Podes crer – referiu a velha a senhora. – Pensa-se que esse homem terá começado por violar a própria filha. Aconteceu há sete anos, quando ela contava dez anos.

Através do intercomunicador, a dona da casa pediu a Tamaru que lhes levasse uma garrafa de xerez e dois copos. As duas mulheres deixaram-se estar caladas, cada uma procurando ordenar os seus pensamentos. Tamaru chegou, entretanto, trazendo uma bandeja com dois elegantes copos de cristal e uma garrafa de xerez por encetar. Deixou ficar tudo em cima da mesa e, a seguir, abriu a garrafa com um movimento decidido e preciso, como se torcesse o pescoço a um pássaro. O xerez produziu um som gorgolejante ao ser vertido nos copos. Assim que a dona da casa assentiu com a cabeça, Tamaru fez uma vénia e abandonou a sala. Como de costume, não pronunciou uma só palavra. Nem sequer se ouviram os seus passos.

A história da cadela não é a única coisa que o preocupa. O desaparecimento da rapariga, ainda por cima diante dos seus olhos, provocou no Tamaru uma ferida profunda. Sem esquecer que a velha senhora a estima mais do que a ninguém...

Não se podia dizer exatamente que o sucedido fosse culpa dele. Tamaru não prestava serviços vinte e quatro sobre vinte e quatro horas e, tirando uma ou outra situação especial, ia sempre dormir a casa, que ficava a uns dez minutos a pé. Tanto a morte da cadela como o desaparecimento da menina ocorreram de noite, na sua ausência. Ter-lhe-ia sido impossível impedir quer uma, quer outra coisa. O seu trabalho consistia, antes de mais, em proteger a senhora e a Casa dos Salgueiros. Não fazia parte das suas incumbências manter a segurança da casa-abrigo, situada fora dos limites da mansão. Ainda assim, Tamaru considerava aqueles acontecimentos um fracasso pessoal e uma humilhação imperdoável que o atingia em cheio na sua honra.

– Estás preparada para eliminar esse indivíduo? – perguntou a velha senhora a Aomame.

– Mais do que preparada – retorquiu Aomame com toda a certeza do mundo.

– Olha que a tarefa não será fácil – advertiu-a a anciã. – Bem sei que as missões de que te encarrego nunca são fáceis... Esta, porém, anuncia-se *bastante mais* difícil. Pela minha parte, farei tudo o que estiver nas minhas mãos, mas desde já te aviso de que não sei até que ponto poderei garantir a tua segurança. Sem dúvida que te esperam mais riscos do que aqueles a que tens estado exposta até agora.

– Tenho plena consciência disso.

– Como já referi, não te quero expor a nenhum perigo desnecessário. Mas, para ser honesta, desta vez, a nossa margem de manobra encontra-se muito limitada.

– Não faz mal – disse Aomame. – O que não podemos é permitir que esse homem continue vivo.

A anciã pegou no copo e bebeu um pouco, deixando o xerez escorrer pela língua, a fim de o provar. Por momentos, o seu olhar demorou-se nos peixes-vermelhos.

– Sempre gostei de beber xerez à temperatura ambiente, nas tardes de verão. Não gosto de coisas frias quando está calor. Depois de beber xerez, deito-me e durmo um pouco. Quando acordo, já sinto menos calor. Quem me dera poder um dia morrer assim. Beber um pouco de xerez numa tarde de verão, deitar-me no sofá e adormecer sem me dar conta, para nunca mais acordar.

Aomame também ergueu o seu cálice e bebeu um pequeno gole. Não se podia dizer que fosse grande apreciadora de xerez, mas estava a precisar de alguma coisa que lhe desse vida. Desta vez, ao contrário do que acontecera com o chá gelado, o sabor apoderou-se dela. O gosto forte do álcool queimou-lhe a língua.

– Gostaria que me respondesses com sinceridade – disse a velha senhora. – Tens medo de morrer?

Aomame não precisou de tempo para pensar na resposta. Abanando a cabeça, confessou:

– Nem por isso. Comparado com a maneira como vivo, assusta-me mais este tipo de existência que levo...

A anciã esboçou um breve sorriso, e isso teve o condão de a rejuvenescer. Os seus lábios voltaram a recuperar cor e vida. Podia ser que a conversa com Aomame funcionasse como um estímulo, ou então o golinho de xerez surtira efeito.

– Recordo-me de teres dito que havia um homem de quem gostavas.

– Sim, é verdade. Mas as hipóteses de o encontrar e unir o meu destino ao dele são praticamente nulas. Por isso, mesmo que eu morresse, o que se perderia não andaria longe do zero.

A anciã semicerrou os olhos.

– Quando dizes que nunca poderás acabar a tua vida ao lado desse homem, existe alguma razão concreta que te leva a pensar isso?

– Não, não especialmente – respondeu Aomame. – Tirando eu ser quem sou.

– Não está nos teus planos tomar a iniciativa de o procurar?

Aomame negou com a cabeça.

– Para mim, o mais importante é desejá-lo com todas as minhas forças, do fundo do coração.

A velha senhora deixou-se ficar de olhos postos em Aomame, aparentemente espantada.

– És uma mulher com ideias muito claras.

– A necessidade aguça o engenho – respondeu Aomame, levando o copo de xerez aos lábios, num gesto de pura formalidade. – Não me tornei assim por gosto.

O silêncio invadiu a sala por momentos.

Os lírios mantinham a cabeça baixa e os peixinhos continuavam a nadar por entre os raios refratados, à luz de verão.

– É possível que se consiga criar um estratagema para que te encontres sozinha com o Líder – assegurou a anciã. – Não vai ser nada fácil e a coisa levará o seu tempo, mas podemos proporcionar isso. Quando chegar a altura, terás pura e simplesmente de fazer *o mesmo de sempre*. Com a diferença de que, desta vez, assim que tiveres realizado o trabalho, serás obrigada a desaparecer do mapa. É possível que venhas a precisar de fazer uma cirurgia plástica ao rosto. Escusado será dizer que deixarás o teu emprego atual e partirás para longe daqui. Também precisas de mudar de nome. Tenho ainda de te pedir que abandones tudo o que possuis. No fundo, vais passar a ser outra pessoa. Claro que receberás uma recompensa generosa. Do resto encarrego-me eu. Estás disposta a isso?

Aomame respondeu:

– Como já disse, não tenho nada a perder. Nem o meu emprego, nem o meu nome, nem a vida que levo atualmente em Tóquio: nada disso se reveste de grande importância para mim. Não tenho objeções a fazer.

– Nem sequer quanto a mudares de cara?

– Seria uma mudança para melhor?

– Se é o que desejas, podemos encarregar-nos disso – respondeu a anciã, com uma expressão sombria. – Naturalmente que haverá certos limites, mas podemos tratar de construir um rosto de acordo com o que tu desejares.

– Já agora, de caminho, será que poderia aumentar o tamanho do peito?

A viúva fez que sim com a cabeça.

– Pode ser uma boa ideia. Quero dizer, no sentido de levar as pessoas ao engano, claro.

– Estava a brincar – atalhou Aomame, suavizando a expressão. – Apesar de não me sentir especialmente orgulhosa dos meus seios, a verdade é que não me importo de continuar com aquilo que tenho. É leve e fácil de transportar. Além de que seria uma chatice, nesta altura do campeonato, ter de passar a comprar sutiãs com um tamanho diferente.

– Por mim, podes comprar os que quiseres.

– Era outra brincadeira – disse Aomame.

A velha senhora deixou escapar um sorriso.

– Desculpa. Não estou habituada a ouvir-te dizer piadas.

– Não me oponho à ideia da cirurgia plástica – disse Aomame. – Muito embora nunca me tenha passado pela cabeça fazer uma operação estética, a verdade é que também não existem razões que me levem a rejeitar a proposta. Nunca gostei por aí além da minha cara, e não se pode dizer que tenha havido alguém que gostasse especialmente dela.

– Olha que vais perder os teus amigos, sabes?

– Não tenho ninguém que considere verdadeiramente amigo – começou por dizer Aomame, mas depois lembrou-se de Ayumi. *Se eu desaparecesse de repente, sem dizer água-vai, ela era capaz de ficar triste. Poderia até, quem sabe?, sentir-se traída.* Contudo, assim à partida, talvez fosse um bocado forte chamar-lhe «amiga». Fazer amizade com uma mulher-polícia era, aos olhos de Aomame, seguir por caminhos perigosos.

– Tive dois filhos – disse a velha senhora –, um rapaz e uma rapariga. Ela era três anos mais nova do que ele. A minha filha morreu. Suicidou-se, como já comentei contigo. Não tinha filhos. O meu filho e eu temos tido os nossos problemas e, por diversos motivos, faz muito tempo que mal nos falamos. Tenho três netos, mas também não os vejo há uma eternidade. No caso de eu morrer, o meu filho e os meus netos herdarão o grosso da minha fortuna, quase automaticamente. Hoje em dia, o testamento já não tem tanto valor como tinha dantes. Ainda assim, disponho de uma fortuna considerável. Se levares por diante esta missão, gostaria de te legar a maior parte desse dinheiro. Não me interpretes mal: a minha intenção não é comprar-te. O que pretendo dizer é que te considero quase minha filha. Quem me dera que *fosses* a minha verdadeira filha...

Calada, Aomame olhava para o rosto da anciã, que, de repente, como se tivesse acabado de se lembrar de alguma coisa, pousou o copo de xerez em cima da mesa. A seguir, virou-se para trás e contemplou as pétalas brilhantes dos lírios. Encheu os pulmões com a exuberante fragrância das flores antes de voltar a concentrar as suas atenções em Aomame.

– Como referi anteriormente, tinha pensado em requerer a custódia da Tsubasa, mas aconteceu isto e, afinal, acabei por perdê-la. Fiquei de braços cruzados, a vê-la desaparecer, sozinha, no meio das trevas, sem nada poder fazer para o impedir. Nem sequer consegui ajudá-la. E, agora, estou prestes a enviar-te para um lugar perigosíssimo. Oxalá não tivesse de o fazer, acredita; infelizmente, não vejo outro modo de levar o meu propósito avante. Apenas posso oferecer-te a devida compensação.

Aomame escutava com atenção, em silêncio. Quando a velha senhora deixou de falar, fez-se ouvir, vindo do outro lado da porta envidraçada, o canto nítido de um pássaro. Cantou durante algum tempo e depois bateu as asas e voou.

– O importante, agora, é *tratar da saúde* a esse homem, custe o que custar – disse Aomame. – Agradeço profundamente toda a estima que tem por mim. Sou uma pessoa, e calculo que isto seja do seu conhecimento, que abandonou os pais, por motivos que não vêm ao caso. Melhor dizendo, foram eles que me puseram de lado, era eu pequena. Vi-me forçada a seguir em frente e resignei-me a levar uma vida carente de afeto por parte dos meus familiares. Para sobreviver sozinha, não tive outro remédio senão adaptar o estado de alma a essas circunstâncias. Foram muitas as vezes em que me senti como um trapo. Um desperdício imundo e sem sentido. Daí que as suas palavras de há pouco me toquem imenso. É um pouco tarde para mudar a minha maneira de pensar e o meu estilo de vida. Mas não para a Tsubasa. De certeza que ela ainda pode ser salva. Não desista ainda, peço-lhe por tudo. Não perca a esperança de reencontrar a menina, por favor!

A anciã assentiu com a cabeça.

– Se calhar não me expliquei bem. Longe de estar resignada à minha sorte, tudo farei ao nosso alcance para trazer a Tsubasa de volta. No entanto, como podes ver, encontro-me esgotada. Sou vítima de um profundo sentimento de impotência, por não ter conseguido proteger aquela menina. Ainda precisarei de algum tempo até recuperar a minha velha energia. Por outro lado, pode ser que esteja a ficar demasiado velha. Talvez nunca mais recupere a energia de outros tempos, por muito que espere.

Aomame levantou-se e aproximou-se da velha senhora. Sentou-se no braço do sofá e agarrou na mão elegante e esguia da anciã.

– A senhora é uma verdadeira mulher de armas – disse ela. – Tomara muitas mulheres terem um vigor como o seu. Neste momento, encontra-se desanimada e sem forças. Precisa de se deitar e descansar um bocado. Quando acordar, vai ver que se sentirá como dantes.

– Obrigada – disse a anciã, apertando a mão de Aomame com força. – Pode ser que tenhas razão. Talvez seja melhor dormir um pouco.

– Nesse caso, retiro-me – disse Aomame. – Ficarei a aguardar notícias suas. Entretanto, vou despachar todos os meus assuntos. A bem dizer, não tenho assim tantas «coisas» para pôr em ordem.

– Prepara-te para viajar com pouca bagagem. Se vieres a precisar de alguma coisa, nós depois encarregamo-nos de te arranjar o que for preciso.

Aomame soltou a mão da velha senhora e pôs-se de pé.

– Boa noite. Vai correr tudo bem, tenho a certeza.

A senhora fez um gesto afirmativo com a cabeça e, recostada no cadeirão, fechou os olhos. Aomame voltou a olhar para os peixes-vermelhos no aquário que estava colocado em cima da mesa, aspirou pela última vez o perfume dos lírios e abandonou aquela sala de tetos altos.

Tamaru esperava por ela na entrada. Eram cinco da tarde, mas o Sol continuava lá no alto e não diminuíra em nada a sua intensidade. Aquela luminosidade refletia-se de forma resplandecente nos sapatos de couro negro de Tamaru, impecavelmente engraxados, como sempre. Dispersas no céu viam-se algumas nuvens brancas, daquelas que aparecem no verão, mas dir-se-ia que estavam todas juntinhas num canto, para não estorvar o Sol.

Era demasiado cedo para o final da estação das chuvas, mas nos últimos tempos tinham-se sucedido vários dias que evocavam o verão na sua plenitude. Por entre as árvores do jardim escutava-se o chiar das cigarras. Chegava aos ouvidos transformado num suave estrídulo, não demasiado forte; apesar de tudo, tratava-se de um presságio infalível. O mecanismo que fazia mover o mundo funcionava como sempre. As cigarras cantavam, as nuvens de verão desfilavam no céu e os sapatos de Tamaru não tinham um grão de poeira. Aos olhos de Aomame, contudo, que o mundo permacesse assim, tal como era, sem se revelar composto de mudança, parecia-lhe uma nota de particular frescura.

– Tamaru – interpelou ela –, podemos conversar um bocadinho? Tens tempo?

– Claro que sim – respondeu Tamaru. A sua expressão mantinha-se inalterável. – Tempo não me falta, e matá-lo faz parte do meu trabalho.

Tamaru sentou-se numa cadeira de jardim que havia junto à porta. Aomame instalou-se na cadeira ao lado. O beiral do telhado projetava uma sombra fresca e abrigava-os da luz do Sol. Cheirava a erva fresca, acabada de cortar.

– Já aí temos o verão outra vez – observou Tamaru.

– Até as cigarras desataram a cantar – acrescentou Aomame.

– Parece que, este ano, começaram mais cedo do que é costume. O que significa que, durante uns tempos, este lugar voltará a encher-se de barulho. As cigarras fazem uma chinfrineira tal que até os ouvidos começam a doer. Quando estive numa cidade perto das cataratas do Niagara, o ruído era igualzinho a este. Continuamente, sem cessar, de manhã à noite. Como se milhões de cigarras, grandes e pequenas, tivessem desatado a chiar ao mesmo tempo.

– Estiveste nas cataratas do Niagara?

Tamaru assentiu afirmativamente.

– É a cidade mais enfadonha do mundo. Passei lá três dias, durante os quais, tirando o barulho da água a cair, não havia nada para fazer. O ruído era tão ensurdecedor que nem dava para uma pessoa ler.

– E pode saber-se o que fazias tu, ali sozinho, durante três dias a fio?

Tamaru não se dignou responder à pergunta. Limitou-se a fazer um pequeno movimento negativo com a cabeça.

Tamaru e Aomame permaneceram calados por algum tempo, entretidos a escutar o discreto estridular das cigarras.

– Gostaria de te pedir um favor – anunciou Aomame.

Tamaru pareceu mostrar-se interessado. Aomame não era daquelas pessoas que costumavam pedir favores.

A rapariga elaborou um pouco mais:

– Trata-se de um favor um tanto ou quanto fora do vulgar. Espero que não fiques aborrecido.

– Não sei se poderei ajudar-te, mas posso sempre ouvir o que tens para me dizer. Quanto mais não seja, por uma questão de delicadeza, uma vez que estamos a falar de um favor solicitado por uma senhora.

– Preciso de uma arma – disparou Aomame, num tom profissional. – Refiro-me a uma arma que caiba dentro de uma mala de mão, e com um recuo não muito forte, mas, ao mesmo tempo, que tenha suficiente poder destrutivo e que me dê confiança. Não pode ser um desses modelos de imitação nem uma espécie de cópia de fabrico filipino. Conto utilizá-la apenas uma única vez. Uma bala deverá ser suficiente.

Fez-se um silêncio, durante o qual Tamaru não tirou os olhos de Aomame. Olhou para ela fixamente, sem pestanejar.

A seguir, quando falou, esforçou-se por pronunciar as palavras devagar e com todo o cuidado.

– Neste país, a lei proíbe que os cidadãos andem armados, *sabes* isso, não é verdade?

– Claro que sei.

– Digo isto por mera precaução – prosseguiu Tamaru –, mas gostaria que ficasse claro que nunca fui acusado de nenhum delito. Posto de outro modo, não tenho antecedentes criminais. Pode ser que tenha cometido um ou outro deslize, no que toca à justiça, não o nego, contudo, falando em termos legais, sou um cidadão com um cadastro completamente limpo. Íntegro e sem uma única mancha. Sou homossexual, mas isso não é ilícito. Pago religiosamente os meus impostos, voto nas eleições... se bem que os meus candidatos nunca saiam vencedores. Até as multas de estacionamento foram pagas dentro do prazo, todinhas. E nunca, ao longo dos últimos dez anos, fui mandado parar pela Brigada de Trânsito por excesso de velocidade. Estou inscrito na Segurança Social. Pago a minha taxa de receção da NHK por transferência bancária, possuo um cartão American Express e um MasterCard. Muito embora não esteja nos meus planos, a verdade é que, se quisesse, podia perfeitamente candidatar-me a um empréstimo bancário a trinta anos para comprar casa. E, acredita, saber que preencho estas condições dá-me, todos os dias, imenso gozo. Por outras palavras, posso muito bem ser considerado um pilar da sociedade. Ora, é precisamente a essa pessoa que tu te diriges, no sentido de lhe pedir que te arranje uma arma. Dás-te conta disso?

– Por alguma razão te disse que não me levasses a mal.

– Bem, lá isso é verdade.

– Desculpa ver-me obrigada a recorrer a ti, mas não consegui arranjar mais ninguém.

Tamaru produziu um som estrangulado no fundo da garganta. Seria um suspiro abafado? Aomame não tinha maneira de saber.

– Imaginando que me encontro em posição de poder satisfazer o teu pedido, manda o bom senso que te faça a seguinte pergunta: sobre quem tens intenção de disparar?

Aomame encostou um dedo à testa.

– Aqui, talvez.

Tamaru observou o dedo sem mudar de expressão.

– E, volto à carga, por que razão?

– Não quero ser apanhada – respondeu Aomame. – Não tenho medo de morrer, tão-pouco receio ir parar à prisão, ainda que a ideia não possa ser mais desagradável. Porém, recuso-me terminantemente a ser feita refém e torturada por um bando de desconhecidos. Além de que não quero denunciar ninguém. Faço-me entender?

– Acho que sim.

– Não está nos meus planos disparar sobre uma pessoa, nem assaltar um banco. Por esse motivo, não preciso que me arranjes uma semiautomática de grande calibre, daquelas que disparam vinte tiros de rajada. Quero uma arma compacta e que não dê coice.

– Podes sempre recorrer às drogas ou aos comprimidos. É mais realista do que empunhar uma arma de fogo.

– Demora o seu tempo, entre tomar um comprimido e ele fazer efeito. Antes de conseguir morder uma cápsula com veneno, poderiam ter tempo para me imobilizar e tirar-ma da boca. Dispondo de uma pistola, sempre posso deter a outra pessoa ao mesmo tempo que domino a situação e acabo com tudo.

Tamaru ficou a cismar no que acabava de ouvir. Tinha a sobrancelha direita um nadinha arqueada.

– Se depender de mim, não quero perder-te – disse Tamaru. – A modos que gosto de ti. Isto é, no plano pessoal.

Aomame sorriu.

– Por ser mulher, queres tu dizer?

– Homem, mulher ou cão, não se pode dizer que existam muitos seres humanos que mereçam a minha simpatia – respondeu Tamaru sem mudar de expressão.

– Compreendo o teu ponto de vista – disse Aomame.

– Ao mesmo tempo, o meu dever primordial é proteger a saúde e a segurança da senhora. De certo modo, sou uma espécie de profissional.

– Claro que és.

– Encarando a questão deste ponto de vista, deixa-me ver o que posso fazer. Não te posso garantir nada. Mas, quem sabe?, talvez algum dos meus contactos tenha o perfil da pessoa que procuras para satisfazer os teus requisitos. No entanto, não deixa de ser um assunto muito delicado. Não é propriamente a mesma coisa que comprar um cobertor elétrico por correspondência. Pode demorar uma semana até obter uma resposta.

– Não faz mal – respondeu Aomame.

Tamaru semicerrou os olhos e pôs-se a olhar para cima, em direção ao arvoredo, de onde parecia ter origem o chiar das cigarras.

– Espero que corra tudo bem. No que me diz respeito, e dentro dos limites da razão, farei o que estiver ao meu alcance.

– Obrigada. A próxima missão será, provavelmente, o meu último trabalho. Se calhar, nunca mais nos voltaremos a ver.

Tamaru abriu os braços, com as palmas das mãos viradas para cima, como alguém à espera de que chova no meio do deserto, mas não disse nada. Tinha umas mãos enormes e grossas, cobertas de cicatrizes. Mais do que partes do corpo, as suas mãos pareciam peças de uma metralhadora pesada.

– Não gosto muito de despedidas – confessou Tamaru. – Nem sequer tive oportunidade de me despedir dos meus pais.

– Morreram?

– Não sei se estão vivos ou mortos. Nasci em Sacalina, um ano antes do fim da guerra. A parte sul de Sacalina era uma colónia japonesa, então chamada Karafuto, mas, no verão de 1945, foi ocupada pelas tropas soviéticas, e os meus pais foram feitos prisioneiros de guerra. Tudo indica que o meu pai trabalhava no complexo portuário. Quase todos os prisioneiros civis japoneses foram repatriados pouco depois; aos meus pais, todavia, por serem coreanos que haviam sido recrutados como trabalhadores, não lhes foi permitido regressar. O Governo japonês recusou qualquer responsabilidade por eles, com o pretexto de que, uma vez terminada a guerra, e tendo o Japão sido derrotado, os cidadãos da Coreia tinham deixado de ser súbditos do Império japonês. Que história tenebrosa! O Governo não demonstrou o menor grau de humanidade nem de benevolência. Os que assim o desejavam podiam ir para a Coreia do Norte, mas não os deixavam regressar ao Sul, porque, naquela época, a União Soviética não reconhecia a existência da Coreia do Sul. Os meus pais eram originários de uma aldeia de pescadores situada perto de Pusan e não alimentavam qualquer desejo de ir para o Norte, onde não tinham família nem conheciam ninguém. A mim, então ainda um bebé, deixaram-me entregue a um casal de repatriados japoneses, que me levou com eles para Hokkaidō. Naquela época, vivia-se uma grave situação, e convém não esquecer que o tratamento infligido aos prisioneiros por parte do Exército soviético era terrível. Os meus pais tinham outros filhos pequenos e devem ter percebido que seria muito difícil criar-me num lugar daqueles. Calculo que, ao enviarem-me primeiro, sozinho, para Hokkaidō, a ideia deles era que nos voltássemos a reunir todos, mais tarde. Ou então queriam pura e simplesmente ver-se livres de mim. Ignoro o que terá acontecido ao certo. Em todo o caso, nunca mais voltámos a encontrar-nos. Não é de afastar a hipótese de eles ainda permanecerem em Sacalina. Isto é, se entretanto não tiverem morrido, claro.

– Não tens nenhuma recordação dos teus pais?

– Não me lembro rigorosamente de nada. Afinal de contas, tinha pouco mais de um ano quando me separei deles. Fiquei com o outro casal durante algum tempo, e depois enviaram-me para um orfanato localizado nas montanhas, fora de Hakodate. Imagino que o tal casal não tivesse meios para tomar conta de mim. O orfanato, dirigido por uma organização católica, era um lugar *muito duro* para se viver. É bom não esquecer que estávamos no pós-guerra, havia uma quantidade enorme de crianças que tinham ficado órfãs, faltavam alimentos e o aquecimento não era suficiente. Vi-me obrigado a fazer tudo e mais alguma coisa para conseguir sobreviver naquele lugar. – Tamaru deitou uma olhadela rápida para as costas da sua mão direita. – Lá consegui que me adotassem, por pura formalidade, obtive a nacionalidade japonesa e deram-me um nome japonês: Ken'ichi Tamaru. Tudo o que sei, no que respeita ao meu verdadeiro nome, é que me chamo Park. E coreanos chamados Park são tantos como as estrelas no céu.

Aomame e Tamaru estavam sentados lado a lado, escutando o canto das cigarras.

– Devias comprar outro cão – disse Aomame.

– A senhora diz-me a mesma coisa. Que precisamos de outro cão de guarda para vigiar a casa-abrigo. Porém, confesso que ainda não estou preparado para dar esse passo.

– Compreendo como te sentes, mas olha que seria a melhor solução. Digo-te isto apesar de não me considerar a pessoa ideal para dar conselhos aos outros.

– Vou fazer o que dizes – afirmou Tamaru. – Tens razão: é verdade que precisamos de um cão de guarda treinado. Quando puder, a primeira coisa que farei será entrar em contacto com o criador de cães.

Aomame olhou para o relógio de pulso e pôs-se de pé. Faltava algum tempo para o pôr do Sol, mas o céu mostrava já sinais ténues do anoitecer – um tom diferente de azul, crepuscular, começava a mesclar-se com o azul da tarde. Persistiam no seu corpo os efeitos do xerez. A anciã estaria ainda a dormir?

– Tchékhov disse, uma vez – comentou Tamaru, levantando-se da cadeira: – «Nunca deves pôr em cena uma arma carregada se ninguém a vai disparar.»

– Queria dizer o quê, com isso?

Tamaru colocou-se de frente para Aomame, a fim de lhe responder. Era uns centímetros mais alto do que ela.

– Que um adereço não deve ser posto em cena se não fizer lá falta. Se aparece uma pistola, a páginas tantas tem de ser disparada. Tchékhov gostava de escrever histórias despojadas de floreados inúteis.

Aomame endireitou as mangas do vestido e colocou o saco ao ombro.

– Com que então, é isso que te preocupa... Uma vez entrando em cena uma pistola, acabará sem dúvida por ser disparada, mais cedo ou mais tarde.

– Segundo Tchékhov.

– Por isso é que não me querias arranjar uma arma.

– É perigoso e ilegal. Além de que não podemos confiar em Tchékhov.

– Mas isto não é uma história. Estamos a falar do mundo real.

Tamaru semicerrou os olhos e fitou Aomame com intensidade. Quando abriu a boca, saiu-se com um lacónico:

– Quem sabe?

2

TENGO

Tirando a minha alma, não tenho rigorosamente nada

Colocou o disco da *Sinfonietta* de Janáček no gira-discos e carregou no botão de reprodução automática. Tratava-se de uma gravação da Orquestra Sinfónica de Chicago, dirigida por Seiji Ozawa. O prato começou a rodar a uma velocidade de trinta e três rotações por minuto, o braço moveu-se em direção ao centro e a agulha percorreu as pistas do disco. Então, após a introdução dos metais, o som dos timbales saiu projetado pelas colunas em toda a sua imponência. Era a parte favorita de Tengo.

Enquanto escutava aquela música, ia olhando para os carateres no ecrã do computador. Ouvir a *Sinfonietta* de Janáček de manhã bem cedo tornara-se um dos seus hábitos diários. Desde que fora chamado a interpretá-la na qualidade de músico substituto, nos seus tempos de estudante, aquela peça ganhara para ele um significado particular. Tinha a impressão de que o encorajava e protegia, a título pessoal. Pelo menos era o que lhe parecia.

Por vezes, também lhe acontecia escutar Janáček na companhia da sua namorada mais velha. «Não está mal», dizia ela, que, no fundo, preferia os velhos discos de *jazz* à música clássica. Quanto mais antigos, melhor – era a sensação que dava. Um gosto com o seu quê de estranho para uma mulher da idade dela. Manifestava especial predileção por um disco em que Louis Armstrong, ainda jovem, interpretava uma coletânea de *blues* de W. C. Handy, com Barney Bigard no clarinete e Trummy Young a tocar trombone.

Tinha sido a amante a oferecer o disco a Tengo, se bem que mais para o prazer dela.

Depois de fazerem amor, ficavam muitas vezes deitados a ouvir o disco. A amante nunca se cansava daquela música. «A trompete e a voz de Armstrong são fantásticas, claro, mas, se queres a minha opinião, devias prestar especial atenção ao clarinete de Barney Bigard», tinha-lhe dito. Contudo, naquele disco contavam-se pelos dedos os solos de Barney Bigard, e todos eles curtos, limitando-se a um só *chorus*, já que Louis Armstrong era a vedeta. Verdade seja dita, ela sabia de cor cada um dos poucos solos de Bigard, e mais, trauteava em voz baixa ao mesmo tempo que ele tocava.

Dizia ela que poderia haver outros clarinetistas melhores do que Barney Bigard, mas que se tornava difícil encontrar um que tocasse com tanta sensibilidade e tanto fervor. As suas interpretações – nos seus melhores momentos, como é evidente – tinham o condão de evocar paisagens interiores. Tengo desconhecia a existência de outros clarinetistas de *jazz*, mas, à força de ouvir aquele disco, começou a apreciar, pouco a pouco, a beleza que possuía, uma beleza fulgurante e nada forçada, traduzida nos solos de clarinete, que alimentava a alma e a imaginação. Para chegar ao fundo desse mistério foi necessário ouvir com muita atenção, repetidas vezes. Também precisou de uma guia competente. Caso se limitasse a escutar o disco sozinho, entregue a si próprio, teria deixado escapar essa profusão de mensagens.

– Barney Bigard tem uma forma de tocar maravilhosa; comparando com o basebol, faz lembrar um jogador de segunda base genial – dissera-lhe ela uma vez. – Os solos são fantásticos, mas, na minha opinião, o seu talento manifesta-se sobretudo quando acompanha os outros, sempre que toca na sombra, em pano de fundo sonoro. Executa passagens *extraordinariamente difíceis*, como se aquilo fosse a coisa mais fácil do mundo. Só um ouvinte atento é que consegue reconhecer o valor que ele tem.

De cada vez que arrancava a faixa seis do lado B do álbum *Atlanta Blues*, ela agarrava-se sempre a qualquer parte do corpo de Tengo e entrava em delírio com um solo breve e preciso de Bigard, ensanduichado entre a canção e o solo de Armstrong.

– Presta atenção! Ao princípio, é espantoso, parece uma criança que lança um grito. Será um grito de surpresa? Uma explosão de alegria? Uma declaração de felicidade? Transforma-se num suspiro de satisfação, que abre caminho e serpenteia como um rio de som e nos conduz de maneira natural até algum lugar belo e desconhecido. Vês? Ouves? Mais ninguém consegue interpretar um solo de forma tão comovedora! Jimmie Noone, Sidney Bechet, Pee Wee ou Benny Goodman, todos eles, grandes clarinetistas, são, no entanto, incapazes de criar tão delicadas obras de arte que roçam a perfeição.

– Como é que se explica que saibas tanto acerca de *jazz* da velha guarda? – perguntara-lhe Tengo numa determinada ocasião.

– Há muitas coisas acerca do meu passado que desconheces. Um passado que ninguém pode reescrever – dissera ela, ao mesmo tempo que acariciava suavemente os testículos de Tengo com a palma da mão.

Depois de dar por terminada a sua manhã de trabalho, Tengo foi passear até à estação e comprou o jornal num quiosque. A seguir, entrou numa cafetaria e mandou vir um pequeno-almoço à base de torradas com manteiga e um ovo cozido. Enquanto esperava que o trouxessem, bebeu café e passou os olhos pelo jornal. Tal como Komatsu tinha previsto, vinha um artigo sobre Fuka-Eri na secção de sociedade. Não era uma peça muito extensa. Aparecia no fim da página, por cima de um anúncio aos carros da marca *Mitsubishi*. O título rezava assim: «Desaparecimento da Popular Escritora Adolescente?»

> Fuka-Eri (de seu verdadeiro nome Eriko Fukada, 17 anos), autora do atual *bestseller A Crisálida de Ar*, foi dada como desaparecida desde a tarde de ontem. De acordo com o seu tutor, o antropólogo cultural Takauyki Ebisuno

(63 anos), que participou o seu desaparecimento na esquadra de Ōme, Eriko não terá regressado a sua casa, naquela cidade, nem ao apartamento que possuem na cidade de Tóquio, na noite de 27 de junho, e desde essa altura não voltaram a ter quaisquer notícias dela. Em conversa telefónica, o Sr. Ebisuno declarou que, da última vez que se encontrou com Eriko, a jovem parecia bem-disposta, como sempre, e que desconhecia o motivo que a levaria a desaparecer assim de repente, já que era a primeira vez que não voltava para casa sem ter pedido antes licença, evidenciando ainda a sua preocupação com a possibilidade de lhe ter acontecido alguma coisa. Yuji Komatsu, o editor que publicou *A Crisálida de Ar*, declarou que «o livro tem ocupado as posições cimeiras na lista dos mais vendidos, durante seis semanas consecutivas, mas a menina Eriko Fukada não gosta de se expor na comunicação social. Na editora, não se sabe até que ponto o desaparecimento corresponde a este seu traço de personalidade. Fukada é uma jovem escritora cheia de talento e com um futuro promissor. Esperamos todos que ela regresse quanto antes ao nosso convívio, sã e salva». A polícia prossegue entretanto as suas investigações, considerando as diversas hipóteses.

Tengo imaginou que, na fase em que se encontravam, pouca ou nenhuma informação mais o jornal poderia adiantar. Se abordassem o caso de maneira sensacionalista e Fuka-Eri regressasse, sã e salva, o escriba de serviço cairia no ridículo e o jornal perderia a sua reputação. O mesmo podia dizer-se da polícia. Primeiro, faziam ambos declarações breves e neutras, tipo balões meteorológicos usados para prever o tempo, à espera de ver no que a coisa ia dar. O interesse na história aumentaria assim que a imprensa semanal lhe desse cobertura e a televisão fizesse eco da notícia. O que significava que ainda havia alguns dias de tréguas.

Mais cedo ou mais tarde, a situação tornar-se-ia explosiva, disso não restavam dúvidas. *A Crisálida de Ar* convertera-se num *bestseller*, e Fuka-Eri, a sua autora, era uma bonita jovem de dezassete anos que atraía as atenções de muito boa gente. Encontrava-se desaparecida, em parte incerta. Era impossível que não se armasse um grande circo mediático à volta do sucedido. Apenas quatro pessoas no mundo sabiam que Fuka-Eri não tinha sido raptada, mas que se encontrava simplesmente escondida num lugar que só ela conhecia. Tengo estava a par de tudo, escusado será dizer, assim como o Professor Ebisuno e a sua filha Azami. Ninguém mais sabia que o desaparecimento não passava de um estratagema para desviar as atenções generalizadas.

Tengo estava indeciso, sem ter a certeza se devia alegrar-se ou inquietar-se por saber a verdade. Se calhar, mais valia ficar contente, pois a verdade era que não havia motivos para estar preocupado com ela. Fuka-Eri encontrava-se em segurança. Ao mesmo tempo, porém, era como se o conhecimento que tinha da situação o tornasse cúmplice em toda aquela maquiavélica trama. O Professor Ebisuno erguera um enorme e sinistro pedregulho, com a ajuda de uma alavanca, e estava à espreita para ver o que sairia de debaixo dele quando ficasse exposto à luz do Sol. Contrariado, Tengo mantinha-se ao seu lado. Não sentia qualquer interesse em saber o que ia acontecer. Se fosse possível, preferia nem sequer ver. Era de esperar que só pudesse resultar numa fonte de problemas. Palpitava-lhe que não havia maneira de escapar.

Depois de ter bebido o café e comido as torradas e o ovo, Tengo pousou o jornal, deixou-o ficar em cima da mesa e saiu da cafetaria. Regressou ao apartamento, lavou os dentes, tomou um duche e preparou-se para regressar às aulas.

Ao meio-dia, durante o intervalo do almoço, Tengo recebeu na escola a visita de um desconhecido. Acabara de dar as aulas da manhã e encontrava-se a descansar na sala de professores, aproveitando para passar os olhos pela edição matutina dos jornais que ainda não lera, quando a secretária do diretor lhe apareceu à frente e disse que alguém pretendia falar com ele. Tratava-se de uma mulher competente, um ano mais velha do que Tengo, e que, apesar de ter apenas o título de secretária, se encarregava basicamente de todas as tarefas administrativas relacionadas com a gestão da escola. Faltava aos traços do seu rosto aquele toque de harmonia que faria dela uma mulher bonita, mas era bem proporcionada e tinha excelente gosto para se vestir.

– É um senhor que diz chamar-se Ushikawa – adiantou ela.

Aquele nome não lhe dizia nada.

Por qualquer razão que lhe escapava, a mulher enrugou ligeiramente a testa.

– Disse que se tratava de um assunto «muito importante» e que, se possível, gostaria de falar contigo a sós.

– Um assunto importante?! – exclamou Tengo, surpreendido. Não se lembrava de lhe ter aparecido *alguma vez* na escola uma pessoa, em pleno dia de aulas, para discutir com ele assuntos importantes.

– Como a sala de visitas estava vazia, conduzi-o até lá e convidei-o a sentar-se. Em princípio, os docentes não deveriam utilizar a sala sem autorização, mas visto tratar-se de uma exceção...

– Obrigado – disse Tengo, esboçando o seu melhor sorriso.

Sem olhar sequer para ele, a secretária deu meia-volta e afastou-se num passo ligeiro, com a bainha do seu novo casaco de verão *Agnès B.* a esvoaçar atrás dela.

Ushikawa era um homem de estatura baixa, que aparentava ter à volta de quarenta e cinco anos. A cintura há muito que deixara de estar definida e a gordura acumulara-se em redor do pescoço, formando uma papada razoável. No entanto, Tengo não conseguia dizer ao certo qual a idade do homem, já que, devido à particularidade (ou à estranheza) das suas feições, tornava-se difícil reunir os elementos que permitissem adivinhar quantos anos tinha. Parecia mais velho e, ao mesmo tempo, parecia mais novo. Se alguém se lançasse a adivinhar e dissesse uma idade compreendida entre os trinta e dois e os cinquenta e seis anos, o seu interlocutor não teria outro remédio senão acreditar. Tinha os dentes em mau estado e as costas apresentavam uma curvatura bizarra. O cimo da sua calva, achatada de uma forma pouco natural, apresentava os lados disformes. A parte lisa fazia-lhe lembrar um heliporto militar construído estrategicamente no alto de uma pequena colina. Tengo vira alguns num documentário sobre a Guerra do Vietname. Dos lados daquela cabeça chata e deformada cresciam grossos pelos hirsutos, de um negro intenso, que se prolongavam mais do que o necessário, ao ponto de lhe taparem as orelhas de forma desencontrada. Em cada cem pessoas, noventa e oito associariam, provavelmente, aqueles pelos ao púbis. O que pensariam as outras duas pessoas, Tengo não fazia a mínima ideia.

A julgar pela fisionomia e pelas feições, tudo naquele indivíduo parecia completamente assimétrico. Foi a primeira coisa em que Tengo reparou. É evidente que todas as pessoas têm as suas assimetrias, em maior ou menor grau, e que isso não contraria necessariamente as regras da Natureza. A forma das próprias pálpebras, a esquerda e a direita, diferia ligeiramente. O seu testículo esquerdo ficava um nadinha mais descaído do que o direito. Os nossos corpos não são produzidos em massa numa fábrica, segundo um único modelo. No caso daquele indivíduo, porém, as diferenças entre o lado esquerdo e o lado direito transcendiam o domínio do racional. Esse desajuste das proporções, evidente aos olhos de qualquer um, irritava forçosamente e causava um mal-estar tal como quando uma pessoa se coloca diante de um espelho deformado (e, apesar disso, terrivelmente nítido), daqueles que existem nas feiras populares.

O fato cinzento que trazia vestido apresentava um sem-fim de pequenas rugas. Fazia pensar numa superfície de terra alvo de uma erosão glaciária. Tinha uma parte do colarinho da camisa espetada para cima, e o nó da gravata estava fora do sítio, como se, ao mostrar-se assim retorcido, manifestasse o desagrado por ter de se encontrar ali. Tanto o fato como a camisa e a gravata eram cada um de sua nação, para além de terem tamanhos desirmanados. O desenho da gravata poderia ser uma versão impressionista de uma tigela de *sōmen*[1], cheia de fios de massa enredados e espapaçados, realizada por um estudante de arte medíocre. Todos os artigos pareciam comprados em saldos. Ao observar demoradamente aquelas peças de roupa, Tengo deu por si quase a sentir pena delas, atendendo ao dono que lhes tinha calhado em sorte. Não sendo pessoa que desse muita atenção à roupa, Tengo preocupava-se, por estranho que isso possa parecer, com a maneira como os outros andavam vestidos. Era, digamos assim, um traço da sua personalidade. Se tivesse de eleger as pessoas mais mal vestidas, no meio de toda a gente que conhecera nos últimos dez anos, aquele homem figuraria por certo nos primeiros lugares da lista. Não era apenas uma questão de se apresentar com uma vestimenta horrorosa; dava a impressão de profanar deliberadamente a própria noção de moda.

Quando Tengo entrou na sala de visitas, o indivíduo levantou-se, tirou da carteira um cartão de visita e entregou-lho com uma pequena vénia. No cartão figurava o seu nome e o apelido escrito em ideogramas. Por baixo, em carateres latinos, aparecia: TOSHIHARU USHIKAWA. O primeiro nome era vulgar, mas Ushikawa[2]? «Rio do Touro»? O cartão indicava que o homem era diretor-geral da Nova Associação para o Desenvolvimento das Ciências e das Artes do Japão, cuja sede fiscal ficava em Kojimachi, no distrito de Chiyoda, e até vinha o número de telefone. Tengo não fazia ideia de que tipo de entidade se tratava, nem em que poderia consistir o chamado cargo de diretor-geral. Uma coisa era certa: o cartão de visita tinha uma apresentação muito cuidada, com o anagrama gravado em relevo; via-se logo que se tratava de um artigo personalizado. Depois de estudar o cartão de visita por instantes, Tengo voltou a olhar para o sujeito à sua frente e pensou que,

---

[1] Uma espécie de macarrão muito fino e de cozedura rápida, tipo cabelos de anjo, feito à base de farinha de trigo, que normalmente se come frio. (*N. das T.*)

[2] Uma figura que por certo muitos leitores poderão reconhecer das páginas de *Crónica do Pássaro de Corda*. Já nesse romance ele tentava aliciar a personagem de Toru Okada com argumentos do mesmo género. Murakami recria aqui um perfeito (leia-se, atento e bem-educado como poucos) manipulador ao serviço das forças do mal. (*N. das T.*)

muito provavelmente, não devia haver ninguém no mundo que produzisse uma impressão tão pouco em consonância com o título de diretor-geral da Nova Associação para o Desenvolvimento das Ciências e das Artes do Japão.

Sentaram-se ambos, cada um na sua poltrona, separados por uma mesa baixa, e ficaram de frente um para o outro. O homem utilizou um lenço para limpar com movimentos enérgicos o suor da testa, após o que tornou a guardar o lenço no bolso do casaco. A funcionária da secretaria apareceu com duas taças de chá verde num tabuleiro. Tengo agradeceu. Ushikawa não disse nada.

– Peço imensa desculpa por vir importuná-lo precisamente num momento em que estava a descansar, ainda por cima sem ter hora marcada – declarou Ushikawa. Utilizava uma linguagem polida, mas havia uma nota de familiaridade que soava, aos ouvidos de Tengo, quase como uma ofensa. – Já almoçou? Se quiser, podemos ir comer qualquer coisa e aproveitamos para conversar.

– Nunca almoço quando estou a trabalhar – retorquiu Tengo. – A seguir às aulas da tarde, como qualquer coisa, não se preocupe.

– Nesse caso, se estiver de acordo, falamos aqui mesmo. Tenho a impressão de que este local é perfeito e de que estão reunidas as condições para termos uma conversa tranquila.

Ao dizer aquilo, o sujeito olhou em redor, como se estivesse a avaliar o espaço. Não se podia dizer que fosse uma sala imponente. Na parede estava pendurado um grande quadro a óleo representando uma montanha qualquer. Mais impressionante do que o quadro em si mesmo era a quantidade de cores utilizadas. Dentro de um vaso viam-se flores parecidas com dálias – tinham um ar vagamente murcho, que fazia pensar em certas mulheres de meia-idade desprovidas de interesse. Tengo não compreendia por que carga-d'água existia uma sala tão lúgubre como aquela numa escola particular que se destinava a preparar os alunos para os exames de acesso ao ensino superior.

– Esqueci-me de me apresentar como mandam as regras. O meu apelido é Ushikawa, como pode ver no cartão de visita.

Ushi, os amigos chamam-me Ushi. Ninguém me chama Ushikawa, só Ushi – afirmou Ushikawa com um sorriso.

Amigos? Que diabo... quem é que poderia fazer amizade com um tipo daqueles?, interrogou-se Tengo, assaltado pela curiosidade.

Para ser honesto, Tengo tinha de reconhecer que a primeira impressão provocada por Ushikawa era a de *qualquer coisa* de repugnante, saída a rastejar de um buraco escuro no meio da terra. Algo peganhento e viscoso, sem forma definida, que nunca deveria ter visto a luz do dia. Se calhar, aquele homem era uma das coisas que o Professor Ebisuno atraíra para o exterior, ao levantar a tal rocha. Tengo enrugou a testa de forma involuntária e pousou em cima da mesa o cartão que ainda conservava na mão. Toshiharu Ushikawa, assim se chamava a criatura.

– Calculo que esteja ocupado, senhor Kawana, de maneira que vou dispensar o preâmbulo e ir direito ao que interessa – anunciou Ushikawa.

Tengo assentiu ligeiramente com a cabeça.

Ushikawa deu um gole no chá e, a seguir, atacou o assunto.

– Calculo que nunca tenha ouvido falar na Nova Associação para o Desenvolvimento das Ciências e das Artes do Japão. – Tengo assentiu. – Trata-se de uma fundação criada há relativamente pouco tempo, que se dedica a selecionar jovens que contribuem com o seu trabalho original para o desenvolvimento nas áreas das ciências e das artes, sobretudo gente pouco conhecida do grande público, a fim de lhes oferecer apoio. Por outras palavras, pode dizer-se que formamos jovens que irão constituir as próximas gerações nos mais diversos âmbitos da cultura contemporânea japonesa. Contratamos investigadores especializados em cada ramo, que, por seu turno, nos propõem os seus candidatos. Todos os anos, são escolhidos cinco artistas ou investigadores, que recebem uma bolsa. Durante um ano, podem dedicar-se ao que lhes interessa. Não existe qualquer tipo de condição. Só lhes é pedido que nos entreguem um relatório meramente formal, em que terão de dar conta, por escrito e de forma concisa, do trabalho que realizaram e dos resultados obtidos. Os relatórios serão publicados na revista editada pela nossa fundação. Não existe qualquer tipo de obrigação. Uma vez que iniciámos a atividade recentemente, a nossa prioridade consiste em apresentar resultados palpáveis. Ou seja, ainda nos encontramos na fase de semear para colher. No que toca ao vil metal, a bolsa anual que oferecemos a cada candidato é de três milhões de ienes.

– Uma soma mais do que generosa – comentou Tengo.

– Demora tempo e é preciso dinheiro para conseguir criar uma obra significativa ou descobrir um projeto com alguma envergadura. Isto não quer dizer, claro, que tempo e dinheiro, só por si, sejam garantia de resultados extraordinários. Em todo o caso, mal não fazem. O tempo, sobretudo, a quantidade de tempo de que dispomos é limitada. O relógio não deixa de marcar as horas. *Tic-tac*. O tempo voa. As oportunidades perdem-se. Contudo, quando se tem dinheiro, uma pessoa pode comprar tempo. Até pode comprar a liberdade, se quiser. O tempo e a liberdade são o que de mais importante o ser humano pode comprar com dinheiro.

Ao escutar aquilo, Tengo olhou de forma quase automática para o seu relógio de pulso. Na verdade, o tempo corria célere. *Tic-tac*.

– Desculpe o tempo que lhe roubei – acrescentou precipitadamente Ushikawa, interpretando o gesto de Tengo como uma espécie de protesto. – Vou direito à questão. Como é evidente, três milhões de ienes não servem para se levar uma vida de luxo, nos dias que correm, mas sempre deverá ser suficiente para permitir a alguém que está em princípio de vida pagar as suas contas e ir-se mantendo à tona, com uma certa margem de conforto. O nosso propósito, desde a primeira hora, é permitir que os jovens não sejam obrigados a matar-se a trabalhar para ganhar a vida e, mais do que isso, que possam concentrar-se em pleno no trabalho de pesquisa e de criação durante um ano. Se o nosso conselho de administração considerar, na avaliação feita ao fim de doze meses, que durante esse período os resultados obtidos foram satisfatórios, existe a possibilidade de a bolsa ser renovada durante mais tempo, de maneira regular.

Tengo aguardou em silêncio que o outro prosseguisse.

– No outro dia, tomei a liberdade de assistir a uma aula sua e estive a ouvi-lo falar durante uma boa hora – afirmou Ushikawa. – A verdade é que foi *muito* interessante. Confesso que sou completamente leigo na matéria, isto para não dizer que sou alérgico à Matemática e que sempre detestei essas aulas, desde pequeno, quando andava a estudar. Bastava ouvir a palavra «matemática» para me começar logo a contorcer com dores... Só me dava vontade de virar costas e fugir a sete pés. Agora, deixe-me que lhe diga, senhor Kawana, a sua aula... Ah, deixou-me rendido! Apesar de não entender nada da lógica do cálculo infinitesimal, ao escutar as suas explicações senti vontade de me pôr imediatamente a estudar Matemática. Foi extraordinário, acredite. Pode orgulhar-se de possuir um talento fora do comum. Poderia mesmo dizer-se que se trata de um talento capaz de atrair e arrastar as pessoas. Tinha ouvido dizer que o senhor era um professor muito popular, e agora compreendo porquê.

Tengo ignorava quando e onde tivera Ushikawa oportunidade de assistir a uma das suas aulas. Cultivava o hábito de observar com atenção as pessoas que frequentavam a sala de aula. Ainda que não se lembrasse da cara de todos os alunos, a presença de alguém com uma aparência tão singular como a de Ushikawa por certo não lhe teria escapado. A figura de Ushikawa daria tanto nas vistas como uma centopeia num açucareiro. No entanto, decidiu não pedir qualquer explicação. Só faria com que a conversa se eternizasse.

– Como deve saber, sou apenas um professor contratado pela escola que prepara os alunos para os exames à faculdade, nada mais – adiantou Tengo, a fim de ganhar algum tempo. – Não me dedico à investigação no campo da Matemática, nem nada que se pareça. A única coisa que procuro fazer é pegar nos ensinamentos que entretanto adquiri e devolvê-los aos meus alunos, de uma maneira divertida e fácil de entender. Ensino-lhes métodos eficientes para resolver os problemas que lhes poderão surgir pela frente na prova de acesso à universidade. Tenho jeito para isso, talvez. Contudo, há muito que abandonei a ideia de me tornar investigador. Para além de não possuir os meios económicos necessários, creio que não tenho nem o talento nem a capacidade para fazer carreira no mundo académico. Nesse sentido, senhor Ushikawa, não me parece que esteja em posição de lhe ser útil.

Ushikawa apressou-se a erguer a mão e virou a palma para Tengo.

– Não, não se trata disso. Talvez não me tenha explicado bem. Peço desculpa. As suas aulas de Matemática são, com efeito, muito interessantes. Sou sincero quando digo que as considero únicas e originais. Porém, não é esse o assunto que hoje aqui me traz. O nosso interesse prende-se com o seu trabalho como escritor, senhor Kawana.

Aquilo apanhou Tengo de tal modo desprevenido, que ele ficou sem saber o que dizer durante alguns segundos.

– O meu trabalho como escritor? – repetiu Tengo.

– Exatamente.

– Não compreendo muito bem o que me está a querer dizer. É certo que durante todos estes anos sempre escrevi ficção, mas nada foi ainda publicado. Não creio que se possa chamar escritor a alguém como eu. Como é que se lembraram da minha pessoa?

Perante a reação de Tengo, Ushikawa esboçou um sorriso malicioso, mostrando a horrível dentadura. Os dentes estavam tortos em diferentes ângulos, projetados cada um em sua direção e manchados com distintos tipos de sujidade, fazendo lembrar estacas fustigadas por ondas fortes numa praia, durante dias a fio. Talvez já fosse demasiado tarde para os arranjar, mediante um tratamento de ortodontia, mas, pelo menos, alguém deveria ensinar aquele homem a lavar bem os dentes.

– Aí tem precisamente o que distingue a nossa fundação, a sua marca original, por assim dizer – afirmou Ushikawa, todo ufano. – Os investigadores que trabalham para nós estão atentos àquilo em que ninguém reparou. É esse um dos nossos objetivos. Como acaba de dizer, não foi publicada nenhuma obra da sua lavra. Temos perfeita consciência disso. Até hoje, apresentou-se todos os anos, sob pseudónimo, ao prémio para jovens escritores promovido por uma revista literária. Ainda não ganhou qualquer galardão, infelizmente, se bem que por mais de uma ocasião tenha logrado chegar à fase final. E, naturalmente, houve muito boa gente que, tendo lido a sua prosa, reparou em si. Algumas pessoas acreditam no seu talento. O nosso investigador é da opinião de que, num futuro próximo, o Tengo irá sem dúvida ganhar o prémio e estrear-se como autor. Chamar ao que eu estou a fazer «investir no futuro» talvez seja uma forma um tanto ou quanto crua de colocar a questão, mas, tal como lhe disse antes, o nosso propósito sempre foi o de «cultivar as jovens promessas que irão dar corpo à geração seguinte».

Tengo pegou na sua taça e bebeu um pouco de chá frio.

– Portanto, está a querer dizer-me que sou candidato à vossa bolsa, apesar de ser um escritor novato. É isso?

– É isso mesmo. Apesar de lhe chamarmos candidato, na realidade já está tudo praticamente decidido. Se me disser que aceita, considero o assunto encerrado, pela parte que nos diz respeito, e estou autorizado a colocar um ponto final nesta conversa. Se quiser assinar os documentos necessários, procederemos de imediato à transferência bancária dos três milhões de ienes. Poderá solicitar uma licença sem vencimento aqui na escola e dedicar-se à escrita durante seis meses ou um ano inteiro. Ouvimos dizer que se encontra a escrever um romance longo. Não lhe parece uma oportunidade única, ora diga lá?

Tengo franziu o sobrolho.

– Como é que sabe que estou a escrever um romance?

Ushikawa tornou a rir-se com os dentes todos. Reparando com atenção, porém, os seus olhos não sorriam. A luz que brilhava no fundo das suas pupilas era puro gelo.

– Os nossos investigadores são competentes e trabalhadores. Escolhem uns quantos candidatos e examinam o perfil deles a fundo, de todos os ângulos. Imagino que várias pessoas que lhe são próximas saibam que se encontra a escrever esse tal romance. As notícias espalham-se...

Komatsu sabia que Tengo estava a escrever um romance, e o mesmo acontecia com a sua namorada mais velha. Quem mais poderia saber? Em princípio, ninguém.

– Gostaria de lhe fazer algumas perguntas acerca da associação a que preside. Posso? – perguntou Tengo.

– Força. Pergunte o que quiser.

– De onde provêm os vossos fundos?

– Há um particular que nos disponibiliza o capital. Ou talvez devesse dizer que existe uma organização liderada por essa pessoa. Na prática, e gostaria que isto ficasse entre nós, esse capital também beneficia de condições fiscais vantajosas. Além de que, como é evidente, esse tal indivíduo alimenta um grande interesse pelas artes e pelas ciências e pretende apoiar as novas gerações. E mais não lhe posso adiantar. Estamos a falar de uma pessoa que deseja permanecer no anonimato, o que inclui a organização a que pertence. Tudo o resto, nomeadamente a gestão do capital, está entregue ao comité da nossa fundação. Resta acrescentar que este seu humilde servo é um dos membros.

Tengo esforçou-se por pensar um pouco em tudo aquilo, mas, a bem dizer, não havia matéria para grandes reflexões. Contentou-se, pois, em ordenar mentalmente os dados lançados por Ushikawa.

– Importa-se que fume? – perguntou Ushikawa.

– Faça favor – respondeu Tengo, empurrando na direção do outro um pesado cinzeiro de vidro.

Ushikawa tirou do bolso do casaco um maço de *Seven Stars*, levou um cigarro à boca e acendeu-o com um isqueiro banhado a ouro. Um objeto fino e com todo o ar de ter custado os olhos da cara.

– Que me diz, senhor Kawana? – indagou Ushikawa. – Dá-nos a honra de aceitar ser nosso bolseiro? Honestamente, e falando em meu nome, depois de ter assistido com tanto gosto a uma aula dada pelo meu amigo, confesso que sinto grande curiosidade em ver por que universos literários se aventurará no futuro.

– Agradeço a sua proposta – disse Tengo. – É uma honra que não mereço. No entanto, lamento informar que não a posso aceitar.

Ushikawa olhou para Tengo de frente, com os olhos meio fechados, enquanto o fumo do seu cigarro se escapava por entre os dedos.

– Existe uma razão concreta para tal?

– Em primeiro lugar, não quero receber apoio financeiro de alguém que não conheço de lado nenhum. Em segundo lugar, da forma como as coisas estão, por agora não preciso de dinheiro. Trabalho aqui na escola durante três dias por semana e, no resto do tempo, dedico-me à escrita. Gosto das coisas como estão, confesso. Não tenho vontade de mudar de vida.

Em terceiro lugar, Ushikawa, não tenho a mínima vontade de me relacionar contigo e com os da tua laia. Em quarto lugar, a história da bolsa cheira-me a esturro. É bom demais para ser verdade. Não me considero propriamente a pessoa com o instinto mais apurado do mundo, é certo, mas até eu consigo ir lá pelo cheiro. Foi isto que Tengo pensou mas não disse.

– Estou a perceber – atalhou Ushikawa. A seguir, encheu os pulmões de fumo e expulsou-o com visível satisfação. – Compreendo a sua lógica. Deixe-me que lhe diga, senhor Kawana, que não é preciso que me dê uma resposta definitiva agora, neste preciso momento. Porque é que não vai para casa e pensa melhor, com calma, durante dois ou três dias? Depois poderá tomar uma decisão mais ponderada. Pela nossa parte, não temos pressa. Olhe que não é uma oferta que possa recusar assim do pé para a mão...

Tengo fez um movimento com a cabeça para dizer categoricamente que não.

– Agradeço, mas a firme decisão que acabo de tomar poupa tempo e trabalho a ambos. É uma honra ter sido escolhido como candidato à bolsa, e agradeço muito que se tenha deslocado até aqui de propósito para me comunicar isso mesmo. Peço desculpa, mas esta decisão é definitiva e não voltarei atrás com a minha palavra.

Ushikawa assentiu várias vezes e, com uma expressão pesarosa, apagou o cigarro no cinzeiro, depois de ter dado duas fumaças.

– Muito bem. Compreendo o que me diz e não tenho outro remédio senão respeitar a sua vontade, senhor Kawana. Desculpe ter-lhe roubado tanto tempo. Com grande pena minha, está na hora de me retirar. Bom, vou deixá-lo em paz.

Apesar de ter dito aquilo, Ushikawa não deu mostras de querer levantar-se. Limitou-se a coçar a nuca, mantendo os olhos semicerrados.

– Talvez não se dê conta, senhor Kawana, mas olhe que, enquanto escritor, antevejo-lhe um futuro brilhante. Você tem talento, meu jovem. Pode ser que a matemática e a literatura não estejam diretamente relacionadas, mas, quando uma pessoa frequenta as suas aulas, é como se estivesse a escutar uma história. E isso nem toda a gente consegue assim com tanta facilidade. O meu amigo tem coisas especiais para contar. Até uma pessoa como eu é capaz de ver isso. Portanto, tome cuidado consigo. Desculpe se estou a exceder as minhas competências e me meto onde não sou chamado, mas aconselho-o a seguir o seu próprio caminho, com determinação, e a não se deixar ir em conversas.

– Em conversas? – repetiu Tengo.

– Por exemplo... como é que eu posso dizer isto... parece que está de certa maneira relacionado com a Eriko Fukada, a autora da obra *A Crisálida de Ar*. Bom, refiro-me ao facto de já terem sido vistos juntos em várias ocasiões, se não me engano. Por coincidência, li num artigo publicado no jornal de hoje que ela se encontra desaparecida. Os meios de comunicação social devem estar a montar o circo do costume, imagino, porque se trata de um assunto que certamente irá dar pano para mangas.

– E qual é o problema de eu me encontrar com a Eriko Fukada?

Ushikawa tornou a levantar a palma da mão e a acená-la diante de Tengo. Tinha mãos pequenas, mas os dedos eram grossos e roliços.

– Por favor, homem, não vale a pena ficar ofendido, venho aqui sem segundas intenções. O que pretendo dizer é que vender o tempo e o talento para ganhar a vida nunca dá bom resultado. Perdoe a minha sinceridade, não gostaria de ver esse talento, aos meus olhos um verdadeiro diamante em bruto, delapidado e transformado numa pedra sem valor, tudo por coisas sem importância. Se a relação entre o Tengo e a menina Fukada viesse a público, de certeza que os jornalistas acabariam por descobrir a sua existência... O que equivale a dizer que desatariam a persegui-lo e arranjariam maneira de dar a volta ao texto, independentemente de terem ou não matéria para tal. Aquilo é gente muito obstinada, como sabe.

Tengo ficou calado, sem deixar de fixar o visitante. Ushikawa fechou ainda mais os olhos e coçou com força os lóbulos das orelhas. Apesar de ter umas orelhas pequenas, os lóbulos eram anormalmente grandes. Por mais que olhasse para a fisionomia daquele homem, nunca se cansaria de apreciar a estranheza das suas feições.

– Não, não fique a pensar mal de mim – insistiu Ushikawa –, não serei eu o responsável. Da minha boca não sairá nem uma palavra. – Ao dizer aquilo, fez o gesto de correr um fecho-ecler sobre os lábios. – Juro. Há até quem diga que eu devo ter sido uma ostra, numa vida anterior. Tratarei de guardar essa informação bem guardada, no mais fundo da minha alma. Como símbolo da simpatia pessoal que nutro por si, Tengo.

Feito aquele discurso, Ushikawa levantou-se por fim do sofá e esforçou-se por alisar as rugas finíssimas que tinha no fato. O gesto, porém, em vez de conseguir o seu intento, teve o condão de torná-las ainda mais evidentes.

– Caso mude de ideias em relação à bolsa, pode entrar em contacto comigo a qualquer altura, através do número de telefone que aparece no cartão. Ainda vai muito a tempo. Se este ano não for possível, fica para o ano. – Ao dizer aquilo, o homem representou a Terra a girar em redor do Sol, valendo-se dos dois indicadores levantados. – Pela parte que nos toca, não temos pressa. Ao menos, tive a oportunidade de o conhecer, de ter consigo esta pequena conversa, e creio que recebeu a mensagem que lhe queríamos transmitir.

A seguir, Ushikawa tornou a rir-se entre dentes e, depois de fazer gala da sua dentadura em mau estado, deu meia-volta e abandonou a sala de visitas.

* * *

Tengo aproveitou o tempo livre até à aula seguinte para matutar no que Ushikawa lhe tinha dito, esforçando-se por reproduzir mentalmente as palavras dele na sua cabeça. Aquele homem parecia saber que Tengo participara na reescrita do romance *A Crisálida de Ar.* Tudo na sua maneira de falar dava a entender isso. «O que pretendo dizer é que vender o tempo e o talento para ganhar a vida nunca dá bom resultado», dissera Ushikawa, em tom provocador.

«Nós sabemos»: era essa a mensagem transmitida.

«Pela parte que nos toca, não temos pressa. Ao menos, tive a oportunidade de o conhecer, de ter consigo esta pequena conversa, e creio que recebeu a mensagem que lhe queríamos transmitir.»

Dar-se-ia o caso de terem enviado Ushikawa, incumbido de oferecer a Tengo uma proposta no valor de três milhões de ienes, para lhe levar essa mensagem, e única e simplesmente por isso? Era uma história sem pés nem cabeça. Não era preciso engendrar um plano tão intricado, uma vez que eles já conheciam qual o seu ponto vulnerável. Se tivessem querido ameaçar Tengo, bastar-lhes-ia mencioná-lo à partida. Ou acaso estariam a tentar comprá-lo, recorrendo, para o efeito, à tal «bolsa»? De qualquer maneira, tudo aquilo era demasiado teatral. E, que diabo!, quem eram *eles*? Teria a Nova Associação para o Desenvolvimento das Ciências e das Artes do Japão alguma coisa que ver com a Vanguarda? Existiria uma organização com aquele nome?

Tengo pegou no cartão de visita de Ushikawa e foi ter com a secretária.

– Posso pedir-te um favor? – perguntou ele.

– De que se trata? – quis saber ela, por sua vez, continuando sentada e levantando a cabeça.

– Gostaria que telefonasses para este número, para saber se é da Nova Associação para o Desenvolvimento das Ciências e das Artes do Japão. Já agora, pergunta se o diretor, o senhor Ushikawa, se encontra nas instalações. Como o mais provável é responderem que não, nesse caso pergunta a que horas será possível encontrá-lo. Se quiserem saber o teu nome, diz a primeira coisa que te vier à cabeça. Não me importava de fazer isso, o único problema é que poderiam reconhecer a minha voz.

A secretária marcou o número de telefone. Como seria de esperar, alguém respondeu do outro lado, seguindo-se uma breve e concisa troca de palavras entre duas pessoas, ambas profissionais do mesmo ramo.

– A Nova Associação para o Desenvolvimento das Ciências e das Artes do Japão existe, de facto. Quem atendeu foi uma mulher, que deve ter vinte e poucos anos, imagino que será uma vulgar rececionista. Bastante cordial, se queres que te diga. Ushikawa trabalha ali, realmente. Deverá regressar ao escritório por volta das três e meia da tarde. Enfim, não perguntaram o meu nome, coisa que *eu* teria feito, como é óbvio...

– Óbvio – concordou Tengo. – Obrigado por tudo.

– De nada – disse ela, devolvendo-lhe o cartão de Ushikawa. – A propósito, o tal Ushikawa não é o homem que esteve aqui ainda há bocado?

– Sim, é esse mesmo.

– Só o vi de relance, mas pareceu-me um tanto sinistro.

Tengo guardou o cartão de visita na carteira.

– Suspeito bem que essa impressão não se desvaneceria, mesmo que tivesses oportunidade de olhar melhor para ele.

– Por regra, não gosto de julgar as pessoas apenas com base na sua aparência. Já me aconteceu enganar-me, e depois arrependo-me sempre. Neste caso em particular, bastou-me um único olhar para sentir que não era pessoa em quem se pudesse confiar. E ainda continuo a pensar o mesmo.

– Não és a única a pensar isso – afirmou Tengo.

– Não sou a única a pensar isso – repetiu ela, como se comprovasse a precisão gramatical da frase enunciada por Tengo.

– Esse casaco é lindíssimo – observou Tengo. Não se tratava de um elogio destinado a conquistar a simpatia dela; era o que ele achava. Depois de ver o fato baratucho e cheio de vincos de Ushikawa, aquele elegante casaco de linho possuía, aos seus olhos, o efeito de um bocado de tecido caído do céu numa tarde sem vento.

– Obrigada – disse ela.

– O facto de termos conseguido ligação e de alguém ter respondido do outro lado não quer dizer que essa tal Nova Associação para o Desenvolvimento das Ciências e das Artes do Japão exista na realidade – afirmou Tengo.

– Isso é verdade. Poderia não passar tudo de um esquema muito bem montado. Para o efeito, bastaria instalar um telefone e contratar uma pessoa para atender as chamadas. É o que acontece no filme *A Golpada*. Mas por que razão se dariam a todo esse trabalho? Não me leves a mal, Tengo, mas não tens propriamente ar de ser um tipo carregado de massa, ao ponto de haver quem te esteja a extorquir dinheiro.

– A não ser a minha alma – confirmou Tengo –, não tenho nada.

– Já estou a ver Mefistófeles a entrar em cena – disse ela.

– Se calhar, deveria ir até à morada indicada e verificar se o escritório existe mesmo.

– Avisa-me quando descobrires alguma coisa – pediu ela, ao mesmo tempo que inspecionava, de olhos semicerrados, as unhas bem tratadas pela manicura.

A dita associação existia na verdade. Assim que deu as aulas por terminadas, Tengo apanhou o comboio e seguiu até Yotsuya, e daí foi a pé em direção a Kojimachi. Quando chegou ao endereço que vinha inscrito no cartão, deparou-se com uma placa metálica, à entrada de um prédio de quatro andares, em que se lia: NOVA ASSOCIAÇÃO PARA O DESENVOLVIMENTO DAS CIÊNCIAS E DAS ARTES DO JAPÃO. Os escritórios ficavam no terceiro andar. Nesse mesmo piso encontravam-se as sedes da editora musical Mikimoto e o escritório de contabilidade Kōda. Pelo tamanho do edifício, não devia ser um escritório grande, tão-pouco uma empresa próspera. Mas, obviamente, pelo exterior não dava para saber como era na realidade. Tengo pensara em subir no elevador até ao terceiro andar. Queria ver as instalações por dentro, nem que ficasse à porta.

Porém, arriscava-se a encontrar Ushikawa no meio do corredor, e isso não deixaria de ser um tanto embaraçoso.

Tengo regressou a casa de comboio e telefonou a Komatsu. Para grande espanto seu, este encontrava-se no local de trabalho e atendeu logo.

– Neste momento, estou ocupado – disse Komatsu, nitidamente a despachá-lo, num tom de voz mais agudo do que era habitual. – Desculpa, mas agora não posso falar.

– É muito importante, senhor Komatsu – referiu Tengo. – Hoje apareceu lá na escola um indivíduo estranho. Parece saber qualquer coisa acerca da minha relação com *A Crisálida de Ar*.

Komatsu ficou calado por instantes.

– Penso que estarei em condições de te ligar dentro de vinte minutos. Estás em casa?

Tengo respondeu que sim. Komatsu desligou o telefone. Enquanto esperava pela chamada, Tengo afiou duas facas de cozinha com uma pedra de amolar, pôs água ao lume e preparou um chá. Precisamente vinte minutos mais tarde, tocou o telefone. Não era normal, tratando-se de Komatsu.

O seu tom de voz soava muito mais descontraído. Dir-se-ia que estava a ligar-lhe de um sítio pacato. Tengo fez um resumo do que Ushikawa lhe havia dito na sala de visitas.

– Nova Associação para o Desenvolvimento das Ciências e das Artes do Japão? Nunca ouvi falar. Além de que me parece um absurdo essa história de te quererem oferecer uma bolsa no valor de três milhões de ienes. Não podia estar mais de acordo quando eles dizem que tens futuro como escritor, isso é óbvio, mas ainda não existe uma obra tua publicada, atenção. Não deixa de ser um bocado esquisito. Aqui há gato.

– Foi isso mesmo que eu pensei...

– Dá-me algum tempo. Vou investigar por minha conta essa suposta Nova Associação para o Desenvolvimento das Ciências e das Artes do Japão. Quando souber alguma coisa, aviso-te. Dizes tu que o tal Ushikawa está a par da tua relação com a Fuka-Eri...

– Assim parece.

– Nesse caso, temos um problema – afirmou Tengo. – O Professor Ebisuno levantou o pedregulho com a ajuda da alavanca, até aí, tudo bem; mas agora dá a sensação de que saiu a rastejar de debaixo da rocha uma espécie de monstro.

Komatsu suspirou para cima do auscultador.

– Também eu ando bastante à nora. A imprensa semanal começa a dar sinais de agitação. Os canais de televisão já se manifestaram. Hoje de manhã, os polícias apareceram na editora e interrogaram-me acerca da situação. Sabem que existe uma relação entre a Fuka-Eri e a Vanguarda, incluindo a história de os pais andarem desaparecidos, sem paradeiro certo, como não podia deixar de ser. Não tarda muito, os meios de comunicação social vão explorar também esse ângulo mais sensacionalista.

– E o Professor Ebisuno, no meio de tudo isto…?

– Há muito tempo que não falo com o professor. Não consigo ligar-lhe, nem tenho recebido chamadas da parte dele. Se calhar, aconteceu-lhe qualquer coisa de grave. Ou então anda a tramar alguma…

– A propósito, senhor Komatsu, mudando de assunto: por acaso disse a alguém que eu andava a escrever um romance?

– Não, não disse a ninguém – respondeu Komatsu de imediato. – Por que carga-d'água iria falar no assunto a terceiros?

– Tudo bem, estava só a perguntar.

Komatsu ficou um minuto em silêncio.

– Tengo, não sei se a altura será a ideal para te dizer isto, mas pode muito bem acontecer que estejamos a entrar em terrenos perigosos.

– Isso agora pouco ou nada importa, o que interessa é que não podemos voltar atrás.

– Se não podemos inverter a marcha, não temos outro remédio senão continuar em frente. Mesmo que tenhas razão e que esse *monstro* de que falaste tenha saído de debaixo das rochas.

– Mais vale apertar o cinto de segurança – alvitrou Tengo.

– Foste tu que o disseste – corroborou Komatsu, e desligou o telefone.

Tinha sido um dia longo. Tengo sentou-se à mesa da cozinha, a beber o seu chá frio e a pensar em Fuka-Eri. O que faria ela durante todo o dia, sozinha, encerrada no seu esconderijo distante? Mas, naturalmente, ninguém podia saber o que fazia Fuka-Eri.

Na mensagem enviada em forma de cassete, ela tinha dito que a sabedoria e a força do Povo Pequeno poderiam causar danos, tanto ao Professor como ao próprio Tengo. **Na floresta é melhor ter cuidado**. Tengo olhou involuntariamente à sua volta. Sim, o coração da floresta era *o mundo deles*.

3

AOMAME

Não podemos decidir como nascer, mas podemos escolher como queremos morrer

Uma noite, já quase no fim do mês de julho, as espessas nuvens que tinham coberto o céu dissiparam-se por fim para deixar ver duas luas. Aomame contemplava a cena da varanda do seu apartamento. Sentia vontade de telefonar a alguém e de lhe dizer: «Podes fazer-me um favor? Vai à janela e olha para cima. Agora, diz-me: quantas luas vês no céu? Eu vejo claramente duas. E tu?»

Acontecia que Aomame não tinha a quem ligar para dizer aquilo mesmo. Poderia ligar a Ayumi, mas Aomame preferia não aprofundar a relação com ela. Afinal, Ayumi era uma mulher-polícia. Havia uma forte probabilidade de Aomame se ver obrigada a matar outro homem, dentro em pouco, após o que teria de mudar de rosto, mudar de nome, ir viver para outro lugar e desaparecer do mapa. Como seria de prever, não poderia tornar a ver Ayumi. Até mesmo entrar em contacto com ela estava fora de questão. Não deixava de constituir um duro golpe, ter de cortar o elo que a ligava a uma pessoa de quem se tornara próxima.

Aomame voltou para dentro, fechou a porta envidraçada da varanda e ligou o ar condicionado. A seguir, correu os cortinados, de modo a formar uma barreira entre ela e as luas. As duas luas no céu perturbavam-na. Era como se transtornassem subtilmente o equilíbrio gravitacional da Terra, indo ao ponto de exercerem um efeito qualquer sobre o seu próprio corpo. Ainda faltavam alguns dias para lhe aparecer a menstruação, mas sentia-se fraca e dominada por uma estranha languidez. A pele estava ressequida e o pulso batia a um ritmo pouco natural. Disse a si mesma que o *melhor* seria não pensar mais na história – mesmo sabendo que era uma coisa em que *tinha obrigação* de pensar.

A fim de combater a moleza, pôs-se a fazer alongamentos em cima do tapete. Concentrou-se naqueles músculos que pouco ou nada utilizava na sua vida quotidiana e sujeitou-os a um tratamento severo e sistemático. Os músculos queixaram-se em silêncio, um por um, à medida que o suor que caía do rosto de Aomame ia pingando no chão. Tinha sido ela a criar aquele programa de *stretching*, que depois procurara renovar todos os dias, apostada em torná-lo cada vez mais radical e eficaz. Era, acima de tudo, um programa de treino feito exclusivamente para ela; não o punha em prática nas aulas que dava no ginásio, até porque uma pessoa normal jamais estaria em condições de aguentar tamanha dor. Mesmo os seus companheiros de ginásio, sendo instrutores, gritavam e pediam tréguas.

Enquanto fazia os seus exercícios, pôs a tocar a *Sinfonietta* de Janáček, dirigida por George Szell. A gravação durava cerca de vinte e cinco minutos e deu-lhe tempo suficiente para torturar com bastante eficácia todos os músculos do seu corpo. Não era demasiado curta nem demasiado longa. Demorava o tempo certo. Quando a música chegava ao fim e o braço do gira-discos regressava automaticamente à sua posição de descanso, Aomame sentia o corpo e a cabeça exauridos até à última gota, como um pano torcido.

Aomame sabia a *Sinfonietta* de Janáček de cor e salteado, da primeira à última nota. Escutar aquela música enquanto esticava as articulações do corpo até ao limite transmitia-lhe uma calma misteriosa. Nesses momentos, ela torturava e sentia-se ao mesmo tempo vítima de tortura. Forçava, ao mesmo tempo que era forçada. E essa sensação de autossuficiência interior era o que precisava e o que a apaziguava. A *Sinfonietta* de Janáček convertera-se na banda sonora ideal para o seu exercício.

* * *

Pouco faltava para as dez da noite quando tocou o telefone. Ao levantar o auscultador, Aomame ouviu a voz de Tamaru.

– Como é que está a tua agenda para amanhã?

– Saio do trabalho às seis e meia.

– Podes passar por cá logo a seguir?

– Claro que posso – respondeu ela.

– Perfeito – disse Tamaru. Aomame conseguia ouvir o ruído produzido pela esferográfica dele a arranhar na agenda.

– É verdade, já trataram de comprar um novo cão? – quis saber Aomame.

– Um cão? Ah, sim... Decidimo-nos por outra cadela pastora alemã. Ainda não a conheço bem, mas sei que recebeu o treino básico e tudo indica que obedece à voz de comando. Chegou há cerca de dez dias e, de uma forma geral, aparenta ser dócil. As mulheres também parecem sentir-se mais seguras com a cadela por perto.

– Fico satisfeita com a notícia.

– Esta contenta-se com a ração normal para cães. Poupa trabalho.

– Normalmente, os pastores alemães não comem espinafres.

– Estamos a falar da *Bun*, que era uma cadela diferente das outras, sem sombra de dúvida. Havia alturas, dependendo da estação do ano, em que os espinafres não eram nada baratos... – queixou-se Tamaru com uma vaga nostalgia. A seguir, fez uma curta pausa e mudou de assunto: – A Lua hoje está muito bonita.

Aomame enrugou um pouco a testa, tendo o auscultador por testemunha.

– Porque é que me falas de repente na Lua?

– Também posso referir-me às coisas belas que existem na natureza, ou será que é proibido falar na Lua?

– Claro que podes – retorquiu Aomame.

Acontece que não és propriamente o género de pessoa que, sem haver uma razão para isso, traz à baila assuntos poéticos, e muito menos ao telefone.

Fez-se silêncio do outro lado. Por fim, Tamaru disse:

– Foste tu quem me falou nisso, da última vez em que estivemos ao telefone, lembras-te? Desde essa altura, a Lua nunca mais me saiu da cabeça, sobretudo depois de há bocado ter olhado para o céu, sem uma única nuvem, e de ter visto como a Lua estava impressionante.

A Aomame pouco faltou para perguntar quantas luas havia. Porém, abandonou a ideia. Era demasiado perigoso. No outro dia, Tamaru falara-lhe acerca do seu passado: sobre o facto de ter sido criado como órfão, não conhecendo sequer o rosto dos pais e pouco mais sabendo para além da nacionalidade deles. Os dois nunca haviam tido uma conversa tão íntima; Tamaru não era um muito dado a falar sobre a sua pessoa. Aomame caíra-lhe no goto e, de certa maneira, podia dizer-se que confiava nela. Contudo, era um profissional e um homem de disciplina, treinado para cumprir o seu objetivo seguindo o caminho mais curto. Mais valia não lhe puxar demasiado pela língua.

– Creio que posso estar aí amanhã, quando forem sete, depois de acabar o trabalho – anunciou Aomame.

– Muito bem – disse Tamaru. – Nesse caso, deverás ter fome. Amanhã é o dia de folga do cozinheiro, o que significa que não terei condições para te oferecer um jantar decente, mas, pelo menos, posso sempre preparar-te uma sanduíche, se achares bem.

– Obrigada – disse Aomame.

– Vamos precisar da tua carta de condução, do passaporte e do teu cartão de beneficiária da Segurança Social. Vê se consegues trazer-mos amanhã. Além disso, gostaria de ficar com um duplicado das chaves da tua casa. Achas que é possível?

– Não há problema.

– Ah, só mais uma coisa. Em relação ao assunto do outro dia, queria muito ter uma conversa a sós contigo. Por isso, quando acabares de conversar com a senhora, reserva algum tempo para mim, pode ser?

– Que assunto?

Tamaru ficou calado. O silêncio dele tornou-se pesado, palpável como um saco de areia.

– Precisavas de uma coisa de mim, não te lembras?

– Claro que me lembro – apressou-se Aomame a responder. Ainda estava com a cabeça na lua, melhor dizendo, a pensar nas duas luas.

– Até amanhã às sete – despediu-se Tamaru, e desligou o telefone.

No dia seguinte, o número de luas tinha mudado. Uma vez terminado o dia de trabalho, ela tomou um duche rápido e, ao abandonar as instalações do ginásio, foi confrontada com as duas luas em tom pálido, alinhadas a oeste, onde o céu ainda mostrava restos de claridade. Aomame encontrava-se de pé, apoiada à balaustrada da ponte pedonal que passava por cima da Avenida Gaien Nishi-Dori, e deixou-se ficar a contemplar as duas luas durante algum tempo. Tirando ela, não havia mais ninguém a olhar de propósito para o céu. Quando muito, os transeuntes limitavam-se a olhar com estranheza para a figura de Aomame, que, ali parada, não tirava os olhos das luas. As pessoas mostravam-se profundamente desinteressadas no que o céu ou a Lua tinham para lhes oferecer, enquanto se encaminhavam, apressadas, para a entrada da estação do metro. À medida que observava as luas, Aomame começou a sentir a mesma lassidão física da véspera. *Não posso continuar a olhar para as luas*, disse para consigo mesma. *Tudo isto está a influenciar-me negativamente.* No entanto, por mais que se esforçasse por não olhar para elas, era impossível não sentir o olhar das luas sobre a sua pele. *Mesmo que eu não as veja, elas estão a observar-me. Sabem o que me preparo para fazer.*

A velha senhora e Aomame tomaram um café forte e espesso em chávenas de um serviço antigo, todo decorado em relevo. A senhora deitou um pouco de leite, junto à borda da chávena, e bebeu o café sem mexer. Não punha açúcar. Aomame bebeu o seu como sempre: preto, sem nada. Tal como prometera,

Tamaru serviu-lhes sanduíches preparadas por ele, devidamente cortadas e aparadas. Aomame comeu várias. Eram muito simples, feitas de pão de centeio, levavam apenas queijo e pepino, mas tinham um sabor delicado. Tamaru tinha mão para a cozinha e sabia como preparar pratos simples e ao mesmo tempo refinados. Revelava-se hábil na arte de manusear a faca de cozinha e era capaz de cortar os ingredientes com o tamanho e a grossura apropriados. Sabia ainda por que ordem realizar todas as operações necessárias. Era quanto bastava para que a comida passasse a ter outro sabor.

– Já acabaste de organizar as tuas coisas e de fazer as malas? – perguntou a anciã.

– Dei a roupa e os livros que não me faziam falta. Tudo o que é necessário à minha nova vida, enfiei dentro de uma mala: depois é só pegar nela e sair rapidamente. No apartamento deixei ficar aquelas coisas básicas que continuo a usar por estes dias: eletrodomésticos, utensílios de cozinha, a cama e os lençóis, loiça e pouco mais.

– Nós depois encarregamo-nos do que deixares ficar para trás. Também não precisas de te preocupar com o contrato de arrendamento, ou questões desse género. Só tens de pegar na mala e levar contigo o que for estritamente necessário.

– Não será melhor dizer alguma coisa no meu local de trabalho? Desaparecer assim de repente pode levantar suspeitas...

A velha senhora voltou a pousar delicadamente a chávena na mesa.

– Também não precisas de te preocupar com isso.

Aomame assentiu com a cabeça e não disse nada. Mordiscou outra sanduíche aparada e bebeu o seu café.

– A propósito, tens dinheiro no banco? – perguntou a senhora.

– Tenho cerca de seiscentos mil ienes na minha conta à ordem. E dois milhões de ienes investidos num depósito a prazo.

A anciã fez mentalmente os cálculos.

– Podes levantar quatrocentos mil ienes da conta à ordem, desde que não seja tudo de uma vez. Agora, procura não tocar na conta a prazo; seria má ideia cancelá-la de um dia para o outro.

Pode ser que estejam a controlar a tua vida privada. Precisamos de tomar todas as precauções. Eu depois encarrego-me de repor esse dinheiro. Tens outros bens?

– Há aquele dinheiro do pagamento que me fez, e que se encontra depositado no cofre-forte de um banco.

– Levanta esse dinheiro, mas não o deixes ficar no apartamento. Vê se te lembras de algum lugar onde possas guardá-lo.

– Assim farei.

– Por enquanto, é tudo o que preciso que faças. Tenta não dar nas vistas e comporta-te como de costume. Prossegue com o teu estilo de vida e não faças nada que possa chamar a atenção. Se for possível, evita falar de assuntos importantes ao telefone.

Ao dizer aquilo, a velha senhora recostou-se mais fundo no cadeirão, como se tivesse esgotado as suas reservas de energia.

– O dia já está escolhido?

– Infelizmente, ainda não sabemos ao certo – referiu a anciã. – Estamos à espera de novas ordens, no que respeita ao programa da outra parte. As condições estão definidas; no entanto, só iremos saber alguma coisa de concreto em cima da hora. Tanto pode acontecer daqui a uma semana, como daqui a um mês. O local também ainda é uma incógnita. Bem sei que para ti deve ser uma tortura, mas não temos outro remédio senão ficar à espera.

– Não me importo de esperar – disse Aomame. – Gostaria, isso sim, de ficar com uma ideia, nem que seja em linhas gerais, das tais «condições».

– Vais realizar uma sessão de estiramentos musculares com esse homem – explicou a senhora. – No fundo, o trabalho que estás habituada a fazer. Parece que ele tem *um problema físico qualquer*. Não se trata de nada grave, mas, pelo que consegui perceber, dá-lhe bastante que fazer. Para além da medicina convencional, já experimentou várias terapias alternativas para ver se consegue livrar-se do famigerado «problema»: do *shiatsu* à acupuntura, passando pelas massagens, tentou tudo e mais alguma coisa, sem grandes resultados. Esse problema físico é o único ponto fraco que possui aquele a quem chamam «Líder». E foi por essa via que lográmos penetrar nas suas defesas.

A janela que ficava por trás da velha senhora tinha as cortinas fechadas, não deixando ver as luas. Aomame, porém, conseguia sentir na pele o olhar frio que lançavam. Um silêncio conspirador parecia ter-se introduzido sub-repticiamente no interior da sala.

– Temos uma pessoa infiltrada na organização. Por intermédio dela, consegui fazer passar a informação de que tu eras uma especialista fora de série na área do *stretching*. Não foi difícil, até porque é verdade. O homem manifestou grande interesse. Ao princípio, queriam que fosses ter com ele ao local onde funciona a sede, em Yamanashi, mas fiz questão de deixar bem claro que não podias afastar-te de Tóquio, por motivos de trabalho. Em todo o caso, o indivíduo em questão vem a Tóquio pelo menos uma vez por mês, por causa dos compromissos que tem, e fica instalado num hotel central, na baixa da cidade, procurando passar o mais despercebido possível. Será aí, no quarto do hotel, que irás fazer a sessão de estiramentos. Assim que te apanhares lá dentro, terás de proceder como sempre.

Aomame pôs-se a imaginar a cena. Num quarto de hotel. Um homem recostado sobre uma esteira de ioga, e ela, Aomame, a alongar-lhe os músculos. Não consegue ver o rosto dele. A nuca do homem, estendido de borco, apresenta-se nua e desprotegida diante dos seus olhos. Aomame estende a mão e tira do saco o picador de gelo.

– Teremos oportunidade de ficar sozinhos no quarto, não é verdade? – perguntou Aomame.

A velha senhora fez sinal que sim com a cabeça.

– O Líder não quer que as pessoas da organização fiquem a par do seu problema físico, mantendo essa questão em segredo, de modo que não estará mais ninguém presente. Ficarão os dois sozinhos.

– E eles sabem como me chamo e onde trabalho?

– São pessoas muito prudentes. Por esta altura, já devem ter investigado a fundo o teu historial. Não prevejo qualquer complicação nessa matéria. Ontem, finalmente, comunicaram-nos que deverias apresentar-te no hotel onde o Líder ficará alojado. Quando chegar o momento, informam-nos do local e da hora.

– Não irão suspeitar da relação que mantemos, pelo facto de eu passar a vida a entrar e a sair por estes portões?

– Estou inscrita no ginásio onde trabalhas, além de que tu vens cá a casa na qualidade de minha *personal trainer*. Não há motivo para alguém pensar que entre nós existe outro vínculo.

Aomame assentiu com a cabeça.

– Sempre que o Líder da organização abandona as instalações e se desloca, faz-se acompanhar de dois seguidores da seita, ambos cinturões negros em karaté. Ainda não conseguimos saber se andam armados, mas tudo indica que são bons naquilo que fazem. Treinam no duro todos os dias. Apesar disso, e na opinião do Tamaru, não passam de amadores.

– Ou seja, ao contrário do Tamaru.

– Sim, o Tamaru é de outra cepa. Estamos a falar de uma pessoa que costumava pertencer aos Comandos, nas Forças de Autodefesa. Está programado para agir de imediato, sem hesitações, quando é preciso conseguir o objetivo proposto. Seja qual for o adversário que tem pela frente, nunca vacila. Os amadores hesitam, sobretudo se o adversário for uma mulher ainda jovem.

A anciã reclinou a cabeça para trás, apoiando-se no encosto do sofá, e deixou escapar um profundo suspiro. Logo a seguir, voltou à posição inicial e olhou de frente para Aomame.

– O mais provável é esses tais dois guarda-costas ficarem à espera no quarto ao lado da suíte, enquanto tu estiveres a ocupar-te do Líder. Logo, vais ficar sozinha com ele durante cerca de uma hora. Por enquanto, é tudo o que conseguimos apurar. Como as coisas irão correr, chegada a altura?... Ninguém sabe. A situação apresenta-se periclitante. O Líder costuma revelar os seus planos apenas no último minuto.

– Que idade tem ele?

– Deve ter os seus cinquenta e cinco anos. Segundo parece, tem um físico imponente. Para mal dos nossos pecados, não sabemos muito mais acerca dele.

* * *

Tamaru esperava por ela à porta. Aomame entregou-lhe uma cópia da chave, a carta de condução, o passaporte e o cartão da Segurança Social. Tamaru retirou-se para dentro de casa e tirou fotocópias daqueles documentos. Depois de verificar que tinha na sua posse todas as cópias, devolveu os originais a Aomame. Em seguida, conduziu-a até ao seu escritório, que ficava mesmo junto à entrada. Não havia ali um único elemento decorativo digno desse nome: era uma divisão pequena e quadrada. Uma janelinha minúscula dava para o jardim. O aparelho de ar condicionado, encastrado na parede, produzia um ligeiro zumbido. Tamaru convidou Aomame a sentar-se numa pequena cadeira de madeira, ao mesmo tempo que ele se sentava numa outra cadeira, à secretária. Viam-se quatro ecrãs alinhados na parede. O ângulo das câmaras podia ser mudado, quando necessário. Os vídeos, em igual número, gravavam sem parar as imagens projetadas. Num dos ecrãs, o primeiro à direita, o enquadramento mostrava imagens da porta da casa-abrigo, onde viviam as mulheres. A nova cadela encontrava-se visível, deitada a dormir. Era um nadinha mais pequena do que a anterior.

– A morte da cadela não ficou registada nas imagens – observou Tamaru, antecipando-se à pergunta de Aomame. – Nesse momento, não estava presa. Era impossível soltar-se sozinha, por isso alguém o deve ter feito.

– Uma pessoa que estivesse habituada a aproximar-se dela, visto que não ladrou...

– É o mais provável.

– Que estranho!

Tamaru assentiu mas não disse nada. Fartara-se de matutar no assunto, até esgotar todas as hipóteses. Chegado àquele ponto, já não havia mais explicações a dar.

Inclinando-se, Tamaru abriu a gaveta do armário que tinha ao lado, enfiou a mão até tocar no fundo e tirou uma bolsa de plástico preta. Dentro da bolsa estava uma toalha azul muito gasta, quase sem cor; ao desdobrar a toalha, apareceu um objeto metálico – uma pistola automática, de um preto reluzente. Em silêncio, Tamaru depositou a arma nas mãos de Aomame. A rapariga pegou nela sem dizer uma só palavra e sopesou-a. Era muito mais leve do que parecia. Aquela coisa tão levezinha podia causar a morte de uma pessoa.

– Acabas de cometer dois erros graves. Queres que te diga quais são? – perguntou Tamaru.

Aomame esforçou-se por rebobinar o filme, mas não conseguiu perceber o que tinha feito mal. Limitara-se a pegar na arma que lhe fora entregue.

– Não sei – confessou ela.

Tamaru explicou-lhe:

– Primeiro, quando pegaste na arma, não verificaste se estava carregada, e, no caso de estar carregada, não te certificaste de que tinha a patilha na posição de segurança. Segundo, no momento em que a recebeste das minhas mãos, apontaste-a para mim, por breves segundos. Aí tens dois erros que deves evitar. Outra coisa: se não tiveres intenção de disparar, aconselho-te a manter o dedo afastado do gatilho.

– Entendido. A partir de agora, terei cuidado.

– A não ser que se trate de uma situação de emergência, sempre que transportares ou manipulares uma arma, é fundamental que ela esteja descarregada. E, da mesma forma, sempre que vires uma, deves comportar-te como se estivesse carregada. Pelo menos até teres a certeza de que não está, claro. As armas de fogo são fabricadas com o propósito de matar. Por mais cuidado que tenhas, nunca é demasiado. Pode haver quem faça troça de mim e me acuse de ser demasiado cauteloso, mas passamos a vida a ter conhecimento de acidentes estúpidos, e olha que os que morrem ou ficam seriamente feridos na sequência de uma brincadeira destas, provocada por uma arma, são muitas vezes os que se riem das pessoas precavidas.

Tamaru sacou uma bolsinha de plástico do bolso do casaco. Continha sete munições novas. Colocou-as em cima da mesa.

– Como podes ver, agora encontra-se descarregada. Tem o carregador no sítio, mas está vazio. Nem há qualquer munição na câmara.

Aomame acenou afirmativamente com a cabeça.

– É um presente que te dou, a título pessoal. Com uma condição. No caso de não a usares, peço-te que ma devolvas.

– Naturalmente – respondeu Aomame num tom seco. – Deve ter-te custado uns bons ienes, não?

– Não te preocupes com isso – retorquiu Tamaru. – Há outras coisas que merecem a tua atenção. Passemos a outros assuntos. Já alguma vez disparaste uma arma?

Aomame negou com a cabeça e disse:

– Nunca.

– Em princípio, os revólveres são mais fáceis de manejar do que as automáticas. Sobretudo quando se trata de uma principiante. O mecanismo é mais simples, torna-se mais fácil aprender a manipulá-los e existem menos possibilidades de se cometer erros. No entanto, verdade seja dita que um bom revólver, daqueles sofisticados, não é coisa fácil de transportar, por causa do seu volume. Como tal, pensei que o melhor seria uma semiautomática. Uma *Heckler & Koch HK4*, de fabrico alemão; sem munições, pesa quatrocentos e oitenta gramas. Trata-se de uma arma pequena e ligeira, mas convém não esquecer que as munições de nove milímetros são potentes que se fartam, para além de terem um coice fraco. Não se espera que consigam uma precisão por aí além nos disparos de longa distância, mas ajusta-se ao que tu queres. A Heckler & Koch é uma empresa alemã que produz armas de fogo e foi fundada no pós-guerra. Contudo, a *HK4* foi fabricada com base num modelo muito afamado, a *Mauser HSc*, utilizado antes da guerra. Começou a ser fabricado no ano de 1968 e ainda hoje continua a ser bastante utilizado. Daí que seja uma arma fiável. Esta, em particular, não é nova, mas vê-se que pertencia a quem sabia do seu ofício e está bem cuidada. As armas de fogo são como os automóveis: pode-se confiar mais num carro que esteja usado mas em bom estado do que num totalmente novo.

Tamaru tirou a pistola das mãos de Aomame e ensinou-lhe o seu funcionamento – o que fazer para pôr e tirar a arma de segurança, sacar o carregador e tornar a colocá-lo.

– Quando se tira o carregador, é preciso voltar a pôr a patilha em segurança. Uma vez tirado o carregador, puxas a corrediça para trás, e nessa altura sairá a munição que está na câmara. Visto que agora não estava carregada, não saiu nada. Feito isso, com a corrediça aberta, primes o gatilho... assim. Nesse instante, a corrediça vai à frente e o cão fica armado. Voltas a premir o gatilho e o cão desarma, altura em que metes outro carregador.

Tamaru executou aquela série de movimentos rápidos com uma agilidade notável. Em seguida, repetiu a mesma sequência, devagar, tendo o cuidado de exemplificar cada um dos gestos. Aomame observava a cena com a máxima atenção.

– Experimenta tu.

Aomame tirou o carregador com precaução, puxou a corrediça para trás, esvaziou a câmara, baixou o cão e voltou a pôr o carregador.

– Muito bem – disse Tamaru. Depois pegou de novo na arma, tirou o carregador e introduziu as sete munições cuidadosamente; assim que carregou a pistola, produziu-se um forte clique. A seguir, baixou a patilha de segurança que havia no lado esquerdo para ela ficar travada. – Experimenta repetir o que fizeste há pouco. Desta vez, a arma está carregada de munições verdadeiras. No interior da câmara também há uma munição. Apesar de a patilha estar na posição de segurança, não deves apontar o cano da arma a ninguém – alertou Tamaru.

Aomame pegou na pistola carregada e comprovou a diferença de peso. Não estava tão leve como dantes. Transmitia uma inequívoca sensação de morte. Era um instrumento de precisão, concebido para matar. Sentiu o suor começar a escorrer pelas axilas.

Aomame tornou a verificar que a patilha estava na posição de segurança, sacou o carregador e depositou-o em cima da mesa. Ao puxar a corrediça para trás, expulsou a munição que havia na câmara. A munição caiu no soalho de madeira com um ruído seco. Ela apertou o gatilho, a fim de fechar a corrediça, e depois apertou-o uma vez mais para voltar a soltar o cão. Com a mão a tremer, só então apanhou do chão a munição de nove milímetros que caíra aos seus pés. Tinha sede e ardia-lhe a garganta ao respirar.

– Não está mal, para uma primeira vez – observou Tamaru, enquanto metia de novo a munição de nove milímetros no carregador. – Mas ainda precisas de praticar bastante. Tremem-te as mãos. Repete todos os dias o movimento de pôr e tirar o carregador, até que as tuas mãos se acostumem ao toque da pistola. Tens de ser capaz de o fazer bem, depressa e automaticamente, tal como me viste fazer agora mesmo. Para o caso de precisares de executar a operação às escuras. Calculo que no teu caso não seja necessário trocar de carregador. No entanto, esse gesto é fundamental para qualquer pessoa que pretenda utilizar uma arma. Deves saber executá-lo de memória.

– Não preciso de praticar o disparo?

– Bom, que eu saiba, não vais disparar contra ninguém. A ideia é dares um tiro em ti própria, certo?

Aomame fez que sim com a cabeça.

– Nesse caso, não precisas de treinar. Basta que aprendas a carregar as munições, a soltar a patilha de segurança e a sentir o peso e a dureza do gatilho. Além do mais, onde é que fazias tenção de praticar tiro?

Aomame abanou a cabeça. Não fazia a mínima ideia.

– Mais uma coisa. *Como* é que pensas fazê-lo? Toma, faz de conta que vais disparar sobre ti e mostra-me.

Tamaru introduziu o carregador na pistola e, depois de se ter certificado de que a patilha de segurança estava no sítio, passou a arma para as mãos de Aomame.

– A patilha de segurança está posta – disse Tamaru.

Aomame apertou o cano de encontro à têmpora. Sentiu o toque do aço frio. Ao vê-la, Tamaru abanou lentamente a cabeça, por mais de uma vez.

– Vou dar-te um conselho. É melhor *não apontares* à têmpora. Torna-se muito mais difícil para a munição chegar ao cérebro do que tu possas pensar. Além de que, nessas situações, as mãos normalmente tremem. Devido a esse tremor, a pistola desvia-se da sua trajetória no momento do recuo. São muitos os casos em que a munição se limita a roçar o crânio e a pessoa não morre. Não gostarias que isso acontecesse contigo, pois não?

Aomame abanou a cabeça em silêncio.

– Quando o general Tōjō Hideki[1] foi capturado pelo Exército dos Estados Unidos, no final da guerra, tentou matar-se com uma munição em cheio no coração, apertando o gatilho de encontro ao peito, mas o projétil desviou-se, foi parar ao estômago, e ele sobreviveu. Aí tens o exemplo de um militar de carreira, alguém que ocupava um lugar no topo da hierarquia militar, e que não foi capaz de se suicidar como deve ser com uma arma. Levado de imediato para o hospital, Tōjō recebeu todos os cuidados por parte da equipa médica norte-americana, voltou a ser julgado e condenado a morrer na forca. Uma morte horrível. O momento da morte é importante para o ser humano. Não podemos decidir como nascer, mas podemos escolher como queremos morrer.

Aomame mordeu o lábio.

– A maneira mais segura consiste em meter o cano dentro da boca e fazer estoirar os miolos de baixo para cima. Assim.

Tamaru tirou-lhe a pistola da mão e exemplificou. Apesar de saber que a patilha de segurança estava colocada no sítio, aquela cena não deixou de provocar uma certa tensão em Aomame. Respirou com dificuldade, como se tivesse qualquer coisa a obstruir-lhe a garganta.

– Contudo, não se pode dizer que o método seja cem por cento seguro. Conheço um homem que tentou suicidar-se deste modo, sem o conseguir, e que ficou num estado lamentável. Estávamos juntos nas Forças de Autodefesa. Meteu o cano da espingarda na boca, atou uma colher ao gatilho e apertou com os polegares dos pés. Talvez o cano se tenha desviado... Não se conseguiu matar e tornou-se um ser vegetal até ao fim. Viveu assim durante

---

[1] General do Exército japonês e político (1884-1948), desempenhou um papel ativo na escalada militar do Japão e na Segunda Guerra Mundial. No final do conflito, foi condenado à morte, depois de ter sido considerado culpado de numerosos crimes de guerra. (*N. das T.*)

dez anos. Tirar a própria vida não é tão fácil como parece. Não é como nos filmes, em que os suicídios acontecem como se fosse a coisa mais simples do mundo, e toda a gente morre logo ali, ato contínuo, sem sentir dor. Na realidade, porém, as coisas não são bem assim. As pessoas não conseguem os seus intentos e ficam amarradas a uma cama, incapazes de controlar as necessidades fisiológicas, durante uma dezena de anos.

Aomame limitou-se a assentir, sem dizer nada.

Tamaru tirou as munições do carregador e da câmara e guardou-as dentro da pequena bolsa de plástico. A seguir, estendeu a pistola e as munições em separado a Aomame.

– Não está carregada.

Aomame fez um sinal afirmativo com a cabeça e aceitou as duas coisas.

Tamaru prosseguiu:

– Acredita que é mais sensato optar por viver. Já para não dizer que é mais realista, também. Este é outro conselho que te dou.

– Entendido – disse Aomame secamente. Depois, tratou de enrolar num lenço de pescoço a *Heckler & Koch HK4*, que por sinal parecia uma ferramenta tosca, e atirou-a para o fundo do saco desportivo. Quanto à bolsinha com as munições, guardou-a num compartimento de lado. O volume não contribuiu para deformar o saco, apesar de este ter ficado meio quilo mais pesado. Vendo bem, tratava-se de uma arma pequena e compacta.

– Para dizer a verdade, não é uma arma para principiantes; não deveria ser permitido a uma amadora como tu andar com armas destas – atirou Tamaru. – Pela minha experiência, sei que isto pode trazer problemas. Mas, tratando-se de ti, vais conseguir fazer bem as coisas. De certa maneira, somos parecidos. Nos momentos críticos, és capaz de dar prioridade às regras, em detrimento do teu verdadeiro «eu».

– Talvez isso aconteça porque o meu verdadeiro «eu» não existe.

Tamaru não deu seguimento ao tema.

– Estiveste nas Forças de Autodefesa? – quis saber Aomame.

– Sim, na unidade mais «dura». Vimo-nos obrigados a comer ratos, cobras e lagartos. Nem eram intragáveis, apenas não sabiam nada bem...

– E que fizeste depois disso?

– Muitas coisas. Trabalhei como segurança; melhor dizendo, como capanga, já que segurança é capaz de ser uma palavra demasiado fina para definir as minhas funções. Como o trabalho em grupo não é o meu forte, prefiro operar por conta própria. Por pouco tempo, é certo, mas confesso que também andei metido no mundo da máfia, onde presenciei toda a espécie de coisas, daquelas com que as pessoas normais nunca se deparam nos dias da sua vida. Apesar de tudo, nunca mergulhei no lodo. Tive sempre o cuidado de não dar passos em falso nem passar dos limites. Sou prudente, por natureza, e nunca gostei dos *yakuzas*. De modo que, como te cheguei a dizer uma vez, o meu historial está limpo, não têm nada a apontar-me. E foi assim que cheguei até aqui. – Ao dizer isto, Tamaru apontou para o chão debaixo dos seus pés. – Muito embora não tenha procurado alcançar a estabilidade a todo o custo, o certo é que agora levo esta vida pacífica. Como sabes, não é fácil uma pessoa encontrar um trabalho de que goste. Pretendo manter as coisas como elas estão.

– Acredito – retorquiu Aomame. – De certeza que não queres que te pague?

Tamaru negou com a cabeça.

– Não preciso de dinheiro. Este mundo funciona à base de estratagemas e de favores, não é propriamente o dinheiro que faz girar o mundo. Pela minha parte, como não gosto de dever nada a ninguém, prefiro fazer o maior número possível de favores.

– Obrigada – agradeceu Aomame.

– No caso de a polícia te interrogar para saber onde é que arranjaste a arma, não quero que fales no meu nome. Assim como, se eles vierem ter comigo, podes ter a certeza de que negarei tudo. Da minha boca nunca ficarão a saber nada, nem que me deem uma carga de pancada. Agora, se eles conseguirem envolver a senhora em toda esta história, perderei o meu trabalho e a minha honra será posta em causa.

– Escusado será dizer que não darei o teu nome.

Tamaru tirou um papelinho branco dobrado do bolso e entregou-o a Aomame. Na folha de papel estava escrito o nome de um homem.

– No dia 4 de julho, numa cafetaria chamada Renoir, recebeste a pistola e as sete munições deste homem, e pagaste-lhe por isso a quantia de quinhentos mil ienes em dinheiro vivo. Andavas à procura de uma arma, houve um tipo qualquer que soube da história e que se pôs em contacto contigo. Se a polícia vier a interrogar esse homem sobre o assunto, ele confirmará os factos, sem problemas, o que significa que está pronto a ir parar à prisão durante vários anos. Não tens de te preocupar com outros pormenores. Desde que consiga estabelecer a procedência da arma, a polícia dar-se-á por satisfeita. Quanto a ti, é possível que também passes algum tempo atrás das grades, acusada de posse ilegal de arma.

Aomame decorou o nome escrito na folha de papel e devolveu-o a Tamaru, que o rasgou aos pedacinhos antes de deitar tudo no cesto do lixo.

A seguir, ele voltou à carga:

– Como te disse anteriormente, sou uma pessoa prudente por natureza. Contam-se pelos dedos as ocasiões em que confio nos outros e, quando isso acontece, mesmo assim nunca chego a confiar cem por cento. O meu maior desejo é que esta pistola regresse às minhas mãos sem ter sido usada. Isso quererá dizer que não teremos problemas. Ninguém morrerá, ninguém ficará ferido e ninguém irá preso.

Aomame concordou com a cabeça.

– Estás a convidar-me a quebrar a tal regra de Tchékhov?

– Isso mesmo. Tchékhov era um grande escritor, mas, naturalmente, o seu ponto de vista não é o único válido. Nem todas as armas que aparecem numa história têm de ser disparadas – afirmou Tamaru. A seguir, franziu o sobrolho de repente, como se tivesse acabado de se lembrar de uma coisa importante. – Ah, é verdade, já me esquecia. Tenho de te dar um *pager*.

Tirou um pequeno aparelho da gaveta e colocou-o em cima da secretária. Possuía uma espécie de pinça metálica que lhe permitia ficar ajustado à roupa ou ao cinto. Tamaru pegou no telefone e marcou um número abreviado de três dígitos. Ao terceiro toque, o *pager* começou a emitir uma série de sons eletrónicos intermitentes. Depois de ter colocado o volume no máximo, Tamaru carregou num botão e o som deixou de se ouvir. Ele semicerrou os olhos para ver melhor, na tentativa de verificar se o número de telefone aparecia, e entregou o *pager* a Aomame.

– Procura tê-lo sempre contigo – disse Tamaru –, ou, pelo menos, não te afastes muito dele. Se tocar, quer dizer que te enviei uma mensagem. Uma mensagem importante. Não faço tenção de entrar em contacto contigo apenas para enviar saudações, nem nada que se pareça. Se o fizer, quero que telefones de imediato para o número que aparece aí indicado. Sempre de uma cabina pública, atenção. E outra coisa: se tiveres bagagem, o melhor é guardá-la num daqueles cacifos automáticos que existem na estação de Shinjuku.

– Na estação de Shinjuku – repetiu Aomame.

– Imagino que não seja necessário dizer isto, mas quanto menos coisas levares contigo, melhor.

– Certo.

De regresso ao seu apartamento, Aomame fechou as cortinas todas e tirou do saco a *HK4* e as munições. Depois, sentou-se à mesa da cozinha, repetindo o movimento que consistia em tirar e meter o carregador. Quanto mais praticava, maior era a rapidez de execução. Os movimentos acabaram por adquirir um bom ritmo e as mãos deixaram de lhe tremer. A seguir, enrolou a pistola numa *T-shirt* usada e escondeu-a numa caixa de sapatos. Por fim, guardou tudo no fundo de um armário. A bolsinha com as munições, essa meteu-a dentro do bolso interior de uma gabardina que estava pendurada num cabide. Sentiu de repente uma sede terrível. Foi ao frigorífico buscar um jarro de chá frio de cevada torrada e bebeu três copos de uma assentada. Tinha os músculos dos ombros rígidos devido à tensão, e por baixo das axilas desprendia-se um odor diferente do habitual. Pelo facto de possuir uma arma e ter consciência disso, a sua visão do mundo mudara um pouco. A paisagem que a rodeava adquirira um matiz estranho, que lhe era desconhecido.

Despiu a roupa que trazia no corpo e tomou um duche para se libertar do cheiro a suor.

Nem todas as pistolas têm de ser disparadas, repetia para si mesma, debaixo do chuveiro. *Uma pistola não é mais do que um instrumento. E eu não vivo no mundo da ficção. Este é o mundo real, cheio de abismos, de contradições e anticlímax.*

Passaram-se entretanto duas semanas sem que houvesse novidades. Como de costume, Aomame ia trabalhar todos os dias para o ginásio e dava as suas aulas de artes marciais e de estiramentos. Não podia mudar o ritmo da sua vida quotidiana. Seguia rigorosamente as instruções dadas pela velha senhora. Ao regressar a casa, assim que acabava de jantar sozinha, corria por completo as cortinas e prosseguia o treino com a *HK4*, sentada à mesa da cozinha. Aquela sensação de peso, aquela rigidez, a sua força bruta, assim como o odor do óleo lubrificante, foram--se entranhando nela e passaram aos poucos a fazer parte do seu corpo.

Volta e meia, praticava a manobra, depois de ter vendado os olhos com um lenço. Mesmo sem ver rigorosamente nada, conseguia pôr o carregador enquanto o diabo esfrega um olho, tirar a patilha de segurança e puxar a corrediça. O som breve e rítmico provocado por cada uma das operações soava de forma agradável aos seus ouvidos. No escuro, a diferença entre o som produzido pela arma na sua mão e aquele ruído captado pelos seus ouvidos tornava-se cada vez mais ténue. A fronteira entre a sua própria existência e as ações por si desenvolvidas desvanecia-se, até acabar por desaparecer de todo.

Uma vez por dia, punha-se de pé diante do espelho da casa de banho e enfiava o cano da pistola carregada na boca. Enquanto sentia aquela rigidez metálica na ponta dos dentes, imaginava como seria apertar o gatilho. Um simples gesto bastaria para acabar com a sua vida. No instante seguinte, teria desaparecido da face da Terra. Defronte do espelho, falava consigo mesma. *Tenho de prestar atenção a vários pontos importantes: não tremer com a mão; aguentar o recuo da arma; não ter medo e, sobretudo, não hesitar.*

Se quiser, posso fazê-lo agora mesmo. Basta colocar o dedo um centímetro mais para dentro. Fácil. Porque é que não me decido? Esteve quase a fazê-lo, mas depois mudou de ideias, tirou a pistola da boca, baixou a patilha de segurança e pousou a arma em cima do lavatório, entre a pasta de dentes e a escova do cabelo.

Não, ainda não. Primeiro tenho de fazer uma coisa.

Tal como Tamaru lhe recomendara, Aomame transportava o *pager* consigo para todo o lado. Quando chegava a hora de se deitar, deixava-o ficar ao lado do despertador. Estava sempre alerta, pronta para agir de imediato quando tocasse. No entanto, passou-se uma semana, e o *pager* em silêncio, posto em sossego.

A pistola na caixa de sapatos, as sete munições no bolso da gabardine, o *pager* silencioso, o picador de gelo de fabrico artesanal, com a sua ponta letal, e os seus pertences empacotados numa mala de viagem. Uma nova cara e uma nova vida que, em princípio, a esperavam. Um maço de notas, dinheiro vivo, guardado num cacifo automático da estação de Shinjuku. Foi nesse ambiente que Aomame passou os dias de verão. Era tempo de férias, e as pessoas começavam a preparar-se para fugir. Muitos estabelecimentos comerciais tinham os taipais de metal cerrados e pelas ruas não se encontrava vivalma. Também diminuíra o número de veículos em circulação e na cidade inteira reinava uma certa tranquilidade. Por vezes, ela tinha a impressão de estar a perder o norte. *Será isto real?*, interrogava-se. Se não era a verdadeira realidade, não fazia ideia de onde poderia encontrá-la. Não tinha outro remédio senão aceitar que aquela era a única realidade existente e fazer os possíveis por enfrentá-la com todas as suas forças.

Não tenho medo de morrer, voltou a convencer-se Aomame. *O que temo é ser enganada pela realidade, ser abandonada pela realidade.*

Estava tudo pronto. Mentalmente, encontrava-se preparada. Poderia abandonar o apartamento em qualquer momento, bastava que Tamaru desse sinal de vida. No entanto, a chamada telefónica nunca chegou a acontecer. O mês de agosto aproximava-se do fim. O verão não tardaria a acabar e, lá fora, as cigarras lançavam no ar o seu último canto. Parecia mentira que o mês tivesse passado a correr, quando cada dia dava a sensação de ser interminavelmente longo.

Ao regressar do trabalho no ginásio, Aomame despiu a roupa encharcada de suor, enfiou-a no cesto e vestiu antes uma camisola sem mangas e uns calções. No começo da tarde, caiu um forte aguaceiro. O céu escureceu, as bagas de chuva, grandes como seixos, embatiam com violência no pavimento, e trovejou a valer. Assim que passou o aguaceiro, as ruas ficaram alagadas. O Sol voltou a brilhar e a água evaporou-se, envolvendo a cidade inteira numa nuvem fumegante de vapor. Ao cair a tarde, as nuvens tornaram a surgir e cobriram o céu com um véu espesso. As luas não estavam à vista.

Antes de começar a fazer o jantar, sentiu necessidade de descansar um bocado. Enquanto bebia um copo de chá de cevada frio e petiscava as *edamame* que cozera de antemão, abriu o jornal da tarde em cima da mesa da cozinha e começou a folheá-lo, por ordem, da primeira até à última página. Não havia nenhum artigo que despertasse a sua atenção. Parecia a mesma edição vespertina de sempre. Porém, ao abrir a página dedicada aos *fait-divers*, saltou-lhe de imediato à vista uma fotografia de Ayumi. Aomame susteve a respiração e enrugou a testa.

Primeiro, ainda pensou que não era possível. Só podia estar a fazer confusão, devia tratar-se de alguém muito parecido com a mulher-polícia. Ayumi nunca iria aparecer no jornal, para mais num artigo com uma foto em grande plano. Porém, quanto mais olhava, mais lhe parecia a cara da sua jovem amiga, companheira das suas esporádicas e modestas orgias sexuais. Na fotografia em causa, Ayumi ostentava um ligeiro sorriso – por sinal um sorriso com o seu quê de artificial e forçado. A verdadeira Ayumi costumava ter um sorriso muito mais natural e alegre estampado na cara. Aquela foto deveria ter sido tirada de propósito para um álbum oficial. Era como se por detrás daquele aparente desconforto se escondesse uma natureza inquieta.

Aomame gostaria de passar ao lado do artigo. Olhando para o título em caixa alta que acompanhava a fotografia, era impossível não adivinhar o que acontecera. Ao mesmo tempo, estava fora de questão fechar os olhos. Tornava-se impossível escapar às malhas da realidade. Aomame soltou um suspiro profundo, dos dela, e começou a ler.

«Ayumi Nakano (26 anos), solteira. Moradora no bairro de Shinjuku, em Tóquio.»

O artigo adiantava que Ayumi morrera estrangulada com o cinto do robe, num quarto de hotel em Shibuya. Fora encontrada completamente despida e amarrada à cama com algemas. Na boca tinham-lhe metido uma peça de roupa, para evitar que gritasse. Um empregado do hotel encontrara o corpo sem vida, pouco antes do meio-dia, quando se preparava para inspecionar o quarto. Ayumi entrara acompanhada de um homem, na noite anterior, tendo o indivíduo abandonado o hotel ao amanhecer. O pagamento havia sido feito antecipadamente. Não se tratava de um caso fora do vulgar numa metrópole como Tóquio, onde se aglomeram pessoas muito diferentes; dessa amálgama resultam comportamentos febris, que se traduzem, não raras vezes, em violência. Os jornais estavam cheios de histórias parecidas. No entanto, aquela conhecia contornos pouco usuais. A vítima era uma mulher-polícia e tudo indicava que as algemas que teriam sido utilizadas nalgum jogo sexual eram as regulamentares, pertencentes ao corpo policial. Não se tratava de acessórios de pacotilha, daquelas algemas compradas nas *sex-shops*. Como seria de esperar, a notícia despertou grande curiosidade junto do público.

4

TENGO

Talvez fosse melhor não desejar semelhante coisa

Onde é que ela estará agora e o que andará a fazer? Será que ainda é devota da Associação das Testemunhas?

Espero que não, pensou Tengo. Cada um era livre de acreditar, ou não acreditar, bem entendido. Não se tratava sequer de um assunto para o qual Tengo fosse tido nem achado. No entanto, e que se lembrasse, ela não parecia particularmente feliz em pequena pelo facto de pertencer àquela seita.

Nos seus dias de estudante, Tengo trabalhara a tempo parcial num armazém de uma loja de bebidas alcoólicas. Não pagavam mal, mas era um trabalho duro, que o obrigava a transportar cargas pesadas. Ao fim de um dia de trabalho, até mesmo ele, conhecido pela sua constituição robusta, sentia as articulações do corpo todas doridas. Por coincidência, trabalhavam ali dois rapazes que tinham sido educados como membros da «segunda geração» das Testemunhas. Eram uns tipos simpáticos e educados. Da mesma idade que Tengo, levavam o trabalho a sério. Nunca se queixavam e laboravam sem quebras de ritmo. Certa vez, depois do trabalho, foram os três beber uma cerveja japonesa a um bar. Amigos de infância, os dois haviam renunciado à sua fé anos antes, contaram eles. Ao abandonarem a organização religiosa, aventuraram-se juntos no mundo real. Contudo, pelo que Tengo podia observar, parecia que não se tinham adaptado lá muito bem ao novo ambiente. Nascidos e criados no meio de uma comunidade pequena e fechada, nem um nem outro tinham facilidade em compreender e aceitar as regras daquele universo mais vasto. Muitas vezes, perdiam a confiança na sua capacidade para tomar decisões e sentiam-se confusos. Ao mesmo tempo que saboreavam a sensação de liberdade por terem renunciado à sua fé, carregavam consigo a dúvida, que os levava a perguntar a si próprios até que ponto teriam feito a opção errada.

Tengo não podia deixar de sentir compaixão por eles. Se tivessem abandonado aquele mundo quando ainda eram crianças, antes que as suas personalidades estivessem claramente formadas, teriam possibilidades de se adaptarem à sociedade. Porém, ao deixarem escapar esse ensejo, viam-se obrigados a viver segundo a escala de valores imposta pela comunidade das Testemunhas. Ou então, e dependendo inteiramente de si mesmos, a alternativa consistia em estarem dispostos a fazer grandes sacrifícios, a fim de transformarem a sua mentalidade e as suas rotinas de fio a pavio. Quando Tengo conversava com eles, lembrava-se da rapariga e só esperava que ela não tivesse tido de passar pelo mesmo.

Depois de a menina ter largado por fim a mão dele, saindo a correr disparada da sala de aulas, sem olhar para trás, Tengo deixou-se ficar ali de pé durante algum tempo, incapaz de fazer um simples gesto. A verdade é que ela lhe apertara a mão esquerda com uma força considerável, e ainda sentia o toque dos seus dedos, sensação que perdurou, de resto, durante vários dias. Mesmo quando a impressão imediata começou a desvanecer-se, a profunda marca por ela deixada no seu coração permaneceu intacta.

Passado pouco tempo, teve a sua primeira ejaculação. Da ponta do pénis ereto saiu um pouco de líquido, um tudo-nada mais viscoso do que a urina. E ele tinha sentido ao mesmo tempo uma espécie de latejar e uma vaga sensação de dor. Tengo ainda não sabia que aquilo era o sinal da sua primeira ejaculação. Visto que nunca passara por uma coisa semelhante, experimentara uma certa apreensão. Podia ser que algo estranho estivesse a acontecer com o seu corpo, mas não era o tipo de assunto que pudesse discutir com o pai nem perguntar aos seus companheiros de turma. De noite, ao despertar a meio de um sonho (não se lembrava daquilo com que havia sonhado), tinha a roupa interior ligeiramente molhada. Tengo acreditava que, ao agarrar na mão dele, a rapariga tocara em qualquer coisa e fizera-a sair de dentro dele.

Depois disso, nunca mais voltou a ter contacto com ela. Aomame continuava a manter-se isolada no meio da turma, como de costume; não falava com ninguém e, antes do almoço, recitava sempre a mesma oração na sua voz clara. Quando se cruzava com Tengo, a expressão do seu rosto não traduzia a mínima alteração; era como se nada tivesse acontecido. Dir-se-ia que Tengo permanecia, aos seus olhos, invisível.

Por seu lado, Tengo não perdia a oportunidade de observar Aomame, mas sempre à socapa, para que os outros não reparassem. Olhando com atenção, era uma menina bem bonita – ou, pelo menos, os traços do seu rosto agradavam-lhe. Era alta e magra, e vestia sempre roupas de cores deslavadas que lhe ficavam demasiado grandes. Quando usava o equipamento de ginástica, notava-se que o peito ainda não começara a desenvolver-se. Mostrava-se pouco expressiva, quase não abria a boca e passava o tempo com o olhar perdido, melhor dizendo, as suas pupilas, quando se fixavam num determinado ponto, careciam de vitalidade. Tengo achava aquilo estranho, pois, naquele dia, ao olhar de frente para ele, o seu olhar revelara-se límpido e luminoso.

Depois de ela lhe ter apertado a mão, Tengo ficou a saber que aquela rapariguinha magra escondia dentro de si uma energia inquebrantável e fora do comum. Não se tratava apenas da força de mãos, revelada através do seu gesto. Era como se o seu espírito fosse dotado de um poder especial. De uma forma geral, ela procurava manter essa energia oculta, para que os outros camaradas de escola não dessem por ela. Mesmo quando era chamada durante as aulas pelo professor, a jovem não dizia mais do que o estritamente necessário (às vezes, nem isso, preferindo ficar calada), se bem que as notas obtidas nos exames não fossem más de todo. Tengo calculava que, se ela quisesse, poderia obter classificações mais elevadas, mas se calhar respondia às perguntas sem se esforçar por aí além, para não se destacar. Talvez não passasse de uma estratégia que uma menina na posição dela professara, a fim de sobreviver, reduzindo ao mínimo o risco de se magoar. Encolher-se o mais possível e fazer-se pequenina, ao ponto de se tornar transparente.

Tengo pensava em como seria fantástico se ela fosse uma rapariga cem por cento normal, com quem ele pudesse manter uma conversa perfeitamente vulgar. Desse modo, o mais provável era tornarem-se bons amigos. A amizade entre um rapaz e uma rapariga aos dez anos nunca é fácil. Na verdade, talvez seja das coisas mais difíceis do mundo. Mas, pelo menos, poderiam ter arranjado maneira de se encontrarem uma vez por outra para conversarem amigavelmente. Ora, tal ocasião nunca se proporcionou. Aomame não levava uma vida normal: era um caso isolado no meio da turma, ninguém lhe ligava, e ela persistia num silêncio obstinado. Por seu turno, em vez de comunicar a sério com a Aomame de carne e osso, Tengo preferiu relacionar-se com ela em segredo, recorrendo à imaginação e às suas recordações.

Tengo, aos dez anos, não possuía ainda uma imagem consciente do sexo. Tudo o que ele desejava era poder agarrar de novo na mão dela, se possível. Queria que ficassem os dois sozinhos num lugar em que ela tornasse a apertar a mão dele com força. E queria ouvi-la contar uma coisa acerca dela – qualquer coisa, tanto fazia. Queria que ela lhe confessasse em voz baixa os seus segredos, os segredos de uma rapariga de dez anos. Ele faria os possíveis por compreendê-la, e isso representaria o princípio de qualquer coisa. Acontecia, porém, que Tengo não fazia ideia do que poderia ser essa *coisa*.

Chegou abril e começou o novo ano escolar[5]. Agora que frequentavam o quinto ano, Tengo e a jovem foram colocados em

[1] No Japão, o ano escolar tem início no dia 1 de abril e divide-se em três períodos. O primeiro vai de abril a julho, o segundo de setembro a dezembro e o terceiro prolonga-se de janeiro até março. (*N. das T.*)

turmas separadas. Volta e meia, cruzavam-se nos corredores da escola, ou calhava encontrarem-se na paragem do autocarro, mas ela continuava a não manifestar qualquer interesse pela presença dele, ou pelo menos era essa a impressão com que Tengo ficava. Podiam estar os dois juntos, lado a lado, que ela permanecia impassível, sem pestanejar. Porém, tão-pouco se dava ao trabalho de desviar os olhos. Tal como anteriormente, a profundidade e o brilho continuavam ausentes do seu olhar. Tengo perguntava a si mesmo que diabo teria acontecido naquele dia, em plena sala de aulas. Havia alturas em que tudo lhe parecia um sonho. E, no entanto, a sua mão ainda conservava viva a sensação de ter sido apertada com uma força extraordinária por Aomame. Aos olhos de Tengo, o mundo estava cheio de enigmas.

Até que, um dia, quando se deu conta, aquela jovenzinha chamada Aomame abandonara a escola. Diziam que tinha sido transferida para outra, mas ninguém sabia pormenores. A bem dizer, Tengo era, muito provavelmente, o único aluno da escola primária abalado pelo desaparecimento da colega.

A partir daí, e durante muito tempo, Tengo arrependeu-se do modo como *agira*. Melhor dizendo, arrependeu-se da forma como *não agira*. Só então, nesses momentos, lhe vinham à cabeça as palavras que deveria ter pronunciado. No seu íntimo, sabia o que gostaria de lhe dizer, as coisas que precisava de partilhar com ela. Bastaria que a abordasse na rua e lhe dissesse ao que ia. Se ao menos tivesse aproveitado a oportunidade certa e tido coragem para tal! Mas Tengo não fora capaz disso. E a ocasião perdera-se para sempre.

Mesmo depois de ter acabado a primária e de ter passado para o ensino secundário, Tengo lembrava-se muitas vezes de Aomame. Nessa altura, começou a ter ereções com mais frequência e masturbava-se a pensar nela. Usava sempre a mão esquerda – a mão em que permanecia a sensação de ela lhe ter tocado com os dedos. Na sua memória, Aomame era uma rapariguinha magra, ainda sem peito, mas bastava imaginá-la vestida com a roupa de ginástica para conseguir uma ejaculação.

Chegado ao liceu, começou a sair com adolescentes da sua idade. A forma dos seios delas, acabados de despontar, notava-se, e, ao ver os seus contornos realçados por baixo da roupa, Tengo mal conseguia respirar. Apesar disso, à noite, antes de adormecer, enquanto dava uso à sua mão esquerda, era em Aomame e no seu peito liso, que ainda não começara a crescer, que ele pensava. E, de cada vez que isso acontecia, Tengo experimentava sempre um profundo sentimento de culpa. No seu íntimo, era como se estivesse a fazer qualquer coisa de perverso.

Assim que entrou para a universidade, Tengo deixou de pensar em Aomame com tanta frequência. A principal razão era que saía com raparigas a sério, de carne e osso, e mantinha com algumas delas relações sexuais. Do ponto de vista físico, encontrava-se em plena maturidade sexual e, como seria de esperar, a imagem de uma menina de dez anos, magra e equipada para fazer ginástica, não podia estar mais longe dos objetos do seu desejo.

Contudo, verdade seja dita que Tengo nunca mais voltara a experimentar uma emoção tão violenta como aquela provocada por Aomame, ao pegar-lhe na mão em plena sala de aulas da primária. No seu percurso universitário, ou depois da faculdade, até ao presente, nenhuma das mulheres que ele conhecera havia deixado no seu coração uma marca tão forte como aquela menina. Podia dizer-se que ele não lograra encontrar nelas o que realmente procurava. Travara conhecimento com mulheres bonitas e com mulheres meigas; algumas dessas mulheres tinham chegado a amá-lo. Mas, no fim, apareciam e partiam, como aves de plumagem vistosa e colorida que pousam no ramo de uma árvore antes de levantarem voo para outras paragens. Elas não podiam dar a Tengo o que ele desejava, da mesma forma que ele não as podia satisfazer.

Numa altura em que estava quase a fazer trinta anos, Tengo espantava-se pelo facto de a imagem daquela menina de dez anos lhe vir inconscientemente à cabeça, nos momentos em que deixava a mente vaguear. A jovem apertava-lhe a mão com força, no meio da sala deserta, depois das aulas, e olhava para ele de frente com os seus olhos límpidos. Por vezes, recordava a sua silhueta magra, enfiada num fato de ginástica. Ou então ela caminhava atrás da mãe, pelo meio do centro comercial de Ichikawa, numa manhã de domingo. Tinha os lábios cerrados e o olhar perdido.

É como se o meu coração fosse incapaz de se manter afastado dessa rapariga, pensava Tengo quando tal acontecia. E voltava a arrepender-se, pela enésima vez, de não lhe ter dirigido a palavra no corredor da escola.

Se ao menos tivesse tido a coragem de falar com ela, hoje a minha vida poderia ser muito diferente!

Se tornara a lembrar-se dela, era porque se encontrava a comprar *edamame* no supermercado. Enquanto escolhia os legumes frescos no expositor refrigerado, aconteceu-lhe pensar em Aomame de forma espontânea. Sem se dar conta, ali ficara ele com as vagens de soja-verde na mão, completamente paralisado, absorto, como que mergulhado num devaneio. Quanto tempo terá aquilo durado, não fazia ideia, mas a voz de uma mulher («Com licença») fizera-o regressar à realidade. Alto e espadaúdo como era, encontrava-se a bloquear a passagem para a secção de produtos de soja-verde.

Tengo deixou de cismar, desculpou-se, meteu as vagens de soja-verde que escolhera dentro do cesto e dirigiu-se para a caixa. Tinha comprado gambas, leite, tofu, alface e bolachas de água e sal. Misturou-se com as donas de casa que viviam no bairro e aguardou na fila a sua vez de pagar. Não dera pelas horas e deixara as compras para a altura em que as pessoas regressavam a casa e o supermercado se enchia de gente; além do mais, o empregado que estava na caixa era um novato e a fila nunca mais acabava, mas ele estava longe dali e não se importava.

Partindo do princípio de que a Aomame se encontra nesta fila, serei capaz de a reconhecer à primeira vista? No fundo, não nos vemos há quase vinte anos. A probabilidade de nos reconhecermos deve ser escassa. Ou então, imaginando que nos cruzamos no meio da rua e que eu me interrogue, «Será ela?», atrever-me-ei a abordá-la ali mesmo? O mais provável é não ter confiança suficiente em mim próprio para o fazer e deixá-la seguir o seu caminho. Isto apesar de saber que voltarei a arrepender-me: «Por que carga-d'água não lhe dirigi a palavra?»

Komatsu não se cansava de dizer a Tengo que lhe faltavam iniciativa e força de vontade. Se calhar, o homem tinha razão. Quando Tengo se sentia confuso, pensava: «Esquece!», e dava-se por vencido. Era a sua maneira de ser.

Mas se, por milagre, nos encontrássemos frente a frente, num sítio qualquer, e quisesse o destino que nos reconhecêssemos, nesse caso haveria de lhe abrir o meu coração e de confessar tudo, sem omitir nada. Então, iríamos juntos até uma cafetaria próxima (desde que ela tivesse tempo e aceitasse o meu convite) e ficaríamos ali sentados, os dois à conversa, a tomar uma bebida.

Havia muitas coisas que lhe queria dizer. *Lembro-me bem de quando me apertaste a mão na sala de aulas. Depois de isso acontecer, fiquei com vontade de ser teu amigo. Queria conhecer-te melhor, mas não fui capaz, por várias razões. O principal problema era a minha timidez. Ainda hoje me arrependo. E, mais, penso muitas vezes em ti.*

Obviamente que não lhe ia contar que se masturbava a pensar nela. Isso era uma coisa que pertencia a uma dimensão de outra natureza, diferente da sinceridade.

Porém, talvez fosse mais avisado não alimentar semelhante desejo. Talvez fosse melhor não voltar a vê-la. Tengo pensou para consigo que, se os dois se reencontrassem na realidade, correria o risco de ficar desapontado. Se calhar, ela transformara-se numa simples empregada de escritório, maçadora e com o cansaço estampado na cara. Ou talvez fosse uma mãe de família frustrada, daquelas que passam o tempo a ralhar com os filhos em voz estridente. Podia acontecer que os dois não descobrissem nenhum tema de conversa interessante. Sim, essa possibilidade era bastante real. Se assim fosse, ele perderia para sempre a recordação mais preciosa, que guardara durante todos aqueles anos. Mas, no fundo, Tengo tinha a convicção de que as coisas não se passariam assim.

No olhar decidido e no perfil animado de tenacidade daquela rapariga de dez anos, ele lera a firme decisão de impedir a erosão provocada pelo tempo.

E em comparação, que sucedera com ele?

Ao pensar nisso, Tengo ficou inquieto.

Não seria Aomame candidata a um maior desapontamento, caso se voltassem a encontrar? Na escola primária, Tengo era reconhecido por todos como um menino-prodígio das matemáticas, para além de tirar sempre as melhores notas em quase todas as disciplinas. Isto sem esquecer as suas evidentes qualidades desportivas. Até os outros professores o tratavam com enorme respeito e depositavam nele grandes esperanças, vaticinando-lhe um futuro brilhante. Aos olhos de Aomame, quem sabe?, ele poderia ser uma espécie de herói. Ora, a verdade é que, no presente, não passava de um professor contratado em regime de trabalho temporário. Por um lado, não deixava de ser um trabalho cómodo, que lhe permitia viver sem privações e levar por diante a sua existência solitária, mas encontrava-se longe de poder ser considerado um «pilar da sociedade». Ao mesmo tempo que dava aulas, escrevia ficção, muito embora nenhum dos seus romances tivesse sido publicado. Para arredondar as contas ao fim do mês, redigia a página de horóscopos para uma revista feminina. Apesar de serem textos bastante apreciados, tudo aquilo não passava de uma quantidade de patranhas, falando bem e depressa. Não tinha nenhum amigo digno desse nome, nem estava apaixonado por ninguém. Por assim dizer, a única relação pessoal que mantinha limitava-se aos encontros mais ou menos furtivos com uma mulher casada, dez anos mais velha do que ele. Se tivesse de nomear um feito de que se sentisse orgulhoso até à data, apontaria o seu papel, enquanto escritor-fantasma, na tarefa de reescrever *A Crisálida de Ar*, que entretanto se convertera num *bestseller*. Precisamente um segredo que não podia ser revelado ao mundo.

As reflexões de Tengo tinham-no levado até àquele ponto, quando a empregada da caixa se apoderou do seu cesto de compras.

* * *

Com um saco de papel nos braços, regressou ao apartamento. Trocou de roupa e vestiu uns calções curtos, foi ao frigorífico buscar uma lata de cerveja e, começando a bebê-la de pé, pôs ao lume uma panela grande com água. Enquanto esperava que a água levantasse fervura, arranjou as vagens fibrosas de soja-verde, espalhou-as sobre a tábua de cortar alimentos e deitou-lhes sal. A seguir, mergulhou-as na água em ebulição.

Porque será que aquela rapariguinha magra de dez anos continua viva no meu coração? Veio ter comigo, no fim das aulas, e apertou-me a mão, sem dizer nada. Só isso. Ao mesmo tempo, porém, era como se Aomame se tivesse apoderado de uma parte dele – uma parte do coração ou do corpo. E, no seu lugar, tivesse deixado parte do coração ou do corpo dela dentro dele. Essa troca importantíssima realizara-se num abrir e fechar de olhos.

Tengo muniu-se de uma faca de cozinha e picou uma boa quantidade de gengibre. A seguir, cortou aipo e cogumelos a olho. Também juntou coentros finamente picados. Descascou as gambas e lavou-as debaixo da torneira. Estendeu uma folha de papel absorvente e colocou as gambas por ordem, uma a uma, como se formassem uma fileira de soldados. Uma vez cozidos os feijões de soja, escorreu-os através de um passador e deixou-os arrefecer. A seguir, colocou uma frigideira grande ao lume, deitou óleo de sésamo branco lá dentro e espalhou bem. Salteou o gengibre picado devagarinho em lume brando.

Quem me dera encontrá-la agora mesmo, pensou Tengo de novo. Pouco importava que ela ficasse desapontada com ele, ou que a ele lhe sucedesse o mesmo, pela parte que lhe tocava. Acima de tudo, Tengo queria vê-la. Quanto mais não fosse, queria ficar a saber que rumo tomara a vida dela, desde a última vez em que se tinham visto, onde se encontrava a viver, que tipo de coisas a faziam feliz e o que a entristecia. Mesmo que os dois tivessem mudado ou que não existisse possibilidade de se unirem, porque ninguém podia alterar o facto de terem trocado entre si qualquer coisa de muito valioso, havia muito tempo, naquela sala de aulas vazia.

Deitou o aipo e os cogumelos picados na frigideira. Aumentou um nadinha o lume, mexendo sempre os ingredientes com uma espátula de bambu. Retificou ligeiramente a quantidade de sal e de pimenta. Quando as verduras começaram a amolecer, acrescentou as gambas, que entretanto tivera o cuidado de escorrer. Voltou a temperar com sal e pimenta e serviu-se de um copinho de saqué. Regou tudo com molho de soja e, para finalizar, polvilhou com coentros picados. Tengo executara todas estas operações concentrado, sem ter consciência do que estava a fazer, como acontece quando se muda o controlo de um avião para o piloto automático. As mãos movimentavam-se com precisão, mas a sua cabeça estivera a pensar em Aomame durante o tempo todo.

Assim que acabou de saltear os legumes e as gambas, Tengo transferiu o conteúdo da frigideira para um prato grande. Tirou outra cerveja do frigorífico, sentou-se à mesa e, mergulhado nas suas reflexões, comeu a refeição ainda fumegante que tinha diante de si.

Nestes últimos meses, parece-me óbvio que mudei, e muito. Talvez se possa mesmo dizer que amadureci, tanto mentalmente como no plano das emoções. Já não era sem tempo... agora que estou quase a fazer trinta anos. Espantoso! Tengo abanou a cabeça, fazendo troça de si mesmo, empunhando a lata de cerveja que entretanto começara a beber. *É realmente incrível! A este ritmo, quanto tempo te falta para atingires a maturidade de uma pessoa normal?*

Em todo o caso, parecia ter sido *A Crisálida de Ar* a obra responsável por aquela mudança interior. Ao reescrever o romance de Fuka-Eri ao seu estilo, crescera dentro dele o desejo de dar forma literária à história que trazia dentro de si, a que poderia chamar sua. E parte desse novo entusiasmo incluía o desejo de encontrar Aomame. Nos últimos tempos, não parava de pensar nela. À mínima oportunidade, havia qualquer coisa que o levava a regressar em pensamento até àquela sala de aulas e àquela tarde, vinte anos antes. Como se estivesse na praia, à beira-mar, e viesse uma onda forte que o fizesse perder o pé e o arrastasse com ela.

Tengo acabou por deixar metade da cerveja na lata e não terminou o prato de gambas com legumes salteados. Deitou o resto da cerveja pelo cano do lava-loiça, passou a comida para um prato mais pequeno, cobriu-o com película transparente e meteu-o no frigorífico.

Após a refeição, Tengo sentou-se à secretária, ligou o computador e abriu um documento informático, em que já começara a escrever.

Verdade seja dita que reescrever o seu passado não fazia muito sentido, e Tengo era o primeiro a ter consciência desse facto. A sua namorada mais velha costumava dizer o mesmo, e com razão. Por mais empenho ou dedicação que ele colocasse nessa tarefa, não podia modificar a sua condição presente. O tempo possui a força capaz de anular todas as mudanças realizadas pela mão do ser humano. Por cima das emendas feitas, acrescenta mais alterações, até devolver o fluxo ao seu curso original. Ainda que fossem corrigidos numerosos factos insignificantes, no fim, Tengo continuaria sempre a ser Tengo.

O que tinha de fazer era, provavelmente, erguer-se na encruzilhada do presente e olhar com coragem e honestidade para o passado. Escrever o futuro, como se estivesse a reescrever o passado. Não havia outro caminho.

Penitência e arrependimento
torturam o meu coração pecador.
Que as lágrimas que derramo
se tornem um doce bálsamo para ti,
meu fiel Jesus.

Assim rezava a letra da «Paixão segundo São Mateus», que Fuka-Eri lhe cantara da última vez. Tengo ficara com as palavras no ouvido e, no dia seguinte, tornara a escutar a composição, num disco que havia lá em casa, tendo procurado a tradução do texto. Tratava-se da ária extraída da «Unção de Betânia» e correspondia ao episódio da Unção de Betânia, logo no início da Paixão. Quando Jesus visitou a casa do leproso, na cidade de Betânia, uma mulher derramou sobre a cabeça do Messias «um precioso bálsamo». Os discípulos que o rodeavam censuraram à mulher aquela extravagância, dizendo que deveria tê-lo vendido e usado o dinheiro para auxiliar os mais necessitados. Mas Jesus travou a indignação dos seus discípulos e disse-lhes: «Esta mulher realizou uma boa ação. Preparou-me para a sepultura.»

A mulher sabia que Jesus ia morrer em breve. Por isso não pôde deixar de aspergir a sua cabeça com aquele delicado óleo perfumado; aos olhos dela, era como se o ungisse com as suas próprias lágrimas. Ele sabia que não tardaria a ter de percorrer o caminho da morte, e disse aos discípulos: «Em verdade vos digo que, em qualquer lugar do mundo onde seja pregado este Evangelho, o que esta mulher fez será contado em memória dela.»

Também eles não tiveram o poder de modificar o futuro, escusado será dizer.

Tengo voltou a fechar os olhos, respirou fundo e ordenou na sua cabeça as palavras que lhe faziam falta. Trocou-lhes a ordem para que a imagem ganhasse mais nitidez e uma outra precisão. Por fim, afinou o ritmo.

À maneira de Vladimir Horowitz diante das oitenta e oito teclas de um piano acabado de estrear, arqueou lentamente os dez dedos no ar. Assim que se sentiu pronto, desatou a teclar com determinação os carateres, até encher o ecrã do computador.

Descreveu um mundo onde, ao cair da noite, a oriente, duas luas apareciam suspensas no céu. As gentes que ali viviam. A passagem do tempo.

«Em verdade vos digo que, em qualquer lugar do mundo onde seja pregado este Evangelho, o que esta mulher fez será contado em memória dela.»

5

AOMAME

Quando um rato encontra um gato vegetariano

Depois de ter aceitado a morte de Ayumi como um facto consumado, Aomame passou por um processo de adaptação mental. Terminada essa fase, vieram as lágrimas. Cobriu o rosto com as mãos e chorou quase em silêncio, sem um lamento, enquanto os ombros estremeciam ligeiramente, embalados pelos soluços. Dir-se-ia que não queria que o resto do mundo a visse chorar.

As cortinas da janela estavam bem fechadas, mas nunca fiando… podia haver alguém à espreita. Naquela noite, diante da edição vespertina do jornal aberta em cima da mesa de cozinha e confrontada com a notícia, Aomame chorou sem parar. Volta e meia, deixava escapar um soluço; porém, tirando isso, durante o resto do tempo chorou de mansinho. As lágrimas corriam-lhe pelas mãos e derramavam-se sobre o jornal.

Aomame não era uma pessoa de lágrima fácil. Quando tinha motivos para isso, em vez de chorar dava largas à sua irritação. Contra alguém ou consigo mesma. O que significava que era raríssimo chorar. Contudo, mal começava a lacrimejar, tornava-se impossível deter o rio de lágrimas. Era a primeira vez que chorava assim, de forma incontrolável, desde o suicídio de Tamaki Ōtsuka. Quantos anos haviam passado? Não se conseguiu lembrar. De qualquer modo, tinha sido há *muito* tempo, e lembrava-se de ter chorado lágrimas que nunca mais acabavam. A coisa prolongou-se dias a fio, durante os quais ela não comeu, fechada em casa, longe de tudo e de todos. De vez em quando, devolvia ao corpo a quantidade de líquido que perdera sob a forma de lágrimas, e só então, completamente exausta, se descontraía um pouco e se deixava dormir. O resto do tempo passara-o a chorar, sem tréguas. Essa tinha sido a última vez.

Ayumi já não fazia parte deste mundo. Convertera-se num cadáver frio, desprovido de vida e de calor, que por aquela altura já deveria ter chegado às mãos do médico-legista. Uma vez concluída a autópsia, voltariam a cosê-la e, provavelmente, dar-lhe-iam um funeral decente, enviando-a depois para ser cremada. Transformar-se-ia em fumo e ascenderia ao céu, misturada com as nuvens. Voltaria à terra sob a forma de chuva e contribuiria para ajudar a crescer, algures, um pedaço de relva sem história. Porém, o certo é que Aomame não tornaria a ver Ayumi com vida. Tudo aquilo lhe parecia uma ideia terrivelmente injusta, para não dizer retorcida e absurda, que ia contra a ordem natural das coisas.

Desde que Tamaki Ōtsuka deixara este mundo, Ayumi tinha sido a única pessoa por quem Aomame conseguira sentir, mesmo que de forma ténue, algo parecido com amizade. Infelizmente, havia limites para essa amizade. Ayumi era uma agente da polícia, e Aomame uma assassina em série. Aos olhos da lei, Aomame era, sem sombra de dúvida, uma criminosa: matava por convicção e consciência. Fazia parte dos que estão fora da lei, ao passo que Ayumi pertencia ao grupo dos que faziam cumprir a lei.

Por esse motivo, ainda que Ayumi tivesse procurado manter com ela um relacionamento mais profundo, Aomame esforçara-se por mostrar-se uma mulher de coração empedernido e não corresponder aos sentimentos amistosos de Ayumi. Se tivesse alimentado uma ligação mais íntima, em que ambas precisassem de recorrer uma à outra, teriam surgido inevitavelmente contradições e viriam a lume histórias incoerentes que poderiam ter-se revelado fatais para Aomame. Ela era uma pessoa sincera e leal, incapaz de entabular uma relação pessoal com alguém e, ao mesmo tempo, ter segredos e contar mentiras. Tratava-se de uma situação que a perturbava, e não podia deixar que isso acontecesse.

Ayumi possuía uma excelente intuição. No fundo, a sua atitude extrovertida não passava de uma encenação que escondia um temperamento frágil e vulnerável. Aomame sabia isso perfeitamente. Ao jogar à defesa, o mais certo era ter feito com que Ayumi se sentisse triste, para além de rejeitada e posta à margem. Esse pensamento atingiu Aomame em cheio. Foi como se lhe espetassem uma agulha no coração.

Fora assim que Ayumi acabara assassinada. Possivelmente, teria conhecido um homem algures na cidade, tomaram um copo juntos e seguiram os dois para o hotel. Aí, encerrados num quarto às escuras, ter-se-iam envolvido num elaborado jogo sexual que metia algemas, uma mordaça e vendas nos olhos. Aomame podia imaginar a cena. O homem passava o cinto do robe à volta do pescoço da mulher, apertando cada vez com mais força, estrangulando-a, e à medida que a agonia dela aumentava, vendo-a retorcer-se, crescia a sua excitação, até que ejaculou. Dessa vez, o homem aplicou demasiada força na mão. O que tinha de acabar não acabou a tempo.

A própria Ayumi temia que uma coisa semelhante pudesse algum dia vir a acontecer. A intervalos regulares, ela sentia necessidade de ter sexo violento. O seu corpo – e provavelmente a sua mente – precisavam disso. Por outro lado, tal como Aomame, não queria um companheiro fixo. A ideia de manter uma relação estável asfixiava-a e provocava-lhe insegurança. Daí que preferisse praticar sexo livre, levado ao limite, e, quem sabe?, inconscientemente desejar que a magoassem. Ao contrário de Aomame, que era mais prudente e não permitia que lhe fizessem mal. Caso alguém tentasse, resistiria com todas as suas forças. No entanto, Ayumi tinha tendência a satisfazer o que as outras pessoas lhe pediam, fosse qual fosse o desejo que o homem em questão pudesse ter em mente; mas, em troca, mantinha as expectativas, perguntando a si mesma: o que me dará esta pessoa? Não deixava de ser uma tendência perigosa. Antes do mais, porque se tratava de desconhecidos e de casos que não iam além de uma noite.

Em tão pouco tempo, era impossível saber que desejos possuíam e que tendência ocultavam. Pelo menos até chegar o momento crítico. Claro está que Ayumi era a primeira a ter consciência do risco que corria. Por essa mesma razão, necessitava de uma parceira estável como Aomame. Alguém que lhe pusesse travão e tomasse bem conta dela.

À sua maneira, também Aomame precisava dela. Ayumi era dona e senhora de algumas qualidades que lhe faziam falta. A saber, um temperamento jovial e aberto que inspirava confiança aos outros, a afabilidade, a sua curiosidade natural, uma atitude positiva, um talento especial, quase infantil, para fazer conversa. Um peito desenvolvido que atraía os olhares. A seu lado, Aomame tinha apenas de esboçar um sorriso misterioso. Os homens queriam saber o que se escondia por detrás de tudo isso. Nesse sentido, Ayumi e Aomame formavam a combinação ideal. Uma máquina de sexo sem rival.

Independentemente das circunstâncias, eu deveria ter sido mais compreensiva com aquela rapariga, pensava Aomame. *Devia ter retribuído os seus sentimentos e os seus abraços. Porque era isso que ela desejava: ser aceite e abraçada sem condições, sentir-se confortada, nem que fosse por breves instantes. E, no entanto, fui incapaz de corresponder às suas necessidades. O meu instinto de autodefesa é demasiado forte, e, a somar a isso, não quis manchar a memória da Tamaki Ōtsuka.*

E foi assim que Ayumi se aventurou pelas ruas da cidade, à noite, sem Aomame por perto, acabando por morrer estrangulada. Com os pulsos manietados por umas genuínas algemas de metal gélido, de olhos vendados e com uma peça de roupa interior enfiada na boca. Afinal, os temores de Ayumi haviam-se tornado realidade. Se Aomame a tivesse tratado com mais ternura, talvez naquela vez a outra não tivesse enfrentado sozinha a noite na cidade. Pegaria no telefone para convidar Aomame a juntar-se a ela. E então as duas teriam ido até um sítio qualquer mais seguro, acabando depois por cair nos braços de algum homem, mas controlando sempre a situação uma da outra. Acontecera, porém, que Ayumi não quisera incomodar Aomame.

E Aomame, por seu turno, não lhe telefonara uma única vez a convidá-la para sair.

Ainda não eram quatro da madrugada quando Aomame se sentiu incapaz de suportar por mais tempo a solidão do seu apartamento. Calçou umas sandálias e saiu de casa tal como estava vestida, apenas com um *top* de alças e uns calções, deambulando sem destino pelas ruas. Alguém chamou por ela, mas nem sequer se virou. Caminhou até ficar com sede. Só então parou numa loja de conveniência, daquelas que ficam abertas durante toda a noite, comprou um pacote grande de sumo de laranja e bebeu-o mesmo ali. A seguir, regressou ao apartamento e chorou o que tinha a chorar.

Gostava muito da Ayumi. Gostava mais daquela rapariga do que pensava. Ela queria tocar-me. Quem me dera tê-la deixado tocar-me onde ela desejava e como ela bem queria.

No dia seguinte, o jornal trazia um artigo intitulado «O caso da mulher-polícia estrangulada num hotel de Shibuya». A polícia mobilizara todos os seus meios para encontrar o paradeiro do suspeito, que se encontrava em fuga. Segundo a notícia, os companheiros de Ayumi mostravam-se profundamente incrédulos. A jovem era uma pessoa alegre, muito estimada, conhecida por ser responsável e eficiente no exercício das suas funções enquanto agente policial, para além de ter obtido sempre excelentes qualificações. Muitos dos seus familiares, incluindo o pai e o irmão, trabalhavam ou tinham trabalhado na polícia, e os vínculos familiares eram sólidos. Encontravam-se em estado de choque, todos eles, sem perceber como é que uma coisa daquelas podia ter acontecido a uma pessoa como ela.

Ninguém sabia, pensou Aomame. *Mas eu sei. A Ayumi sentia uma espécie de vazio dentro dela, semelhante a um deserto nos confins da Terra. Toda a água que se vertesse sobre ele seria absorvida pelo solo, no mesmo lugar e no mesmo instante. Não ficaria uma gota para amostra. Nenhuma forma de vida poderia criar ali raízes. Nem sequer havia pássaros a voar no céu. A Ayumi era a única a saber o que provocara essa desolação no seu interior. E daí, talvez não, podia ser que nem a própria Ayumi tivesse consciência da verdadeira causa que levara a esse abandono. Do que não havia dúvida era que os desejos sexuais perversos que os homens lhe exigiam de forma insistente constituíam um elemento preponderante em todo o processo. A minha amiga teve de fazer-se a si própria, criando a personagem jovial que a caraterizava, a fim de se barricar e manter fora do alcance dos outros essa carência fatal. Mas se alguém se desse ao trabalho de a despojar de cada uma das camadas do ego fictício que ela mesma construiu, ficaria apenas um vazio abismal e a sede ardente por ele provocada.*

Aomame sacou a *HK4* da caixa de sapatos, introduziu o carregador com movimentos hábeis, libertou a patilha de segurança, puxou a corrediça à retaguarda, fez subir uma munição para a câmara, levantou o cão, agarrou firmemente na pistola com as duas mãos e fez pontaria a um ponto determinado na parede. A pistola não se moveu nem um bocadinho. As mãos dela tinham deixado de tremer. Aomame susteve a respiração, concentrou-se e expirou com força. Baixando a arma, tornou a travá-la. Comprovou o peso na palma da mão e contemplou o brilho opaco que dela se desprendia. Aquela arma já se convertera numa parte do seu corpo.

Tenho de controlar as minhas emoções, disse Aomame para consigo mesma. *Mesmo que infligisse o merecido castigo ao tio e ao irmão da Ayumi, o mais provável era eles nem sequer compreenderem o motivo da punição. Além do mais, faça eu o que fizer, nada trará a Ayumi de volta. É triste reconhecer uma coisa destas, mas tinha de acontecer, mais cedo ou mais tarde. A Ayumi encaminhava-se, de forma lenta mas inexorável, para o centro de um vórtice fatal. Por mais atenção e calor humano que eu lhe tivesse dado, com tudo o que isso implicava, não teria podido fazer milagres. Tenho de parar de chorar. Preciso de recuperar o ânimo. É importante dar prioridade às regras e pô-las antes de nós. Isso é que interessa, como disse o Tamaru.*

* * *

Tinham passado cinco dias desde a morte de Ayumi, quando o *pager* tocou. Aomame estava na cozinha, a ouvir as notícias na rádio, à espera de que a água fervesse para fazer café. O *pager* encontrava-se pousado em cima da mesa. Ela olhou para o número que aparecia no visor. A mensagem só podia vir de Tamaru, não tinha dúvidas, ainda que se tratasse de um número desconhecido. Dirigiu-se à cabina telefónica mais próxima e marcou o número. Tamaru atendeu ao terceiro toque.

– Estás preparada? – perguntou ele.

– Claro – respondeu Aomame.

– Tenho uma mensagem da senhora para ti. Esta noite, às sete da tarde, na entrada principal do Hotel Okura. Prepara-te para o trabalho, como de costume. Desculpa avisar tão em cima da hora, mas não tivemos possibilidade de marcar o encontro mais cedo.

– Esta noite, às sete da tarde, na entrada principal do Hotel Okura – repetiu Aomame mecanicamente.

– Gostaria de te desejar boa sorte, mas não creio que sirva de muito – afirmou Tamaru.

– Porque tu não és dos que confiam na sorte.

– Mesmo que quisesse confiar na sorte, não sei ao certo o que isso é – observou Tamaru. – Nunca a vi mais gorda.

– Deixa lá, não faz falta que me desejes sorte. Em compensação, preciso de um favor teu. No meu apartamento há uma árvore-da-borracha num vaso. Gostaria que tomasses conta do assunto. Não fui capaz de me desfazer dela.

– Disso encarrego-me eu.

– Obrigada.

– Tratar de uma árvore-da-borracha sempre dá menos trabalho do que cuidar de um gato ou de peixes exóticos. Mais alguma coisa?

– Nada mais. Quanto ao resto, podes deitar tudo fora.

– Quando acabares o *trabalho*, dirige-te à estação de Shinjuku e liga para este número outra vez. Nessa altura, dar-te-ei mais instruções.

– Quando acabar o trabalho, dirijo-me à estação de Shinjuku e ligo para este número – repetiu Aomame.

– Calculo que já saibas e não seja preciso dizer-to: não apontes este número de telefone. Quando saíres de casa, destrói o *pager* e livra-te dele.

– De acordo. Farei como dizes.

– Foi tudo preparado ao pormenor, não tens de te preocupar. Deixa o resto nas nossas mãos.

– Não estou preocupada – assegurou Aomame.

Tamaru ficou calado por momentos. Depois disse:

– Posso dar-te a minha opinião sincera?

– Força.

– Não pretendo com isto dizer que o que estão a fazer é inútil, palavra de honra. Isso é um problema vosso, e não meu. Contudo, e para não ir mais longe, considero aquilo a que se propõem uma verdadeira temeridade. Além de que é uma empresa que *nunca mais* acaba.

– Pode ser que tenhas razão – disse Aomame. – Mas agora é tarde e já não se pode voltar atrás.

– Como acontece com as avalanchas, quando chega a primavera.

– Talvez.

– No entanto, o normal seria as pessoas sensatas não se aproximarem de um lugar onde possa ocorrer uma avalancha, numa época em que há o risco de elas acontecerem.

– Para começar, uma pessoa normal, com alguma sensibilidade, não estaria a ter uma conversa desta natureza contigo.

– Pode ser que tenhas razão – admitiu Tamaru. – Seja como for, tens algum familiar que gostasses de avisar, no caso de haver uma avalancha?

– Não tenho família.

– Não tiveste nunca ou «tens mas é como se não tivesses»?

– Tenho mas é como se não tivesse – respondeu Aomame.

– Muito bem – disse Tamaru. – Nada como viajar com pouca bagagem. Ter uma árvore-da-borracha como família seria o ideal.

– Ao ver os peixinhos-vermelhos em casa da velha senhora, de repente fiquei com vontade de arranjar também uns quantos lá para casa; ficariam bem na decoração. São pequenos, silenciosos e não exigem demasiado de nós. Então, no dia seguinte fui a uma loja situada diante da estação, para ver se comprava alguns, mas, depois de os ver ali, dentro do aquário, passou-me a vontade. Em vez dos peixes, comprei uma mísera árvore-da-borracha, por sinal a última que havia na loja.

– Quanto a mim, foi uma boa opção.

– Posso nunca mais ter oportunidade de comprar peixes--vermelhos.

– É bem possível – disse Tamaru. – Espero que possas comprar outra árvore-da-borracha.

Fez-se um breve silêncio.

– Esta noite, às sete, na entrada principal do Hotel Okura – confirmou Aomame.

– Só tens de aguardar ali sentada. Eles encarregar-se-ão de te encontrar.

– Eles encontram-me.

Tamaru aclarou a garganta.

– A propósito, conheces a história do gato vegetariano e do rato?

– Não, confesso que nunca ouvi essa história.

– Queres que ta conte?

– Claro que sim.

– Um rato pequeno deu de caras com um gato enorme no meio de um sótão e foi por ele perseguido, sem conseguir encontrar escapatória, até ficar encurralado numa esquina. A tremer, o rato disse-lhe: «Por favor, senhor Gato, não me coma. Tenho de voltar para a minha família. Os meus filhos estão à minha espera, cheiinhos de fome. Peço-lhe por tudo que me deixe partir.» Respondeu-lhe o gato: «Não te preocupes, pois não está nos meus planos comer-te. Para ser honesto, ainda que não ande para aí a gritá-lo aos quatro ventos, sou vegetariano. Não consumo qualquer espécie de carne. Foi uma sorte teres topado comigo por acaso.» Ao que o rato lhe respondeu: «Ah, que dia maravilhoso! Que rato mais sortudo que eu sou, por ter encontrado no meu caminho um gato vegetariano!» Palavras não eram ditas e, no segundo seguinte, o gato saltou para cima do rato, fincou--lhe as garras e imobilizou-o, cravando-lhe em seguida os dentes afiados no pescoço. O rato, agonizante, perguntou então ao gato, com as últimas forças que lhe restavam: «Mas o senhor Gato não me tinha dito que era vegetariano e que não costumava comer carne? Estava a mentir?» O gato, lambendo os beiços, disse: «É verdade que não como carne. Não estava a mentir. Por isso, vou levar-te na boca, para minha casa, e trocar-te por uma alface.»

Aomame ficou a cismar na história.

– Qual é a moral da história?

– Não há nenhuma em especial. Veio-me de repente à cabeça, ainda há pouco, quando falávamos da sorte. Mais nada. Claro que tu podes tirar daí a conclusão que quiseres.

– Uma história comovedora.

– Ah, outra coisa. De certeza que te vão revistar e examinar o teu saco. É um pessoal muito prudente. Tem isso bem presente.

– Não me esquecerei.

– Muito bem... – disse Tamaru. – Nesse caso, voltaremos a encontrar-nos por aí.

– Sim, por aí – repetiu Aomame de forma automática.

A chamada terminou nesse ponto. Aomame ainda ficou a olhar para o auscultador durante um bocado, franziu ligeiramente a cara e só então pousou o telefone. Depois de ter memorizado o número que aparecia no visor do *pager*, apagou-o. *Voltaremos a encontrar-nos por aí*, repetiu Aomame, na sua cabeça. Apesar de saber que, provavelmente, nunca mais tornaria a ver Tamaru.

Aomame leu a edição matutina do jornal de fio a pavio, mas não descobriu uma única notícia sobre o homicídio de Ayumi. Tudo indicava que a investigação criminal não registara grandes progressos. Era provável que as revistas semanais pegassem no caso ao mesmo tempo e desatassem todas a abordá-lo, cada uma mostrando um ângulo mais sensacionalista do que a outra. Uma jovem mulher-polícia entregava-se a jogos eróticos que envolviam algemas, num *love hotel* em Shibuya, e acabara estrangulada, tendo sido encontrada completamente nua. Aomame não sentia a mínima vontade de ler esse tipo de artigos tendenciosos. Desde que o incidente se registara, tinha evitado ligar o televisor. A última coisa que queria era que lhe entrasse pela casa dentro uma jornalista de televisão, com aquela vozinha irritantemente aguda e artificial que elas costumavam ter, com mais informações pormenorizadas acerca da morte de Ayumi.

Desejava que o assassino fosse apanhado, como é evidente. O autor do crime tinha de ser castigado a qualquer preço. Mas que diferença faria? Mesmo que ele fosse detido e julgado, e viessem a lume todos os pormenores do homicídio, o que é que isso mudaria? Acontecesse o que acontecesse, nada devolveria a vida a Ayumi, era claro como a água. Em todo o caso, a probabilidade de a sentença ser leve era grande. O crime seria julgado como homicídio por negligência e considerado um acidente. Nem mesmo a pena de morte poderia reparar o mal feito. Aomame fechou o jornal, apoiou os cotovelos na mesa, tapou a cara com as mãos e assim se deixou ficar por momentos. Pensou em Ayumi, mas as lágrimas não vieram. A única coisa que sentia era a raiva a crescer-lhe no peito.

Até às sete da tarde, ainda tinha tempo de sobra. Nesse dia, Aomame não ia trabalhar no ginásio nem contava fazer mais nada. Já depositara a mala de viagem e o saco de desporto dentro de um cacifo, na estação de Shinjuku, tal como Tamaru lhe havia sugerido. Dentro da mala enfiara um maço de notas e mudas (incluindo roupa interior e meias) para vários dias. De três em três dias, Aomame fizera questão de ir até à estação depositar moedas no cacifo e verificar que estava tudo como havia deixado. Não precisava de limpar o apartamento, e mesmo que pensasse em cozinhar, o frigorífico encontrava-se quase vazio. No seu quarto, tirando a árvore-da-borracha, não havia praticamente nada que cheirasse a vida. Ela desfizera-se de tudo aquilo que pudesse fornecer qualquer informação pessoal. As gavetas estavam vazias. *Eu própria já aqui não estarei, a partir de amanhã. Não ficará nenhum rasto da minha presença.*

A roupa que ia levar vestida nessa tarde estava cuidadosamente dobrada, em cima da cama. Ao lado encontrava-se um saco de desporto azul. Lá dentro, todo o material necessário para os exercícios de estiramentos. Aomame tornou a verificar o seu conteúdo, por precaução: *top* e calças de jérsei, uma esteira de ioga, um conjunto de toalhas, uma grande e uma pequena, e o pequeno estojo rígido que continha o picador de gelo bem afiado. Não faltava nada. Sacou o picador de gelo do estojo, retirou a proteção de cortiça e tocou com o dedo na ponta, para comprovar se estava suficientemente afiada. Serviu-se da pedra de afiar mais fina que tinha e aguçou-a um pouco mais, não fosse o diabo tecê-las. Visualizou mentalmente a ponta da agulha penetrando num ponto preciso da nuca do homem, sem produzir um som, como se tivesse sido absorvida. Para não variar, tudo terminaria numa questão de segundos. Sem gritos nem sangue. Apenas um ligeiro espasmo. Aomame voltou a espetar a cortiça na extremidade da agulha e guardou-a no estojo com todo o cuidado.

A seguir, tirou de dentro da caixa de sapatos a *HK4* embrulhada na *T-shirt* e alimentou o carregador com as sete munições de nove milímetros, sempre com movimentos seguros. Meteu uma munição na câmara, produzindo um ruído seco. Destravou a patilha de segurança e tornou a acioná-la. Envolveu a arma num lenço branco e enfiou-a dentro de uma bolsinha de plástico. Por cima meteu roupa interior, a fim de camuflar a pistola.

Terei deixado alguma coisa por fazer?

Aomame não se conseguiu lembrar de nada. Foi à cozinha e preparou um café com a água que estava ao lume. Bebeu o seu café sentada à mesa e comeu um *croissant*.

Este pode muito bem ser o meu último trabalho, pensou para si mesma. Além de que seria também o mais importante e o mais difícil. Uma vez cumprida esta missão, nunca mais teria de matar ninguém.

Aomame não estava contra a ideia de perder a sua identidade. De certa maneira, a ideia até lhe agradava. Não gostava do nome nem da cara que tinha e, que se lembrasse, não havia assim nenhum acontecimento do seu passado que ficasse com pena de ver desaparecer. Era como se fosse um reajustamento da sua vida. *Talvez a oportunidade de recomeçar do zero seja aquilo por que tanto espero.*

Ainda que possa parecer estranho, a única coisa que Aomame não queria perder eram os seus pobres seios minúsculos. Desde os doze anos que vivia num estado de permanente insatisfação com o tamanho e a forma do seu peito. Se calhar, a vida poderia ter decorrido de forma mais tranquila se tivesse seios mais volumosos. Quantas vezes lhe passara aquilo pela cabeça? Porém, ao deparar-se-lhe a oportunidade concreta de aumentar o tamanho do peito, deu-se conta de que não desejava fazê-lo. Preferia ficar com os seios que tinha. Vendo bem, eram do tamanho perfeito.

Tocou com as duas mãos nos seios por cima da camisola de malha fina. Eram os mesmos de sempre: tinham a forma de massa de pão que não chegara a levedar bem (por culpa dos ingredientes mal combinados na mistura), e apresentavam tamanhos um nadinha diferentes. Aomame abanou a cabeça. *Que importa? Eu sou assim.*

Que ficará de mim, tirando o meu peito?

As recordações do Tengo, bem entendido. A sensação deixada pela sua mão na minha permanecerá para sempre. Aquele estremecimento violento do meu coração. O desejo de estar nos seus braços. Mesmo que me transforme numa pessoa diferente, nunca me poderão tirar o amor que sinto pelo Tengo. É essa a grande diferença entre mim e a Ayumi. No âmago da minha existência não existe um vazio, nem uma zona árida e devastada. No mais fundo do meu ser há amor. Continuarei sempre a pensar naquele rapazinho de dez anos chamado Tengo – na sua força, na sua inteligência, na sua bondade. Bem sei que ele não se encontra «aqui», mas um corpo inexistente nunca morre, da mesma forma que as promessas por cumprir não se podem quebrar.

O rapaz chamado Tengo, que tinha trinta anos e permanecia no interior de Aomame, não era o Tengo real. Por assim dizer, não passava de uma criação mental, fruto da imaginação dela. Tengo conservava a sua força, bem como a inteligência e a ternura. A juntar a isso, possuía agora uns braços vigorosos de homem, um peito robusto e os órgãos genitais desenvolvidos, de um adulto. Quando ela o desejava, ele estava sempre a seu lado. Apertava-a com força nos seus braços, acariciava-lhe o cabelo, beijava-a, num quarto sempre às escuras, e Aomame não conseguia distinguir o rosto dele. Só encontrava os seus olhos. Mesmo na obscuridade, ela ia ao fundo dos olhos de Tengo e via o mundo como ele o via.

A razão pela qual Aomame sentia, por vezes, uma vontade irreprimível de ir para a cama com outros homens era porque queria conservar essa existência de Tengo, que ia crescendo dentro dela, o mais pura possível. Ao entregar-se à prática de sexo promíscuo com desconhecidos, esperava por certo libertar o seu corpo desses apetites que se apoderavam dela e a mantinham prisioneira. Queria passar tempo sozinha com Tengo, na intimidade, sem que ninguém os perturbasse, nesse mundo calmo e silencioso que partilhava apenas com ele após a libertação. O mais provável era ser esse o desejo de Aomame.

Nessa tarde, Aomame passou várias horas a pensar em Tengo. Sentada na cadeira de alumínio que colocara na sua estreita varanda, a olhar para o céu, entretida a escutar o rumor dos automóveis, segurava volta e meia por entre os dedos uma folha da pobre árvore-da-borracha, enquanto pensava nele. Ainda era cedo para aparecerem as duas luas no céu. Isso só deveria acontecer horas mais tarde.

Onde estarei amanhã a esta hora?, pensou Aomame. Não fazia a mínima ideia, mas isso não tinha qualquer importância, comparado com o facto de Tengo existir neste mundo.

* * *

Aomame regou pela última vez a árvore-da-borracha e pôs a tocar no gira-discos a *Sinfonietta* de Janáček. Desfizera-se de todos os seus álbuns, tendo ficado apenas com aquele. Fechou os olhos e concentrou-se na música. Imaginou o vento a percorrer as planícies da Boémia. Como seria maravilhoso poderem caminhar os dois sozinhos, sem rumo, num lugar parecido. Iriam de mãos dadas, escusado será dizer. A brisa soprava, fazendo balançar em silêncio as ervas verdes e macias, ao sabor da cadência do vento. Aomame podia sentir a tepidez da mão de Tengo na palma da sua mão. A imagem ia-se fundindo gradualmente, como o final feliz de um filme.

Em seguida, Aomame deitou-se na cama e dormiu cerca de meia hora. Não sonhou. Era um sono que não precisava de sonhos. Ao despertar, os ponteiros do relógio marcavam quatro e meia. Com a manteiga e os restos que havia no frigorífico, preparou uns ovos com presunto. Bebeu sumo de laranja diretamente da embalagem. O silêncio que se seguiu à sesta revelou-se estranho e pesado. Ao ligar o rádio, descobriu que estava a tocar um concerto para flauta, oboé e fagote em sol menor de Vivaldi. O flautim trinava alegremente, como um passarinho. Aos ouvidos de Aomame, aquela música acentuava a irrealidade da sua realidade presente.

Depois de levantar a mesa, Aomame tomou um duche e vestiu a roupa que semanas antes deixara preparada para esse dia. Tratava-se de uma vestimenta simples, destinada a permitir-lhe ampla liberdade de movimentos. Umas calças de algodão azul-claras, uma blusa branca de manga curta sem qualquer espécie de motivos. Apanhou o cabelo ao alto e prendeu-o com um gancho. Não pôs nenhum acessório. Meteu a roupa que trouxera vestida dentro de um saco preto do lixo, em vez de a deixar ficar no cesto da roupa suja. Tamaru saberia o que fazer com tudo aquilo. Cortou as unhas bem cortadas e lavou os dentes com toda a calma. Deu-se ainda ao trabalho de limpar os ouvidos. Arranjou as sobrancelhas com a pinça, espalhou um pouco de creme no rosto e deitou algumas gotas de água-de-colónia sobre o pescoço. Examinou a sua cara ao espelho, de todos os ângulos possíveis e imaginários, para ter a certeza de que não havia nenhum problema. Só depois disso é que pegou no saco *Nike* e saiu de casa.

Diante da porta, virou-se pela última vez, consciente de que não voltaria ali. O apartamento pareceu-lhe então mais miserável do que nunca, semelhante a uma prisão que só se podia fechar por dentro. Não havia um único quadro nas paredes, nem um vaso com flores. Apenas deixava ficar uma árvore-da-borracha na varanda, a mesma que comprara a preço da chuva em vez dos peixes-vermelhos. Tornava-se difícil acreditar que pudesse ter vivido naquele lugar durante tantos anos sem sentir qualquer tipo de insatisfação e sem ter dúvidas.

«Adeus», murmurou baixinho Aomame. Não se despedia propriamente do apartamento, mas do seu passado, que deixava para trás.

6

TENGO

Temos braços muito longos

Durante algum tempo, a situação não deu mostras de avançar. Ninguém se pôs em contacto com Tengo. Não recebeu qualquer mensagem da parte de Komatsu, nem do Professor Ebisuno, nem sequer de Fuka-Eri. Se calhar, tinham-se esquecido todos da existência dele e seguido viagem até à Lua. A verificar-se essa hipótese, Tengo não teria qualquer problema. Mas a verdade é que as coisas não se anunciavam assim tão fáceis. Não, eles não tinham ido até à Lua. Simplesmente, deviam andar demasiado ocupados com as suas obrigações quotidianas, e não teriam arranjado tempo nem tido a amabilidade de o pôr ao corrente.

Seguindo o conselho de Komatsu, Tengo procurava manter-se a par da imprensa escrita diária, mas, pelo menos naquele jornal que tinha diante dos seus olhos, não aparecera nenhum artigo acerca de Fuka-Eri. Ainda que dedicasse a máxima atenção aos acontecimentos na ordem do dia, a comunicação social assumia uma posição relativamente passiva quando chegava a hora de dar seguimento às notícias. Por conseguinte, aquele silêncio devia conter uma mensagem implícita e queria dizer que «por agora não está a acontecer nada de importante». Pelo facto de não existir televisão em casa, Tengo ignorava qual o tratamento dado pelos telejornais ao caso em questão.

Quanto às revistas semanais, mencionavam quase todas a história. Tengo não precisara sequer de ler os artigos. Bastara-lhe passar os olhos pelos títulos sensacionalistas que apareciam publicados nos anúncios dos jornais, tipo: «A verdade sobre o misterioso desaparecimento da jovem e bela escritora de um *bestseller* – onde se encontra Fuka-Eri, autora da obra *A Crisálida de Ar*?», ou ainda: «O passado "oculto" da bela e jovem romancista em fuga». Alguns dos artigos traziam mesmo fotografias de Fuka-Eri. Tinham sido tiradas durante a conferência de imprensa. Não se podia dizer que Tengo não estivesse interessado em saber o que ali vinha escrito; o que acontecia era que não estava disposto a gastar dinheiro em revistas daquele género. Komatsu logo se encarregaria de o avisar, caso publicassem alguma coisa que Tengo precisasse de saber. O simples facto de, até à data, ninguém se lhe ter dirigido queria dizer que não havia novos desenvolvimentos. Por outras palavras, as pessoas porventura ainda não se haviam dado conta de que *A Crisálida de Ar* fora produto do trabalho de um escritor-fantasma.

A julgar pelas gordas dos jornais, o interesse dos meios de comunicação focalizava-se na notícia que dava o pai de Fuka-Eri como tendo sido um destacado militante de uma fação extremista, a par de ela ter sido criada numa comuna isolada no meio das montanhas de Yamanashi, sem esquecer a história de o seu atual tutor dar pelo nome de Professor Ebisuno (em tempos, um conhecido intelectual). Ainda que o paradeiro da bela e enigmática romancista permanecesse no segredo dos deuses, *A Crisálida de Ar* mantinha-se na lista das obras mais vendidas. Por enquanto, aquilo era o suficiente para estimular a atenção do público.

Contudo, a prolongar-se o desaparecimento de Fuka-Eri, seria uma questão de tempo até as investigações jornalísticas começarem a estender-se a um círculo mais alargado. Nesse caso, as coisas poderiam conhecer uma reviravolta e complicar-se. Por exemplo, bastava que alguém se lembrasse de indagar junto da escola onde Fuka-Eri andara a estudar, para o mais provável ser que a dislexia dela fosse notícia e viesse a lume, acrescida da circunstância de quase nunca frequentar as aulas, em virtude das suas dificuldades de aprendizagem. Era possível que também ficassem a ser conhecidas as suas notas em língua japonesa e as suas composições (partindo do princípio de que redigira alguma), o que poderia logicamente dar origem à seguinte pergunta: «Como é que uma jovem disléxica conseguiu redigir uma prosa tão elaborada?» Não era preciso ser um génio para uma pessoa se deitar a adivinhar e formular a hipótese de que ela o conseguira porque havia alguém a dar-lhe uma mãozinha.

As suspeitas recairiam primeiro sobre Komatsu, evidentemente, uma vez que era ele o editor responsável pela obra e, nessa qualidade, tinha-se ocupado de tudo relacionado com a sua publicação. Claro está que Komatsu fingiria não saber nada de nada. Com a sua eterna expressão impassível, alegaria que mais não fizera senão entregar ao comité de seleção o manuscrito recebido das mãos da autora e que desconhecia por completo tudo o que dizia respeito ao processo de criação. Komatsu era perito na arte de dizer o contrário do que pensava sem mudar de expressão, uma espécie de arte consumada que, de resto, todos os editores, em maior ou menor grau, haviam tido oportunidade de aperfeiçoar ao longo da carreira. A seguir, arranjaria logo maneira de meter Tengo ao barulho e, naquele tom de voz teatral que era seu apanágio, dir-lhe-ia qualquer coisa do género: «Ei, Tengo, o cerco começa a apertar-se!» Até parecia que estava a gozar com a situação.

Às vezes, Tengo ficava com a impressão de que o outro tinha prazer em ver-se metido no meio daquelas alhadas. Volta e meia, observava nele um vago desejo de autodestruição. Se calhar, no fundo, o editor desejava que o plano ficasse totalmente exposto aos olhos do mundo, que rebentasse um grande escândalo e que todas as partes envolvidas acabassem a voar pelos ares. No entanto, verdade seja dita que Komatsu também possuía uma forte vertente realista e calculista. Desejos à parte, o mais provável era que ele não passasse nunca para o lado de lá dos limites da tragédia.

Podia ser que Komatsu tivesse um plano de emergência bem engendrado, de modo a sobreviver, acontecesse o que acontecesse. Tengo não sabia como é que o editor pensava safar-se no meio daquele terreno armadilhado. Em todo o caso, o mais certo era Komatsu, com o engenho que lhe era peculiar, tirar partido do que lhe batesse à porta, fosse o escândalo ou a ruína. Tratava-se de uma velha raposa, cheia de manhas; não era a pessoa indicada para falar mal do Professor Ebisuno. Ainda assim, e no que dizia respeito ao romance *A Crisálida de Ar*, caso alguma nuvem de dúvida surgisse no horizonte, Tengo confiava que Komatsu haveria de chegar à fala com ele. Até ali, Tengo funcionara aos olhos do editor-chefe como uma espécie de ferramenta eficaz, da qual se servia quando lhe dava jeito; ao mesmo tempo, contudo, também se tornara no seu calcanhar de Aquiles. Se Tengo abrisse a boca e desembuchasse tudo o que sabia, o outro ficaria metido numa posição incómoda, daí que Komatsu não pudesse dar-se ao luxo de o ignorar. Por isso, só tinha de esperar o telefonema da ordem. Enquanto não recebesse a chamada, queria dizer que o «cerco ainda não se havia fechado».

Tengo estava mais interessado em saber o que andaria o Professor Ebisuno a fazer. Era evidente que o Professor devia andar a tramar alguma coisa com a polícia, instigando os inspetores a seguirem a pista que dava a Vanguarda como estando implicada no desaparecimento de Fuka-Eri, insinuando-se junto deles e tentando furar a dura carapaça daquela seita religiosa, ao valer-se precisamente desse facto. Agora, agiria a polícia em conformidade com isso? Provavelmente sim. Os meios de comunicação social começavam a fazer barulho à volta da relação entre Fuka-Eri e a Vanguarda. Se a polícia não fizesse a ponta de um corno e mais tarde viesse a apurar-se algum dado valioso seguindo essa linha, seria criticada por ter falhado em cheio. De qualquer maneira, a investigação deveria estar a ser conduzida no maior segredo, o que significava que não era lendo a imprensa escrita semanal nem vendo os serviços informativos na televisão que Tengo ficaria a saber alguma informação nova relevante.

Um dia, ao regressar a casa depois do trabalho na escola onde dava aulas, Tengo encontrou um grosso envelope metido na caixa do correio. O sobrescrito trazia o nome de Komatsu no remetente e o logotipo da editora, bem como o carimbo de correio urgente colado em seis sítios. Já dentro de casa, Tengo abriu a correspondência e viu que se tratava de uma série de fotocópias com as críticas mais recentes ao romance *A Crisálida de Ar*. Também havia uma carta de Komatsu. Decifrar a letra levou o seu tempo, uma vez que estava escrita na caligrafia ilegível do costume.

Tengo,

Por enquanto, não há grandes novidades a registar. Continuamos a desconhecer o paradeiro da Fuka-Eri. Os semanários e a televisão têm dedicado especial atenção ao seu passado. Por esse lado, estamos safos e podemos dormir descansados. O livro continua a vender-se que nem pãezinhos quentes. Confesso que, no ponto em que nos encontramos, torna-se difícil equacionar a questão e saber se nos devemos congratular, mas a verdade é que na editora está toda a gente muito satisfeita e, pela parte que me toca, até me deram um diploma de mérito e um bónus de produtividade em dinheiro. Há mais de vinte anos que trabalho para a empresa e é a primeira vez que recebo um louvor por parte do diretor. Estou deserto para ver a cara daqueles tipos quando descobrirem a verdade!

Junto a esta missiva cópia das recensões e dos artigos publicados até à data. Se tiveres tempo livre, aproveita e passa os olhos por esse material. Creio que alguns desses textos terão interesse para ti, e outros há que por certo te farão rir, se estiveres para aí virado.

A propósito da Nova Associação para o Desenvolvimento das Ciências e das Artes do Japão, de que falámos no outro dia, encarreguei uma pessoa minha conhecida de fazer uma pequena investigação. Foi fundada há meia dúzia de anos, funciona com licença oficial e está em atividade. Para além de ter uma sede, apresenta relatórios de contas regularmente. Todos os anos escolhem vários investigadores, a quem oferecem uma bolsa – pelo menos, é isso que afirmam os responsáveis pela instituição. A minha fonte não soube dizer-me de onde vem o dinheiro, e vai ao ponto de afirmar que tudo aquilo lhe cheira a esturro. Também pode tratar-se de uma organização-fantasma, criada com o fito de escapar aos impostos sem incorrer no crime de evasão fiscal. Uma investigação aprofundada poderia fornecer mais informações, mas não dispomos de tempo nem de meios. Seja como for, e como te disse no outro dia ao telefone, a história de eles estarem dispostos a oferecer três milhões de ienes a uma pessoa como tu, que és um completo desconhecido, não me convence. De certeza que aí há gato. Não se pode descartar a hipótese de a Vanguarda estar metida ao barulho. Se assim fosse, significaria que lhes cheira que tu colaboraste na criação do romance A Crisálida de Ar. *Em todo o caso, o mais prudente é não teres nada que te ligue a essa organização.*

Tengo guardou a carta de Komatsu dentro do envelope. Porque se daria o outro ao trabalho de lhe enviar aquelas linhas? Se calhar, aproveitara para lhe escrever, já que tratara de enviar as críticas, mas nem parecia dele. Se bem o conhecia, teria pegado no telefone para conversarem os dois, como sempre fazia. Uma carta daquele teor poderia servir como prova, no futuro. Alguém cauteloso como Komatsu por certo não deixaria de considerar a questão por esse ângulo. Ou então, quem sabe?, talvez uma prova escrita fosse menos preocupante, aos olhos do editor, do que saber-se sob escuta telefónica.

Tengo olhou para o seu aparelho. Escutas telefónicas? Nunca lhe passara pela cabeça que pudessem escutar as suas conversas ao telefone. Contudo, pensando bem, ninguém lhe telefonara na última semana. O facto de o seu telefone ter sido colocado sob escuta seria do conhecimento público? Até a sua namorada mais velha, que adorava falar com ele ao telefone, não dera notícias. Não deixava de ser estranho.

E a história não ficava por aí, em matéria de coincidências bizarras. Na sexta-feira anterior, ela não aparecera lá em casa. Nunca tal coisa tinha acontecido. Quando havia algum impedimento, telefonava sempre a avisar com a devida antecedência. Regra geral, uma das filhas ficara em casa, constipada, ou viera-lhe o período de repente. No entanto, nessa sexta-feira, pura e simplesmente não se dignara aparecer nem avisara. Tengo preparara um almoço ligeiro e tinha esperado por ela, mas ficara a ver navios. Mesmo que a amante se tivesse deparado com alguma emergência, não era normal que não o tivesse avisado, nem antes nem depois. Contudo, a situação não lhe permitia ser ele a telefonar.

Tengo deixou de pensar na amante e na questão do telefone, sentou-se à mesa da cozinha e começou a ler as fotocópias das críticas, uma a uma. Tinham sido organizadas por ordem cronológica e na margem superior esquerda vinha anotado a esferográfica o nome do jornal ou da revista, bem como a data da publicação. De certeza que devia ter sido alguma estagiária a tempo parcial a encarregar-se da tarefa: Komatsu nunca se daria a semelhante trabalheira. As recensões eram, na sua maioria, positivas. Muitos críticos apreciavam a profundidade e a audácia da história, ao mesmo tempo que reconheciam a precisão do estilo. Alguns tinham escrito que parecia «incrível» que a obra pudesse ter sido escrita por uma rapariga de dezassete anos.

Intuição não lhes falta, pensou Tengo de si para si.

«Uma Françoise Sagan que absorveu o espírito do realismo mágico», podia ler-se num dos artigos, que apontava algumas reservas um tanto vagas ao romance, sem deixar, no entanto, de elogiar a atmosfera do livro no seu todo.

Todavia, o que mais deixava os críticos perplexos – para não dizer desorientados – era o significado da crisálida de ar e do Povo Pequeno. Um deles concluía assim a sua recensão: «A história em si é extraordinariamente interessante e prende a atenção do leitor até ao fim, mas, quando colocamos a nós mesmos a pergunta: "O que *é* a crisálida de ar e quem *são* as pessoas que formam o Povo Pequeno?", ficamos mergulhados num mar de interrogações. Talvez fosse essa a intenção da autora; todavia, é possível que muitos leitores interpretem esta atitude como um sinal de "preguiça de escritor". Mesmo considerando que este livro tem a minha aprovação, enquanto primeira obra, a autora deverá ter isto em atenção e repensar seriamente, num futuro próximo, a sua tendência para criar sugestões, caso tencione continuar a escrever.»

Ao ler aquilo, Tengo inclinou a cabeça, num gesto que traduzia bem a sua estranheza. Se um escritor conseguia dar vida a «uma história extraordinariamente interessante», capaz de «prender a atenção do leitor até ao fim», não deveria ser acusado de preguiça.

Para dizer a verdade, Tengo não tinha grandes certezas. Se calhar, a sua maneira de pensar estava errada e o reparo do crítico fazia sentido. Mergulhara literalmente na reescrita da obra, a tal ponto que lhe era quase impossível analisá-la de forma objetiva, com o olhar de alguém que está de fora. Nesse momento, Tengo via a crisálida de ar e o Povo Pequeno como se fizessem parte integrante dele. Mesmo que não soubesse, muito honestamente, qual o seu verdadeiro significado, isso pouca importância tinha. O fundamental era saber se ele podia aceitá-los como reais. E, de facto, Tengo acreditava com todo o coração na sua existência. Precisamente por isso, fora capaz de se entregar de corpo e alma à tarefa de corrigir *A Crisálida de Ar*. Se a obra não se lhe impusesse como uma evidência, nunca teria alinhado no esquema com contornos fraudulentos, por mais dinheiro que lhe houvessem oferecido ou mesmo que o tivessem ameaçado.

Todavia, aquilo não deixava de ser a sua leitura pessoal da coisa. Longe dele impô-la aos outros. Ao mesmo tempo, não podia deixar de partilhar uma certa simpatia com todos aqueles corajosos leitores, entre homens e mulheres, que ficavam «mergulhados num mar de interrogações» após a leitura da obra. Pôs-se a imaginar a cena, visualizando uma quantidade de pessoas, equipadas com boias de todas as cores, à deriva num enorme mar de dúvidas. No céu brilhava um Sol irreal que não dava tréguas. Na qualidade de alguém que tinha contribuído para a divulgação desse estado de coisas junto do público, Tengo sentia uma certa quota-parte de responsabilidade.

Mas quem poderá salvar toda a Humanidade?, pensava Tengo. *Porque a verdade é que, mesmo reunindo todos os deuses do mundo num lugar, isso não levaria à supressão das armas nucleares nem à erradicação do terrorismo. Da mesma forma que não foram capazes de acabar com a seca em África nem de ressuscitar John Lennon. Bem pelo contrário, o mais certo era os diversos deuses porem fim às suas amizades e desatarem a lutar, envolvendo-se em disputas violentas. E então o mundo tornar-se-ia possivelmente num lugar muito mais caótico. Considerando o sentimento de impotência desencadeado pela situação, acaso não seria um pecado menor o facto de deixar as pessoas flutuar num mar de interrogações?*

Tengo leu metade das críticas que Komatsu lhe tinha enviado e guardou o resto dentro do envelope. Apesar de ter lido apenas uma parte das recensões, fazia uma ideia aproximada do que estaria escrito nas outras. Enquanto narrativa, *A Crisálida de Ar* captara a atenção de muita gente. Fascinara Tengo e Komatsu, atraíra o Professor Ebisuno e um número impressionante de leitores. Que mais seria preciso?

Passava pouco das nove quando o telefone tocou, isto numa terça-feira à noite. Tengo estava a ouvir música e a ler um livro. Era a sua hora preferida do dia. O momento em que lia até lhe apetecer, antes de dormir. Quando se cansava, punha o livro de lado e caía nos braços de Morfeu.

No timbre do telefone, que não ouvia tocar há bastante tempo, pressentiu qualquer coisa de funesto. Não era Komatsu quem telefonava. Quando o editor ligava, o telefone soava de maneira diferente. Tengo hesitou por momentos, sem saber se havia de atender. Deixou tocar cinco vezes. Só então levantou a agulha do disco e atendeu. Podia ser a sua amante.

– É da casa do senhor Kawana? – perguntou um homem que devia andar pela meia-idade. Tinha uma voz suave e profunda, que não lhe era familiar.

– Sim – respondeu Tengo, a jogar à defesa.

– Desculpe ligar a esta hora. Chamo-me Yasuda – disse o homem num tom de voz neutro. Nem amigável, nem hostil.

Yasuda? O nome era bastante vulgar, mas não se lembrava de nenhum Yasuda.

– Telefono para lhe comunicar uma coisa – disse o outro. Fez então uma breve pausa, como se introduzisse um marcador no meio das páginas de um livro. – A minha esposa não vai poder continuar a visitá-lo em sua casa. Era o que eu tinha para lhe dizer.

Yasuda! De repente, Tengo deu-se conta de que o apelido da namorada mais velha era esse mesmo. Kyōko Yasuda, assim se chamava ela. Demorara aquele tempo todo a recordar-se porque ela quase nunca pronunciava o nome quando estavam juntos. O homem ao telefone era o marido. Tengo sentiu formar-se uma espécie de nó na garganta.

– Expliquei-me bem? – perguntou o homem. A sua voz era desprovida de sentimentos, ou pelo menos assim parecia a Tengo. Notava-se apenas um ligeiro sotaque na entoação. Talvez fosse oriundo de Hiroxima ou de Kyūshū. Tengo não sabia ao certo, uma vez que não as conseguia distinguir.

– Não pode vir – repetiu Tengo.

– Sim, está *impossibilitada* de o visitar.

Tengo encheu-se de coragem e perguntou:

– Aconteceu-lhe alguma coisa?

Fez-se silêncio. A pergunta formulada por Tengo permaneceu suspensa no ar, sem obter resposta. Em seguida, o homem voltou à carga.

– Por conseguinte, temo bem que nunca mais volte a ver a minha mulher. Era só isto que lhe queria dizer.

Aquele homem sabia que Tengo andava a dormir com a mulher. Que os dois tinham relações sexuais desde há um ano e que se encontravam uma vez por semana. Tengo percebeu isso. No entanto, por estranho que parecesse, a voz do outro não deixava transparecer ódio nem rancor. Continha uma coisa de outra natureza – mais do que um sentimento pessoal, parecia uma imagem objetiva. A imagem de um jardim em ruínas e ao abandono; outro exemplo: o leito de um rio após grandes enchentes.

– Não compreendo muito bem...

– É melhor esquecer o assunto – disse o homem, cortando-lhe a palavra. Na sua voz sentia-se uma nota de cansaço. – Que fique bem claro o seguinte: a minha mulher perdeu-se irremediavelmente e não poderá voltar a visitá-lo, *dê lá por onde der*. É o que tenho a dizer.

– Perdeu-se irremediavelmente – murmurou Tengo, confuso.

– Senhor Kawana, acredite que eu preferia não ser obrigado a fazer esta chamada, mas, se deixasse as coisas como elas estão e me calasse, não iria conseguir ficar de consciência tranquila. Acha que me dá prazer ter esta conversa consigo?

Quando o homem acabou de falar, não se ouviu nenhum ruído do outro lado. Dir-se-ia que estava a telefonar de um lugar incrivelmente silencioso. Ou talvez as emoções do outro funcionassem como um vazio absoluto e, como tal, absorvessem todas as ondas sonoras na vizinhança.

Tenho de lhe fazer uma ou duas perguntas, pensou Tengo. De outro modo, tudo aquilo acabaria por não passar de um repositório de alusões absurdas. Não podia permitir que a conversa morresse ali! O pior era que aquele homem não tinha intenção de entrar em pormenores. Que diabo poderia alguém na situação de Tengo perguntar, sabendo que a outra pessoa não estava na disposição de contar a verdade? Que palavras proferir diante do vazio? Enquanto Tengo se esforçava desesperadamente por encontrar as palavras certas, a ligação foi à vida. O homem desligara sem dizer nada e desaparecera da vida de Tengo. Talvez para sempre.

Tengo ficou com a orelha colada ao auscultador durante algum tempo. Podia ser que notasse, caso houvesse alguém à escuta. Susteve a respiração e apurou o ouvido, mas não logrou captar nenhum som suspeito. Tudo o que escutava era o bater do seu coração. Quanto mais ouvia as suas próprias palpitações, mais tinha a sensação de se ter transformado num mísero ladrão, entrando à socapa na casa de outra pessoa, a coberto da noite: escondia-se nas sombras, retinha o fôlego e esperava até que os seus ocupantes estivessem a dormir.

Para se acalmar, Tengo pôs uma chaleira com água ao lume e preparou um chá verde. Depois sentou-se à mesa da cozinha com uma taça de chá e procurou reconstituir mentalmente a conversa que acabara de ter ao telefone.

«A minha esposa está irremediavelmente perdida e não poderá voltar a visitá-lo, *dê lá por onde der*. É o que tenho a dizer.» *Dê lá por onde der:* aquela expressão era o que mais perplexidade causava a Tengo. Fizera-o sentir-se no meio de um pântano escuro e viscoso.

O que aquele homem chamado Yasuda quisera transmitir a Tengo era que, mesmo que a mulher *quisesse* alguma vez ir ter com ele lá a casa, isso seria de todo *impossível*. Quais seriam as circunstâncias que o impediriam, na prática? Que teria o outro querido dizer com aquela história de ela estar perdida? Tengo imaginou Kyōko Yasuda gravemente ferida num acidente, padecendo de uma doença incurável ou com o rosto desfigurado, vítima de violência. Encontrava-se confinada a uma cadeira de rodas, perdera um dos membros ou tinha o corpo coberto de ligaduras, ao ponto de não se conseguir mexer. Também a viu, na sua efabulação, feita prisioneira numa cave, porventura atada com uma grossa corrente, como se fosse uma cadela. Escusado será dizer que todas as hipóteses pecavam por ser demasiado fantasiosas.

Kyōko Yasuda (a partir daí, Tengo começara a evocá-la sempre pelo nome completo) quase nunca lhe falara do marido. Tengo ignorava tudo acerca da sua profissão, não fazia ideia da idade nem do aspeto que tinha, desconhecia os traços da personalidade dele, onde se haviam conhecido, quando casaram, se era magro ou gordo, alto ou baixo, bonito ou feio, se mantinham uma boa relação conjugal. Tudo o que Tengo sabia era que ela não tinha grandes problemas económicos (a bem dizer, levava uma vida bastante desafogada) e que parecia não andar lá muito satisfeita com a frequência (ou com a qualidade) das relações sexuais com o marido. Claro que tudo isto no mero campo das hipóteses.

Tengo e ela tinham passado muitas tardes na cama, a falar de tudo e de mais alguma coisa, mas o tema do marido nunca calhava em conversa. Além de que Tengo nunca sentira a mínima curiosidade em saber coisas acerca dele. Preferia manter-se na ignorância, no que tocava ao homem cuja mulher ele andava a roubar. Sempre era mais decente. Naquele momento, atendendo às circunstâncias, arrependia-se de jamais ter feito perguntas acerca do marido (de certeza que, se lhe tivesse perguntado, ela teria respondido sinceramente). Seria um homem ciumento ou possessivo? Teria queda para a violência?

Procurou colocar-se no lugar do outro. Como se sentiria, caso estivesse na posição dele? «Imagina que és casado, duas filhas pequenas, e levas uma vida familiar normal, pacata, mas que descobres que a tua mulher anda a dormir com outro homem e que vai com ele para a cama uma vez por semana, homem esse que tem menos dez anos. Acresce que a relação dura há mais de um ano.» Analisando a questão do seu ponto de vista, como reagiria? Que sentimentos tomariam conta dele? Uma raiva intensa? Desespero profundo? Uma imensa tristeza? Ou o frio desprezo? A noção de ter perdido o sentido da realidade? Ou uma amálgama de emoções difíceis de discernir?

Por mais voltas que desse à cabeça, não havia maneira de saber que sentimentos o moveriam nessas circunstâncias. Enquanto especulava sobre tudo aquilo, veio-lhe à memória a imagem da mãe, vestida com a combinação branca, a oferecer o peito a um jovem desconhecido. Tinha seios opulentos e grandes mamilos rijos. Ao seu lado, Tengo dormia. O *destino parece ter descrito um círculo completo*, pensou Tengo. Aquele misterioso jovem era ele mesmo, e a mulher nos seus braços era Kyōko Yasuda. Tratava-se da mesma encenação; apenas as personagens tinham mudado.

E se a minha vida não for mais do que um processo de materialização, através do qual eu dou forma a imagens latentes que vivem adormecidas dentro de mim? Assim sendo, até que ponto serei responsável pelo facto de a Kyōko se ter perdido para sempre?

* * *

Tengo não foi capaz de voltar a adormecer. Nos seus ouvidos continuava a ressoar a voz do marido, esse homem que respondia pelo nome de Yasuda. A insinuação por ele feita tinha um grande peso e as suas palavras estavam imbuídas de um estranho realismo. Tengo pensou em Kyōko Yasuda. Visualizou o seu rosto e percorreu o corpo dela ao pormenor, na sua imaginação. A última vez que se tinham visto fora numa sexta-feira, duas semanas antes. Como sempre, passaram o tempo a fazer amor. Porém, depois da chamada do marido dela, dava-lhe a impressão de que tudo aquilo acontecera num passado longínquo. A cena adquirira contornos de um episódio histórico.

Na estante reservada aos discos havia vários LP levados por ela para os dois escutarem juntos na cama. Eram única e exclusivamente discos de *jazz* antigos: Louis Armstrong, Billie Holiday (esse disco, em particular, contava com a participação de Barney Bigard) e o Duke Ellington dos anos quarenta. Todos eles tinham sido ouvidos vezes sem conta, mas encontravam-se em muito bom estado. Se bem que as capas já tivessem perdido um bocadinho a cor com a passagem do tempo, os discos em si mesmos pareciam acabados de comprar. Tengo foi buscar os de trinta e três rotações e, ao olhar para as capas, uma após a outra, sentiu crescer nele a certeza de que nunca mais a tornaria a ver.

A bem dizer, Tengo não amava Kyōko Yasuda, no sentido rigoroso do termo. Nunca tivera o desejo de partilhar a sua vida com ela, tão-pouco lhe custava ficar sozinho na hora da despedida. Nunca sentira um forte estremecimento no coração por ela. Mas estava acostumado à presença daquela mulher mais velha e nutria uma ternura genuína por ela. Haviam combinado um dia por semana, em que se encontravam no seu apartamento e faziam amor, e ele aguardava sempre esse momento com grande ansiedade. Para Tengo, que nunca desenvolvera esse género de intimidade com outras mulheres, tratava-se de uma experiência rara. Na maioria das vezes, mantivesse ou não relações sexuais com elas, as mulheres deixavam-no pouco à vontade. E ele era obrigado a encerrar-se numa espécie de território interior, a fim de controlar esse mal-estar. Por outras palavras, tinha de manter certos compartimentos do seu coração hermeticamente fechados. Porém, quando estava na companhia de Kyōko Yasuda, não precisava de proceder a nenhuma operação complexa. Era como se ela compreendesse o que ele desejava e o que não desejava. Por isso, Tengo considerava-se um homem de sorte por tê-la encontrado.

Mas tinha acontecido alguma coisa e ela perdera-se pelo caminho. Por uma razão qualquer, não voltaria a ir ter com ele, *desse lá por onde desse*. Além do mais, ainda segundo o marido, era melhor que Tengo ficasse sem saber a razão que levara a tal, bem como as consequências que havia desencadeado.

Incapaz de adormecer, Tengo estava sentado no chão, a escutar baixinho um disco de Duke Ellington, quando o telefone tocou de novo. O relógio de parede marcava dez horas e doze minutos. Tirando Komatsu, não estava a ver quem se lembraria de lhe telefonar a uma hora daquelas. Contudo, pelo toque, não parecia ele. As chamadas de Komatsu soavam de forma mais apressada e impaciente. Se calhar, o tal Yasuda esquecera-se de lhe transmitir alguma mensagem. Quem lhe dera não ter de responder. Dizia-lhe a sua experiência que uma chamada àquela hora da noite nunca podia ser coisa boa. Considerando a situação em que se encontrava, não lhe restava outra alternativa senão atender.

– Senhor Kawana? – perguntou um homem. Não era Komatsu. Também não era Yasuda. Aquela voz pertencia, sem sombra de dúvida, a Ushikawa. Falava como se tivesse a boca cheia de água (ou de um líquido indefinido). Automaticamente, o estranho rosto do outro e a sua cabeça, chata e disforme, vieram à mente de Tengo. – Hum... lamento incomodá-lo a estas horas. É Ushikawa quem fala. Fui ter consigo no outro dia, sem avisar, e roubei uns minutos do seu precioso tempo. Gostaria de ter conseguido ligar mais cedo, hoje, mas apareceu um assunto urgente e, quando olhei para o relógio e me dei conta das horas, já era muito tarde. Acredite, sei perfeitamente que o senhor é daqueles que se deitam cedo e se levantam com as galinhas, coisa que, de resto, me parece admirável. Uma pessoa deitar-se tarde e levantar-se às tantas, arriscando-se a desperdiçar o tempo, não é aconselhável. O melhor é meter-se na cama o mais cedo possível, de preferência assim que fica escuro, e despertar de manhãzinha, com os primeiros raios de sol. Bom... não sei se lhe poderemos chamar intuição, senhor Kawana, mas a verdade é que me palpitou que esta noite ainda o iria encontrar a pé. Mesmo sabendo que poderia ser considerada uma falta de educação da minha parte, decidi arriscar e ligar para si. Apanhei-o em má altura?

Tengo não gostou nem um bocadinho do que Ushikawa acabara de dizer. Sobretudo, desagradou-lhe o facto de o outro ter o número de telefone de sua casa. Além de que a intuição não era para ali chamada. Se telefonara, era por saber perfeitamente que Tengo àquela hora estava acordado, sem conseguir conciliar o sono. Se calhar, vira as luzes do quarto acesas. O apartamento andaria a ser vigiado?

– Sim, de facto, esta noite ainda estou a pé – disse Tengo. – A sua «intuição» estava certa. Devo ter bebido uma dose de chá verde demasiado forte.

– Ah, sim? Isso é que é *pior*, senhor Kawana! Costuma ser nas noites de insónia que nos passam pela cabeça os pensamentos mais disparatados. Que tal conversarmos um pouco?

– Desde que o assunto não contribua para me tirar ainda mais o sono...

Ushikawa soltou uma estranha e sonora gargalhada. Do outro lado do aparelho – algures neste mundo –, a sua cabeça ovalada moveu-se desajeitadamente.

– Ah, ah, ah! Que divertido. O senhor é muito espirituoso, Kawana. Reconheço que o tema não seja tão agradável como uma história de encantar, mas não se pode dizer que a seriedade da questão chegue para lhe tirar o sono. Esteja tranquilo. Terá apenas de me responder «sim» ou «não». Trata-se... bom... daquela história da bolsa, de que falámos antes. A bolsa no valor de três milhões de ienes por ano, está lembrado? Não é um mau negócio. Estudou bem a proposta? Pergunto isto porque precisamos de conhecer a sua resposta definitiva.

– Creio que já deixei claro isso da outra vez que nos encontrámos, ao dizer que recusava. Agradeço a proposta, mas não tenho necessidade de nada, nos tempos que correm. Do ponto de vista económico, levo uma existência desafogada e, se possível, gostaria de continuar a viver a minha vida a este ritmo.

– Sem dever nada a ninguém, é o que pretende dizer.

– Basicamente, é isso.

– Confesso que acho a atitude muito louvável da sua parte, senhor Kawana! – admitiu Ushikawa, aproveitando para aclarar a voz. – Deseja viver por sua conta e risco e ter o menos possível que ver com o sistema. Compreendo como se sente. No entanto, senhor Kawana, permita-me que chame a sua atenção para o facto de viver neste mundo. Uma pessoa nunca sabe o que pode acontecer. Logo, todas as garantias são poucas. Precisamos de algo em que nos possamos apoiar, que nos proteja contra o vento. Ainda que me custe muito dizer-lhe isto, o senhor não tem onde se agarrar, no momento presente. Nenhuma das pessoas que o rodeiam me parece de confiança, capaz de lhe oferecer proteção. No caso de a situação piorar e os ventos começarem a soprar com violência, toda a gente o abandonaria, quase aposto, e encontrar-se-ia sozinho. Tenho ou não tenho razão? A acreditar no provérbio, um homem prevenido vale por dois. Não me venha dizer que não é importante tomar as suas precauções para quando surgir qualquer imprevisto! E não estamos aqui a falar apenas de dinheiro. Em última análise, o dinheiro tem apenas um valor *simbólico*.

– Estou com uma certa dificuldade para entender o que me diz – confessou Tengo. O desagrado instintivo que sentira da primeira vez que tinha encontrado Ushikawa voltava a apoderar-se dele.

– Homem, claro que não. Você ainda é novo e saudável, não admira que não entenda estas coisas. Deixe-me dar-lhe um exemplo. A partir de uma certa idade, a vida transforma-se num processo ininterrupto de perda. Tudo aquilo que é importante na vida começa a escapar-nos da mão, vai caindo como os dentes de um pente. E o que fica no seu lugar são apenas imitações sem qualquer importância. As capacidades físicas, as esperanças, os sonhos e os ideais, as certezas e as pessoas amadas, todas essas coisas vão desaparecendo, até não restar nenhuma. Algumas anunciam a sua partida, ao passo que outras se dissipam, um belo dia, de repente, sem aviso prévio. E uma vez desaparecidas do mapa, torna-se impossível recuperá-las, da mesma forma que não é possível encontrar nada que as substitua. A coisa revela-se bastante penosa; pode mesmo resultar num desgosto lancinante. Ora, estando quase a fazer trinta anos, senhor Kawana, isso significa que, a partir de agora, entrará, a pouco e pouco, no chamado crepúsculo da vida. Que é como quem diz, irá começar a envelhecer. Calculo, de resto, que já tenha conhecido a dolorosa sensação de *perder alguma coisa*. Engano-me?

Estaria a fazer alusão a Kyōko Yasuda? Bem que Tengo gostaria de saber. Se calhar, o homem estava a par dos encontros secretos que os dois mantinham, uma vez por semana, e da razão pela qual ela o abandonara, por aqueles dias.

– Parece estar muito bem informado sobre a minha vida pessoal – observou Tengo.

– Nada que se pareça – negou Ushikawa. – Acontece que me refiro à vida em geral. Acredite, é a pura verdade. Sei muito pouco acerca da sua vida privada.

Tengo permaneceu calado.

– Por favor, senhor Kawana – insistiu Ushikawa, soltando um suspiro –, tenha a amabilidade de aceitar a bolsa. Para ser franco, encontra-se numa situação delicada. Acontecendo alguma coisa, estaríamos cá nós para o proteger. Sempre podemos lançar-lhe uma boia. Se as coisas continuarem da forma que estão, pode muito bem ver-se metido num beco sem saída.

– Um beco sem saída – repetiu Tengo.

– Pode crer.

– A que se refere, em concreto?

Ushikawa fez uma breve pausa, antes de prosseguir:

– Deixe lá, senhor Kawana. Há coisas que é melhor não saber. Certas informações tiram o sono a uma pessoa. E não me refiro ao chá verde. Se calhar, iam impedi-lo de dormir tranquilamente para sempre. Bom, em resumo... era isto que eu tinha para lhe dizer. Pense no seguinte: sem saber, abriu uma torneira especial, e parece que de lá de dentro saiu uma coisa especial, que exerceu um determinado efeito nas pessoas à sua volta. Um efeito nada agradável, diga-se de passagem.

– O Povo Pequeno tem alguma coisa que ver com isto?

Tratou-se de um tiro no escuro, mas o certo é que Ushikawa pareceu acusar o golpe e permaneceu mudo e quedo. O silêncio que se instalou era pesado, como uma pedra negra no fundo das águas profundas.

– Senhor Kawana, vai desculpar-me, mas gostaria que me dissesse a verdade. Deixemo-nos de adivinhas e vamos lá falar das coisas como elas são, em concreto.

– Que foi que lhe aconteceu a ela?

– A ela? Não sei de que fala.

Tengo deixou escapar um suspiro. Era um tema demasiado delicado para discutir ao telefone.

– Desculpe, senhor Kawana, mas eu não passo de um moço de recados. Um mensageiro enviado da parte do meu cliente. Por agora, o papel que me foi confiado é o de abordar, da maneira mais indireta possível, vários princípios fundamentais – afirmou Ushikawa num tom circunspecto. – Lamento muito se isto contribui para aumentar a sua impaciência, mas é algo a que só posso referir-me em termos vagos. Além disso, convenhamos, os meus conhecimentos sobre a matéria são bastante limitados. Seja como for, confesso que não sei a quem se refere quando diz «ela». Poderia ser um pouco mais específico?

– Muito bem, nesse caso, quem é o Povo Pequeno?

– Lá voltamos nós ao mesmo, senhor Kawana. Não faço a mínima ideia de quem possa ser esse tal Povo Pequeno, ou lá como se chama. A única coisa que sei é que aparece no romance *A Crisálida de Ar*, claro. Deixe-me que lhe diga, no entanto, que, a julgar pelo rumo da nossa conversa, o meu amigo libertou qualquer coisa que agora circula pelo mundo sem sequer conhecer a sua verdadeira dimensão. Em contrapartida, o meu cliente sabe bem como isso é perigoso, e de que maneira. Por outro lado, possui também conhecimentos que lhe permitem enfrentar esse perigo. Daí que estejamos dispostos a estender a mão e a oferecer-lhe a nossa ajuda. Para falar com toda a franqueza, temos braços muitos longos. Longos e poderosos.

– Quem é esse «cliente» de que passa o tempo a falar? Tem alguma ligação à Vanguarda?

– Infelizmente, isso... Não estou autorizado a revelar nomes – disse Ushikawa com uma certa mágoa. – Posso afiançar, seja como for, que o meu cliente é bastante influente. Digamos que o seu poder... considerável, volto a frisar... deve ser levado em conta. Estamos em condições de o proteger. Escute, senhor Kawana, esta é a nossa última oferta. Tem toda a liberdade para aceitar ou rejeitar o que lhe propomos. Uma vez tomada a decisão, contudo, não poderá voltar atrás. Por isso, peço-lhe que medite muito bem no que vai fazer. Permita-me ainda que lhe diga o seguinte: caso escolha não ficar do lado deles, pode acontecer, para mal dos seus pecados, que os longos braços de que eu falava se estendam até si e lhe tragam consequências indesejáveis, ainda que isso não seja intencional.

– Que tipo de «consequências indesejáveis»?

Ushikawa demorou a responder à pergunta formulada por Tengo. Do outro lado da linha, produziu um barulhinho, como se estivesse a sorver a saliva dos lábios.

– Desconheço os pormenores – retorquiu Ushikawa. – Correndo o risco de me repetir, volto a dizer que não passo de um intermediário nas negociações. Os dados que possuo são parciais. Quando a copiosa fonte de informação chega até mim, já só sobram algumas gotas. O cliente concedeu-me uma certa autoridade, e eu limito-me a transmitir-lhe o que ele me indicou. Talvez pergunte a si próprio por que razão o cliente não terá entrado em contacto consigo diretamente, o que por certo aceleraria todo o processo, e porque se lembrou de escolher alguém tão inepto como eu para fazer as vezes de mensageiro. Sim, porquê? Confesso que também não sei responder a essa pergunta.

Ushikawa aclarou a garganta e ficou à espera de que Tengo perguntasse qualquer coisa. Como não surgiu nenhuma pergunta, continuou com o que estava a dizer:

– Perguntava-me há pouco o que terá soltado, não é verdade?

Tengo fez que sim com a cabeça.

– Na minha opinião, senhor Kawana, não se trata de uma coisa a que possamos dar uma resposta assim do pé para a mão, do estilo: «Sim, é isso mesmo.» Calculo que o senhor terá de se pôr em campo para descobrir a resposta, com o suor do seu esforço. Porém, quando conseguir por fim compreender o que se passa e atinar com a resposta, quem sabe?, será demasiado tarde. Pelo que tenho visto, o meu amigo é dono de um talento muito especial: um talento superior e notável, que a maioria das pessoas não possui. Disso não tenho a menor dúvida. Como tal, não podemos desdenhar a sua influência em toda esta questão. Daí que lhe tenhamos oferecido a bolsa. Infelizmente, o talento não é tudo. E, pensando bem, possuir uma capacidade extraordinária mas insuficiente pode revelar-se mais perigoso do que não ter nada. É esta a minha modesta impressão, no que respeita ao assunto em particular.

– Por outro lado, o seu cliente encontra-se na posse de conhecimentos e qualidades suficientes. Tenho razão?

– Bom, sobre isso não me posso pronunciar. Quer dizer, ninguém pode afirmar se são «suficientes» ou não. Vejamos, talvez se possa considerá-los como uma espécie de nova doença contagiosa. Eles possuem os conhecimentos, assim como a vacina. No presente, sabe-se que demonstraram inclusivamente uma certa eficácia. Todavia, os agentes patogénicos estão vivos: fortalecem-se a cada instante e evoluem. Estamos a falar de tipos duros e inteligentes. Mais: esforçam-se por superar a capacidade dos anticorpos. Até quando a vacina será eficaz? Não se sabe. Da mesma forma que se ignora se a quantidade de vacinas armazenadas será suficiente ou não. É isso que faz aumentar a sensação de perigo iminente e leva o cliente a enviar sinais de alarme.

– Porque é que têm necessidade de mim?

– Se é que posso utilizar a metáfora da epidemia e das doenças contagiosas, e com o devido respeito, vocês provavelmente desempenham o papel de principais portadores da doença.

– *Vocês*? – disse Tengo. – Refere-se a Eriko Fukada e a mim?

Ushikawa não respondeu à pergunta.

– Hum... Para utilizar uma expressão clássica, pode dizer-se que abriram a caixa de Pandora. Lá de dentro saíram várias coisas que se espalharam pelo mundo. Pelo menos, parece ser isso o que os meus clientes pensam, baseado na impressão com que fiquei. Os dois, apesar de se terem encontrado por acaso, formam uma combinação bem mais poderosa do que possa pensar. Cada um conseguiu complementar de forma eficaz a parte que faltava ao outro.

– Mas, do ponto de vista legal, isso não é nenhum delito.

– Claro que não. Nem em termos jurídicos nem num sentido mais terra a terra, não é crime nenhum. Se me permite que cite um clássico de George Orwell... não apenas uma grande obra de ficção mas também uma magnífica fonte de citações... assemelha-se ao conceito de «pensarcrime»[1]. Por uma estranha coincidência, acontece que estamos no ano de 1984. Será um capricho do destino? Bom, senhor Kawana, parece-me que, esta noite, já falei demasiado, além de que as coisas que lhe disse não são mais do que meras suposições pessoais, porventura mal-enjorcadas, tudo pura especulação, se quiser, sem qualquer base de fundamentação. Perguntou-me e eu dei-lhe a conhecer as minhas próprias impressões sobre a matéria, de uma forma geral.

Ushikawa ficou em silêncio, enquanto Tengo meditava.

«Meras suposições pessoais»? Até que ponto posso acreditar no que este homem diz?

– Agora vou ter de desligar – anunciou Ushikawa. – Como se trata de um assunto importante, estamos dispostos a dar-lhe um pouco mais de tempo, mas não podemos correr o risco de

---

[1] *Thought crime*, no original de George Orwell. Seguimos a tradução de Ana Luísa Faria, publicada na coleção Mil Folhas (2002), distribuída com o jornal *Público*. (*N. das T.*)

deixar o assunto arrastar-se. O relógio está sempre a trabalhar. *Tic-tac, tic-tac.* Não dá tréguas. Por obséquio, queira avaliar com calma a nossa proposta, uma vez mais. Voltarei a entrar em contacto consigo. Então, muito boa noite. Fico contente por termos podido conversar. Eu... espero que durma bem, senhor Kawana.

Depois de ter debitado aquele monólogo, Ushikawa desligou o telefone com firmeza. Tengo ficou sentado, com o auscultador na mão, à imagem e semelhança de um camponês que contempla um legume ressequido e murcho acabado de apanhar em plena época de seca. Nos últimos tempos, havia uma série de pessoas que punham fim às conversas que mantinham com ele sem dizer água-vai.

Tal como seria de esperar, não conseguiu pregar olho nessa noite. Até a luz pálida da manhã começar a tingir as cortinas e os afanosos corvos da cidade darem sinais de que estava na hora de despertar e iniciar um novo dia de trabalho, Tengo permaneceu sentado no chão, encostado à parede, a pensar na namorada mais velha e nos longos e poderosos braços que se estendiam na direção dele. Porém, os seus pensamentos não o levaram a parte nenhuma. As suas ideias limitavam-se a girar sem rumo definido, em torno do mesmo ponto.

Depois de olhar em volta, Tengo soltou um suspiro e deu-se conta de que estava completamente sozinho. Ushikawa tinha razão. Não havia nada nem ninguém em que ele se pudesse apoiar.

7

AOMAME

Está prestes a entrar num espaço sagrado

Com o seu teto altíssimo e uma iluminação soturna, a entrada do edifício principal do Hotel Okura fazia lembrar uma gigantesca e luxuosa caverna. As vozes das pessoas que conversavam em surdina, sentadas nos sofás, ressoavam no vazio como suspiros de criaturas esventradas. A alcatifa, espessa e fofa, evocava o musgo luxuriante de tempos remotos nalguma ilha distante dos mares do Extremo Norte. Ao longo do tempo, absorvera o ruído dos passos de gerações inteiras. Os homens e as mulheres que por ali passavam, no átrio daquele hotel, pareciam fantasmas condenados por uma maldição antiga, a deambular por aquele lugar, forçados a repetir eternamente o papel que lhes estava destinado. Homens vestidos com fatos de negócios impecáveis. Mulheres jovens e atraentes enfiadas nos seus elegantes vestidos pretos, a caminho de alguma cerimónia celebrada num dos muitos salões do hotel. Usavam joias pequenas mas valiosas, que exigiam a luz ténue para refletir o seu brilho, como vampiros ávidos de sangue. A um canto, sentados nos tronos imperiais, um casal de estrangeiros, já de uma certa idade, descansava os seus corpos, imponentes e esgotados, fazendo lembrar um velho rei decadente e a sua consorte.

Com as suas calças de algodão azul-claro, uma simples camisa branca, as sapatilhas desportivas brancas e o saco azul da *Nike*, era caso para dizer que Aomame destoava num lugar daqueles, cheio de pergaminhos e de símbolos. Na melhor das hipóteses, devia parecer uma *baby-sitter* enviada pela agência e contratada pelo hotel para tomar conta dos filhos de algum dos clientes, pensou ela enquanto matava tempo, afundada num enorme cadeirão de braços. *Ora, que se lixe! Não vim até aqui para uma visita de cortesia.* Ali sentada, tinha a sensação de estar a «ser observada». Contudo, por mais que olhasse à sua volta, não viu ninguém que parecesse espiar os seus movimentos. *Não interessa*, pensou com os seus botões. *Se querem olhar, que olhem à vontade.*

Quando os ponteiros do relógio marcaram as seis e cinquenta, Aomame levantou-se e dirigiu-se aos lavabos levando ao ombro o saco desportivo. Lavou as mãos com sabonete e verificou uma vez mais que a sua presença não a denunciava. A seguir, virada para o espelho grande e lustroso, executou meia dúzia de exercícios respiratórios. A casa de banho era enorme e encontrava-se deserta. Talvez fosse maior do que o seu apartamento.

«Este é o meu último trabalho», disse em voz baixa diante do espelho. *Assim que o executar, vou desaparecer do mapa. Como um fantasma, sem dizer ámen. Agora estou aqui, mas amanhã poderei já cá não estar. Dentro de dias terei outro nome e outro rosto.*

Regressou ao átrio e tornou a sentar-se. Depositou o saco em cima da mesa, ao seu lado. Lá dentro havia uma pequena arma automática com sete munições e uma agulha afiada para cravar na nuca do homem. *Tens de manter a calma. Este derradeiro trabalho é o mais importante de todos. Tens de ser a Aomame de sempre, fria e dura.*

Ao mesmo tempo, porém, Aomame não conseguia deixar de pensar que não se encontrava numa situação normal. Custava-lhe estranhamente a respirar e preocupava-a a frequência acelerada do seu coração. Sentia o excesso de transpiração formar-se nas axilas, bem como picadas na pele. *Não é apenas uma questão de estar tensa*, pensou. *Tenho uma espécie de «pressentimento». E esse pressentimento funciona como um aviso, que não deixa de bater à porta da minha consciência. «Ainda estás a tempo: sai daqui e esquece tudo isto», é o que ele me diz.*

Aomame gostaria de ter seguido o conselho. Queria ter abandonado tudo, virado costas e saído naquela hora pela porta do hotel. Existia qualquer coisa de sinistro naquele lugar, a presença velada da morte fazia-se sentir ali – uma morte lenta e silenciosa, mas inevitável. Porém, não era sua intenção fugir com o rabo entre as pernas. Isso iria contra a sua maneira de ser.

Foram dez minutos que pareciam nunca mais acabar. O tempo recusava-se a avançar. Ela deixou-se estar sentada no sofá, para ver se conseguia regularizar a respiração. Os fantasmas que vagueavam sem cessar pela entrada do hotel continuavam a debitar as suas reverberações ocas. Como almas errantes à procura do seu destino final, deambulavam em silêncio por sobre a espessa alcatifa. De vez em quando, o único som que lhe chegava aos ouvidos era o barulho produzido por uma empregada de bar transportando nas mãos uma bandeja carregada de cafés. No entanto, até mesmo esse som continha em si mesmo uma ambiguidade suspeita. As coisas não caminhavam segundo os melhores auspícios. *Se já estou assim nervosa, chegado o momento crucial não serei capaz de fazer nada*, pensou. Aomame fechou os olhos e, quase num gesto reflexo, recitou a sua oração, aquela que lhe tinham ensinado a dizer antes das refeições. Passado tanto tempo, ainda se lembrava de cada uma das palavrinhas na perfeição.

Jeová, que estais no Céu,
santificado seja o Vosso nome,
venha a nós o Vosso Reino.
Perdoai as nossas ofensas
e dai-nos a Vossa bênção
enquanto prosseguimos
o nosso humilde caminho.
Ámen.

Ainda que contrariada, Aomame teve de reconhecer que a oração, que em tempos lhe havia provocado tanto sofrimento, contribuía no presente para a ajudar. O eco daquelas palavras acalmava-lhe os nervos, impedia o medo de entrar e fazia com que a sua respiração voltasse ao ritmo normal. Carregou nas pálpebras com a ponta dos dedos e repetiu mentalmente a oração várias vezes.

– Aomame, não é verdade? – perguntou um homem junto a ela. A voz era de um indivíduo ainda novo.

Aomame abriu os olhos, levantou a cabeça devagar e olhou para o dono daquela voz. Diante dela encontravam-se dois homens de pé. Ambos envergavam fatos escuros, quase idênticos. A avaliar pelo tecido e o corte, dir-se-ia, assim à primeira vista, que não se tratava de roupas caras. O mais provável era terem sido comprados nalgum armazém de revenda ou numa grande superfície. Apesar de não lhes cair bem no corpo, era impressionante como não apresentavam uma única ruga. Deviam mandar passá-los a ferro de cada vez que os vestiam. Nenhum deles usava gravata. Um tinha os botões da camisa apertados até acima e o outro levava vestida uma espécie de camisa cinzenta de gola redonda por baixo do casaco do fato. Calçavam sapatos vulgaríssimos de couro preto.

O homem que trazia a camisa branca media talvez um metro e oitenta e cinco e levava o cabelo apanhado num rabo-de-cavalo. As sobrancelhas, longas, formavam um ângulo bem definido, como se fossem linhas de um gráfico. O rosto era bem proporcionado, com feições regulares. Podia ser ator de cinema. O outro homem devia medir um metro e sessenta e cinto e usava a cabeça rapada. Tinha um nariz largo e uma barbicha, apenas no queixo, que por sinal mais parecia uma sombra aplicada por engano; ao canto do olho direito via-se uma pequena cicatriz. Ambos eram magros, de rosto afilado, e estavam os dois bronzeados. Não se lhes podia apontar um grama de gordura a mais, e, a julgar pela largura dos seus ombros, podia adivinhar-se a musculatura firme que se escondia por baixo dos fatos. Deviam andar entre os vinte e cinco e os trinta anos. Possuíam os dois um olhar penetrante e incisivo. Os globos oculares, tal como os de um animal à espreita, não faziam movimentos desnecessários.

Aomame ergueu-se de forma automática e olhou para o relógio de pulso. Os ponteiros marcavam sete horas, nem mais nem menos. Tinham sido pontualíssimos.

– Sim, sou eu – respondeu ela.

As suas caras não deixavam transparecer a mínima expressividade. Lançaram uma olhadela rápida ao visual de Aomame e examinaram o saco azul pousado ao lado dela.

– Só traz isto consigo? – perguntou o Bola-de-Bilhar.

– Sim, só isto – respondeu Aomame.

– Perfeito. Nessa caso, vamos andando. Está pronta? – perguntou de novo o Bola-de-Bilhar. O Rabo-de-Cavalo limitou-se a observar Aomame em silêncio.

– Claro que sim – disse Aomame. Calculou que o mais baixo era o que mandava, para além de ser mais velho.

O Bola-de-Bilhar tomou a dianteira e atravessou o átrio, encaminhando-se para o elevador comum a todos os clientes. Aomame colocou o saco ao ombro e foi atrás dele. O Rabo-de-Cavalo seguia-os, a uns dois metros de distância, de modo que Aomame se encontrava, por assim dizer, ensanduichada entre os dois. *Têm experiência destas coisas*, pensou Aomame. Caminhavam muito direitos, com passo firme e seguro. A velha senhora contara-lhe que praticavam ambos karaté. Aomame estava ciente de que, no caso de ter de os enfrentar ao mesmo tempo, não teria grandes hipóteses de os pôr fora de combate. Praticava artes marciais há tempo suficiente para saber isso. Contudo, não viu na presença deles a terrível ameaça assinalada por Tamaru. Da mesma forma, também não se podia dizer que fossem «invencíveis». Numa luta corpo a corpo, a primeira coisa que ela teria de fazer era neutralizar o Bola-de-Bilhar, visto ser ele quem dominava o jogo. Depois, tendo apenas de enfrentar o Rabo-de-Cavalo, arranjaria maneira de se safar e fugir.

Entraram os três no elevador e o Rabo-de-Cavalo carregou no botão do sétimo andar. O Bola-de-Bilhar pôs-se ao lado de Aomame e o Rabo-de-Cavalo ficou no canto oposto, de frente para os dois, a formar uma espécie de linha em diagonal, como no basebol. A cena desenrolou-se em silêncio, tudo muito sistemático, como uma jogada desenvolvida entre um jogador de segunda base e um base-interior, habituados a marcar o tempo todo.

Sempre a matutar naquilo, Aomame percebeu de repente que a sua respiração e os batimentos do coração tinham voltado ao normal. *Não há motivos para estar preocupada*, pensou. *Sou a mesma de sempre, a Aomame fria e dura. Vai correr tudo bem, de certeza. Acabaram-se os maus presságios.*

A porta do elevador abriu-se silenciosamente. O Rabo-de--Cavalo carregou no botão para manter a porta aberta no sétimo andar, enquanto o Bola-de-Bilhar saiu primeiro. Depois foi a vez de Aomame abandonar o elevador; por último, depois de soltar o dedo do botão, o Rabo-de-Cavalo saiu também. A seguir, avançaram pelo corredor, com o Bola-de-Bilhar à frente, seguido de Aomame, mantendo-se o Rabo-de-Cavalo à retaguarda, para não variar. O corredor era enorme e não se via vivalma. Estava mergulhado no mais completo silêncio e apresentava-se irrepreensivelmente limpo, como seria de esperar num hotel daquela categoria, em que tudo era pensado ao pormenor. Não se via um único tabuleiro com restos de refeições providenciadas pelo serviço de quartos à frente das portas, o cinzeiro junto ao elevador não continha uma beata para amostra, as flores acabadas de cortar que adornavam as jarras e os vasos exalavam um aroma fresco. Depois de terem dobrado um par de esquinas, detiveram-se diante de uma porta. O Rabo-de-Cavalo bateu duas vezes com os nós dos dedos e, sem esperar pela resposta, abriu a porta fazendo uso do cartão magnético. Entrou no quarto e, depois de se certificar de que estava tudo em ordem, virou-se para o Bola-de-Bilhar e assentiu afirmativamente com a cabeça.

– Entre, faça favor – disse o Bola-de-Bilhar num tom seco.

Aomame entrou. O Bola-de-Bilhar entrou logo atrás dela e fechou a porta, reforçando-a com uma corrente. O quarto era muito espaçoso. Nada que se comparasse com aqueles quartos vulgares de hotel. Dispunha de um conjunto de mobília para receber as pessoas e havia inclusive um escritório para trabalhar. Tanto a televisão como o frigorífico eram de tamanho considerável. Tratava-se, sem dúvida, da sala de estar de uma suíte especial. A janela oferecia uma vista da cidade de Tóquio toda iluminada. Estar instalado naquele hotel só podia custar muito dinheiro. O Bola-de-Bilhar verificou as horas no seu relógio e convidou Aomame a sentar-se no sofá. Ela obedeceu e depositou o saco azul a seus pés.

– Quer mudar de roupa? – perguntou o Bola-de-Bilhar.

– Se for possível – respondeu Aomame. – Prefiro a minha roupa de trabalho, é mais cómoda.

O Bola-de-Bilhar assentiu com um movimento de cabeça.

– Antes, se nos permite, temos de a revistar. Lamento, mas faz parte do nosso trabalho.

– Claro, não se preocupem. Podem revistar-me à vontade. – Não se notava a mínima tensão na sua voz. Quando muito, ao ver-se confrontada com o nervosismo deles, registava até um certo tom de divertimento.

O Bola-de-Bilhar aproximou-se de Aomame e apalpou-lhe o corpo com as duas mãos, a fim de verificar que ela não transportava nada suspeito. Visto que ela trazia vestidas umas calças de algodão fino e uma blusa, nem sequer era preciso passar revista para ver que não era possível esconder nada. No fundo, ele limitou-se a cumprir o procedimento estabelecido e a repetir os gestos da ordem. As mãos do homem estavam rígidas e traduziam um certo nervosismo. Não se podia dizer que fosse muito hábil. Se calhar, isso devia-se ao facto de não ter grande experiência a revistar mulheres. Encostado à secretária, o Bola-de-Bilhar observava o parceiro a trabalhar.

Quando acabou, ela mesmo abriu o saco de desporto. Havia um casaquinho de malha fino, um conjunto de *top* e calças de fato de treino de jérsei para o trabalho e um jogo de toalhas, composto de uma grande e uma pequena. Um estojo com os artigos básicos de maquilhagem e um livro de bolso. Dentro de uma bolsinha feita de contas havia uma carteira, um porta-moedas e uma argola com chaves. Aomame fez questão de entregar cada um dos artigos diretamente na mão do Rabo-de-Cavalo. Por último, tirou uma bolsa preta de plástico e correu o fecho. Lá dentro via-se uma muda de roupa interior, tampões e pensos higiénicos.

– Como transpiro, vou precisar da roupa – explicou Aomame. Só então sacou o conjunto de roupa interior com renda branca e mostrou-o ao Rabo-de-Cavalo. Este corou ligeiramente e fez com a cabeça um gesto breve, como que a dizer que sim, que por ele estava tudo bem e que já tinha visto o que lhe interessava. Aomame perguntou a si mesma se o homem não seria mudo.

A seguir, voltou a meter com todo o vagar a roupa interior e os artigos de higiene pessoal dentro da bolsinha e puxou o fecho de correr. Enfiou-o no saco como se não fosse nada com ela. *Estes tipos são amadores*, pensou. *Qual é o guarda-costas que fica todo corado só por ver um par de pensos higiénicos e roupa interior provocante? Se tivesse sido o Tamaru a executar esta tarefa, teria ido até à última etapa e revistado tudo, de cima a baixo, mesmo que fosse a Branca de Neve que se atravessasse no seu caminho. Estou certa de que teria virado do avesso a malinha com os meus pertences, nem que para isso fosse obrigado a vasculhar um armazém inteiro cheio de sutiãs, camisolas e cuequinhas. Para ele, coisas deste género não passam de ninharias, se bem que o facto de ser* gay *até à medula também possa ter a sua influência. Ou talvez, sem ir tão longe, ele se limitasse a pegar na bolsa e a verificar o seu peso. Nessa altura, daria sem dúvida pela presença da* HK4, *que deve pesar cerca de 500 gramas, envolta num lenço, e do pequeno picador de gelo guardado no seu estojo rígido.*

Estes tipos são verdadeiros amadores. Podem até ser peritos em karaté, e acredito piamente que tenham jurado fidelidade ao seu Líder, mas não passam de amadores. Tal como tinha previsto a velha senhora. Aomame calculara de antemão que eles não se aventurariam a enfiar a mão dentro da bolsa com os artigos de higiene feminina, e o seu prognóstico revelara-se certo. Era uma espécie de aposta que tinha feito consigo mesma, mas a verdade é que não pensara na alternativa, caso a sua previsão falhasse. Nesse caso, a única coisa que podia fazer era rezar. Porque até aí ela sabia: *a parte da reza funcionava*.

Aomame entrou na casa de banho grande e vestiu a roupa de trabalho. Dobrou as calças de algodão e a blusa e guardou tudo dentro do saco. Verificou se tinha o cabelo bem preso. Pôs na boca um pouco de *spray* para o mau hálito. Tirou a *HK4* da bolsinha de plástico e, depois de ter puxado o autoclismo a fim de disfarçar o ruído, puxou a corrediça para trás e enfiou uma munição na câmara. Só faltava colocar a patilha na posição de segurança, o que fez a seguir. Por fim, colocou o estojo que continha o picador de gelo na parte de cima do saco, de maneira a poder deitar-lhe a mão rapidamente. Uma vez ultimados todos os preparativos, olhou-se ao espelho e distendeu o rosto, na tentativa de apagar os sinais de crispação.

Calma, está tudo bem. Até ao presente, mantiveste o teu sangue-frio.

Ao sair da casa de banho, Aomame reparou que o Bola-de-Bilhar estava de pé, de costas para ela, a falar baixinho ao telefone. Quando a viu, apressou-se a interromper a conversa e a pousar o auscultador calmamente. A seguir, examinou com ar interessado o fato de treino *Adidas* que ela entretanto vestira.

– Preparada? – inquiriu ele.

– Quando quiser – respondeu ela.

– Antes, gostaria de lhe pedir um favor – disse o Bola-de-Bilhar.

Aomame esboçou o que parecia ser a amostra de um sorriso.

– Peço-lhe que guarde segredo do que acontecer aqui esta noite – disse o Bola-de-Bilhar.

Em seguida, fez uma pausa e esperou que a mensagem chegasse bem ao fundo da mente de Aomame. Dir-se-ia que aguardava para ver se a água entretanto vertida era absorvida até não deixar marcas na terra seca. Ela fitou-o sem dizer nada durante todo o tempo. O Bola-de-Bilhar prosseguiu o seu discurso.

– Desculpe se corro o risco de parecer um pouco grosseiro, mas estamos dispostos a oferecer-lhe uma recompensa generosa. Isto para além de podermos vir a solicitar os seus serviços mais vezes, daqui em diante. Assim sendo, deve esquecer por completo o que acontecer hoje aqui. Seja o que for que veja, o que oiça, tudo.

– Como sabe – afirmou Aomame, adotando um tom algo frio –, o meu trabalho consiste em ocupar-me do corpo das pessoas. Por isso, tenho perfeita consciência dos meus deveres e da necessidade de proteger a confidencialidade dos clientes. Nenhuma informação pessoal relacionada com o corpo do cliente em concreto sairá deste quarto, seja qual for o problema que ele tiver. Se é isso que o preocupa, pode ficar tranquilo.

– Excelente. Era isso mesmo que queríamos ouvir – afiançou o Bola-de-Bilhar. – Deixe-me, no entanto, acrescentar que se trata de algo que vai para além de um dever de confidencialidade, no sentido mais lato do termo. De alguma forma, está prestes a entrar num espaço sagrado.

– Um espaço sagrado?

– Pode parecer demasiado solene, mas, acredite no que lhe digo, não é exagero da minha parte. A pessoa que irá ver e tocar hoje aqui é *sagrada*. Nenhuma outra expressão seria adequada.

Aomame assentiu com a cabeça, sem acrescentar nada. Não era altura para gastar o seu latim.

O Bola-de-Bilhar disse:

– Tomámos a liberdade de mandar conduzir uma pequena investigação a seu respeito. Espero que não se sinta ofendida, mas era necessário fazê-lo. Temos as nossas razões para agir com toda esta prudência.

Enquanto escutava as palavras do Bola-de-Bilhar, Aomame deitou uma olhadela em redor para ver o que andaria o Rabo--de-Cavalo a fazer. Estava sentado numa cadeira, mesmo ao lado da porta. Tinha as costas muito direitas, as mãos em cima dos joelhos e o queixo erguido. Parecia que estava a posar para uma fotografia. Não tirava os olhos de Aomame.

– Concluindo, não encontrámos nada que pudesse constituir um problema, motivo pelo qual lhe pedimos que viesse hoje aqui. Chegou ao nosso conhecimento que é uma profissional muito competente e, de facto, devo reconhecer que tem uma excelente reputação.

– Muito obrigada – disse Aomame.

– Em tempos, foi seguidora das Testemunhas, creio…

– Sim, é verdade. Os meus pais eram ambos crentes e, naturalmente, educaram-me nessa fé desde que nasci – explicou Aomame. – Não me tornei membro da seita por escolha própria, e há muito que abandonei a religião.

Sempre gostava de saber se nessa investigação eles terão descoberto que a Ayumi e eu, volta e meia, costumávamos andar por Roppongi à caça de homens? Bom, tanto faz. Mesmo que tenham ficado a par da história, é óbvio que não o consideram um inconveniente. Caso contrário, eu não estaria aqui.

– Também sabemos isso – afirmou o Bola-de-Bilhar. – Mas houve uma época na sua vida em que viveu na fé, e logo durante a primeira infância, um período durante o qual se é particularmente impressionável. Daí que eu parta do princípio de que poderá compreender melhor o que queremos dizer quando falamos de «sagrado».

» Em todas as religiões, o sagrado constitui a raiz de qualquer credo religioso. Neste mundo existem territórios que não podemos ou não devemos invadir. O primeiro passo de toda e qualquer religião consiste em reconhecer e aceitar a existência desse tipo de coisas, e respeitá-las sem impor condições. Entende onde quero chegar, não é verdade?

– Creio que sim – respondeu Aomame. – Posso aceitar, ou não, esse pressuposto, mas isso é outra conversa.

– Evidentemente – acrescentou o Bola-de-Bilhar. – Claro que não é obrigada a aceitar nada disso. Estamos a falar da fé que nos anima, e não da sua. No entanto, acredito que hoje aqui irá testemunhar um acontecimento especial que vai para além da mera questão da crença e que a levará a ultrapassar o seu ceticismo. Encontrará pela frente «um ser fora do comum».

Aomame ficou calada. *Um ser fora do comum.*

O Bola-de-Bilhar semicerrou os olhos, como se estivesse a avaliar o silêncio de Aomame. Quando falou, foi para dizer, muito pausadamente:

– Seja o que for que aqui vai presenciar, não deverá mencionar nada disto a ninguém. Se alguma informação sair lá para fora, o que para nós é mais sagrado seria irremediavelmente profanado. Como acontece quando um lago de águas límpidas e cristalinas fica contaminado por algum corpo estranho. Esta é a nossa maneira de ver as coisas, independentemente da forma de pensar da sociedade ou das leis que regem o mundo à nossa volta. Gostaríamos que compreendesse o que acabo de dizer. Se entende isso e está disposta a cumprir a sua promessa, como lhe disse ainda há pouco, poderemos recompensá-la e oferecer-lhe uma generosa remuneração.

– Compreendo – respondeu Aomame.

– Fazemos parte de uma modesta organização religiosa, mas somos dotados de um espírito forte e de braços compridos – esclareceu o Bola-de-Bilhar.

Dotados de braços compridos, pensou Aomame. *Muito bem, já vamos ver até que ponto são compridos os vossos braços.*

De braços cruzados e encostado à secretária, o Bola-de--Bilhar estudava atentamente Aomame. Dava a impressão de querer certificar-se se um quadro pendurado na parede estaria direito ou torto. Quanto ao Rabo-de-Cavalo, mantinha-se na mesmíssima posição, com os olhos cravados em Aomame.

O Bola-de-Bilhar consultou o relógio.

– Vamos andando – disse ele. Pigarreou uma vez, antes de atravessar a sala devagar, num passo prudente, como um asceta caminhando sobre a superfície de um lago. Bateu devagar com os nós dos dedos na porta que dava para o quarto ao lado. Sem esperar pela resposta, abriu a porta, fez uma pequena vénia e entrou. Aomame pegou no saco azul e seguiu-o. Ao pisar com cuidado a alcatifa, procurou manter a respiração regular. Os seus dedos permaneciam apertados com força no gatilho da sua pistola imaginária. *Não há motivos para te preocupares. É como das outras vezes.* Ainda assim, Aomame sentia medo. Parecia que tinha um pedaço de gelo espetado na espinha. Uma agulha de gelo que não havia meio de se derreter.

Estou calma e descontraída, mas, no fundo, sinto um verdadeiro terror.

«Neste mundo existem territórios que não podemos ou não devemos invadir», tinha dito o Bola-de-Bilhar. Aomame compreendia o que ele queria dizer. Em tempos, ela própria vivera num mundo que no seu coração possuía domínios dessa natureza. *Vendo bem, ainda posso continuar a viver nesse mundo. Simplesmente, não me dei conta disso.*

Aomame voltou a rezar para si mesma, mal movendo os lábios. Depois, respirou fundo e, enchendo-se de coragem, entrou no outro quarto.

8

TENGO

Está na hora de os gatos entrarem em cena

Tengo passou o resto da semana mergulhado num estranho silêncio. Isto desde que um indivíduo chamado Yasuda telefonara para lhe anunciar que a sua mulher estava perdida e que nunca mais tornaria a vê-la. Pouco depois, tocara a vez de Ushikawa ligar para o informar de que ele e Fuka-Eri desempenhavam o papel de principais portadores do vírus responsável pelo «pensar crime». Cada um deles enviara a Tengo uma mensagem relevante (ou, pelo menos, tudo apontava para isso). À imagem de romanos vestidos com togas, de pé em cima de um púlpito, em pleno fórum, a fim de dirigirem uma proclamação aos concidadãos interessados. E tanto um como o outro desligaram o telefone na cara de Tengo, após terem debitado a sua mensagem.

Depois daquelas duas chamadas a meio da noite, mais ninguém tornara a ligar-lhe. O telefone não voltou a tocar e não recebeu nenhuma carta. Não lhe bateram à porta, não apareceu nenhum pombo-correio com uma mensagem no bico. Tudo indicava que nem Komatsu, nem o Professor Ebisuno, nem Fuka-Eri, nem Kyōko Yasuda, nenhum deles tinha qualquer assunto que precisasse de partilhar com ele.

O próprio Tengo, de resto, parecia ter perdido o interesse por aquelas pessoas. Não só pelas pessoas, por todas as coisas à sua volta. Não queria saber das vendas d'*A Crisálida de Ar*, onde estava e o que fazia a autora do romance, Fuka-Eri, o que seria do esquema planeado pelo engenhoso editor Komatsu, tão-pouco lhe interessava se os desígnios concebidos pela mente imperturbável do Professor Ebisuno se cumpriam, ou até que ponto os meios de comunicação social se aproximavam da verdade em toda aquela história, ou que movimentações estaria a Vanguarda em vias de desencadear... Se o barco em que todos remavam no mesmo sentido caísse a pique, até ao fundo das cataratas, paciência, não teria outro remédio senão deixar-se arrastar na queda. Por mais que lutasse, Tengo já não ia a tempo de mudar o curso do rio.

Naturalmente, o assunto de Kyōko Yasuda deixava-o preocupado. Desconhecia os pormenores da situação; contudo, se pudesse fazer alguma coisa para ajudar, não se pouparia a esforços. Fossem quais fossem os problemas que ela enfrentava naquele momento, a verdade é que o assunto se encontrava fora do seu alcance. A bem dizer, não podia fazer rigorosamente nada.

Deixara de ler jornais. O mundo avançava sem ele. A letargia apoderara-se do seu corpo formando uma espécie de névoa individual. Mantinha-se longe das livrarias para não ser obrigado a ver os volumes d'*A Crisálida de Ar* empilhados nos escaparates. Limitava-se a ir direito de casa para a escola e da escola para casa. Estava quase toda a gente já a gozar as férias grandes, mas, como a escola organizara cursos especiais de verão, de certo modo andava mais ocupado do que nunca. Aceitava a situação de bom grado. Pelo menos, enquanto dava aulas só pensava nos problemas de Matemática.

Deixara inclusivamente de trabalhar no seu romance. Mesmo que se sentasse no escritório, diante do processador de texto, vendo o ecrã iluminado à sua frente, não conseguia encontrar motivação para escrever. Sempre que tentava pensar em qualquer coisa, vinham-lhe à cabeça fragmentos da conversa com o marido de Kyōko Yasuda e com Ushikawa. Resultado: era incapaz de se concentrar no romance.

A minha esposa está irremediavelmente perdida e não poderá voltar a visitá-lo, dê lá por onde der.

Isto tinha sido o que o marido de Kyōko Yasuda lhe dissera.

Para utilizar uma expressão clássica, pode dizer-se que vocês abriram a caixa de Pandora. Lá de dentro saíram várias coisas que se espalharam pelo mundo. Pelo menos, parece ser isso o que os meus clientes pensam, baseado na impressão com que fiquei. Os dois, apesar de se terem encontrado por acaso, formam uma combinação bem mais poderosa do que possa pensar. Cada um conseguiu complementar de forma eficaz a parte que faltava ao outro.

Aquilo tinha sido Ushikawa a dizer-lhe.

As duas mensagens eram por demais ambíguas. E, além disso, ambas tentavam dizer a mesma coisa por outras palavras. Procuravam, cada uma à sua maneira, transmitir a ideia de que Tengo, sem ter consciência, revelara um certo poder e estava a exercer uma influência real (provavelmente, uma influência pouco favorável) no mundo que o rodeava.

Tengo desligou o computador, sentou-se no chão e ali se deixou ficar, a olhar para o telefone durante um certo tempo. Precisava de mais pistas, faziam-lhe falta mais peças para resolver o quebra-cabeças. E não tinha ninguém que lhas oferecesse de mão beijada. Por aqueles dias (ou talvez desde sempre), a gentileza era uma qualidade difícil de encontrar em quantidade suficiente no mundo à sua volta.

Pensou em telefonar a alguém. A Komatsu, ao Professor Ebisuno ou a Ushikawa. Ao mesmo tempo, porém, a vontade de o fazer não era tão forte quanto isso. Estava farto das informações absurdas e das conversas repletas de insinuações. Quando procurava junto deles soluções para resolver um enigma, serviam-lhe outro enigma de bandeja. Aquele jogo não podia continuar para sempre. *Fuka-Eri e Tengo formavam uma poderosa combinação.* Se eles o diziam, tinham razão. Tengo e Fuka-Eri. Tal como Sonny & Cher. O duo mais forte. «The Beat Goes On».

Os dias iam passando. Por fim, Tengo cansou-se de ficar metido no seu apartamento, sem fazer nada, à espera de que acontecesse alguma coisa. Meteu a carteira e um livro no bolso, enfiou um boné de basebol e os óculos de sol, e abandonou o apartamento, caminhando em direção à estação de Kōenji num passo decidido. Quando ali chegou, exibiu o passe e subiu para o primeiro expresso da linha Chūō que ia a passar, com destino a Tóquio. A carruagem encontrava-se praticamente vazia. Não tinha nenhum plano definido em mente. Era livre de ir até onde lhe apetecesse e de fazer (ou não fazer) o que lhe desse na real gana. Eram dez horas de uma manhã de verão, soalheira e sem vento.

Pelo sim, pelo não, mantinha-se alerta, pensando que os «investigadores» de que Ushikawa falara poderiam muito bem estar a segui-lo. Durante o percurso até à estação, deteve-se de repente e olhou para trás, rapidamente, mas não viu ninguém com ar suspeito. Na estação, dirigiu-se de propósito à plataforma errada, para depois fingir que acabara de mudar de ideias, dar meia-volta e descer as escadas a correr. Contudo, não houve quem imitasse os seus movimentos. Tratava-se de um caso típico de delírio persecutório. Ninguém o seguia. Tengo não era assim tão importante e tempo era coisa que eles não tinham. Além disso, nem ele próprio sabia para onde se dirigia e o que ia fazer. Quem dera a Tengo poder observar-se a si mesmo, de preferência à distância, a fim de saber como agiria dali em diante.

O comboio onde seguia passou por Shinjuku, por Yotsuya, por Ochanomizu, até chegar ao terminal, na estação de Tóquio. Os outros passageiros desceram do comboio, e ele seguiu-lhes o exemplo. Depois, sentou-se num banco e pôs-se a pensar no que haveria de fazer.

Onde é que poderei ir? Agora estou na estação de Tóquio. Não disponho de nenhum plano para fazer nada em concreto todo o santo dia. A partir deste lugar, tenho liberdade para ir aonde quiser. Tudo indica que vai estar um dia quente. Talvez possa ir até à praia. Tengo levantou a cabeça e estudou o quadro que indicava os horários e as diferentes ligações entre os comboios.

E só então se deu conta do que o conduzira *até ali*.

Abanou a cabeça várias vezes, mas não serviu para afugentar a ideia. Se calhar, inconscientemente, já tinha a decisão tomada, a partir do momento em que apanhara o comboio da linha Chūō com destino a Tóquio, na estação de Kōenji. Soltou um suspiro, levantou-se do banco, desceu as escadas e dirigiu-se à plataforma da linha Sōbu. De caminho, perguntou a um funcionário como podia fazer para chegar quanto antes a Chikura, e o homem consultou o horário num volumoso guia. Havia um comboio rápido especial até Tateyama às onze e meia e, apanhando um comboio normal, chegaria à estação de Chikura pouco depois das duas. Tengo comprou um bilhete de ida e volta e reservou lugar no expresso. Em seguida, entrou no restaurante da estação e mandou vir um prato de *curry* com arroz e salada. Após a refeição, matou o tempo bebendo uma grande chávena de café aguado.

A ideia de ir visitar o pai deprimia-o. Nunca gostara muito dele, e o mais provável era o pai nunca ter manifestado uma grande afeição por Tengo. Nem sequer sabia se o pai sentia qualquer desejo de o ver. Desde que Tengo, então na primária, se recusara a acompanhá-lo quando ele ia de casa em casa cobrar as taxas para a NHK, a relação entre ambos havia esfriado. A partir de certa altura, Tengo deixara praticamente de falar com o pai. Quatro anos antes, o seu progenitor reformara-se da NHK e, pouco depois, dera entrada numa clínica de Chikura, especializada em doentes com demência. Desde essa altura, visitara-o apenas em duas ocasiões – a primeira ocorrera logo a seguir a o pai ter sido internado na clínica, quando surgira um problema de ordem burocrática que exigira a presença de Tengo, na qualidade de único representante da família, e houvera uma segunda vez, que também estivera relacionada com uma questão administrativa. Duas vezes, mais nada.

A clínica ficava situada num vasto terreno, separado da costa por uma estrada. Na sua origem, tinha sido a casa de campo de uma família endinheirada ligada aos grandes consórcios financeiros e industriais japoneses; depois, fora comprada por uma empresa seguradora, para ser transformada em instalações de lazer para os seus membros, e, finalmente, nos anos mais recentes, convertera-se numa clínica que tratava sobretudo doentes com problemas de demência. Por essa razão, aos olhos de um observador externo, havia qualquer coisa de incongruente na coexistência do elegante edifício de madeira, de aparência envelhecida, com a nova estrutura de betão armado, composta de três andares. Apesar disso, respirava-se ar puro e, tirando o ruído das ondas, reinava sempre uma grande calmaria. Nos dias em que não fazia demasiado vento, dava para passear na praia. Havia uma série de pinheiros imponentes, plantados no jardim, que formavam uma barreira protetora contra o vento. A clínica dispunha ainda de todo o tipo de instalações médicas.

Graças ao seguro de saúde, às suas poupanças e à pensão de reforma, o pai de Tengo podia passar o resto da vida naquele lugar sem se privar de nada. E tudo devido a um golpe de sorte, que o levara a ter sido contratado como funcionário a tempo inteiro da NHK. Se bem que não ficasse com grande coisa para deixar como herança, pelo menos podia cuidar de si mesmo. Tengo ficara-lhe muito agradecido por isso. Independentemente de ele ser ou não o seu pai biológico, Tengo não fazia tenção de receber nada daquele homem, e este tão-pouco pretendia dar-lhe o que quer que fosse. Eram dois seres humanos com origens distintas e com destinos diferentes. Por obra do acaso, tinham partilhado vários anos de vida. Só isso. Embora Tengo sentisse pena pelo facto de as coisas terem acontecido assim, não havia nada que pudesse fazer para remediar a situação.

No entanto, chegara a hora de rever o pai. Apesar de a ideia não lhe agradar por aí além, Tengo tinha consciência desse dever. Preferia inverter a marcha e regressar a casa. Mas já guardara o bilhete de ida e volta no bolso, assim como o bilhete para o expresso. As coisas estavam em movimento, por assim dizer.

Levantou-se, pagou a conta do restaurante e dirigiu-se até à plataforma, onde ficou à espera do comboio para Tateyama. Voltou a olhar com atenção à sua volta, mas não viu ninguém com ar de «investigador». Estava rodeado de famílias inteiras que pareciam felizes da vida por irem passar uns dias à beira-mar. Tengo guardou os óculos de sol no bolso e ajustou o boné de basebol na cabeça.

Que se lixem! Se me quiserem vigiar, vigiem à vontade! Vou agora de viagem até uma cidadezinha costeira, na prefeitura de Chiba, para visitar o meu pai, que sofre de demência. Pode ser que ele se lembre do filho; pode ser que não. Da última vez que estive com ele, a sua memória já se tornara incerta. O mais provável é ter piorado desde então. Nesse tipo de doenças, o mal progride, e não há cura. Pelo menos, é o que dizem. À imagem e semelhança de uma engrenagem que se move só para diante.

Assim que o comboio abandonou a estação de Tóquio, tirou do bolso o livrinho que tinha levado e começou a ler. Tratava-se de uma antologia de contos de viagem, e entre eles havia uma história sobre um rapaz que viajava até uma cidade governada por gatos. Tinha por título «A Cidade dos Gatos». Era o relato fantástico escrito por um autor alemão de que ele nunca ouvira falar. Numa nota editorial, explicava-se que a história fora escrita entre as duas guerras mundiais.

Transportando apenas uma mala, o rapaz viajava sozinho, por gosto, sem rumo certo. O que lhe dava gozo era subir para o comboio, seguir viagem e apear-se num lugar que despertasse a sua atenção. Ia à procura de alojamento, visitava a povoação e deixava-se ficar por aquelas paragens durante o tempo que lhe apetecesse. Quando se fartava, apanhava outra vez o comboio. Era assim que tinha por hábito passar as suas férias.

Certo dia, avistou pela janela do comboio um bonito rio, que serpenteava por entre verdes colinas. Aninhada aos seus pés viu uma bonita cidadezinha acolhedora, em que se respirava um ambiente de calma. Uma velha ponte de pedra estabelecia ligação entre as duas margens do rio. Aquela paisagem cativou-o por completo. «Quem sabe se não poderei ali saborear deliciosos pratos à base de truta-de-rio?» Quando o comboio se deteve na estação, o jovem desceu, carregando a sua mala. Nenhum outro passageiro se apeou. Mal pisou terra firme, o comboio partiu.

Não havia nem um empregado na estação, que, pelos vistos, devia conhecer muito pouco movimento. O jovem atravessou a ponte de pedra e encaminhou-se para a cidade. O silêncio era total. Não se via vivalma. Todas as lojas apresentavam os taipais metálicos corridos e o edifício da Câmara Municipal encontrava-se deserto. Na receção do único hotel da zona não estava ninguém ao balcão. Tocou à campainha, mas nada. Parecia uma cidade desabitada. Ou talvez estivesse toda a gente a dormir a sesta. Contudo, eram apenas dez e meia da manhã, cedo demais para uma pessoa resolver passar pelas brasas. Em todo o caso, por uma razão ou outra, os habitantes haviam abandonado a cidade. Até à manhã seguinte não passaria por ali mais nenhum comboio, por isso a única hipótese era pernoitar naquele lugar. Para matar o tempo, pôs-se a deambular pelas ruas.

Na realidade, encontrava-se na cidade dos gatos. Assim que o Sol começou a pôr-se, numerosos gatos atravessaram a ponte e invadiram a cidade. Gatos de diferentes tamanhos e de todas as cores. Um pouco maiores do que os gatos normais, mas não era por isso que deixavam de ser gatos. O jovem, abismado ao ver aquilo, apressou-se a subir ao campanário que havia no meio da cidade, em busca de refúgio. Como se estivessem habituados àquela rotina, os gatos abriram as portas e as persianas das lojas ou sentaram-se à secretária, nos gabinetes da Câmara, prontos para mais um dia de trabalho. Passado um bocado, um grupo ainda mais impressionante de gatos atravessou a ponte, por seu turno, e entrou na cidade. Enquanto uns faziam compras nas lojas, outros dirigiam-se à Câmara para despachar assuntos burocráticos; outros ainda bebiam cerveja nos bares e cantavam alegres canções felinas. Também havia um que tocava concertina, enquanto à sua volta vários gatos dançavam ao som da música. Uma vez que conseguiam ver no escuro, os gatos quase não precisavam de luz, mas como nessa noite a lua cheia iluminava a cidade inteira, o jovem pôde observar tudo do princípio ao fim, lá do alto do campanário. Quando chegou o amanhecer, os gatos fecharam as lojas, cada um abandonou o seu local de trabalho e as suas ocupações, e regressaram pela ponte ao lugar de origem.

Ao nascer o dia, os gatos já tinham desaparecido e a cidade voltou a ficar deserta. Foi então que o rapaz desceu do seu posto de observação, enfiou-se numa das camas à disposição no hotel e caiu a dormir. Quando sentia fome, comia o pão e o peixe que tinham sobrado na cozinha do hotel. E quando começava a escurecer, voltava a subir ao cimo do campanário, escondia-se e ficava ali a espiar o comportamento dos gatos até ser dia. O comboio parava na estação antes do meio-dia e antes do entardecer. Nenhum viajante se apeava ali e ninguém apanhava o comboio naquela estação; e, no entanto, o comboio parava à mesma hora de sempre na estação e partia ao fim de um minuto. Portanto, caso fosse esse o seu desejo, poderia subir a bordo e abandonar a inquietante cidade dos gatos em qualquer altura. Mas ele não quis. Era jovem, estava cheio de curiosidade e de ambição, dominado pelo espírito aventureiro. Não queria perder o insólito espetáculo que lhe era dado a observar na cidade dos gatos. Se possível, queria saber desde quando haviam os gatos ocupado a cidade e como é que tal acontecera, de que forma é que se encontravam organizados e que diabo faziam ali tais bichos. Devia ser ele o único ser humano a testemunhar aquelas cenas bizarras.

Na noite do terceiro dia, armou-se grande burburinho na praça que ficava mesmo por baixo do campanário. «Olhem lá, não cheira aqui a humano?», começou por dizer um dos gatos. «Agora que falas nisso, bem que eu tinha a sensação de que havia um cheiro esquisito por estas bandas, nos últimos dias», concordou outro, torcendo o nariz. «O mesmo digo eu», acrescentou um terceiro. «Não deixa de ser estranho, uma vez que aqui não pode entrar ninguém», alvitrou outro. «Sim, tens razão, nenhum ser humano pode entrar na cidade dos gatos.» «Agora, do que não há dúvida é que cheira mesmo a um deles.»

Os gatos formaram vários grupos e percorreram as ruas da cidade de cima a baixo, organizados como uma patrulha de vigilantes de bairro. É sabido que os gatos são donos de um olfato apurado, quando estão para aí virados. Resultado: não tardaram a descobrir que o odor provinha do alto do campanário. O jovem ouviu o barulho das suas patas macias quando eles iam a subir as escadas que levavam ao topo. «É o fim, estou entre a espada e a parede, agora é que me apanharam», pensou ele. O odor humano parecia provocar nos gatos uma grande excitação, para não falar em raiva. Tinham garras enormes, afiadas, e dentes brancos e pontiagudos. Aquela cidade era um lugar onde nenhum homem devia aventurar-se. Não sabia que destino o esperava quando o encontrassem, mas não acreditava que o deixassem partir com vida, tranquilamente, depois de ele ter descoberto o segredo deles.

Três dos felinos alcançaram o campanário e puseram-se a cheirar, de focinho no ar. «Que esquisito», exclamou um deles, sacudindo os seus longos bigodes. «Cheira a carne humana, mas não se vê homem nenhum.» «Sim, *é* bizarro, diria mesmo», comentou outro. «Em todo o caso, aqui não está ninguém. Vamos procurar noutro lado.» «Isto é de doidos!»

Abanando a cabeça, desconcertados, os três gatos lá se foram embora. Desceram as escadas sem fazer barulho e esfumaram-se no meio das trevas. O jovem suspirou de alívio, apesar de, também *a ele*, aquilo tudo lhe parecer uma loucura. Os gatos e o rapaz tinham estado literalmente a um palmo de distância, nariz com nariz, num espaço reduzido. Não poderiam ter deixado de dar pela sua presença. E, no entanto, por qualquer razão, pareciam não o ter visto. Aproximou as mãos dos olhos e examinou-as. Via perfeitamente. Não se tornara invisível. Estranho. Em todo o caso, decidiu que na manhã seguinte iria até à estação e deixaria a cidade no primeiro comboio. Permanecer ali era demasiado perigoso. A sorte poderia não durar sempre.

No dia seguinte, porém, o comboio da manhã não parou na estação. Passou à frente dos seus olhos sem sequer abrandar. A cena repetiu-se com o comboio da tarde. Dava para ver o condutor, sentado no seu posto, bem como o rosto dos passageiros, através das janelas. Mas o comboio não deu sequer sinal de parar. Como se a figura do jovem à espera passasse despercebida aos olhos das pessoas, o mesmo acontecendo com a própria estação. Quando a última carruagem do comboio da tarde desapareceu ao longe, tudo em redor ficou em absoluto silêncio. O Sol começou então a pôr-se. Já era hora de os gatos entrarem em cena. O rapaz soube que estava irremediavelmente perdido. Aquela não era a cidade dos gatos, afinal. Aquele era o lugar onde devia perder-se. Um lugar que não era deste mundo, mas especialmente criado a pensar nele. E nenhum comboio voltou a parar naquela estação, a fim de o transportar até ao seu mundo de origem.

Tengo releu o conto. A frase «aquele era o lugar onde devia perder-se» chamou-lhe a atenção. Em seguida, fechou o livro e contemplou desinteressadamente a monótona zona industrial costeira que ia vendo desfilar através da janela. As chamas de uma refinaria petrolífera, gigantescos reservatórios de gás, enormes chaminés, baixas e grossas, alinhadas como canhões de longo alcance. Filas de atrelados e camiões-cisterna circulando pela estrada. Uma paisagem muito distante da imagem que lhe ficara gravada da cidade dos gatos, mas que nem por isso deixava de ter a sua componente fantástica, como se debaixo da terra existisse um mundo dos mortos que sustentasse a vida urbana.

Tengo fechou os olhos e imaginou Kyōko Yasuda encerrada nesse *lugar perdido*, o lugar onde estava escrito que ela se perderia. Ali os comboios não paravam. Não havia telefones nem caixas de correio. Durante o dia, estava completamente sozinho, e, quando chegava a noite, os gatos davam início à sua incessante busca. O ciclo repetia-se, lua após lua, sem cessar. Inadvertidamente, deixou-se dormir. Foi um sono curto mas profundo. Acordou todo a transpirar. O comboio avançava ao longo do litoral da península de Minamibōsō, num dia de verão.

Tengo desceu do expresso em Tateyama e apanhou um comboio regional que o levou até Chikura. Ao sair na estação, sentiu no ar o cheiro familiar da maresia. Reparou que todas as pessoas a caminhar pela rua estavam bronzeadas. Apanhou um táxi da estação até à clínica. Na receção deu o seu nome, bem como o nome do pai.

– Avisou-nos antecipadamente da sua visita hoje? – perguntou num tom formal, um nadinha ríspido, a enfermeira de meia-idade que se encontrava sentada atrás do balcão de atendimento. Era uma senhora de estatura baixa, tinha óculos com armação metálica, e no cabelo, que usava curto, viam-se algumas brancas. No dedo anelar, por sinal rechonchudo, exibia um anel que devia ter sido comprado para fazer conjunto com os óculos. Na placa de identificação estava escrito «Tamura».

– Não. Confesso que só me lembrei disso esta manhã, e apanhei o comboio, sem mais nem menos – respondeu Tengo com sinceridade.

A enfermeira lançou-lhe um olhar desconcertado.

– Quando se vem visitar alguém, é conveniente avisar com antecedência. Temos os nossos horários preenchidos com um programa estabelecido, além de que é preciso ter em conta a situação concreta de cada doente.

– Peço desculpa, não sabia.

– Quando foi a última vez que cá veio?

– Faz agora dois anos.

– Dois anos – repetiu a enfermeira, verificando a lista de visitantes com a esferográfica na mão. – Quer então dizer que nestes dois anos não o veio visitar uma única vez?

– Precisamente.

– Segundo este registo, o senhor Kawana não tem mais família.

– Assim é.

A enfermeira pousou a lista em cima do balcão, olhou para Tengo de esguelha e não disse nada. O seu olhar não exprimia reprovação, limitava-se a comprovar um determinado facto. Tudo indicava que Tengo não devia ser caso único.

– O seu pai encontra-se agora numa sessão de reabilitação de grupo. Estará despachado daqui a meia hora. Nessa altura, poderá vê-lo.

– Qual é o estado dele?

– No plano físico, a saúde é boa. Não há nenhum problema especial a registar. No que respeita *ao resto*, tem os seus altos e baixos. – Dizendo aquilo, a enfermeira pressionou ao de leve a têmpora com o dedo indicador. – Como, aliás, poderá avaliar por si mesmo.

Tengo agradeceu e foi até à salinha de espera que ficava ao lado da entrada, para fazer tempo. Sentou-se num sofá que cheirava a outros tempos e pôs-se a ler o livro de bolso. Volta e meia soprava uma brisa que trazia consigo o cheiro a mar e os ramos dos pinheiros produziam um rumor refrescante. As cigarras, agarradas em grande número às árvores, cantavam ao desafio. O verão atingia o seu apogeu, mas as cigarras, fazendo ressoar os seus gritos estridentes, pareciam ter consciência de que aquele momento não duraria muito mais.

Passado algum tempo, apareceu a enfermeira Tamura, com os seus óculos postos, e comunicou-lhe que a sessão de reabilitação havia terminado e que já podia ver o pai.

– Vou conduzi-lo ao quarto dele – disse a enfermeira. Tengo levantou-se do sofá, passou diante de um grande espelho colocado na parede e só então reparou no seu ar desmazelado: vestia uma camisa de ganga deslavada, a que faltavam vários botões, por cima de uma *T-shirt* alusiva à digressão oficial de Jeff Beck pelo Japão; as calças *chino* apresentavam pequeninas manchas de molho de piza na zona do joelho; os ténis cor de caqui não eram lavados há séculos; um boné de basebol. Enfim, não se podia dizer que fosse a vestimenta apropriada para um filho na casa dos trinta que ia visitar o pai ao hospital depois de ter passado dois anos sem lhe pôr a vista em cima. Nem sequer trouxera algo para lhe oferecer. Com ele só tinha o livro de capa mole que enfiara no bolso. Não era de estranhar que a enfermeira tivesse olhado para ele com aquela expressão desconcertada.

Atravessaram o jardim e, enquanto se dirigiam para a ala onde ficava o quarto do seu pai, a enfermeira forneceu-lhe algumas explicações breves. A clínica estava dividida em três alas, conforme o estádio de evolução da doença. Naquele momento, o pai de Tengo encontrava-se no «estado intermédio». Normalmente, os pacientes ingressavam na ala destinada ao «estado ligeiro», passavam ao «estado intermédio» e eram depois transferidos para a ala que acolhia os doentes em «estado crítico». Como uma porta que se abre apenas numa direção, não existia a transferência do «estado crítico» para o «estado ligeiro». Depois do edifício destinado aos indivíduos em «estado crítico», nada mais estava previsto – a não ser o crematório. Naturalmente que a enfermeira não foi tão longe; a alusão, porém, ficou a pairar no ar.

O quarto do pai destinava-se a duas pessoas, mas o seu companheiro encontrava-se ausente a participar numa atividade qualquer. A clínica organizava diversos cursos – de olaria, jardinagem e ginástica. Apesar de terem a palavra «reabilitação» no nome, não se destinavam propriamente a recuperar os doentes. O propósito desses cursos era impedir o avanço da doença, na medida do possível, ou simplesmente passar tempo. O pai estava sentado num cadeirão, perto da janela aberta, a olhar lá para fora. Tinha as mãos em cima dos joelhos. Na mesa ao lado havia uma planta que dera flores com delicadas pétalas amarelas. O pavimento era feito de um material suave, para evitar que os doentes se magoassem no caso de uma eventual queda. Havia duas camas de madeira, simples, duas escrivaninhas e um armário para guardar a roupa e os vários pertences. Junto a cada escrivaninha, cada um tinha a sua pequena prateleira com livros. As cortinas da janela estavam amarelecidas devido à prolongada exposição ao sol.

Tengo não reconheceu de imediato aquele ancião sentado ao pé da janela como sendo o pai. Tornara-se mais pequeno. Ou talvez fosse mais correto dizer que «minguara». O cabelo, que usava mais curto, ficara completamente branco, como um relvado coberto de neve. Apresentava as faces encovadas e, talvez por isso, as órbitas pareciam muito maiores do que se lembrava. Três rugas profundas vincavam-lhe a testa. A forma da sua cabeça parecia mais deformada do que dantes, o que provavelmente se ficara a dever ao facto de usar o cabelo curto. As sobrancelhas eram bastante compridas e espessas, e das orelhas saíam tufos de pelos brancos. Dir-se-ia que as suas orelhas, grandes e pontiagudas, tinham aumentado de tamanho, ao ponto de fazerem lembrar asas de morcego. Só o nariz conservava a mesma forma de sempre – era redondo e bolboso, em contraste com as orelhas, e continuava fortemente avermelhado. As comissuras dos lábios mostravam-se penduradas; dava a impressão que dali poderia começar a cair baba a qualquer momento. A boca, entreaberta, deixava ver os dentes tortos. A imagem do pai sentado à janela, mudo e quedo, recordou-lhe um autorretrato de Van Gogh nos seus últimos anos de vida.

Quando Tengo entrou no quarto, aquele homem limitou-se a olhar para ele de relance e depois continuou a observar a paisagem pela janela. Assim à distância, mais do que um ser humano, assemelhava-se a um rato ou a um esquilo – uma criatura da raça dos mamíferos roedores que não prima pelos hábitos de higiene, mas dotada de uma inteligência considerável. Para todos os efeitos, tratava-se, *sem sombra de dúvida*, do pai de Tengo. Ou, melhor dizendo, do que restava do pai. Aqueles dois anos tinham provocado muitos estragos e despojado o seu corpo de energia vital, da mesma forma que um cobrador de impostos, desprovido de piedade, expropria um homem pobre de todos os seus haveres. Tengo lembrava-se do pai como tendo sido um homem forte e um trabalhador incansável. A introspeção e a imaginação não eram o seu forte, mas possuía um código moral e defendia com firmeza as suas ideias. Estoico por natureza, Tengo nunca ouvira da sua boca desculpas nem lamentos. Porém, o homem que tinha diante de si não passava de uma carapaça. Uma casa desabitada, despida e desprovida de calor.

– Senhor Kawana! – A enfermeira dirigiu-se ao pai de Tengo utilizando uma voz penetrante e articulando bem as palavras. Devia ter sido treinada para falar nesse tom com os doentes. – Senhor Kawana! Veja quem o veio visitar! Está aqui o seu filho.

O pai limitou-se a observá-los. Os seus olhos, inexpressivos, fizeram lembrar a Tengo dois ninhos de andorinha vazios, abandonados debaixo de um beiral.

– Olá! – saudou Tengo.

– Senhor Kawana, o seu filho veio de Tóquio para o ver – disse a enfermeira.

O pai permaneceu calado, sempre a olhar de frente para a cara de Tengo. Como se estivesse a ler um decreto incompreensível escrito numa língua estrangeira.

– O jantar é servido a partir das seis e meia – declarou a enfermeira a Tengo. – Até lá, pode fazer o que quiser.

Quando a enfermeira abandonou o quarto, Tengo, depois de um momento de hesitação, aproximou-se do pai e sentou-se numa cadeira à frente dele. Uma cadeira estofada num tecido que perdera entretanto a cor. Parecia muito usada, e as partes de madeira estavam cheias de marcas feitas pelo tempo. O pai seguiu os movimentos dele com o olhar.

– Como é que o pai está?

– Bem, obrigado – respondeu o pai, num tom cerimonioso.

Tengo não soube o que dizer mais. Começou a brincar com o terceiro botão da camisa, enquanto olhava pela janela e via a barreira contra o vento formada pelos pinheiros. Depois voltou a olhar de frente para o pai.

– Veio de Tóquio? – perguntou o pai. Parecia não se recordar de Tengo.

– Vim.

– Calculo que tenha apanhado o comboio expresso.

– Assim foi – respondeu Tengo. – Apanhei o expresso até Tateyama, mudei de linha e depois meti-me num comboio que me trouxe até Chikura.

– Veio até à praia, para tomar um banho de mar? – perguntou o pai.

– Sou o Tengo. Tengo Kawana. O teu filho.

– Em que parte de Tóquio é que vive? – quis saber o pai.

– Em Kōenji, no bairro de Suginami.

As três rugas que o pai tinha na testa tornaram-se mais profundas.

– Muita gente conta mentiras para não ter de pagar a taxa da assinatura da NHK – afirmou categoricamente o pai.

– Papá – interpelou Tengo. Havia muito tempo que não pronunciava aquela palavra. – Sou eu, o Tengo. O teu filho.

– Eu não tenho nenhum filho – afirmou categoricamente o pai.

– Não tens nenhum filho – repetiu Tengo, de maneira automática.

O pai fez um sinal afirmativo com a cabeça.

– Nesse caso, quem sou eu? – perguntou-lhe Tengo.

– Ninguém, tu não és ninguém – disse o pai. Ao dizer aquilo, abanou a cabeça duas vezes, simplesmente.

Tengo engoliu em seco e ficou sem fala. O pai, por seu turno, também não voltou a abrir a boca. Continuaram os dois sentados, em silêncio, cada um procurando encontrar o fio à meada, mergulhado no emaranhado dos seus pensamentos. Só as cigarras continuavam, imperturbáveis, a chiar alto e bom som, produzindo uma chinfrineira que fazia doer os ouvidos.

Este homem pode muito bem estar a dizer a verdade, sentiu Tengo lá no fundo. *Se calhar, a sua memória está deteriorada e a mente ficou turva, mas as palavras que lhe saem da boca são por certo verdadeiras.* Tengo soube-o por intuição.

– Que pretendes dizer com isso? – perguntou Tengo.

– Tu não és ninguém. – O pai repetiu aquelas mesmas palavras num tom de voz desprovido de emoção. – Nunca foste ninguém, não és ninguém e nunca serás ninguém.

Já chega, pensou Tengo.

Queria levantar-se da cadeira, caminhar até à estação e regressar a Tóquio. Já ouvira tudo o que tinha a ouvir. Mas não conseguiu pôr-se de pé. Aconteceu-lhe o mesmo que ao rapaz que chegara à cidade dos gatos. Também ele sentia curiosidade. Queria ir para além das palavras e obter uma resposta mais precisa, o que, claro está, representava um certo perigo. No entanto, se deixasse escapar aquela oportunidade, o mais provável era perder a oportunidade de vir a conhecer o segredo que dizia respeito à sua vida. E tudo se afundaria para sempre no meio do caos.

Tengo ordenou as palavras na sua cabeça até conseguir dar-lhes a forma pretendida. Depois falou com decisão.

– Estás a querer dizer-me que não és meu pai no sentido biológico? Que entre nós não existe qualquer laço de sangue?

O pai fitava-o sem dizer nada. Pela sua expressão, era impossível saber se teria compreendido o alcance da pergunta.

– Roubar ondas eletromagnéticas é ilegal – afirmou o pai, olhando para ele de frente. – É a mesma coisa que roubar dinheiro ou valores, não te parece?

– Sim, tens toda a razão. – Tengo achou por bem não o contrariar.

O pai assentiu várias vezes com a cabeça, dando mostras de satisfação.

– As ondas eletromagnéticas não caem do céu de graça, como acontece com a chuva ou a neve – continuou o pai.

Tengo olhou para as mãos do pai, sem dizer nada. Estavam imóveis, em posição de descanso, sobre os joelhos. A direita em cima do joelho direito, a esquerda em cima do joelho esquerdo. Eram pequenas e de pele trigueira, tisnadas pelo sol e calejadas por muitos anos de trabalho ao ar livre.

– A minha mãe não morreu de doença quando eu era pequeno, pois não? – perguntou Tengo, muito devagar, separando bem as palavras.

O pai não respondeu. A sua expressão não se modificou e as suas mãos não mudaram de posição. Olhava para Tengo como se observasse algo nunca visto.

– A minha mãe saiu de casa. Deixou-te, a ti, e abandonou-me. Provavelmente, foi-se embora com outro homem. Engano-me?

O pai acenou afirmativamente com a cabeça.

– Roubar ondas eletromagnéticas não está bem. As pessoas não podem fazer o que lhes dá na gana e fugir sem pagar, não é justo.

Este homem entendeu a minha pergunta na perfeição. Simplesmente, não quer falar do assunto. Foi essa a impressão com que Tengo ficou.

– Papá – disse Tengo. – Mesmo que não sejas o meu verdadeiro pai, faço questão de te chamar assim, já que não saberia tratar-te de outra maneira. Para ser sincero, nunca gostei de ti. Pode até dizer-se que alturas houve em que te odiei. Sabes do que estou a falar, não sabes? Partindo do princípio de que não és meu pai, que não existe entre nós qualquer laço de sangue, deixaria de ter motivos para te detestar. Ignoro se conseguiria sentir simpatia por ti, mas pelo menos poderia compreender-te melhor do que até à data. Sim, porque o que sempre persegui foi *a verdade*. Quem sou e de onde vim. Isso é tudo o que pretendo saber. Mas foi precisamente isso que *ninguém* me soube dizer. Se me contares a verdade, aqui e agora, acaba-se o ódio. Confesso que, para mim, seria uma benesse não me ver obrigado a detestar-te, nunca mais.

O pai ficou calado, sempre a observar Tengo com o mesmo olhar inexpressivo. Porém, no fundo daqueles pequenos ninhos de andorinha vazios, Tengo quase podia jurar que vislumbrava uma luzinha acesa.

– Eu não sou ninguém – disse Tengo. – Tens razão. Não passo de um destroço atirado ao mar, durante a noite, e deixado a flutuar à deriva. Estendo o braço, mas não encontro nada a que me agarrar. Ergo a voz, mas ninguém me responde. Não tenho ligação a nada. No fim de contas, o pai é a única família que conheço; tirando o pai, não tenho mais ninguém. No entanto, o pai tem um segredo e nunca mo quis contar. Nesta cidade costeira, a tua memória, com os seus contínuos altos e baixos, vai-se diluindo à medida que o tempo passa. E o mesmo acontece em relação à minha verdade, também ela corre o risco de se perder. Sem a verdade, não sou nada, nem nunca poderei ser ninguém, no futuro. Tu próprio o disseste.

– O conhecimento é um valioso património social – disse o pai num tom monocórdico, como se estivesse a ler. A sua voz, porém, diminuíra um pouco de intensidade, como se alguém por trás dele tivesse esticado o braço e baixado o volume. – Esse património deve ser acumulado em abundância e usado com a máxima prudência. Há que transmiti-lo de forma profícua às gerações vindouras. Por isso, a NHK necessita das taxas de toda a gente...

Este homem fala como se repetisse uma espécie de mantra, pensou Tengo. Ao recitar aquela ladainha, havia conseguido proteger-se até ali. Tengo sentia que tinha obrigação de quebrar aquele obstinado talismã. Tinha de fazer sair o homem real, escondido por detrás daquela barreira.

Tengo interrompeu a lengalenga do pai.

– Que género de pessoa era a minha mãe? Para onde é que ela foi? O que aconteceu?

O pai calou-se de repente. Deixou de recitar a encantação e refugiou-se no silêncio.

– Estou cansado de viver no ódio, sempre a guardar rancor. Estou cansado de viver sem amar ninguém. Não tenho um único amigo. *Nem um* para amostra. E, acima de tudo, nem sequer sou capaz de gostar de mim próprio. Sabes porquê? Porque não sou capaz de amar os outros. Só quando uma pessoa ama e é amada, aprende a gostar de si própria. Entendes o que estou a dizer? Quem não ama alguém não pode amar-se a si mesmo. Não estou a dizer que a culpa seja tua. Agora que penso nisso, talvez não passes de uma vítima. Provavelmente, também não sabes o que significa uma pessoa amar-se a si própria. Estou enganado?

O pai remetia-se ao silêncio. Os lábios cerrados. A sua expressão não permitia ver se entendera o que Tengo acabara de dizer. Este afundou-se na cadeira e calou-se, por seu turno. Uma rabanada de vento entrou pela janela aberta, fez oscilar as cortinas descoloridas sob o efeito do sol e agitou as pétalas delicadas das flores. Depois escapuliu-se pela porta que ficara aberta e fugiu para o corredor. O cheiro a maresia intensificou-se. Misturado com o chiar das cigarras, ouvia-se o som produzido pelo roçar das agulhas dos pinheiros.

Tengo continuou num tom mais calmo:

– Volta e meia, tenho uma visão. É sempre a mesma, desde que me lembro. Creio que não se trata propriamente de uma visão, mas sim de um fragmento da vida real, e que ainda hoje recordo. Tenho um ano e meio e estou ao lado da minha mãe. Um homem jovem abraça-a. E esse homem não é o *pai*. Quem ele possa ser, não sei, mas o certo é que tu *não* apareces na imagem. Ignoro por que razão, mas esta cena está gravada na minha mente e não consigo apagá-la.

O homem não disse nada. Porém, os seus olhos viam claramente uma coisa diferente, que não estava ali. Os dois tornaram a remeter-se ao silêncio. Tengo prestou atenção ao vento, que se levantara de repente. O que poderia o pai estar a escutar, não sabia.

– Importavas-te de me ler qualquer coisa? – perguntou o pai num tom formal, após um longo silêncio. – A minha vista deteriorou-se ao ponto de já não me permitir ler. Sou incapaz de fixar os olhos nas letras durante muito tempo. Os livros estão naquela prateleira. Escolhe um ao teu gosto.

Tengo levantou-se e passou os olhos pela lombada dos volumes alinhados. Eram, na sua maioria, romances clássicos. Havia a coleção completa de *Dabosatsu – Tōge*[1], mas Tengo não se sentia com disposição para ler ao seu pai um romance antigo em que se empregava um vocabulário arcaico.

– Se achares bem, gostaria de te ler a história da cidade dos gatos – disse Tengo. – É de um livro que eu trouxe para ler na viagem.

– A história da cidade dos gatos – repetiu o pai, saboreando as palavras. – Se não te der muito trabalho, gostaria que ma lesses.

Tengo deu uma olhadela ao relógio de pulso.

– Não dá trabalho nenhum. Ainda falta muito tempo para a hora do comboio. É uma história com o seu quê de bizarro, aviso já. Não sei até que ponto irás gostar.

Tengo sacou o livro do bolso e começou a ler «A Cidade dos Gatos» em voz alta. O pai escutava a história atentamente, sentado no cadeirão ao lado da janela, sem mudar de posição. Tengo lia devagar, articulando bem as palavras; a meio, fez duas ou três pausas para recuperar o fôlego. De cada uma dessas vezes, apro-

---

[1] Obra escrita por Kaizan Nakazato e publicada em 41 volumes, entre 1913 e 1941. É a saga de um samurai um tanto louco, de seu nome Tsuke Ryūnosuke, e decorre durante a Era Edo. O título pode ser traduzido como O *Caminho do Grande Buda*. Shinobu Hashimoto realizou em 1966 um filme (*A Espada da Maldição*), pensado como o primeiro de uma trilogia, baseado nessa obra. (*N. das T.*)

veitou para observar o pai, sem que conseguisse, no entanto, perceber qualquer tipo de reação. Não saberia dizer se ele estava a apreciar a leitura. Quando acabou de ler o conto, o pai deixou-se estar quieto, com os olhos cerrados, sem fazer o mínimo movimento. Parecia adormecido, mas não estava. Simplesmente, mergulhara fundo no mundo do relato, e demorou um bom bocado a sair de lá. Tengo esperou, dando mostras de toda a paciência do mundo. A luz da tarde enfraquecera e em redor começaram a aparecer os primeiros sinais do crepúsculo. O vento proveniente do mar continuava a agitar os ramos dos pinheiros.

– Haverá televisão na cidade dos gatos? – perguntou o pai. Era a vertente profissional a falar mais alto.

– Bom, a história passa-se na Alemanha, em meados dos anos trinta. Nessa altura, ainda não havia televisão, apenas rádio.

– Quando estive na Manchúria, nem sequer rádio tínhamos. Nem rádio, nem emissoras, nada. Quase não chegavam lá os jornais e, quando os recebíamos, eram de há quinze dias. Não tínhamos que comer, e mulheres era coisa que também não havia. De vez em quando, víamos lobos. Parecia que estávamos no fim do mundo.

Durante alguns momentos, permaneceu calado, parecendo cismar em qualquer coisa. O mais provável era estar a rememorar os seus tempos de colono na Manchúria, e a vida dura que ali levara, quando jovem. Todavia, as recordações não tardaram a ficar envoltas em névoa, engolidas pelo vazio. Graças às mudanças de expressão do pai, Tengo conseguia entrever toda essa atividade mental.

– A cidade foi construída pelos gatos? Ou foram os seres humanos que a mandaram erguer, em tempos que já lá vão, e os gatos depois assentaram ali arraiais? – perguntou o pai olhando pelos vidros da janela, como se estivesse a falar consigo mesmo. No entanto, a pergunta parecia ter sido dirigida a Tengo.

– Não sei – respondeu Tengo. – Imagino que terá sido mandada construir pelos homens, há muito tempo. Por qualquer motivo, estes desapareceram, e passou a ser habitada pelos gatos. Se calhar, houve alguma epidemia e morreram todos.

O pai fez um gesto de concordância com a cabeça.

– Quando se forma um vazio, algo tem de o preencher. É o que fazemos todos.

– É o que fazemos todos.

– Claro – afirmou o pai.

– Qual é o género de vazio que tens de preencher?

O pai pôs um ar sério. As compridas sobrancelhas baixaram e cobriram-lhe os olhos. Quando falou, foi em tom de sarcasmo.

– Tu não podes compreender.

– Não posso compreender – repetiu Tengo.

As narinas do pai incharam. Uma das sobrancelhas mostrava-se ligeiramente arqueada. Era a expressão que costumava adotar quando estava descontente com qualquer coisa.

– Se precisas que te explique, nesse caso não irás entender nunca, por mais explicações que te dê.

Tengo semicerrou os olhos e procurou ler a expressão estampada no rosto do pai. Ela não tinha por hábito falar de uma maneira tão estranha, recorrendo a uma linguagem tão sugestiva. Expressava-se de um modo pragmático e utilizava sempre palavras concretas. Dizer apenas o necessário quando era necessário: tinha sido sempre esse, por sistema, o modelo de conversa seguido pelo pai. No seu rosto, porém, Tengo não conseguia discernir nenhuma expressão percetível.

– De acordo. Tu preenches um vazio *qualquer* – disse Tengo. – Muito bem, e quem é que vai preencher o vazio *deixado por ti*?

– Tu – declarou o pai, lacónico, ao mesmo tempo que erguia o dedo indicador e o apontava para Tengo. – Não é óbvio? Tenho preenchido o vazio que alguém criou, e agora chegou a tua vez de preencheres o vazio criado por mim. Como se fosse um trabalho em cadeia.

– Tal como aconteceu aos gatos, quando lhes tocou ocuparem a cidade depois de os humanos terem desertado.

– Isso mesmo, está perdida, tal como a cidade – disse o pai. – Em seguida, ficou a olhar distraidamente para o indicador que brandira na direção de Tengo, como se olhasse para qualquer coisa estranha e fora de contexto.

– Está perdida, como a cidade. – Tengo repetiu as palavras do pai.

– A mulher que te deu à luz já não está em parte nenhuma.

– *Não está em parte nenhuma.* Está perdida, como a cidade. Quer dizer com isso que morreu?

O pai não lhe deu resposta.

Tengo suspirou.

– E quem é o meu pai?

– É apenas um espaço vazio. A tua mãe juntou os trapinhos com um vazio e pôs-te neste mundo. Eu preenchi esse vazio.

Após ter pronunciado aquelas palavras, o pai fechou os olhos e calou-se.

– Juntou-se com um vazio?

– Sim.

– E o senhor criou-me? É o que está a querer dizer-me?

– Já to disse, não foi? – retorquiu o pai, depois de ter pigarreado uma vez, em tom solene, como se estivesse a explicar uma coisa óbvia a uma criança com dificuldades de aprendizagem. – Se é preciso que te expliquem para perceberes, quer dizer que nunca conseguirás entender a mensagem, por mais que to expliquem.

– Eu nasci de um vazio? – perguntou Tengo.

Não obteve resposta.

Tengo juntou as mãos sobre os joelhos e olhou de frente para o pai. Então pensou: *Este homem não é um invólucro vazio. Não é uma simples casa desabitada. É um homem de carne e osso que sobrevive como pode, algures neste pedaço de terra à beira-mar plantado, carregando às costas um espírito tacanho e obstinado, bem como as suas recordações sombrias. Vê-se obrigado a conviver com esse vazio, que se vai expandindo de forma progressiva dentro dele. Neste momento, o vazio e a memória lutam ainda entre si, mas, queira ou não queira, o vazio engolirá por completo a memória que lhe resta. É uma questão de tempo. Será esse vazio, o tal que ele tem de enfrentar, o mesmo vazio que me gerou?*

À medida que entardecia, misturado com o vento que soprava por entre as copas dos pinheiros, Tengo pensou ter ouvido o rumor longínquo do mar. Mas talvez não passasse de uma alucinação auditiva.

9

AOMAME

O preço a pagar pela graça divina

Assim que Aomame entrou, o Bola-de-Bilhar virou-lhe as costas e fechou a porta rapidamente. O quarto encontrava-se às escuras. Os pesados reposteiros estavam corridos e todos os candeeiros tinham sido apagados. Apenas um raio de luz se infiltrava por uma fresta da janela, o que só servia para acentuar a escuridão.

Os seus olhos demoraram a habituar-se à obscuridade, como acontece quando se entra numa sala de cinema ou num planetário. A primeira coisa que lhe chamou a atenção foi o mostrador de um relógio digital colocado sobre uma mesinha baixa. Os dígitos verdes indicavam que eram sete e vinte da tarde. Segundos depois, deu pela presença de uma cama de dimensões impressionantes encostada à parede, mesmo à sua frente. Em comparação com o quarto ao lado, era um pouco mais pequeno; ainda assim, não deixava de ser bastante maior do que um banal quarto de hotel.

Em cima da cama estava uma massa escura, formando uma mancha semelhante ao contorno de uma colina. Aomame demorou um certo tempo até perceber que a silhueta indefinida correspondia ao corpo de uma pessoa deitada. Enquanto isso, o perfil não conheceu a mais pequena alteração. Não se distinguia qualquer indício de vida. A respiração mal se ouvia. O único som que lhe chegava aos ouvidos era o ténue zunido do ar condicionado que saía através do tubo de ventilação junto ao teto. Contudo, não era o corpo de um morto. O comportamento do Bola-de-Bilhar dava a entender que ali se encontrava um ser humano com vida.

Tratava-se de uma pessoa bastante corpulenta. Um homem, possivelmente. Ainda que Aomame não conseguisse ver com clareza, parecia estar virado para o outro lado. A pessoa em questão não se enfiara na cama, antes se estendera com a cara virada para baixo, em cima da colcha por desfazer. Dir-se-ia um animal de grande porte a descansar no fundo de uma caverna para recuperar do desgaste físico provocado por um ferimento.

– Está na hora – disse o Bola-de-Bilhar dirigindo-se à sombra. A voz deixava transparecer uma certa tensão, que até aí ainda não se manifestara.

Nada indicava que o homem tivesse ouvido. O montículo escuro sobre a cama permaneceu em silêncio. De pé, o Bola-de--Bilhar aguentava firme diante da porta, sem alterar a sua postura. No quarto reinava um silêncio absoluto. Tão absoluto que dava até para ouvir o som de alguém a engolir em seco. Só então Aomame se deu conta de que tinha sido ela própria a produzir esse som. Com o saco de desporto na mão direita, fez como o Bola-de-Bilhar e deixou-se ficar à espera de que acontecesse alguma coisa. Os dígitos no relógio eletrónico mudaram para as 7:22 e depois para as 7:23.

Às tantas, a silhueta deitada em cima da cama agitou-se e começou a mexer-se – teve um ligeiro estremecimento, que se transformou num movimento nítido. Tudo indicava que aquela pessoa se encontrava profundamente adormecida. Ou então mergulhada num estado parecido com o sono. Os músculos despertaram, a metade superior do corpo ergueu-se e, passado um momento, deu mostras de ter recuperado a consciência. A sombra sentou-se direita na cama, com as pernas cruzadas. *É um homem, sem dúvida*, pensou Aomame.

– Está na hora – repetiu o Bola-de-Bilhar.

Aomame ouviu o homem respirar fundo. Era um suspiro enorme e sonante, subindo à tona lentamente, oriundo de um poço fundo. A seguir, ouviu-se uma inspiração, impetuosa e inquietante como um vendaval soprando por entre as árvores de uma floresta. Esses dois ruídos, tão diferentes na sua natureza, repetiam-se alternadamente. Depois o ciclo recomeçava, separado por um longo silêncio. Aquela cadência, carregada de significado teve o condão de deixar Aomame angustiada. Sentiu-se como se estivesse a aventurar-se por um território que lhe era estranho. Uma profunda fossa oceânica, por exemplo, ou a superfície de um asteroide desconhecido: um lugar ao qual seria possível chegar, mas de onde seria impossível regressar.

Os seus olhos tinham dificuldade em habituar-se à escuridão. Conseguia ver até certo ponto, mas, passado um limite, não alcançava mais nada. De momento, distinguia a sombria silhueta do homem, e pouco mais. Não sabia para onde tinha a cara virada nem se estava a olhar para algo em concreto. Sabia apenas que o homem era dotado de uma corpulência acima da média e que os seus ombros oscilavam suavemente, mas com movimentos amplos, ao ritmo da respiração. Uma respiração normal, porém. Melhor dizendo, tinha uma maneira de respirar que se revelava imbuída de uma função e de um fim especiais, empregando para o efeito o corpo inteiro. Ela percebeu isso pelo modo como o diafragma e as omoplatas se dilatavam e se contraíam, em movimentos amplos. Outra pessoa qualquer não podia respirar assim, com aquela intensidade toda. Era uma técnica respiratória que só poderia ser adquirida através de um treino longo e rigoroso.

O Bola-de-Bilhar mantinha-se junto de Aomame, conservando uma postura firme e atenta. Tinha as costas direitas e o queixo para dentro. Ao contrário do homem que estava deitado, a respiração era superficial e acelerada. Procurava ocultar a sua presença, enquanto permanecia ali à espera de que aquela sequência de exercícios respiratórios chegasse ao fim. Devia ser um ritual diário, destinado a estimular as funções corporais. Aomame não teve outro remédio senão aguardar que ele acabasse com aquilo. Talvez se tratasse de um qualquer processo indispensável para acordar de vez.

Por fim, aquela forma de respirar parou, como acontece quando uma grande máquina cessa aos poucos o seu programa de funcionamento. O intervalo entre cada respiração foi aumentando de forma progressiva, até que ele expirou longamente, como se quisesse expulsar todo o ar que tinha dentro dele. Um silêncio profundo abateu-se de novo sobre o quarto.

– Está na hora – anunciou pela terceira vez o Bola-de-Bilhar.

A cabeça do homem mexeu-se devagar. Parecia estar a olhar na direção do outro.

– Podes retirar-te – ordenou ele. Tinha voz de barítono, clara e profunda.

O Bola-de-Bilhar fez uma pequena reverência no meio da escuridão e saiu dali tal como havia entrado, sem qualquer movimento desnecessário. A porta fechou-se. Aomame ficou sozinha no quarto com o homem.

– Lamento que esteja tão escuro – desculpou-se o homem. O mais provável era dirigir-se a Aomame.

– Não me faz diferença – respondeu ela.

– É necessário que assim aconteça – observou ele num tom suave. – Mas não te preocupes. Não te farei mal.

Aomame assentiu com a cabeça. Depois, lembrando-se de que se encontravam às escuras, disse alto qualquer coisa como «compreendo». A sua voz dava a sensação de estar mais ríspida e aguda do que era costume.

O homem ficou a olhar para Aomame na obscuridade durante algum tempo. Ela tinha a noção de estar a ser observada com uma intensidade fora do vulgar. Mais do que olhar para ela, o verbo adequado seria «inspecionar». Aquele homem parecia capaz de obter uma vista integral de cada centímetro do seu corpo, de cima a baixo. Sentiu-se como se ele, ato contínuo, lhe tivesse arrancado a roupa, deixando-a totalmente despida. O seu olhar não se ficava ao nível da pele, prolongava-se pelos músculos, pelas entranhas, até ao útero. *Este homem consegue ver nas trevas. Vê para além do que os olhos veem.*

– As coisas veem-se melhor no escuro – disse o homem, como se lesse o pensamento de Aomame. – Mas, se uma pessoa ficar demasiado tempo às escuras, torna-se difícil regressar ao mundo da luz terrestre. Há que parar num ponto determinado.

A seguir, tornou a sujeitar Aomame a uma nova inspeção. O seu olhar não traduzia qualquer desejo sexual. O homem limitava-se a fitá-la como se ela fosse um objeto. Como o tripulante de um navio passando ao largo de uma ilha, interessado apenas em contemplar os seus contornos. Porém, aquele não era um passageiro normal. Ele procurava adivinhar *tudo* sobre a ilha. A prolongada exposição a um olhar tão cortante e impiedoso fez com que Aomame sentisse, como nunca, até que ponto o seu corpo era imperfeito. Normalmente, não sabia o que era experimentar na pele essa insegurança. Tirando o tamanho do peito, orgulhava-se do seu físico. Treinava todos os dias para o conservar em boa forma e bonito. Tinha músculos rijos e flexíveis, sem um grama de gordura a mais. No entanto, ao ser observada por aquele homem, o seu corpo deu-lhe a sensação de ser um mísero saco de carne fora de prazo.

O homem suspendeu o exame, como se lhe tivesse lido os pensamentos. A rapariga sentiu o olhar dele perder força de um momento para o outro. Era como se alguém se preparasse para regar as plantas com uma mangueira e outra pessoa viesse por trás e fechasse a torneira.

– Poderias fazer-me o favor de abrir um tudo-nada os cortinados? – perguntou o homem com grande calma. – Calculo que um pouco de luz dê jeito para o teu trabalho.

Aomame pousou o saco no chão, aproximou-se da janela, puxou primeiro o cordão para abrir os pesados cortinados e, depois, a cortina de renda branca. A vista noturna de Tóquio derramou-se pelo interior do quarto. A Torre de Tóquio toda iluminada, as luzes da autoestrada, os faróis dos automóveis em contínuo movimento, a claridade irradiada pelas janelas dos arranha-céus, os letreiros luminosos e cheios de cor que se viam nos telhados dos edifícios: o resultado daquela mescla de luzes, que constituía a iluminação típica das noites das grandes cidades, penetrou no quarto de hotel. A luz não era muito forte, tão-só uma claridade ténue que mal permitia distinguir os móveis que havia dentro do quarto. Aomame recebeu-a com uma sensação de familiaridade. De repente, apercebeu-se da necessidade absoluta que tinha daquelas luzes. E, contudo, aquela ínfima porção de luminosidade parecia demasiado forte para os olhos do homem. Sentado na cama com as pernas cruzadas, na posição de lótus, tapou a cara com ambas as mãos para se proteger.

– Está tudo bem? – perguntou Aomame.

– Não te preocupes – disse o homem.

– Deseja que cerre as cortinas um pouco mais?

– Não, deixa estar assim. Tenho um problema na retina. Demoro tempo a acostumar-me à luz. Daqui a nada ficarei melhor. Importas-te de esperar sentada?

Um problema na retina?, repetiu Aomame mentalmente. Na sua maioria, as pessoas que têm este tipo de problema correm o risco de ficar cegas. Contudo, o assunto não lhe dizia respeito. Ela não se encontrava ali para tratar da vista ao homem.

Enquanto o homem cobria o rosto com as mãos para se adaptar à luminosidade que entrava pela janela, Aomame sentou-se no sofá e observou-o de frente. Chegara a sua vez de examinar o homem ao pormenor.

Tratava-se de um homem grande. Não se podia dizer que fosse gordo, mas apenas grande. Alto e espadaúdo. Parecia forte, além do mais. Que ele era um indivíduo encorpado, já o tinha ouvido da boca da velha senhora, mas nunca imaginara que pudesse ser tão grande. Claro que não havia nenhum motivo que impedisse o fundador de uma comunidade religiosa de ser assim corpulento. No espírito de Aomame surgiu a imagem das meninas de dez anos que aquele homem tão possante tinha violado. Imaginou-o nu, montado sobre o corpo de uma menina pequena. Com dez anos, elas nem sequer lhe poderiam oferecer resistência. Até uma mulher adulta teria dificuldade em resistir.

O homem vestia uma espécie de calças de fato de treino finas, com elásticos em baixo, e uma camisa tipo túnica de mangas compridas, de um tecido ligeiramente lustroso, parecido com seda. A camisa era larga e tinha os dois botões de cima desapertados. Tanto as calças como a camisa eram brancas ou cor de creme muito clara. Não sendo propriamente um pijama, tratava-se de uma vestimenta folgada, confortável, para usar em casa, ou então a indumentária ideal para quando uma pessoa planeia ficar sentada à sombra de uma palmeira, algures num país do Sul. Os pés estavam descalços e eram enormes. Os seus ombros, largos como um muro de pedra, fizeram-lhe lembrar um praticante de artes marciais com muitos anos de experiência.

– Obrigado por teres vindo – disse o homem. Esperara que Aomame acabasse de o examinar.

– É o meu trabalho. Vou onde é preciso – retorquiu Aomame num tom despojado de emoção. Contudo, ao dizer aquilo, sentiu-se como uma prostituta respondendo a uma chamada. Talvez devido à sensação de ele a ter despido com aquele olhar penetrante.

– Que sabes acerca de mim? – perguntou-lhe o homem, sempre a tapar o rosto com as mãos.

– Quer dizer, o que sei acerca da sua pessoa? É isso?

– Isso mesmo.

– Praticamente nada – respondeu Aomame, medindo bem as palavras. – Para começar, nem sequer fui informada do seu nome. Sei apenas que é o líder de uma comunidade religiosa em Nagano ou Yamanashi. Disseram-me ainda que tem um problema físico qualquer, e que eu talvez o pudesse ajudar nesse particular.

Ele abanou a cabeça várias vezes e afastou as mãos da cara. Só então enfrentou Aomame.

O homem tinha o cabelo comprido. Uma cabeleira longa e abundante, que chegava quase até aos ombros. Viam-se bastantes cabelos brancos no meio dos escuros. A sua idade devia andar entre os quarenta e muitos e os cinquenta e cinco anos. O nariz, imponente e espantosamente afilado, ocupava uma parte considerável da cara. Fazia lembrar as montanhas dos Alpes que aparecem nas fotografias dos calendários, com a sua base ampla e a transpirar dignidade por todos os poros. A primeira coisa que chamava a atenção era precisamente o nariz, para mais em contraste com os olhos, afundados no rosto. Era difícil adivinhar o que diabo estaria ele a ver por detrás daquelas pupilas. A sua cara era larga e volumosa, a condizer com o resto do corpo. Estava barbeado na perfeição e não apresentava cicatrizes nem qualquer sinal visível. Tinha feições harmoniosas, que lhe davam um ar sereno e inteligente, mas, ao mesmo tempo, havia nele qualquer coisa de peculiar, porventura de invulgar, que não inspirava confiança. Era o género de rosto que, à primeira vista, fazia hesitar o seu interlocutor. Por ter o apêndice nasal daquele tamanho. Em resultado disso, o rosto perdia o equilíbrio das suas linhas, e provavelmente era isso que provocava insegurança nas pessoas. Ou talvez a culpa fosse daquele par de olhos que emitiam um brilho calmo e gélido, semelhante a um glaciar primitivo. Ou ainda, talvez fosse por causa da impressão cruel deixada pelos lábios finos, feitos para vomitar palavras inesperadas a todo e qualquer momento.

– Mais alguma coisa? – quis saber ele.

– Tirando isso, pouco mais sei. Disseram-me que viesse preparada para lhe fazer estiramentos. Os músculos e as articulações são a minha especialidade. Não preciso de saber grande coisa acerca do estatuto nem da personalidade dos clientes.

Tal qual uma puta, pensou Aomame.

– Entendo o que me dizes – afirmou o homem num tom grave. – No meu caso, porém, irás precisar de algumas explicações adicionais.

– Sou toda ouvidos.

– As pessoas chamam-me «Líder», mas a verdade é que quase nunca apareço em público. Até mesmo os nossos seguidores, na sua maior parte, apesar de viverem em comunidade e partilharem o mesmo espaço, não conhecem a minha cara.

Aomame anuiu com a cabeça.

– A ti, deixo-te ver o meu verdadeiro rosto. Porque seria impossível que me tratasses na mais completa escuridão ou com os olhos vendados. Além de que também é preciso observar as boas maneiras.

– Não estamos a falar de um «tratamento» – sublinhou Aomame com sangue-frio. – São simples estiramentos musculares. Não tenho autorização para proceder a um tratamento médico. O que faço é obrigar os músculos a alongarem-se, e falo daqueles músculos que não costumam ser usados muitas vezes no dia a dia, de modo a impedir a deterioração das suas capacidades corporais.

O homem pareceu esboçar um ligeiro sorriso, mas talvez não passasse de uma ilusão de ótica, provocada pelo tremor dos músculos faciais.

– Tenho perfeita consciência disso. Usei a palavra «tratar» por uma questão de conveniência. Não te preocupes. Referia-me ao facto de estares a testemunhar o que muita gente, regra geral, nunca vê. Só queria que tivesses isso bem presente.

– Avisaram-me para não falar do assunto com ninguém – referiu Aomame, indicando a porta que dava para o quarto ao lado. – Por isso, não precisa de se preocupar. Tudo o que eu escutar ou observar neste quarto não sairá daqui. O meu trabalho consiste em estar em contacto com o corpo de muitas pessoas. Mesmo que o senhor se encontre numa situação especial, para mim é apenas mais um cliente com problemas musculares. Em si, a parte muscular é a única coisa que me interessa.

– Ouvi dizer que foste devota das Testemunhas, em miúda.

– Não por escolha minha. Simplesmente, fui educada assim, nessa fé. Há uma grande diferença.

– É muito diferente, sem dúvida – concordou o homem. – Acontece, porém, que as pessoas sentem uma grande dificuldade em distanciar-se das imagens que lhes são inculcadas durante a infância.

– Para o bem e para o mal – acrescentou Aomame.

– A doutrina das Testemunhas não se assemelha em nada à da comunidade a que eu pertenço. A meu ver, as religiões que se fundamentam numa ideia do fim do mundo são todas uma farsa, em maior ou menor grau. Na minha opinião, o fim é uma coisa que depende de cada indivíduo. Posto isto, a Associação das Testemunhas é uma comunidade extraordinariamente forte. Apesar de não ter um historial digno de registo, os seus membros já foram postos à prova, e de que maneira. Além disso, o número de crentes nunca deixou de aumentar, de forma constante. Temos muito que aprender com eles.

– O que provavelmente só vem mostrar até que ponto são intolerantes. Sendo uma comunidade pequena e fechada, revela-se capaz de resistir ao exterior com outra firmeza.

– É possível que tenhas razão no que dizes – admitiu o homem. A seguir, fez uma breve pausa. – Em todo o caso, agora não estamos aqui para discutir religião.

Aomame não disse nada.

– Quero que saibas que o meu corpo apresenta diversas *particularidades* – afirmou o homem.

Sentada na cadeira, Aomame aguardou em silêncio que ele prosseguisse.

– Como te disse antes, os meus olhos não aguentam a luz intensa. Este sintoma apareceu-me há uns anos; até então, nunca tive problemas de maior. Essa foi a principal razão por que deixei de aparecer em público, diante das pessoas. A maior parte do dia, passo-o enfiado num quarto escuro.

– Lamento, mas não o posso ajudar a resolver os problemas de visão. Disse-lhe há bocado, e volto a repetir: os músculos são a minha especialidade.

– Estou perfeitamente ciente disso. E, como não podia deixar de ser, consultei uma quantidade de especialistas de renome, que realizaram os mais variados exames. No entanto, todos eles foram unânimes em afirmar que, de momento, não há nada que possam fazer a esse respeito. Parece que as minhas retinas se encontram deterioradas, sendo a causa desconhecida. Os sintomas progridem lentamente. A este ritmo, é possível que perca a visão dentro de pouco tempo. Como tu muito bem frisaste, não se trata de um problema muscular. Seja como for, começarei a enumerar os vários problemas físicos, de cima a baixo. Depois, logo se verá o que podes e o que não podes fazer.

Aomame concordou com a cabeça.

– Os músculos do meu corpo enrijecem com muita frequência – continuou o homem. – Duros que nem uma pedra, literalmente, durante horas a fio. Quando tal sucede, não tenho outro remédio senão pôr-me na horizontal e ficar assim até que me passe. Não sinto dores. Simplesmente, os músculos do corpo ficam tesos, deixando-me paralisado, ao ponto de nem um só dedo conseguir mexer. A única coisa que consigo mover, graças ao meu esforço, são os globos oculares. Sucede-me uma ou duas vezes por mês.

– Há algum indício de quando está para acontecer?

– Primeiro, fico com espasmos. Começo a sofrer pequenas convulsões em diferentes músculos. A coisa dura uns dez ou vinte minutos. A seguir, os músculos morrem por completo, como se alguém desligasse o interruptor. Nesses dez ou vinte minutos desde que recebo o aviso, preciso de me deitar em qualquer sítio. Tenho de me esconder de tudo e de todos e aguardar até que termine a paralisia, tal como um barco procura refúgio numa baía para se resguardar de um temporal. Durante esse tempo, mesmo paralisado, a minha consciência está desperta. Diria até que se encontra mais desperta do que nunca.

– Diz que não sente qualquer dor física?

– É como se deixasse de ter sensações. Não sinto nada, ainda que experimentem picar-me com uma agulha.

– E foi ao médico por causa disso?

– Consultei uma data de médicos e fiz a ronda dos especialistas mais qualificados. Mas o que todos me dizem, no fim de contas, é que sofro de uma doença rara, sem precedentes, que a medicina atual não consegue debelar. Experimentei tudo o que havia: medicina chinesa, osteopatia, acupuntura e moxibustão, massagens, tratamentos termais... sem qualquer resultado digno de relevo.

Aomame enrugou ligeiramente a testa.

– Limito-me a proceder à estimulação das funções normais do corpo, que fazem parte do quotidiano. Não me parece que um problema grave como este se inclua no âmbito das minhas capacidades.

– Sei isso perfeitamente. Pela parte que me toca, procuro apenas explorar todas as possibilidades ao meu alcance. No caso de o teu método não me proporcionar melhoras, estás isenta de responsabilidade. Basta que faças o que normalmente fazes. Quero ver como reage o meu corpo.

Aomame imaginou aquele corpo enorme, deitado e imóvel, num lugar escuro, como um animal em plena hibernação.

– Quando foi a última vez que teve os sintomas da paralisia?

– Há cerca de dez dias – respondeu o homem. – Por outro lado, se bem que ainda não saiba como te dizer, há mais uma coisa que talvez eu deva mencionar.

– Pode contar-me o que quiser.

– Durante todo o tempo que dura esse estado de aparente morte muscular, tenho uma ereção contínua.

Aomame franziu ainda mais o sobrolho.

– Ou seja, está a dizer-me que o seu membro permanece ereto durante horas?

– Isso mesmo.

– Mas não sente rigorosamente nada.

– Não – respondeu o homem. – Nem tenho desejo sexual. Fico duro, só isso. Rijo que nem uma pedra. Igual ao resto dos músculos.

Aomame abanou ligeiramente a cabeça, enquanto procurava devolver à sua cara a expressão que costumava ter.

– No que a isso diz respeito, temo bem que também não possa fazer grande coisa. Trata-se de um problema que se afasta bastante das minhas competências.

– É-me difícil falar sobre o assunto, e tu se calhar não estás interessada em ouvir, mas, apesar disso, importas-te que continue a contar a minha saga?

– Continue, à vontade. Guardarei os seus segredos.

– Durante esse intervalo de tempo, tenho relações com raparigas.

– *Raparigas*?

– Vivo rodeado por algumas mulheres. E quando entro nesse estado de paralisia, elas fazem turnos, põem-se sobre mim e têm relações sexuais comigo. Eu não sinto nada, tão-pouco experimento prazer sexual. A única coisa é que ejaculo, várias vezes. Com cada uma delas.

Aomame guardou silêncio.

– São três mulheres ao todo, melhor dizendo, três raparigas. Todas adolescentes. Deves estar a perguntar a ti própria por que motivo tenho essas jovens por perto e o porquê de elas copularem comigo.

– Faz parte de algum ritual religioso?

O homem respirou fundo, sentado de pernas cruzadas em cima da cama.

– Consideram o tal estado de paralisia uma graça divina, na medida em que se trata de uma espécie de condição sagrada. Por isso, quando chega o momento, elas vêm até mim e unem o seu corpo ao meu. Tentam conceber um filho. O meu sucessor.

Aomame olhava para o homem, sem dizer nada. Por sua vez, também ele se calou.

– Ou seja, quer dizer que a finalidade dessas raparigas é ficarem grávidas? Conceber um filho seu nessas circunstâncias? – perguntou Aomame.

– Precisamente.

– E quer dizer que o senhor, durante o tempo em que se encontra paralisado, ejacula três vezes, uma vez com cada uma delas?

– Assim acontece.

Aomame teve consciência de se encontrar numa situação terrivelmente complicada. Estava prestes a liquidar aquele homem e a enviá-lo para *o outro mundo*. Apesar disso, era a ela que o indivíduo confessava os estranhos segredos que o seu corpo albergava.

– Não compreendo bem. Qual a natureza concreta do problema? Uma ou duas vezes por mês, os músculos do seu corpo paralisam por completo. Quando tal acontece, as suas três noivas aparecem e fazem sexo. É certo que não se trata propriamente de uma coisa *normal*, no sentido que damos à palavra, mas...

– Não são as minhas noivas – interrompeu o homem. – Elas cumprem a sua função de sacerdotisas. Ter relações sexuais comigo faz parte das suas obrigações.

– Obrigações?

– É, por assim dizer, uma missão que lhes foi atribuída. O dever delas é ficarem grávidas do meu sucessor.

– Quem determinou isso? – quis saber Aomame.

– É uma longa história – disse o homem. – O problema é que, devido a isso, o meu corpo caminha de forma irremediável para a sua destruição.

– Alguma delas ficou grávida?

– Até agora, nenhuma ficou grávida. Talvez isso não seja possível, uma vez que ainda não têm regras menstruais. No entanto, esperam alcançar o milagre através da graça divina.

– Nenhuma ficou grávida. Ainda não tiveram as regras – repetiu Aomame. – E o seu corpo caminha para a destruição.

– A duração da paralisia começa a ser cada vez mais longa e os episódios mais frequentes. Esta história toda teve início há coisa de sete anos, mas, na sua origem, acontecia apenas de dois em dois ou de três em três meses. Agora dá-me isto uma ou duas vezes por mês. Quando a paralisia termina, apodera-se do meu corpo uma dor brutal e fico esgotado. Tenho de viver com essa dor e com esse esgotamento durante quase uma semana. É como se me cravassem uma quantidade de agulhas grossas por todo o corpo. Tenho enxaquecas fortíssimas, bem como uma sensação de permanente cansaço. Custa-me dormir. Nenhum medicamento alivia o meu sofrimento.

O homem suspirou fundo. Depois retomou o fio à meada.

– A segunda semana é infinitamente melhor, comparando com a primeira. Mesmo assim, a dor nunca chega a desvanecer-se. Durante o dia, sou atacado por dores violentas que assolam o meu corpo como se fossem ondas, e a cena repete-se por mais de uma vez. Quase não consigo respirar. Os órgãos deixam de funcionar como deve ser. As minhas articulações chiam como uma máquina com falta de óleo lubrificante. A carne do meu corpo é devorada e parece quase que me chupam o sangue. Sinto isto enquanto acontece. Ao mesmo tempo, porém, o que me devora não é um cancro nem um parasita. Passei por toda a espécie de exames possíveis e imagináveis; os médicos nunca conseguiram encontrar qualquer problema. Disseram que eu tenho saúde para dar e vender. A medicina moderna não consegue explicar o meu tormento. É o preço que tenho de pagar pela graça divina.

Este homem parece estar a caminho da decadência, pensou Aomame. Contudo, olhando para ele, não se vislumbravam quaisquer sinais daquilo que o consumia. Parecia ser um homem infinitamente robusto e, mais do que isso, preparado para suportar dores intensas. Apesar de tudo, Aomame pressentia que o corpo dele estava a caminho da destruição. *Este homem encontra-se muito doente, mas desconheço qual a doença que o mina. Porém, a menos que eu intervenha agora mesmo e o mate com as minhas próprias mãos, está condenado a ser lentamente destruído e não tardará a enfrentar a morte. Fatal como o destino.*

– Não posso impedir que eles avancem – disse o homem, como se lesse o pensamento de Aomame. – Serei consumido por inteiro, o meu corpo ficará vazio e terei uma morte dolorosa. Eles limitar-se-ão a abandonar o meu invólucro, da mesma forma que se abandona um veículo usado quando deixou de ser útil.

– Eles?! – exclamou Aomame. – A quem se refere?

– Refiro-me a quem me devora a carne e me suga a vida desta maneira – respondeu o homem. – Mas não interessa. Só te peço que, na medida do possível, contribuas para mitigar esta dor real. É necessário que assim seja, mesmo sem recorrer à solução drástica. Esta dor torna-se muito difícil de suportar. Por vezes, em certas circunstâncias, intensifica-se de tal modo que mais parece ter raízes no centro da Terra. É o género de dor que ninguém pode compreender. Uma dor lancinante e singular que me arrebatou muitas coisas, mas que, em troca, me proporcionou muitas outras. Como é evidente, isso não me alivia a dor, tão-pouco evita a destruição.

A seguir, fez-se um silêncio profundo.

Por fim, Aomame dirigiu-se ao homem.

– Bem sei que corro o risco de estar sempre a bater na mesma tecla, mas continuo a pensar que as minhas técnicas não poderão ajudá-lo a resolver o seu problema. Sobretudo tratando-se do preço a pagar pela graça divina.

O Líder corrigiu a sua postura e olhou para Aomame com aqueles olhinhos que pareciam esconder um glaciar no fundo das órbitas. Depois abriu os lábios, finos e alongados.

– Não, tenho a certeza de que *podes* fazer qualquer coisa por mim. Uma coisa que *só tu* podes fazer.

– Espero que tenha razão.

– Sei que tenho razão – afirmou o homem. – Sei isso e muito mais. Se não te importas, vamos começar. Faz aquilo que costumas fazer.

– Vou tentar – disse Aomame. A sua voz soou tensa e oca. O *que costumo fazer*, pensou ela.

10

TENGO

A proposta foi rejeitada

Pouco antes das seis, Tengo despediu-se do pai. Enquanto o táxi não chegava, ficaram os dois sentados diante da janela, calados. Tengo estava absorto nos seus próprios pensamentos, ao passo que o progenitor olhava fixamente para a paisagem através do vidro, com uma expressão carregada. O Sol começara a pôr-se e o azul-claro do céu ia-se tornando cada vez mais escuro.

Tinha muitas perguntas mais, mas sabia de antemão que iriam ficar sem resposta, mesmo que as fizesse. Bastava-lhe observar os lábios selados do pai para compreender isso. Parecia determinado a não dizer mais nada, motivo pelo qual Tengo não voltou à carga. Quando é preciso uma pessoa perder-se em explicações para a outra entender, então isso quer dizer que não vai entender a mensagem, por mais que lhe expliquem. Como o pai costumava dizer.

– Vão sendo horas de me ir embora – anunciou Tengo. – Hoje revelaste-me uma quantidade de coisas. Utilizaste expressões arrevesadas e muitas vezes difíceis de compreender, mas creio que, à tua maneira, foste honesto e sincero.

Tengo olhou de frente para o pai, sem que conseguisse vislumbrar qualquer mudança na sua expressão.

– Ainda tenho umas quantas perguntas para colocar. Sei, no entanto, que te causariam sofrimento, por isso não resta outra alternativa senão deitar-me a adivinhar o resto a partir do que me contaste. Provavelmente, não és o meu pai biológico. Pelo menos, parto desse princípio. Se bem que desconheça os pormenores, sou levado a pensar que assim é. Se me enganar, agradeço que o digas.

O pai não respondeu.

Tengo continuou:

– Se o meu raciocínio estiver certo, ficarei aliviado. O que não quer dizer que eu te deteste, visto que, como tive oportunidade de te dizer antes, não sinto necessidade de te odiar. Criaste-me como um filho, apesar de não existir entre nós qualquer vínculo sanguíneo. Quando muito, só tenho de estar agradecido. Infelizmente, a nossa relação de pai e filho nunca foi lá muito boa, mas esse é outro problema.

O pai continuava a contemplar a paisagem, sem dizer palavra. Como uma sentinela procurando não perder de vista os sinais de fumo enviados por uma tribo de bárbaros, numa colina distante. Tengo experimentou olhar para o sítio onde recaía o olhar do pai, sem conseguir ver qualquer sinal de fumo. A única coisa que estava à sua frente, na linha do horizonte, era o pinhal, entretanto tingido com as cores do crepúsculo.

– Lamento, mas não há praticamente nada que eu possa fazer. Só desejar que o processo que criou esse vácuo dentro de ti não seja demasiado doloroso. Já deves ter sofrido bastante nesta vida. De certeza que amaste profundamente a minha mãe, da maneira que pudeste. É a sensação que tenho. Acontece, porém, que ela partiu. Não sei se o outro era o meu pai biológico ou um homem qualquer, e não te vejo muito inclinado a explicar-me melhor essa história. Em todo o caso, ela afastou-se de ti e abandonou-me em pequeno, ainda bebé. Se calhar, decidiste criar-me na esperança de que, sabendo-me contigo, um dia voltasse. O certo é que nunca voltou. Nem para junto de ti, nem para junto de mim. Deve ter sido doloroso aceitares esse estado de coisas. Imagino que seja tão difícil como viver numa cidade deserta. Apesar de tudo, criaste-me nessa cidade. Para preencher o vazio.

O rosto do pai não acusou nenhuma mudança. Tengo ignorava se ele tinha compreendido o que ficara dito; mais, se ouvira sequer as suas palavras.

– Pode ser que esteja enganado, e quem sabe se não será melhor assim. Para os dois. No entanto, desenvolver este tipo de raciocínio permite-me encaixar várias coisas na minha cabeça. Ajuda a dissipar umas quantas dúvidas.

Um bando de corvos rasgou os céus, grasnando. Tengo olhou para o relógio de pulso. Estava na hora de se ir embora. Levantou-se da cadeira, aproximou-se do pai e pousou a mão sobre o ombro dele.

– Adeus, papá. Voltarei um dia destes.

Quando Tengo se virou pela última vez, já com a mão na maçaneta da porta, ficou surpreendido ao ver uma lágrima cair pelos olhos do pai. A luz fluorescente do candeeiro incidia em cheio sobre ela, fazendo-a refulgir com um brilho prateado, meio baço. Sem dúvida que o pai devia ter chamado a si a força das poucas emoções que lhe restavam para conseguir derramar aquela lágrima. Esta resvalou lentamente pela face do pai e foi cair em cima do joelho. Tengo abriu a porta e saiu do quarto. Apanhou um táxi que o transportou até à estação e partiu no primeiro comboio.

O comboio expresso de Tateyama para regressar a Tóquio ia bastante cheio, e a viagem revelou-se ainda mais animada do que à ida. Os passageiros eram, em grande parte, famílias que regressavam da praia. Vê-los trouxe à memória de Tengo o tempo em que andava na primária. Nunca participara em excursões, e viagens em família eram uma experiência desconhecida. Durante as festas do Obon[1] e as férias do Ano Novo, o pai não costumava fazer nada, a não ser deixar-se ficar estirado em casa, de papo para o ar, a dormir. Nessas alturas, fazia lembrar um aparelho enferrujado e desligado da corrente.

---

[1] Celebração estival budista em honra (e memória) dos defuntos. Tanto pode ocorrer em meados de julho, tradicionalmente, como em agosto, dependendo do calendário lunar utilizado. (*N. das T.*)

Assim que se sentou no lugar que lhe estava destinado e se dispôs a ler o resto do livro, apercebeu-se do seu esquecimento: tinha-o deixado ficar no quarto do pai. Soltou um suspiro, mas depois reconsiderou e até ficou contente: talvez fosse melhor assim, pois não estava com cabeça para grandes leituras. Além de que *A Cidade dos Gatos* era um livro que pertencia por direito ao pai e ficava melhor no quarto dele do que nas suas mãos.

Do lado de lá da janela, a paisagem desfilava em sentido inverso ao da viagem de ida. O litoral sombrio e deserto, que seguia as montanhas até ao infinito, deu lugar a uma zona industrial costeira, mais vasta. Muitas fábricas continuavam a laborar, apesar de já ser noite. Recortada na escuridão, uma floresta de chaminés vomitava fogo vermelho, como serpentes exibindo a sua comprida língua. Os camiões iluminavam o asfalto com os seus faróis potentes. O mar, do outro lado, estava escuro como um manto de lama.

Quando chegou a casa, eram quase dez da noite. A caixa do correio estava vazia. Ao abrir a porta, o apartamento pareceu-lhe mais deserto do que nunca. Era o mesmo vazio que deixara para trás nessa manhã. A camisa que tinha despido e ficara caída no chão, o computador desligado, a cadeira giratória com a marca deixada pelo peso do seu corpo, restos de borracha espalhados sobre a secretária. Bebeu dois copos de água, despiu-se e foi direitinho para a cama. O cansaço apoderou-se dele, e dormiu de um sono só, profundo, como desde há muito tempo não acontecia.

Quando acordou, na manhã seguinte, já depois das oito, sentiu-se uma pessoa nova. Foi um despertar agradável, sabendo os músculos dos braços e das pernas flexíveis, preparados para receber os estímulos do dia. Era a mesma sensação que costumava ter em pequeno, ao abrir um novo manual escolar no início de cada trimestre. Mesmo sem compreender a matéria, ficava com um lamiré e tinha acesso ao desafio que consistia em adquirir conhecimentos novinhos em folha. Foi à casa de banho e barbeou-se. Secou a cara com uma toalha, aplicou a loção para depois da barba e tornou a ver-se ao espelho. Reconheceu que era, de facto, uma pessoa nova.

Tudo o que acontecera no dia anterior parecia-lhe um sonho, do princípio ao fim. Os factos, apesar de nítidos, na realidade davam a impressão de não ter acontecido: apresentavam zonas de contornos indefinidos, um pouco irreais, por assim dizer. Apanhara o comboio, fora até à cidade dos gatos e regressara. Por sorte, e ao contrário do que acontecera ao herói do conto, conseguira apanhar o comboio de regresso a casa sem qualquer problema. E tudo indicava que os acontecimentos vividos naquele lugar tinham provocado uma mudança radical na sua pessoa.

A realidade, bem entendido, não mudara nem um bocadinho. A contragosto, continuava a aventurar-se por um terreno perigoso, fértil em problemas e enigmas. A situação estava a tomar um rumo totalmente inesperado, e ele não fazia a mínima ideia do que poderia acontecer a seguir. Apesar disso, palpitava-lhe que, de uma forma ou de outra, haveria de ultrapassar os perigos que o esperavam.

Cheguei finalmente ao ponto de partida, pensou Tengo. Não podia afirmar, em boa verdade, que os factos se tivessem apresentado com absoluta clareza, mas o que o seu pai lhe dissera, bem como a atitude dele, permitira-lhe ficar com uma vaga noção das suas origens. A «visão» que durante tanto tempo lhe causava perplexidade e o atormentava não era uma mera alucinação desprovida de significado. Muito embora desconhecesse até que ponto essa imagem era real, provavelmente era a única informação que a mãe lhe deixara, e, para todos os efeitos, constituía os alicerces da sua vida. Uma vez esclarecido esse assunto, Tengo sentia que lhe tinham tirado um peso de cima. E só então se apercebeu do fardo enorme que carregara durante todo aquele tempo.

Seguiram-se duas semanas marcadas por uma paz inusitada e uma grande tranquilidade, a fazer lembrar o mar em dias de bonança. Tengo dava aulas quatro dias por semana e dedicava o resto da semana à escrita. Ninguém se pôs em contacto com ele.

Não recebeu qualquer informação nova sobre o caso do desaparecimento de Fuka-Eri nem ficou a saber se o romance *A Crisálida de Ar* continuava a vender-se bem. Por outro lado, não estava especialmente interessado nisso. O mundo podia avançar ao seu próprio ritmo. Se acontecesse qualquer coisa, alguém se lembraria de o avisar.

Agosto chegou ao fim e veio setembro. Enquanto preparava o café da manhã, Tengo perguntou a si mesmo, sem pronunciar as palavras, até quando durariam aqueles dias de calmaria. Se expressasse os seus pensamentos em voz alta, correria o risco de ser ouvido por algum espírito maléfico com ouvidos de tísico, quando o que ele mais desejava era ver prolongada aquela quietude. Mas, para não variar, as coisas não acontecem em conformidade com os nossos desejos. E, pior do que isso, o mundo parecia saber perfeitamente o que ele *não desejava*.

Quando Tengo ouviu o telefone, passava das dez da manhã. Deixou tocar até que, ao sétimo toque, lá estendeu o braço, pegou no auscultador e atendeu.

– Posso ir aí agora – disse alguém em voz baixa. Que Tengo soubesse, só havia uma pessoa no mundo capaz de fazer perguntas assim, sem qualquer entoação interrogativa. Ao fundo ouvia-se um anúncio debitado por altifalantes e o ruído dos tubos de escape.

– Onde é que estás agora? – perguntou Tengo.

– À porta de uma loja que se chama Marushō.

Do edifício onde morava até ao tal supermercado não deviam ser mais de duzentos metros de distância. Ela estava a ligar-lhe da cabina pública que ali existia.

Instintivamente, Tengo olhou em redor.

– Não me parece que seja boa ideia vires até cá. Podem estar a vigiar o apartamento. Além disso, deram-te como desaparecida.

– Podem estar a vigiar o apartamento. – Fuka-Eri repetiu as palavras de Tengo, como um papagaio.

– Sim – acrescentou ele. – Ultimamente, estão a acontecer muitas coisas estranhas à minha volta. Relacionadas com *A Crisálida de Ar*, imagino eu.

– Alguém ficou danado.

– Provavelmente. Devem estar piursos contigo, e isso deixa-os um bocado irritados comigo, também. Pelo facto de eu ter reescrito a obra.

– A mim não me rala nada – disse Fuka-Eri.

– *A ti não te rala nada*. – Agora chegara a vez de ser Tengo a papaguear a frase dela. Pelos vistos, era uma prática contagiosa. – O quê?

– Que te estejam a vigiar.

Por momentos, ficou sem palavras.

– Bom, talvez *a mim* isso não me seja indiferente – disse Tengo, por fim.

– É melhor estarmos juntos – acrescentou Fuka-Eri. – Unir forças.

– Sonny e Cher – disse Tengo. – O duo mais forte.

– Mais forte o quê.

– Esquece. São coisas minhas... – afirmou Tengo.

– Vou ter contigo.

No momento em que Tengo se preparava para acrescentar qualquer coisa, a ligação foi cortada. Toda a gente tinha a mania de lhe desligar o telefone na cara. O efeito devia ser o mesmo de quando aparecia alguém em cena com um machado e cortava as cordas de uma ponte suspensa.

Dez minutos mais tarde, Fuka-Eri apareceu com um saco de plástico do supermercado na mão. Vestia uma camisa azul de mangas compridas às riscas e calças de ganga justas. A camisa, que era de homem, secara de qualquer maneira e não estava passada a ferro. A tiracolo levava um saco de lona. Também usava uns óculos de sol enormes, destinados a esconder as suas feições, mas não se podia dizer que cumprissem essa função. Pelo contrário, só serviam para atrair as atenções.

– Pensei que o melhor era termos comida de sobra – anunciou Fuka-Eri, transferindo o conteúdo do saco para o frigorífico. Quase todos os produtos comprados eram pré-cozinhados, daqueles que se destinavam a ser aquecidos no micro-ondas. Havia ainda bolachas de água e sal e queijo, maçãs, tomates. Sem esquecer vários produtos enlatados.

– Onde está o micro-ondas – perguntou a rapariga, percorrendo a cozinha minúscula com o olhar.

– Não tenho micro-ondas – respondeu Tengo.

Fuka-Eri franziu o sobrolho, ficou a matutar naquilo, mas não se manifestou. A ideia de um mundo sem micro-ondas parecia ser difícil de encaixar na sua cabecinha.

– Vou ficar aqui – disse ela, como se anunciasse um facto consumado.

– Até quando? – quis saber Tengo.

Fuka-Eri abanou a cabeça. Queria dizer que não sabia.

– Que se passou com o teu esconderijo?

– Se acontecer qualquer coisa, não quero estar sozinha.

– Achas que vai acontecer alguma coisa?

Fuka-Eri não respondeu.

– Já te disse que este lugar não é seguro – afirmou Tengo. – Tenho a impressão de estar a ser vigiado. Não te sei dizer ao certo quem são essas pessoas, mas...

– Não existe nenhum lugar seguro – asseverou Fuka-Eri. A seguir, semicerrou os olhos de forma sugestiva e beliscou suavemente os lóbulos das orelhas. Tengo não fazia ideia do que pretendia ela dizer com aquela linguagem corporal.

– Nesse caso, é indiferente o sítio onde te encontres – alvitrou Tengo.

– Não existe nenhum lugar seguro – tornou a dizer Fuka-Eri.

– Se calhar, tens razão – disse Tengo, resignado. – A partir de um determinado nível, deixa de haver diferença entre os graus de perigo. Bom, a verdade é que tenho de ir trabalhar daqui a pouco.

– Continuas a dar aulas na mesma escola.

– Sim.

– Eu fico aqui – afirmou Fuka-Eri.

– Tu ficas aqui – confirmou Tengo. – É melhor. Não saias de casa e, se tocarem à porta, não respondas. Não atendas o telefone.

Fuka-Eri anuiu em silêncio.

– A propósito, que é feito do Professor Ebisuno?

– Ontem revistaram as instalações da Vanguarda.

– Queres dizer que a polícia revistou a sede da Vanguarda, quando lá foi à tua procura?

– Nunca lês os jornais.

– Não, não leio os jornais – repetiu Tengo. – Nos últimos tempos, confesso que não me apetece lê-los, e por isso não estou a par das informações mais recentes. No entanto, se é como dizes, os membros da seita devem ter ficado agastados.

Fuka-Eri fez que sim com a cabeça.

Tengo deixou escapar um longo suspiro.

– E de certeza que hão de estar ainda mais enfurecidos do que antes. Como acontece às vespas, quando são atacadas no seu ninho.

Fuka-Eri entortou ligeiramente os olhos e deixou-se ficar calada. Devia estar a imaginar um enxame de vespas enfurecidas, saindo do cortiço.

– É provável.

– E já soubeste alguma coisa dos teus pais?

Fuka-Eri negou com a cabeça. Ainda não se sabia nada.

– Em todo o caso, o pessoal da seita anda todo enxofrado – observou Tengo. – Caso a polícia venha a descobrir que o teu desaparecimento também não passa de uma farsa, ficará igualmente danada contigo. E comigo, já agora, por te dar cobertura sabendo a verdade.

– Precisamente por isso é que temos de unir forças – disse Fuka-Eri.

– Acabas de dizer *precisamente por isso*?

Fuka-Eri assentiu.

– Utilizei mal a expressão – perguntou ela.

Tengo negou com a cabeça.

– Não, longe disso... É que me soou espontâneo, mais nada.

– Se for muita maçada, posso ir para outro sítio – disse Fuka--Eri.

– Podes ficar aqui – acedeu Tengo. – Quase aposto que não tens mais para onde ir.

Fuka-Eri fez um movimento breve e preciso com a cabeça, em sinal de concordância.

Tengo foi ao frigorífico buscar chá de cevada frio e bebeu-o de um trago.

– Confesso que um enxame de vespas furiosas não seria bem-vindo, mas, a ti, recebo-te com muito gosto.

Fuka-Eri ficou a olhar atentamente para Tengo durante algum tempo e depois afirmou:

– Pareces diferente.

– Em que sentido?

Fuka-Eri retorceu os lábios num ângulo estranho; a careta demorou pouco e a boca voltou à posição normal.

– Não sei explicar.

– Não precisas de explicar – disse Tengo. *Se não consegues compreender sem uma explicação, isso quer dizer que não entenderás a mensagem, por mais que te expliquem.*

Antes de sair do apartamento, Tengo deu as suas instruções a Fuka-Eri:

– Quando eu telefonar, deixarei tocar três vezes, desligo e torno a ligar. Nessa altura, atendes. De acordo?

– De acordo – respondeu Fuka-Eri, repetindo «deixo tocar três vezes, desligas e voltas a ligar, eu atendo o telefone». Parecia que estava a ler e, ao mesmo tempo, a traduzir em voz alta um epitáfio inscrito numa lápide antiga.

– Não te esqueças, olha que é importante – advertiu-a Tengo.

Fuka-Eri assentiu duas vezes.

Tengo acabou de dar a última aula, voltou à sala de professores e preparou-se para regressar a casa. A rapariga que trabalhava na secretaria apareceu e anunciou que estava um homem chamado Ushikawa para falar com ele. Disse aquilo quase em tom de desculpa, como uma mensageira bem-intencionada encarregada de transmitir uma mensagem desagradável. Tengo esboçou um sorriso de orelha a orelha e agradeceu-lhe. Não fazia qualquer sentido deitar as culpas para cima da mensageira.

Ushikawa encontrava-se à espera dele na cafetaria que havia junto à entrada; tinha aproveitado entretanto para tomar um café com leite. Tengo não imaginava bebida que combinasse menos com o sujeito. Ao observá-lo no meio dos estudantes, todos eles jovens e animados, era caso para dizer que a sua singular presença dava ainda mais nas vistas. Parecia que a força da gravidade, os graus de concentração atmosférica e de refração da luz se revelavam diferentes na zona onde o homem se encontrava. Com efeito, visto de longe, aparentava ser portador de más notícias. A cafetaria enchia-se de gente nos intervalos das aulas, mas o certo é que naquela mesa com lugar para seis pessoas não havia mais ninguém sentado. Seguindo o seu instinto natural, os estudantes evitavam Ushikawa, da mesma forma que os antílopes se mantêm afastados dos lobos.

Tengo pediu um café ao balcão e foi sentar-se à frente de Ushikawa, que devia ter acabado nesse preciso instante de comer um bolo com creme. Sobre a mesa havia um invólucro de papel amachucado e o outro tinha migalhas de bolo ao canto da boca. Escusado será dizer que o bolo recheado de creme também não era um alimento que alguém se lembrasse de associar à figura daquele homem.

– Há quanto tempo, senhor Kawana – cumprimentou Ushikawa, levantando-se ligeiramente da cadeira para saudar Tengo. – Desculpe aparecer assim do pé para a mão, outra vez.

Tengo dispensou as saudações da praxe e foi direito ao assunto.

– Calculo que tenha vindo em busca de uma resposta da minha parte. Quero dizer, a resposta à proposta avançada no outro dia...

– Admito que sim – retorquiu Ushikawa –, falando depressa e bem, é isso mesmo.

– Senhor Ushikawa, vamos lá ver se consigo que hoje seja um pouco mais concreto e vá direito ao cerne da questão. Diga-me lá, por favor, o que é que os senhores pretendem de mim, a troco dessa «bolsa»?

Ushikawa olhou cuidadosamente ao seu redor, mas não havia ninguém; além do mais, sendo a cafetaria um lugar excessivamente barulhento por natureza, não corriam perigo de que algum dos estudantes ouvisse a conversa.

– Muito bem. Estou disposto a fazer-lhe esse favor e a abrir o jogo – disse Ushikawa, inclinando-se para a frente e baixando o tom de voz. – O dinheiro é apenas um pretexto. De resto, também não se pode dizer que seja uma quantia por aí além, não lhe parece? O mais importante que o meu cliente lhe pode oferecer é a sua própria segurança. Por outras palavras, certificar-se de que nenhum mal lhe acontece. Isso podemos nós garantir.

– E em troca? – perguntou Tengo.

– Em troca, o que eles querem é que fique calado e que esqueça. Participou nesta história, mas fê-lo sem intenção e não sabendo onde se estava a meter. No fundo, é um simples soldado que obedece a ordens superiores. E, nesse sentido, não temos nada a apontar-lhe. Estamos dispostos a passar um pano sobre o assunto e a esquecer tudo. Este gesto representa um virar de página. Mais ninguém ficará a saber que foi você quem escreveu *A Crisálida de Ar*. Nunca teve e não mais terá nada que ver com esse livro. Queremos deixar as coisas neste pé. Penso que será uma solução do seu interesse, que me diz?

– Resumindo e concluindo, *eu* não sofrerei represálias – afirmou Tengo. – E aos outros implicados, também não lhes *acontecerá* nada de mal? É essa a mensagem que me está a querer transmitir?

– Bom, isso provavelmente será decidido *case by case*, como se diz em inglês, caso a caso – respondeu Ushikawa, evidenciando uma certa dificuldade em abordar o tema. – Visto não se tratar de uma decisão minha, não lhe posso dizer o que vai acontecer em concreto, mas penso que haverá medidas a tomar.

– E é bom não esquecer que possuem braços compridos e fortes.

– Isso mesmo. *Muito* longos e *muito* vigorosos, nunca é demais repeti-lo. Então, qual é a sua resposta?

– Definitivamente, não posso aceitar o vosso dinheiro.

Sem dizer nada, Ushikawa levou as mãos aos óculos, limpou as lentes cuidadosamente com um lenço que tirou da algibeira do casaco e voltou a pô-los. Parecia estar a querer dizer que existia algum tipo de relação entre o que havia escutado e a sua capacidade visual.

– Se bem depreendo, rejeita em definitivo a nossa oferta?

– Com efeito, assim é.

Através das lentes, Ushikawa observou Tengo como se estivesse diante de uma nuvem com um formato esquisito.

– E isso deve-se a quê? Na minha modesta opinião, não creio que seja um mau negócio para si.

– Aconteça o que acontecer, estamos todos no mesmo barco. Quando digo todos, falo das pessoas envolvidas na história. Está fora de questão que eu procure escapar sozinho.

– Espantoso! – exclamou Ushikawa, parecendo deveras admirado. – Não entendo nada. Talvez não devesse dizer isto, mas as outras pessoas estão positivamente a borrifar-se para si. A sério. Aproveitam-se de si e atiram-lhe uns trocos, à laia de compensação, mais nada. E, à pala disso, viu-se metido numa alhada das antigas. Se fosse eu, estaria a deitar fumo pelas orelhas. O meu amigo não; continua a defendê-los. Vem-me com uma conversa do género: «Está fora de questão que eu procure escapar sozinho», ou coisa que o valha! Põe-se a falar em abandonar o barco e não sei mais o quê... Não me entra na cabeça. Porquê?

– Um dos motivos é uma mulher chamada Kyōko Yasuda.

Ushikawa pegou no recipiente de café com leite frio, bebeu um gole e teve uma expressão de repugnância, como se lhe desse nojo.

– Kyōko Yasuda?

– Vocês sabem coisas acerca dela – afirmou Tengo.

Ushikawa ficou por momentos com a boca entreaberta. Parecia não fazer ideia do que ele estava a falar.

– Não, francamente, não sei nada dessa mulher. Juro. Quem é ela?

Tengo olhou-o em silêncio durante largos segundos, mas não foi capaz de ler fosse o que fosse no rosto do outro.

– Uma mulher que eu conheço.

– Não será, por acaso, uma pessoa com quem mantinha uma *relação íntima*?

Tengo não respondeu.

– O que pretendo saber é se lhe fizeram alguma coisa?

– Se nós lhe fizemos alguma coisa? Está a falar de quê? Claro que não lhe fizemos nada – replicou Ushikawa. – Eu não estou a mentir. Como acabo de lhe dizer, nada sei acerca dessa pessoa. Ora, não se *pode* fazer mal a alguém que não se conhece.

– Mas disse-me que tinham contratado um «investigador» competente, a fim de levar por diante uma aturada pesquisa sobre a minha pessoa. Descobriram que eu reescrevi a obra da Eriko Fukada. Sabem montes de coisas que dizem respeito à minha vida privada. Por isso, parece-me natural que também pudesse estar a par do meu relacionamento com a Kyōko Yasuda.

– Sim, é certo que contratámos um investigador competente, e que não é menos verdade que ele indagou ao pormenor vários aspetos da sua vida e, quem sabe?, talvez tenha descoberto a sua relação com essa tal senhora Yasuda, como diz. Agora, partindo do princípio de que essa informação existe, ainda não chegou até mim.

– Eu andava com ela, com a Kyōko Yasuda – confidenciou Tengo. – Encontravamo-nos uma vez por semana, às escondidas, visto ela ser uma mulher casada e com família. Um dia, porém, desapareceu de repente, sem me dizer nada.

Ushikawa utilizou o lenço com que limpara os óculos para enxugar levemente algumas gotas de suor acumuladas na ponta do nariz.

– Resumindo, o senhor Kawana pensa que nós teremos alguma coisa que ver com o desaparecimento dessa mulher casada? Engano-me?

– Se calhar, informaram o marido dos encontros que eu e ela mantínhamos.

Ushikawa franziu os lábios, formando um círculo que traduzia a sua perplexidade.

– Por que razão iríamos nós fazer uma coisa dessas?

Tengo fez força com os punhos sobre os joelhos.

– No outro dia, quando falámos ao telefone, disse-me uma coisa que me deu que pensar.

– Ó diabo, que lhe terei dito eu?

– Que, a partir de uma certa idade, a vida não é mais do que um contínuo processo de perda. As coisas importantes caem-nos das mãos, uma após a outra, como as pétalas de uma flor. As pessoas que amamos começam a desaparecer do nosso convívio. Uma conversa parecida com esta. Não se lembra?

– Sim, lembro-me. É verdade que lhe fiz um discurso do género, no outro dia. Mas, senhor Kawana, estava simplesmente a generalizar, convenhamos. Limitei-me a expressar a minha humilde opinião sobre o doloroso e difícil processo de envelhecimento. Não me referia em concreto à tal Yasuda, ou lá como se chama a dita senhora.

– Pois olhe que, aos meus ouvidos, soou-me como uma espécie de aviso.

Ushikawa abanou a cabeça com vigor, por várias vezes.

– De maneira nenhuma! Pode crer que não era um aviso, mas sim uma mera opinião pessoal. Acredite, a sério: nada sei acerca da senhora Yasuda. Desapareceu?

– Ainda não terminei. Também me disse que, se eu não prestasse atenção ao que me diziam, a minha atitude poderia acarretar consequências pouco agradáveis para as pessoas que me são próximas.

– Sim, é verdade, lembro-me de ter dito uma coisa assim.

– E por acaso não se trata de uma advertência?

Ushikawa guardou o lenço no bolso do casaco e suspirou.

– Pode ter soado como um aviso, é certo, mas acredite que estava apenas a generalizar. Olhe, Kawana, eu não sei nada acerca dessa tal senhora Yasuda. A começar pelo nome, que nunca tinha ouvido na vida. Juro-lhe pelo que me é mais sagrado.

Tengo voltou a examinar o rosto de Ushikawa. Vendo bem, talvez o homenzinho não soubesse nada acerca dela. A expressão de espanto que se lia na sua cara parecia genuína. Todavia, o simples facto de *aquele tipo* não saber de nada não significava que *eles* não lhe tivessem feito alguma coisa. Quando muito, tinham-se fechado em copas e não o haviam informado.

– Senhor Kawana, pode ser que me esteja a meter onde não sou chamado, mas todo o envolvimento com uma mulher casada acarreta os seus perigos. Você é um homem solteiro, jovem e saudável. Não me diga que não consegue ter as raparigas que quiser sem precisar de correr riscos dessa natureza... – Dito aquilo, Ushikawa lambeu com destreza as migalhas de bolo que tinham ficado agarradas aos cantos da boca.

Tengo deixou-se estar calado, sempre de olhos postos em Ushikawa.

– Para começar, as relações entre homens e mulheres não se podem explicar única e exclusivamente pelas leis da lógica. A monogamia implica numerosas contradições. Talvez pense que me estou a intrometer nos seus assuntos, no entanto, permita-me que lhe dê um conselho, para o seu bem. Se essa mulher o abandonou, o que tem a fazer é deixar tudo como está. Quero com isto dizer que há coisas neste mundo que é melhor nem saber. Por exemplo, o mesmo se aplica em relação à senhora sua mãe. Conhecer a verdade serviria apenas para o magoar nos seus sentimentos. Além disso, uma vez conhecida a verdade, não se podem enjeitar as responsabilidades que tal implica.

Tengo franziu o sobrolho e reteve a respiração durante alguns segundos.

– Sabe alguma coisa a respeito da minha mãe?

Ushikawa passou a língua ao de leve pelos lábios.

– Bom, digamos que estou ao corrente, até certo ponto. O investigador fez bem o seu trabalho e informou-se ao pormenor, de modo que, se desejar saber mais coisas, poderei dar-lhe as informações que tenho sobre a sua mãe, tal como as recebi. Pelo que julgo saber, o Tengo foi criado sem saber nada acerca dela. Todavia, entre os dados de que disponho poderá haver algum porventura mais difícil de digerir.

– Senhor Ushikawa – disse Tengo, puxando a cadeira para trás e pondo-se de pé. – Faça o favor de se ir embora, agora mesmo. Não quero prolongar esta conversa. E não torne a aparecer à minha frente. Prefiro que me façam «mal» a ter de negociar com uma pessoa da sua laia. Não preciso das suas «dádivas», nem das suas garantias de «segurança». A única coisa que desejo é nunca mais lhe pôr a vista em cima.

Ushikawa assistiu impávido e sereno àquela cena. Provavelmente, já ouvira o mesmo ou pior em muitas ocasiões. No fundo dos seus olhos vislumbrava-se uma luz ténue, que podia ser interpretada como um sorriso.

– Muito bem – disse Ushikawa. – De qualquer maneira, fico contente por ter obtido uma resposta da sua parte. Um «não» definitivo. A proposta foi pura e simplesmente rejeitada. Comunicarei esse facto aos meus superiores, visto que não sou mais do que um pau-mandado. Por ter respondido negativamente, isso não quer dizer que lhe vá acontecer alguma coisa de mal, ato contínuo. Só lhe estou a dizer que *pode ser* que venha a sofrer as consequências. Às tantas, a coisa pode ficar em águas de bacalhau. Oxalá assim aconteça. Porque uma coisa tenho de lhe confessar, Kawana, e é do fundo do coração que o digo: o senhor caiu-me no goto. Calculo que seja a última coisa que deseje ouvir, vinda da minha boca, mas não há nada a fazer, as coisas são o que são. Sou um sujeito difícil de compreender que lhe veio com uma conversa difícil de digerir. Ainda por cima, a minha aparência deixa muito a desejar, para não ir mais longe. Nunca me preocupei em agradar aos outros. Tenho muito pena se isso lhe desagrada, senhor Kawana, mas a verdade é que nutro bons sentimentos por si. E espero sinceramente que não lhe aconteça nada e que obtenha grandes feitos na sua vida.

Dito aquilo, Ushikawa concentrou a sua atenção nos dedos das mãos. Uns dedos curtos e rechonchudos, por sinal. Virou-os e revirou-os uma quantidade de vezes. A seguir, levantou-se.

– Bom, vou andando. Desculpe o incómodo que lhe causei. A propósito, esta deverá ser a última vez que nos vemos. E, sim, senhor Kawana, tratarei de satisfazer os seus desejos. Boa sorte. Adeus.

Ushikawa pegou na carteira de pele gasta que deixara em cima da cadeira e desapareceu por entre a multidão de estudantes que enchia a cafetaria. À medida que caminhava, os alunos afastavam-se de forma espontânea para os lados, abrindo alas. Como meninos pequenos numa aldeia confrontados com a figura ameaçadora de um traficante de seres humanos.

Tengo foi até à cabina pública instalada na entrada da escola e ligou para o seu apartamento. Preparava-se para deixar o telefone tocar três vezes antes de desligar, mas Fuka-Eri atendeu ao segundo toque.

– Tínhamos combinado que deixavas tocar três vezes e depois eu voltaria a ligar – disse Tengo quase sem forças.

– Esqueci-me – respondeu Fuka-Eri, como se não fosse nada com ela.

– Pedi-te para não te esqueceres.

– Queres experimentar outra vez – perguntou ela.

– Não, não é preciso. Agora já respondeste. Houve alguma novidade, durante a minha ausência?

– Ninguém telefonou. Não apareceu ninguém.

– Muito bem. Acabei o trabalho e estou quase a voltar para casa.

– Há bocadinho apareceu um corvo enorme e começou a grasnar lá fora, mesmo junto à janela... – disse Fuka-Eri.

– Aparece sempre à tardinha. Não te preocupes. É uma espécie de visita de cortesia. Conto estar em casa por volta das sete.

– É melhor despachares-te.

– Porquê? – quis saber Tengo.

– O Povo Pequeno anda agitado.

– O Povo Pequeno anda agitado – repetiu Tengo. – No meu apartamento, queres tu dizer?

– Não, noutro lugar.

– Noutro lugar.

– Muito longe.

– Mas consegues ouvi-los.

– Sim.

– E isso significa o quê? – perguntou Tengo.

– Vai acontecer uma *anomalia*.

– Uma *anomalia* – repetiu Tengo. Tardou um pouco em perceber o significado da palavra «anomalia». – Que tipo de anomalia?

– Isso não sei dizer.

– E é o Povo Pequeno que vai provocar essa anomalia?

Fuka-Eri negou com a cabeça. Um indício de que estava a abanar a cabeça chegou-lhe através do aparelho. Queria dizer que não sabia.

– É melhor regressares, antes que comece a trovejar.

– A trovejar?

– Se o comboio parar, ficaremos separados.

Tengo deu meia-volta e olhou pela janela. Estava um crepúsculo calmo, típico dos finais de verão, sem uma nuvem no céu.

– Não me parece que venha aí trovoada.

– Pela aparência nunca se sabe.

– Vou ver se me despacho – disse Tengo.

– É bom que te despaches – disse Fuka-Eri, e a seguir desligou.

Tengo saiu da escola, voltou a olhar para o céu limpo do lusco-fusco e, sem perder tempo, dirigiu-se para a estação em passo acelerado. Tinha as palavras de Ushikawa a ecoar na sua mente, como uma gravação em modo automático de repetição.

Quero com isto dizer que há coisas neste mundo que é melhor nem saber. Por exemplo, o mesmo se aplica em relação à senhora sua mãe. Conhecer a verdade poderia contribuir apenas para o magoar. Além disso, uma vez conhecida a verdade, não se podem enjeitar as responsabilidades que tal acarreta.

Além de que, algures em parte incerta, o Povo Pequeno anda desassossegado. Parece que tem alguma coisa que ver com a anomalia que está para acontecer. Neste momento, o céu apresenta-se completamente limpo, mas vá lá uma pessoa fiar-se nas aparências. Pode muito bem acontecer que comece a trovejar, que desate a chover e que o comboio interrompa a sua marcha. Tenho de voltar quanto antes para o apartamento. A voz da Fuka-Eri possui um estranho poder persuasivo.

«Temos de unir forças», tinha ela dito.

Um longo braço começava a estender-se. *Temos de unir forças. Porque somos o duo mais forte que existe sobre a Terra.*

The beat goes on.

11

AOMAME

O bem é o equilíbrio em si mesmo

Aomame desenrolou sobre a alcatifa a esteira azul de ioga que levara consigo. A seguir, pediu ao homem que se despisse da cintura para cima. Ele levantou-se da cama e tirou a camisa. Sem ela, o corpo dele ficava ainda maior. O peito era robusto, mas sem um grama de gordura a mais e fortemente musculado. À primeira vista, parecia uma pessoa em toda a sua pujança física.

Tal como Aomame lhe indicou, ele deitou-se de barriga para baixo em cima da esteira. Aomame colocou-lhe os dedos no pulso e verificou as pulsações. Os batimentos cardíacos eram fortes e marcados.

– Pratica algum tipo de exercício diário? – perguntou Aomame.

– Não, nenhum em especial. Só a respiração.

– Só a respiração.

– Trata-se de uma respiração um tanto diferente da normal – retorquiu o homem.

– Como aquela que estava a praticar há bocado, no escuro? Pareceu-me ser uma respiração profunda e cadenciada, empregando todos os músculos do corpo.

O homem, sempre deitado de barriga para baixo, assentiu com um pequeno movimento de cabeça.

Aomame não se deixou convencer. Era evidente que o tal exercício respiratório requeria uma boa dose de força física. Contudo, perguntava a si própria como se explicava que ele conseguisse manter aquele corpo tão musculado e vigoroso graças apenas ao esforço de respirar.

– O que lhe vou fazer agora vai doer bastante – anunciou Aomame num tom desprovido de emoção. – Sem dor, os tratamentos não são eficazes. De qualquer maneira, posso sempre regular a intensidade da dor. Por isso, assim que lhe doer, diga, não se coíba e queixe-se à vontade.

O homem fez uma breve pausa e depois declarou:

– Ainda estou para conhecer uma dor que não tenha experimentado. – Havia um certo sarcasmo nas suas palavras.

– A dor não é agradável para ninguém.

– Mas o seu método revela-se mais eficiente quando vem acompanhado de dor, não é assim? Tratando-se de uma dor que faça sentido, posso suportá-la.

Aomame permitiu-se uma expressão de dúvida, à luz da ténue penumbra.

– Compreendo. Vamos lá experimentar.

Para não variar, começou pelos estiramentos das omoplatas. A primeira coisa em que reparou, ao tocar no corpo do Líder, foi na flexibilidade dos seus músculos. Estava diante de uma musculatura sã, de uma qualidade superior, em tudo diferente dos músculos cansados e rígidos dos habitantes da cidade que costumavam frequentar o ginásio. Ao mesmo tempo, porém, teve a forte sensação de que havia ali qualquer coisa de natureza desconhecida que constituía um obstáculo à sua fluidez. Da mesma forma que a corrente de um rio pode ficar temporariamente interrompida, por culpa dos troncos e do lixo acumulado que flutuam ao sabor das águas.

Apoiando-se no cotovelo e usando-o como alavanca, Aomame começou por puxar os ombros do homem o mais que pôde – primeiro devagar, depois utilizando uma certa força. Sabia que o homem estava a sentir dor. E não devia ser uma dor pequena. Qualquer outro ser humano se teria queixado e gemido devido à intensidade da dor, mas ele não. Aguentou em silêncio. O ritmo da sua respiração permaneceu igual e o homem nem sequer franziu o sobrolho. Tão-pouco alterou o ritmo da respiração. *É dos que toleram bem a dor*, pensou Aomame. Decidiu ver até onde conseguiria ele aguentar. Ao imprimir mais força, sem reservas de qualquer espécie, as articulações das omoplatas começaram a estalar com um ruído surdo. Uma reação parecida com a mudança de agulhas numa via-férrea. O homem susteve a respiração por momentos, mas não tardou a retomar o seu ritmo pausado.

– Os ombros estavam muito contraídos – explicou-lhe Aomame. – Penso que o problema ficou resolvido. Agora voltou ao normal.

Ao dizer aquilo, enterrou um dedo até à segunda falange por trás das omoplatas. Tratava-se de um músculo rígido por natureza e, uma vez eliminado o intumescimento, voltou rapidamente à normalidade.

– Parece que me sinto mais aliviado – murmurou o homem.

– Calculo o quanto lhe doeu...

– Nada que eu não pudesse aguentar.

– A verdade é que também sou bastante resistente, mas, se me fizessem o mesmo, confesso que teria desatado a gritar.

– Em muitos casos, o sofrimento pode ser mitigado ou compensado mediante um sofrimento de outra natureza. A sensibilidade é muito relativa e tem o que se lhe diga.

Aomame colocou a mão na omoplata esquerda, apalpou o músculo com a ponta dos dedos e verificou que se encontrava quase no mesmo estado que a omoplata direita. *Agora é que quero ver até que ponto as coisas são relativas*, disse para si mesma.

– Vou passar para o lado esquerdo. É provável que a dor seja tão intensa como a que sentiu no lado direito.

– Deixo isso nas tuas mãos. Não te preocupes comigo.

– Quer dizer-me para não estar com paninhos quentes?

– Sim, não há necessidade disso.

Aomame seguiu de novo o ritual e tratou pela mesma ordem os músculos e as articulações em torno da omoplata esquerda. Não esteve com contemplações, tal como ele lhe dissera. Assim que tomava a decisão de ir até ao fim, Aomame escolhia o caminho mais curto, sem vacilar. No entanto, o homem aceitou a dor com a maior frieza, reagindo ainda de uma forma mais natural do que acontecera com a omoplata esquerda, limitando-se a deixar escapar um estranho som gutural que pareceu vir do fundo da garganta. *Muito bem, vamos lá ver até onde conseguirás aguentar*, pensou Aomame.

Seguindo a mesma ordem, foi desintumescendo, um a um, os músculos do corpo dele. Tinha os pontos essenciais todos anotados numa lista gravada na sua mente. Bastou-lhe, por isso, seguir o programa de maneira sistemática. Como um vigilante competente e destemido quando anda em plena noite, de lanterna na mão, a patrulhar um edifício.

Todos os músculos do homem estavam «bloqueados», alguns mais do que outros. Dava a ideia de um território devastado por uma catástrofe: muitos canais de água encontravam-se obstruídos e os diques haviam ficado danificados. Naquele estado, qualquer pessoa dificilmente ficaria em condições de se pôr de pé – muitos nem sequer conseguiriam respirar de forma normal. A única coisa que sustinha o Líder era o seu físico imponente e a sua vontade de ferro. Apesar do seu comportamento desprezível, Aomame não pôde deixar de sentir um certo respeito profissional, ao ver-se diante daquele homem capaz de suportar em silêncio dores tão violentas.

Um por um, foi trabalhando aqueles músculos, forçou-os a mover-se, torceu-os e alongou-os até ao limite. De cada vez que o conseguia, as articulações produziam um estalido surdo. Ela tinha perfeita consciência de que a operação por si desencadeada se assemelhava à prática da tortura. No passado, encarregara-se de várias sessões de estiramento muscular frequentadas por atletas. Era tudo gente habituada a conviver com o sofrimento físico, mas, por mais resistentes que fossem aqueles homens, até os fortalhaços acabavam, em determinada altura, por soltar um berro – ou, pelo menos, não sendo um berro, um som parecido com um grito. Tinha havido mesmo quem urinasse de dor. Todavia, aquele homem que ali estava na sua presença não deixava escapar um único gemido. Era impressionante. Quando muito, o único sinal que indicava, até certa medida, a dor que ele sentia era a presença do suor que lhe escorria pela nuca. A própria Aomame começava a transpirar ligeiramente.

Demorou cerca de trinta minutos a distender os músculos das costas. Ao terminar, ela fez uma pausa e enxugou o suor da testa com uma pequena toalha.

É muito estranho, pensou Aomame. Vim até aqui com o fito de matar este homem. Trago comigo, dentro do saco, um picador de gelo especial. Basta-me apoiar a extremidade da agulha num lugar preciso da nuca, dar um toque na pega e tudo estará terminado. Ele deixará imediatamente de viver, irá desta para melhor sem saber o que lhe aconteceu. Em consequência disso, o seu corpo ficará liberto de todo e qualquer sofrimento. E, no entanto, eis-me aqui a gastar a minha energia, apostada em suavizar a dor que este homem sente no mundo real.

Provavelmente, faço-o porque é o trabalho que me foi encomendado. Quando tenho um dever a cumprir, não descanso enquanto não o levar até ao fim. Se tenho por missão assassinar uma pessoa, para mais sabendo eu que existe um bom motivo para tal, entrego-me a ela com todas as minhas forças.

Como é óbvio, não consigo executar as duas tarefas. Têm propósitos antagónicos e requerem ambas métodos incompatíveis. Por isso, só posso fazer uma das duas. Neste momento, procuro devolver os músculos do homem ao seu estado normal. Concentro-me no meu trabalho e é para ele que todas as minhas forças são canalizadas. O resto deixarei para quando terminar o que tenho em mãos.

Ao mesmo tempo, Aomame não conseguia reprimir a sua curiosidade. Aquela doença crónica, fora do comum; os músculos sãos e superiormente desenhados, terrivelmente obstruídos em consequência daquele mal; o seu corpo inquebrantável e a vontade indómita, que lhe permitiam aguentar a dor atroz a que chamava «o preço a pagar pela graça divina»... Tudo isso despertara o seu interesse. Que podia ela fazer por este homem? Sim, queria ver com os seus próprios olhos como responderia o corpo dele.

À mera curiosidade profissional juntara-se uma outra, de índole pessoal. *Além do mais, se o matar neste momento, terei de me ir embora. Se acabar o trabalho demasiado cedo, os dois guarda--costas que estão no quarto ao lado poderão suspeitar. Antes de entrar, disse-lhes que demoraria uma hora, no mínimo.*

– Metade já está. Agora falta o resto. Importa-se de se virar de barriga para cima? – pediu Aomame.

O homem voltou-se pesadamente, como um grande animal aquático que tivesse dado à costa.

– A dor começa, de facto, a passar – disse o homem, após soltar um profundo suspiro. – Até à data, nenhum dos outros tratamentos surtiu efeito.

– Os seus músculos estão *danificados* – esclareceu Aomame. – Ignoro o motivo, mas o dano é bastante grave. Tenciono devolvê--los ao seu estado original, dentro do possível. Não é fácil e poderá revelar-se bastante doloroso. Mas, pelo menos, sempre há hipótese de conseguir resultados palpáveis. O senhor tem excelentes músculos e suporta bem a dor. Ainda assim, estamos a falar de um tratamento provisório, e não de uma solução que ataque o mal pela raiz. Enquanto não se identificar a causa, os mesmos efeitos continuarão a produzir-se.

– Bem sei. Cheguei a considerar a hipótese de recorrer à morfina, mas a verdade é que não quero abusar de drogas. A ingestão prolongada de medicamentos destrói as funções cerebrais.

– Vou prosseguir com o exercício – avisou Aomame. – Posso continuar como estava a fazer?

– Faz o teu trabalho e não te preocupes comigo – respondeu o homem.

Aomame esvaziou a mente e concentrou-se de corpo e alma na missão de trabalhar os músculos do homem. Na sua memória profissional tinha gravados todos os mecanismos musculares do corpo humano. Que funções desempenhava cada um dos músculos e a que ossos se encontravam ligados. Que caraterísticas possuíam e de que tipo de sensibilidade estavam dotados. A rapariga examinou por ordem os músculos e as articulações, abanou-os e pressionou-os com eficácia. À maneira de um inquisidor zeloso de um tribunal eclesiástico, pondo à prova todos os focos de dor no corpo da sua vítima.

Meia hora mais tarde, encontravam-se ambos banhados em suor e sem fôlego. Pareciam dois amantes após terem feito sexo com uma intensidade extraordinária. O homem permaneceu calado durante um bom bocado, e Aomame tão-pouco pronunciou uma palavra.

– Não quero exagerar – disse o homem por fim –, mas sinto-me como se todas as peças do meu corpo tivessem sido substituídas.

Aomame retorquiu:

– É possível que mais tarde, durante a noite, tenha uma pequena reação, uma espécie de réplica das dores. Se os músculos ficarem extremamente tensos, ao ponto de o fazer gritar de dor, não se preocupe. Amanhã de manhã voltará tudo à normalidade.

Se é que para ti existe amanhã, pensou Aomame.

O homem sentou-se de pernas cruzadas sobre a esteira e respirou fundo várias vezes, para comprovar a sua condição física.

– Pode dizer-se que tens realmente um dom especial – afirmou ele.

– O que eu faço – replicou Aomame, enquanto tratava de limpar o suor do rosto – é muito concreto. Na universidade, aprendi a constituição dos músculos, bem como tudo o que diz respeito às suas funções, e a prática permitiu-me melhorar esses conhecimentos. Aperfeiçoei a técnica, a partir de diferentes ângulos, e fui capaz de criar o meu método pessoal, baseado apenas em coisas lógicas e que fazem sentido aos meus olhos. A chamada «verdade» é, regra geral, algo que está à vista desarmada, que se pode comprovar. Ainda que, claro está, se faça acompanhar de uma boa dose de sofrimento.

O Líder abriu os olhos, olhou para Aomame com curiosidade e disse:

– Com que então, é nisso que acreditas.

– A que se refere? – perguntou Aomame.

– Que a verdade está à vista de todos e pode ser comprovada.

Aomame contraiu ligeiramente os lábios.

– Não estou a afirmar que isso seja assim para todas as verdades. Quer dizer que funciona assim *no meu campo profissional*. Claro que, se fosse igual a todos os níveis, as coisas seriam mais fáceis de compreender.

– Não, não me parece – contestou o homem.

– Porquê?

– A maioria das pessoas não anda à procura de verdades que se possam demonstrar. A verdade, em muitos casos, e como tu disseste, provoca um grande sofrimento. E quase ninguém quer sofrer. O que os homens precisam é de uma história bonita que lhes reconforte a alma e lhes faça sentir que a sua existência tem, ao menos, algum sentido. Precisamente por isso é que existe a religião.

O homem virou o pescoço um par de vezes antes de prosseguir.

– Se uma teoria, vamos chamar-lhe A, é capaz de fazer ver a um homem ou a uma mulher que a sua existência tem um significado profundo, para eles passa a ser verdadeira. Se a teoria B lhes mostra, por seu turno, que a sua existência é frágil e insignificante, será falsa. Não podia ser mais claro. No caso de alguém insistir em afirmar que a teoria B é a verdadeira, o mais certo é essa pessoa ser odiada, ignorada, podendo chegar-se ao extremo das agressões. Para eles, não faz sentido que exista um discurso lógico e provas concretas. As pessoas, de uma maneira geral, renegam toda e qualquer ideia de um equilíbrio delicado e ténue, procurando assim manter a sua sanidade mental.

– No entanto, o corpo humano, melhor dizendo, os corpos dos homens são, com pequenas diferenças, frágeis e insignificantes. Mais cedo ou mais tarde, todos se deterioram e acabam por desaparecer. É uma verdade incontornável, não lhe parece?

– Tens razão – concordou o homem. – Todos os corpos, em maior ou menor grau, são frágeis e insignificantes, e, fatalmente, estão condenados a desintegrarem-se e a desaparecer. Essa é uma verdade inquestionável. Mas agora pergunto, que acontecerá à alma das pessoas?

– Procuro pensar o menos possível na alma.

– Porquê?

– Porque não sinto necessidade de pensar nela.

– E por que razão, não me dirás? Pondo de lado a história de saber se tem ou não algum efeito prático, pensar nas questões que se prendem com a alma é indispensável ao ser humano, diria eu.

– Eu amo – declarou Aomame categoricamente.

Mas que diabo estou eu a fazer?, pensou Aomame. *Eis-me a falar de amor com o homem que me preparo para assassinar daqui a nada.*

Tal como o vento forma pequenas ondas sobre a superfície calma das águas, uma espécie de sorriso desenhou-se no rosto do homem, conferindo-lhe uma emoção natural que poderia ser confundida com empatia.

– Acreditas que o amor basta? – perguntou o homem.

– Acredito.

– Esse «amor» de que falas é dirigido a alguém em particular?

– Sim. É dirigido a um homem em concreto.

– Um corpo frágil e insignificante e um amor incondicional e sem sombra de pecado – sussurrou o homem. Em seguida, fez uma breve pausa. – Tudo indica que não precisas da religião para nada.

– É possível que não.

– Porque a tua própria maneira de ser é, em si mesma, uma religião.

– Há pouco disse-me que é a religião, e não tanto a verdade, a proporcionar às pessoas uma história bonita e agradável. Que acontece, nesse caso, com a organização religiosa a que preside?

– Para dizer a verdade, não considero o que faço integrado numa doutrina religiosa – afirmou o homem. – Limito-me pura e simplesmente a escutar vozes e a transmitir o que oiço às pessoas. Sou o único que consegue ouvir as vozes. É indiscutível que as oiço, essas tais vozes, mas não tenho maneira de provar que a mensagem seja uma *verdade indiscutível*. O que posso fazer, quando muito, é dar substância a umas quantas graças divinas.

Aomame mordeu ligeiramente o lábio e pousou a toalha no chão. Tinha vontade de lhe perguntar que graças divinas seriam essas, mas às tantas desistiu da ideia. Daria, por certo, uma história muito longa. Ainda tinha um trabalho fundamental pela frente.

– Importa-se de se deitar outra vez de barriga para baixo? Por último, vou aliviar-lhe os músculos do pescoço – disse Aomame.

O homem voltou a recostar o corpo sobre a esteira de ioga, oferecendo a nuca vigorosa aos olhos de Aomame.

– Em todo o caso, tens um *magic touch*, deixa-me que te diga – afirmou ele, utilizando a expressão inglesa, para toque mágico.

– *Magic touch*?

– Uns dedos que emanam uma energia extraordinária. Uma sensibilidade enorme que te permite sentir e localizar pontos específicos no corpo humano. Estamos a falar de uma qualidade única, concedida a um número muito reduzido de pessoas. Não é algo que se obtenha através da aprendizagem nem pela prática. Também eu possuo um talento especial, ainda que de natureza muito diferente. Porém, como acontece com todas as graças divinas, as pessoas têm de pagar um preço pelo dom recebido.

– Nunca tinha visto a questão por esse prisma – referiu Aomame. – Fiz os meus estudos, fartei-me de praticar e, à custa de muita disciplina, adquiri e consolidei esta técnica. Não se trata propriamente de uma coisa que me tenha sido «outorgada».

– Não vou entrar em discussões, mas é melhor que tenhas isto presente: os deuses dão e os deuses tiram. Mesmo que não tenhas consciência do que recebeste, os deuses lembram-se perfeitamente do que te concederam. Nunca se esquecem de nada. Esse teu talento, deves utilizá-lo com muito cuidado.

Aomame observou as suas mãos. Em seguida, colocou-as sobre a nuca do homem. Concentrou os seus sentidos nas pontas dos dedos. *Os deuses dão e os deuses tiram.*

– Já falta pouco. Este é o toque final – fez saber ela num tom seco, montada nas costas do homem.

Pareceu-lhe escutar um trovão ao longe. Levantou a cabeça e olhou pela janela. Não se via rigorosamente nada. O céu estava escuro, só isso. Pouco depois, tornou a ouvir o mesmo ruído. Um som que reverberou no silêncio do quarto.

– Está para chover – declarou o homem numa voz desprovida de emoção.

Com a mão na nuca do homem, Aomame procurou aquele ponto específico. A operação exigia dela uma capacidade de concentração absoluta. Fechou os olhos, susteve o fôlego e prestou atenção ao fluxo sanguíneo presente naquela parte do corpo. Com a ponta do dedo procurou ler a informação ao pormenor através dos dados transmitidos pela elasticidade cutânea e pela temperatura da pele. Tratava-se de um único ponto, e por sinal muito diminuto. Era fácil de encontrar em certas pessoas, mas havia outras em que se tornava difícil. Este homem a quem chamavam Líder incluía-se nitidamente na segunda categoria. Se quiserem um exemplo: era como andar à cata de uma moeda no meio de um quarto às escuras, sem fazer qualquer ruído. Contudo, Aomame não tardou a encontrá-lo. Colocou a ponta do dedo no sítio e gravou bem na cabeça a sensação tátil e a posição certa. Como se assinalasse um ponto de referência num mapa. Possuía essa capacidade rara.

– Deixe-se estar assim nessa posição – pediu Aomame, dirigindo-se ao homem que estava com a cara virada para baixo. A seguir, esticou a mão em direção ao saco de desporto e retirou o estojo rígido que continha o pequeno picador de gelo.

– Só preciso de encontrar uma zona no pescoço onde o fluxo está interrompido – referiu ela com grande calma. – Não me é possível eliminar a tensão desse ponto recorrendo apenas à força dos dedos. Se conseguir desbloquear essa contratura, aliviarei sensivelmente a dor que sente. Para isso, tenho de colocar uma simples agulha de acupuntura nesse ponto concreto. É uma zona delicada, mas não se preocupe, já fiz isto muitas vezes, sem nunca falhar. Está de acordo?

O homem suspirou profundamente e disse:

– Entrego-me por completo nas tuas mãos. Desde que me faças desaparecer esta dor que sinto, estou disposto a tudo e mais alguma coisa.

Aomame retirou o picador de gelo do estojo e puxou a pequena rolha de cortiça cravada na extremidade. Como seria de esperar, a ponta estava fatalmente afiada. Agarrou nele com a mão esquerda e, com o dedo indicador da mão direita, procurou o ponto que encontrara momentos antes. Não havia dúvida. Era ali mesmo. Encostou o bico da agulha no ponto e inspirou profundamente. A única coisa que tinha de fazer era baixar a mão esquerda e, com um golpe seco, batendo sobre a pega como se esta fosse um martelo, fazer penetrar a ponta finíssima a direito, até ao fundo. Então tudo estaria terminado.

E, no entanto, *algo* a deteve. Por qualquer razão, Aomame mostrou-se incapaz de baixar o punho direito, que mantinha suspenso no ar.

Então tudo estará terminado. De um simples golpe, posso enviar este homem para o «outro lado». Depois, abandonarei o quarto com o ar mais descontraído desta vida, mudarei de nome e de rosto e obterei uma identidade diferente. Consegui-lo está na minha mão. Sem ter medo nem ficar com má consciência. Este homem tem cometido repetidas vezes as ações mais desprezíveis e merece, sem dúvida, a morte.

Porém, a verdade é que, por alguma razão obscura, não foi capaz de levar por diante o seu plano. O que fazia vacilar a sua mão direita era um sentimento de dúvida, a um tempo obstinado e incoerente.

As coisas estão a revelar-se demasiado fáceis, dizia-lhe o seu instinto, em tom de aviso.

Aquele raciocínio não tinha lógica. Era a única coisa que ela sabia. Havia ali qualquer coisa que não batia certo, qualquer coisa de anormal. Aomame sentia dentro dela forças distintas que se digladiavam, dando o corpo ao manifesto numa luta diabólica. Na obscuridade, o seu rosto contorceu-se violentamente.

– Que se passa? – perguntou o homem. – Continuo à espera desse toque final.

Ao escutar aquelas palavras, Aomame percebeu então o motivo por que tinha dúvidas. *Este homem sabe. Ele sabe o que me preparo para lhe fazer.*

– Não tenhas medo – disse o homem numa voz serena. – Está tudo bem. O que tu desejas é exatamente o que eu desejo.

Continuava a trovejar, porém, não se avistavam os relâmpagos. Apenas os trovões, à distância, soavam como disparos de canhão. O campo de batalha ainda se encontrava longe. O homem prosseguiu:

– Este, sim, é o *tratamento* perfeito. Executaste uma sessão de estiramentos musculares com grande cuidado, vê-se que te esmeraste. Sinto um grande respeito pelas tuas mãos. Todavia, como tu mesma disseste, não passa de uma panaceia. A dor que me consome está numa fase que só pode ser abolida eliminando a minha vida pela raiz. Não me resta outro remédio senão descer à cave e desligar o interruptor central. Tu vais fazer isso por mim.

Aomame continuava na mesma posição, empunhando a agulha na mão esquerda, com a extremidade apontada sobre a zona da nuca, e mantendo a mão direita levantada no ar. Sem poder avançar nem retroceder.

– Se eu quiser, impeço o que te preparas para fazer, agora mesmo. Seria uma brincadeira de crianças – disse o Líder. – Experimenta baixar a mão direita.

Aomame tentou fazer como ele lhe tinha dito, mas a mão direita não se moveu nem um bocadinho; continuava no ar, como que petrificada, à imagem de uma estátua.

– Repara, não que eu queira; digamos que estou dotado desse poder. Ah, é verdade, já podes mexer a mão direita. Voltas a ter um completo controlo sobre a minha vida.

Aomame deu-se conta de que podia movimentar outra vez a mão direita. Fechou o punho e voltou a abri-lo. Não sentia nada de anormal, a não ser, talvez, uma espécie de hipnose. Fosse o que fosse, tratava-se de uma energia muito poderosa.

– Foi-me concedido esse poder especial, mas, em troca, eles exigem de mim diversas coisas. Os seus caprichos converteram-se, por outras palavras, nos meus desejos. Caprichos por vezes implacáveis, que não consigo contrariar.

– *Eles*? – Aomame. – Refere-se ao Povo Pequeno?

– Com que então, sabes da existência deles... Bem, sempre poupamos tempo nas explicações.

– Só os conheço de nome. Não sei quem possa ser o Povo Pequeno.

– Não acredito que haja alguém que possa vangloriar-se de conhecer na sua essência o Povo Pequeno – disse ele. – Tudo o que sabemos acerca deles é que existem. Leste *The Golden Bough*[1], de James Frazer?

– Não.

– É um livro muito interessante que nos ensina umas quantas verdades. Houve certas alturas da nossa história, e estamos a falar de tempos remotos, em que estava estabelecido, nas mais diversas partes do mundo, que o rei devia ser assassinado quando chegasse ao fim do seu mandato, o que acontecia por norma após um reinado que durava entre dez a doze anos. Finalizado esse período, as pessoas acorriam ao palácio e infligiam-lhe uma morte cruel. Era um ritual considerado necessário para a comunidade, que o próprio monarca aceitava de bom grado. Essa morte tinha necessariamente de ser cruel e sangrenta. E, mais, ser assassinado desse modo constituía uma grande honra, digna apenas de um rei. Perguntarás: por que motivo se tornava imperioso semelhante regicídio? Porque, naquela época, um rei era alguém *que ouvia as vozes*, em representação do povo. Por vontade própria, convertia-se no intermediário que assegurava a corrente da comunicação

[1] O *Ramo de Ouro*, numa possível tradução à letra (ainda não foi editado em português). É considerado um dos primeiros trabalhos de antropologia cultural. Apesar de as suas conclusões se encontrarem já um pouco ultrapassadas, o material recolhido continua a fazer dele uma obra de referência. (*N. das T.*)

entre «nós» e «eles». Daí que, naquele tempo, matar cruelmente «o que ouve as vozes» era um ato indispensável, aos olhos de toda a comunidade, a fim de manter o equilíbrio entre a consciência dos seres humanos que vivem neste mundo e o poder exercido pelo Povo Pequeno. No mundo dos antigos, governar era sinónimo de escutar a voz dos deuses. Naturalmente que, como seria de esperar, esse sistema acabou por ser abolido. Os reis deixaram de ser assassinados, e o poder real transformou-se numa instituição laica e hereditária. E foi assim que as pessoas deixaram de ouvir as vozes dos deuses.

Aomame prestava atenção às palavras do homem, enquanto abria e fechava de forma inconsciente a mão direita, que continuava suspensa no ar.

O homem prosseguiu:

– Até agora, ao longo do tempo, *eles* receberam diferentes nomes e, na maioria das vezes, não lhes chamaram nada. *Eles existiam, simplesmente*. Em todo o caso, a expressão «Povo Pequeno» foi-lhes atribuída por uma mera questão de conveniência. Quando era miúda, a minha filha chamava a essa gente «os homens pequenos». No fundo, começou tudo por aí. Eu só mudei para «Povo Pequeno» por ser mais fácil de pronunciar.

– E passou a ser o rei.

O homem inspirou com força pelo nariz e manteve o ar nos pulmões durante um bocado. A seguir, expulsou-o lentamente.

– Não sou o rei. Converti-me naquele «que ouve as vozes».

– E agora deseja que alguém o assassine cruelmente.

– Não, não tem de ser uma morte cruel. Estamos no ano de 1984, no coração de uma grande cidade. Não é obrigatório que haja derramamento de sangue. Basta que me tires a vida.

Aomame abanou a cabeça e relaxou os músculos do corpo. A agulha continuava encostada à nuca, no ponto certo, mas a vontade de assassinar aquele homem era nula.

Aomame disse:

– O senhor violou muitas meninas. Raparigainhas que tinham apenas dez anos de idade.

– Tens razão – reconheceu o homem. – À luz do senso comum, sou forçado a admitir que existem determinados aspetos no meu comportamento que podem ser interpretados negativamente. Pelas leis do Código Civil, sou um criminoso. Mantive relações carnais com raparigas que nem sequer haviam atingido a maturidade. Ainda que não tivesse acontecido por vontade própria.

Aomame limitava-se a respirar pesadamente. Não sabia o que fazer para acalmar a violenta comoção que tomava conta de si. O seu rosto apresentava-se distorcido e tanto a mão esquerda como a direita pareciam querer alcançar coisas diferentes.

– Desejo que me tires a vida – disse o homem. – Não faz sentido que continue a existir. Sou uma pessoa que deve ser liquidada, a fim de preservar o equilíbrio no mundo.

– Que acontecerá a seguir, no caso de eu o matar?

– O Povo Pequeno perderá aquele que ouve as vozes. Ainda não tenho sucessor.

– Como é possível acreditar nessas coisas? – Aomame quase cuspiu as palavras. – Se formos ver melhor, pode ser apenas mais um pervertido sexual que recorre a uma lógica oportunista para justificar os seus atos obscenos e ignóbeis. A páginas tantas, o Povo Pequeno nunca existiu, assim como não existe a voz dos deuses, nem existem as graças divinas. Se calhar, o senhor não passa de um miserável impostor que, como tantos outros neste mundo, é tomado por profeta e se faz chamar Líder.

– Estás a ver aquele relógio? – perguntou o homem, sem levantar a cabeça. – Acolá, em cima da cómoda, à tua direita.

Aomame olhou para a direita. Havia uma cómoda de linhas curvas, que chegaria à altura da cintura, e em cima via-se um relógio de mesa em mármore. Parecia ser um objeto bastante pesado.

– Quero que olhes para esse relógio. Não desvies o olhar.

Aomame rodou a cabeça e, de perfil, observou com atenção, tal como ele lhe pedira. Debaixo dos seus dedos sentiu os músculos do homem ficarem tensos, duros como pedra. Encerravam em si uma energia de uma intensidade incrível. Então, como que correspondendo a essa força, o relógio começou a separar--se lentamente da superfície da cómoda e a levitar. Elevou-se cerca de cinco centímetros, manteve-se a essa altura registando ligeiros estremecimentos, como se hesitasse, e ali permaneceu durante uns dez segundos, flutuando no ar. Quando os músculos do homem perderam a sua energia, o relógio caiu sobre a cómoda produzindo um rumor surdo. Dir-se-ia que, de súbito, se tinha lembrado de que na Terra existia uma coisa chamada força da gravidade.

O homem, extenuado, soltou um suspiro que nunca mais acabava.

– Até mesmo para uma brincadeira destas preciso de uma energia descomunal – disse ele, depois de expulsar todo o ar que tinha dentro dos pulmões. – É o suficiente para encurtar a duração da minha vida. Ao menos, espero que tenhas ficado convencida de que não sou um banal impostor.

Aomame não lhe deu troco. O homem procurava recuperar o vigor físico inicial, através de uma série de exercícios respiratórios. O relógio continuava a marcar as horas em cima da cómoda, como se não tivesse acontecido nada. Estava apenas ligeiramente na diagonal. Aomame fitou o relógio enquanto o ponteiro dos segundos dava uma volta completa.

– Possui um dom especial – reconheceu Aomame secamente.

– Como acabaste de ver.

– No romance *Os Irmãos Karamázov*, se bem me lembro, há uma história sobre Cristo e o Diabo – referiu Aomame. – Estando Cristo no meio do deserto, entregue a duras práticas ascéticas, pede-lhe o Diabo que faça um milagre: converter uma pedra em pão. Contudo, Cristo ignorou-o, porque o milagre não passa de uma tentação de Satanás.

– Bem sei. Também eu li *Os Irmãos Karamázov*. Tens toda a razão no que dizes. Este tipo de demonstrações que entram pelos olhos dentro não resolvem nada. Acontece, porém, que precisava de te convencer, e não disponho de muito tempo. Por isso me decidi a levar por diante esta experienciazinha.

Aomame permaneceu calada.

– Neste mundo não existe a bondade absoluta nem a maldade absoluta – enunciou o homem. – O bem e o mal não são entidades estáticas e intangíveis, mas sim valores que estão sempre a trocar de lugar e de posição. O que hoje é considerado o «bem» pode transformar-se no «mal» enquanto o diabo esfrega um olho. O mesmo acontece no mundo que Dostoiévski descreve em *Os Irmãos Karamázov*. O importante é preservar o equilíbrio entre esse bem e esse mal em perpétuo movimento. O facto de um dos dois se inclinar demasiado para um lado dificulta a conservação da moral realista. Sim, *o bem é o equilíbrio em si mesmo*. Quando digo que devo morrer para manter o equilíbrio, é nesse sentido.

– Eu não sinto necessidade de o matar, neste momento – declarou Aomame. – Calculo que saiba, mas vim aqui para o executar. Não posso permitir que uma pessoa como o senhor continue a existir. Era minha intenção eliminá-lo, de uma maneira ou de outra. Contudo, já não tenho essa «vontade». A dor que sente é terrível, sou testemunha disso, e eu posso acabar com o seu sofrimento. Merecia uma morte lenta, atormentado pelas dores que o consomem, feito em pedaços. Contudo, nego-me a conceder-lhe uma morte tranquila, com as minhas próprias mãos.

O homem anuiu com a cabeça, deitado na mesma posição, de barriga para baixo, e disse:

– Se me matares, a minha gente irá atrás de ti e perseguir-te-á aonde quer que vás. São fanáticos, todos eles, detêm poder e move-os a persistência. No caso de eu desaparecer do mapa, a comunidade irá perdendo aos poucos a sua força unificadora. Mas o sistema, esse, uma vez constituído, adquire vida própria e continua a existir.

Aomame escutava o que o homem, deitado de borco, lhe contava.

– Lamento muito o que fiz à tua amiga.

– À minha amiga?

– A tua amiga que tinha umas algemas. Como se chamava ela?

De repente, Aomame sentiu uma grande calma invadi-la. Deixara de haver qualquer conflito. Sobre ela caía apenas um silêncio pesado.

– Ayumi Nakano – disse Aomame.

– Foi uma desgraça o que lhe aconteceu.

– O senhor é que fez *aquilo*? – perguntou Aomame num tom frio. – *Matou* a Ayumi?

– Não, não. Eu não a matei.

– Contudo, por qualquer razão, parece saber quem a matou.

– O detetive ao nosso serviço investigou o assunto – explicou o homem. – Não sabemos quem a poderá ter assassinado. A única coisa que sei é que a tua amiga, que era agente da polícia, foi estrangulada num hotel.

O punho direito de Aomame voltou a cerrar-se com força.

– Mas acabou de dizer: «Lamento muito o que fiz à tua amiga.»

– Queria dizer que não pude impedir o que aconteceu. Independentemente de ela ter sido assassinada, o facto é que o inimigo procura atacar sempre a parte mais frágil, quando se propõe atingir um determinado objetivo. É o mesmo que acontece quando os lobos escolhem o carneiro mais débil do rebanho e se lançam em perseguição dele.

– Está a querer dizer que a Ayumi constituía o meu ponto fraco?

O homem não lhe deu resposta.

Aomame fechou os olhos.

– Porquê matá-la? Era boa rapariga. Não tinha feito mal a ninguém. Porquê? Porque eu me envolvi em todo *este assunto*? Se foi por isso, bastaria que me tivessem eliminado.

O homem respondeu:

– Eles não te podem eliminar.

– Porquê? – quis saber Aomame. – Por que razão não me podem eliminar?

– Porque te transformaste num ser especial.

– Um ser especial? Especial em que sentido?

– Isso é o que irás descobrir a seu tempo.

Aomame contraiu de novo o cenho.

– A seu tempo?

– Quando chegar a hora.

Aomame abanou a cabeça.

– É impossível perceber o que diz.

– Não tarda, irás perceber.

– Em todo o caso, e se bem entendi, eles não me podem atacar. Por isso, escolheram investir sobre os *pontos fracos* que existem à minha volta, em jeito de alerta. Para me avisarem do que são capazes. Para me impedirem de lhe tirar a vida.

O homem deixou-se ficar calado. Era um silêncio que funcionava como uma confirmação.

– É terrível – disse Aomame, abanando a cabeça. – Assassinaram a Ayumi, quando isso não serviu para mudar nada.

– Não, eles não são assassinos. Nunca eliminam ninguém pelas suas próprias mãos. O que matou a tua amiga foi provavelmente alguma coisa que ela já albergava dentro dela. Mais cedo ou mais tarde, ia acontecer uma tragédia do género. A tua amiga expunha-se a muitos riscos, da forma como vivia. *Eles* limitaram-se a providenciar o estímulo. Como quando se carrega no botão do temporizador para mudar o tempo programado.

A programação do temporizador?

– Ayumi não era nenhum forno elétrico. Estamos a falar de uma pessoa de carne e osso. Quer ela levasse uma vida cheia de riscos ou não, era uma grande amiga que eu ali tinha. Vocês levaram-ma, arrebataram-na da minha vida com uma indiferença assustadora. De um modo absurdo e impiedoso.

– A ira que sentes é inteiramente justificada – disse o homem. – Deves dirigi-la contra a minha pessoa.

Aomame abanou de novo a cabeça.

– Mesmo que lhe tire a vida, isso não fará com que a Ayumi regresse para junto de mim.

– Pois não, mas vai permitir-te, em certa medida, retaliar contra o Povo Pequeno. Posto de outro modo, podes vingar-te. Eles não desejam a minha morte. Se eu morresse agora, iria criar um vazio. Pelo menos, um vazio temporal, até que haja um sucessor. Representaria um duro golpe para eles. E, ao mesmo tempo, só teria vantagens para ti.

Aomame não se deu por convencida.

– Alguém disse uma vez que não há nada que custe mais caro e seja menos produtivo do que a vingança.

– Winston Churchill. Mas, se a memória não me atraiçoa, pronunciou essas palavras para justificar a insuficiência orçamental do Império britânico. Não se pode ler na frase qualquer implicação moral.

– Estou-me nas tintas para a moral. Mesmo que eu não levante a mão contra si, está condenado a morrer em agonia, e o seu corpo será consumido por essa coisa de natureza desconhecida. Por que razão haveria de sentir piedade? Não será por culpa *minha* que o mundo corre o risco de perder o equilíbrio e os seus princípios morais.

O homem tornou a respirar fundo.

– Estou de acordo. Compreendo o teu ponto de vista. Bom, vamos fazer o seguinte. Proponho-te uma espécie de pacto. Se me tirares a vida agora mesmo, em troca procurarei poupar a vida ao Tengo. Ainda me resta algum poder.

– Tengo – murmurou Aomame. A energia abandonou o seu corpo. – Também sabe *isso*.

– Sei tudo acerca de ti. Já te tinha dito, não? Melhor dizendo, *quase* tudo.

– É impossível que possa ter descoberto muitas coisas a esse respeito. O nome do Tengo permaneceu sempre dentro do meu coração e nunca saiu de lá.

– Aomame – disse o homem, deixando escapar um suspiro fugaz. – Não existe nada neste mundo que não saia dos nossos corações. Além disso, nos tempos que correm, acontece *por acaso*... deverei dizer?... que o senhor Tengo Kawana se transformou numa figura de não pouca importância para nós.

Aomame ficou sem fala.

O homem continuou a sua ladainha.

– Para ser mais preciso, diria que a sorte não tem nada que ver com o assunto. Os vossos destinos não se cruzaram por mera obra do destino. Puseram os dois o pé neste mundo porque tinha de acontecer. E, uma vez cá dentro, quer isso vos agrade ou não, cada um terá o seu papel a desempenhar.

– O pé neste mundo?

– Sim, neste ano de 1Q84.

– 1Q84? – repetiu Aomame. A sua cara transformara-se numa espécie de máscara distorcida. *Fui eu que inventei essa palavra!*

– Tens razão. Trata-se de uma palavra criada por ti – disse o homem, como se acabasse de ler os pensamentos dela. – Estou apenas a utilizá-la, a título de empréstimo.

O ano de 1Q84. Aomame articulou as palavras na sua boca.

– Não existe nada neste mundo que não saia dos nossos corações – tornou a dizer o homem numa voz tranquila.

12

TENGO

Não se podem contar pelos dedos das mãos

Tengo conseguiu regressar ao seu apartamento antes de começar a chover. Foi a pé da estação até casa, sempre em bom andamento. No céu não se via uma nuvem. Nada indicava que, naquela tarde, fosse começar a chover ou estivesse iminente uma trovoada. Nenhuma das pessoas com quem se cruzou levava chapéu de chuva. Era um daqueles fins de tarde agradáveis, em que apetece ir até ao estádio assistir a um jogo de basebol e beber uma cerveja. Ainda assim, estava decidido a dar ouvidos a Fuka-Eri e a aceitar como verdade tudo o que saía da boca dela. *É melhor acreditar do que não acreditar*, pensou. Baseando-se mais na experiência do que na lógica.

Ao espreitar para a caixa do correio, reparou que havia um envelope comercial sem o nome do remetente. Abriu-o ali mesmo. Era um aviso a indicar que tinha sido feita uma transferência bancária para a sua conta corrente, no valor de 1 627 534 ienes. A transferência fora efetuada por uns tais Escritórios ERI, provavelmente a empresa-fantasma criada por Komatsu. Ou então, se calhar, o dinheiro provinha do Professor Ebisuno. Numa ocasião, Komatsu informara Tengo de que lhe pagaria uma parte dos direitos de autor relativos à obra *A Crisálida de Ar*, em jeito de agradecimento pelo seu trabalho, e podia ser que aquele montante representasse a sua «parte». Sem dúvida que o pagamento seria creditado por qualquer coisa como «despesas de colaboração» ou «gastos de investigação». Depois de verificar a quantia, voltou a guardar o papel dentro do sobrescrito e enfiou-o no bolso.

Para alguém como Tengo, um milhão e seiscentos mil ienes constituía uma pipa de massa (era a primeira vez na vida que recebia uma soma daquelas), mas a verdade é que não se sentia feliz por aí além nem surpreendido. O dinheiro não era o mais importante. Contava com os seus rendimentos fixos, que lhe permitiam levar uma vida bastante desafogada. Quanto ao futuro, tão-pouco tinha preocupações, pelo menos de momento. E, no entanto, toda a gente parecia disposta a oferecer-lhe dinheiro. O mundo era um lugar estranho.

Porém, no que dizia respeito à reescrita do romance *A Crisálida de Ar*, pressentia que não compensava ter-se metido em semelhante imbróglio para acabar por receber um milhão e seiscentos mil ienes. Em boa verdade, se lhe perguntassem de uma forma explícita qual a soma justa, o próprio Tengo não saberia responder. Para começar, desconhecia se era possível atribuir um preço razoável aos imbróglios. Neste mundo, é certo e sabido que não deviam faltar uns quantos imbróglios, alguns de valor incalculável, e outros pelos quais ninguém estaria disposto a pagar fosse o que fosse. *A Crisálida de Ar* continuava a vender-se, logo, tudo faria prever que haveria outras transferências nos tempos mais próximos. Todavia, quanto mais aumentassem as somas de dinheiro depositadas na sua conta bancária, mais os seus problemas se agravariam. Isto porque, ao receber uma compensação financeira maior, o seu grau de participação no livro avolumar-se-ia e seria apresentado aos olhos da sociedade como um facto consumado.

Às tantas, passou-lhe pela cabeça devolver o milhão e seiscentos mil ienes a Komatsu no dia seguinte de manhã. Pelo menos, evitaria certas responsabilidades. Para não falar no sentimento de alívio que representaria. Em todo o caso, estava decidido a formalizar a renúncia àquele dinheiro, mesmo que, com esse gesto, não eliminasse por completo a sua responsabilidade moral. Quando muito, em virtude da recusa em aceitar a recompensa monetária, ser-lhe-iam concedidas «circunstâncias atenuantes». Ou, quem sabe?, talvez lhe saísse o tiro pela culatra e o seu gesto acabasse por revelar-se ainda mais suspeito, fazendo com que a devolução do dinheiro pudesse ser interpretada como uma tentativa de apaziguar a má consciência.

Enquanto matutava naquilo, começou a sentir dores de cabeça, o que o obrigou a pôr de lado o milhão e seiscentos mil ienes. Podia sempre voltar a pegar naquela história com calma, quando tivesse tempo. O dinheiro não era um ser vivo. Podia deixá-lo quietinho onde estava, que não ia fugir. Provavelmente.

Neste momento, o problema é como endireitar a minha vida, pensou Tengo, enquanto subia as escadas do prédio até ao terceiro andar. Fora ao extremo sul da península de Bōsō visitar o pai, e viera de lá mais ou menos convencido de que ele não era o seu pai biológico. Vendo bem, aquilo podia representar uma nova oportunidade. Se calhar, estava na altura ideal para cortar com todos os problemas e reconstruir a sua vida. Um novo trabalho, um novo local de residência, conhecimentos novos. Mesmo que não estivesse cem por cento seguro de si mesmo, palpitava-lhe que seria capaz de levar uma vida um pouco mais sensata do que até essa altura.

Antes, porém, havia uma data de coisas que precisava de pôr em ordem. Não podia abandonar Fuka-Eri, Komatsu e o Professor Ebisuno e eclipsar-se de repente. É certo que não tinha nenhum dever moral para com eles, nem se podia falar em responsabilidade ética. Como dissera Ushikawa, Tengo havia sido mais do que prejudicado em toda aquela história. Contudo, ainda que o tivessem arrastado quase à força, sem lhe darem a conhecer a verdadeira trama que andavam a urdir nas suas costas, a verdade é que ele decidira alinhar. Não podia pura e simplesmente anunciar-lhes: «Ignoro o que se vai passar daqui para a frente. Arranjem-se como puderem.» Fosse qual fosse o rumo que tomasse a partir daí, queria saber que deixava as coisas resolvidas e ver-se livre de problemas. Senão, a sua nova vida corria o risco de ficar contaminada desde o início.

A palavra «contaminada» trouxe-lhe à memória a figura de Ushikawa. *Ushikawa!*, pensou Tengo, com um suspiro. Possuía informações sobre a sua mãe e tinha-lhe dito que estaria na disposição de as partilhar com ele.

Quero com isto dizer que há coisas neste mundo que é melhor nem saber. Por exemplo, o mesmo se aplica em relação à senhora sua mãe. Conhecer a verdade serviria apenas para o magoar nos seus sentimentos. Além disso, uma vez conhecida a verdade, não se podem enjeitar as responsabilidades que tal implica.

Tengo nem se dignara responder àquilo. Não tinha a mínima vontade de escutar qualquer informação daquele teor veiculada por Ushikawa. A partir do momento em que saísse da sua boca, a notícia ficaria desde logo contaminada. E, o que era mais importante, Tengo não queria ouvir essa informação da boca de *ninguém*. As notícias relativas à sua mãe, se é que realmente se justificavam, tinham de chegar até ele como uma «revelação» total, e não avançadas aos bocadinhos. Teria de se revelar diante dos seus olhos como uma paisagem cósmica, vasta e nítida, que se pudesse dominar por completo num abrir e fechar de olhos.

Naturalmente, Tengo desconhecia se chegaria algum dia a assistir à tão anunciada revelação dramática. Talvez nunca ficasse na posse dela, mas precisava que ocorresse alguma coisa de avassalador ou, pelo menos, a uma escala imponente, que pudesse contrastar e superar a imagem daquela visão que durante tantos anos o desorientara, o perturbara e contribuíra para o atormentar de maneira irracional. Precisava de qualquer coisa que o ajudasse a expulsar essa imagem dos seus pensamentos. As informações que lhe chegavam a conta-gotas não serviam de nada.

Isto foi o que lhe passou pela cabeça enquanto subia os lanços de escadas até chegar ao terceiro andar.

Tengo deteve-se em frente da porta de casa, tirou a chave do bolso, meteu-a na fechadura e deu uma volta. Então, antes de abrir, bateu três vezes, esperou, e bateu mais duas vezes. A seguir, abriu a porta sem fazer barulho.

Fuka-Eri estava sentada à mesa, a beber sumo de tomate por um copo alto. Vestia a mesma roupa que tinha na altura em que chegara ao apartamento. A camisa às riscas, de homem, e umas calças de ganga coladas ao corpo. Todavia, a impressão causada era muito diferente da produzida na parte da manhã. Isso devia-se – Tengo demorou um certo tempo a perceber porquê – ao facto de ter o cabelo apanhado, o que fazia com que as orelhas e a nuca ficassem expostas. Tinha umas orelhas pequenas e rosadas, que pareciam polvilhadas de pó de talco e acabadas de criar, por puras razões estéticas, mais do que para o fim prático de escutar os sons em volta. Ou, pelo menos, assim parecia aos olhos de Tengo. A nuca, esguia e elegante, que se prolongava a partir das orelhas, resplandecia como uma verdura fresca habituada a receber os raios de sol em abundância. Tinha um pescoço de uma pureza imaculada, que combinaria às mil maravilhas com o orvalho e com as joaninhas. Era a primeira vez que ele lhe via o cabelo apanhado, e a cena proporcionou-lhe uma espécie de visão milagrosa, de uma intimidade e de uma beleza espantosas.

Depois de fechar a porta, Tengo deixou-se ficar parado ali na entrada. As orelhas e a nuca da rapariga perturbavam-no e deixavam-no tão desorientado como se estivesse diante do corpo desnudado de outra mulher. Sentindo-se um explorador que acabasse de descobrir o manancial secreto que dá origem ao Nilo, perdeu a fala durante um bocado e contemplou Fuka-Eri, de olhos semicerrados. Ainda tinha a mão sobre a maçaneta da porta.

– Tomei um duche há bocadinho – lançou ela na direção de Tengo, que continuava parado no mesmo sítio. Disse aquilo com uma voz séria, como se tivesse acabado de se lembrar de um dado importante. – Usei o teu champô e o amaciador.

Tengo anuiu. Deixou escapar um suspiro e, por fim, soltou a maçaneta da porta e fechou-a à chave. *Champô e amaciador*? Depois, deu meia dúzia de passos, afastando-se da porta.

– O telefone tocou? – perguntou Tengo.

– Não, nem uma vez – replicou Fuka-Eri, negando muito ao de leve com a cabeça.

Tengo aproximou-se da janela, afastou ligeiramente a cortina e olhou lá para fora. Da janela do terceiro andar parecia tudo na mesma – não havia nada com ar suspeito, nem sequer um carro estacionado que desse nas vistas. Apenas a mesma paisagem insípida de um insignificante bairro residencial. Ao longo das ruas, as árvores de ramos retorcidos estavam cobertas de um pó cinzento; as barras de proteção mostravam várias amolgadelas e havia uma série de bicicletas cobertas de ferrugem abandonadas à beira da estrada. Num dos muros via-se um cartaz da polícia em que podia ler-se o seguinte: «Conduzir sob o efeito do álcool é uma via de sentido único que conduz à destruição da vida» (existiria um departamento na polícia especializado na criação daquele género de *slogans*?). Um ancião com ar de poucos amigos passeava um cão rafeiro com ar lerdo. Uma mulher com cara de estúpida conduzia um carro utilitário, apropriadamente feio. Uns quantos postes de iluminação inestéticos sustinham no ar os cabos elétricos. Aquela paisagem do lado de lá da janela sugeria que o mundo consistia numa acumulação infinita de pequenos mundos, cada um com a sua própria configuração, a meio caminho entre a «tragédia» e o «júbilo».

Mas, por outro lado, verdade seja dita, também existiam no mundo paisagens extraordinariamente belas, como, por exemplo, as orelhas e a nuca de Fuka-Eri. Em qual das realidades devia acreditar? Tornava-se difícil escolher. Tengo emitiu um pequeno grunhido que lhe veio do fundo da garganta, como fazem os grandes cães quando ficam alterados, depois fechou a cortina e regressou ao seu pequeno mundo.

– O Professor Ebisuno sabe que estás aqui? – perguntou ele.

Fuka-Eri negou com a cabeça. O Professor não sabia.

– Estás a pensar dizer-lhe alguma coisa?

Fuka-Eri abanou a cabeça.

– Não posso comunicar com ele.

– Por ser perigoso para ele?

– Arriscamo-nos a que escutem a nossa conversa ao telefone... O correio pode não lhe chegar às mãos.

– Sou eu o único a saber que estás aqui?

Fuka-Eri fez que sim com a cabeça.

– Trouxeste roupa e artigos pessoais?

– Pouca coisa – respondeu Fuka-Eri, e lançou uma olhadela ao saco de lona de pôr a tiracolo. Com efeito, parecia longe de estar cheio.

– Não faz mal – declarou ela.

– Se não te importas, por mim tudo bem – disse Tengo.

Ele foi até à cozinha, pôs água ao lume e deitou algumas folhas de chá preto para dentro da chaleira.

– Vem aí aquela tua amiga – perguntou Fuka-Eri.

– Deixou de aparecer – respondeu Tengo laconicamente.

Fuka-Eri ficou a olhar para ele, em silêncio.

– De momento – acrescentou ele.

– É por minha culpa – quis saber Fuka-Eri.

Tengo fez que não com a cabeça.

– Não sei de quem é a culpa, mas não me parece que seja tua. O mais provável é ser minha. Muito embora ela própria também tenha o seu quinhão de culpa.

– Mas, seja como for, essa mulher já não vem mais.

– Isso mesmo, já não vem mais. Provavelmente. O que significa que podes ficar comigo o tempo que quiseres.

Fuka-Eri ficou a matutar naquilo durante um bom bocado.

– Estava casada – perguntou.

– Sim, estava casada e tinha duas filhas.

– Não eram tuas filhas.

– Claro que não. Já tinha sido mãe antes de me conhecer.

– Gostavas dela.

– Talvez – disse Tengo. *Sob certas e determinadas condições*, acrescentou para si mesmo.

– Costumavam ter relações sexuais.

Tengo demorou o seu tempo a registar a pergunta. «Relações sexuais» não era uma expressão que estivesse à espera de ver sair da boca de Fuka-Eri.

– Claro. Não ia aparecer aqui todas as semanas para jogar Monopólio.

– Mo-no-pó-lio – estranhou ela.

– Deixa lá. Esquece – disse Tengo.

– Mas agora já não volta.

– Pelo menos, foi o que me disseram. Que não ia voltar...

– Foi ela que te disse – perguntou Fuka-Eri.

– Não, não foi ela que mo comunicou diretamente, mas sim o marido. Disse-me que ela se *tinha perdido irremediavelmente* e que não voltaria para mim.

– Perdeu-se irremediavelmente.

– Confesso que não te sei dizer o que isso significa em concreto. Perguntei-lhe, mas ele não me respondeu. Tenho muitas perguntas e poucas respostas. Como acontece numa troca comercial desequilibrada. Queres chá?

Fuka-Eri fez que sim com a cabeça, queria chá.

Tengo deitou a água fervida dentro da chaleira, tapou-a e esperou que passasse o tempo necessário.

– Não há nada a fazer – disse Fuka-Eri.

– O quê? Que eu tenha poucas respostas ou que ela se tenha perdido?

Fuka-Eri não se dignou responder.

Tengo deu-se por vencido e verteu o chá para duas taças.

– Queres açúcar?

– Uma colherzinha – disse ela.

– Limão ou leite?

Fuka-Eri fez que não com a cabeça. Tengo deitou uma colher de açúcar na taça, mexeu devagar e colocou-a à frente de Fuka-Eri. A seguir, pegou na sua taça de chá, sem lhe acrescentar nada, e sentou-se diante da rapariga, do outro lado da mesa.

– Gostavas de ter relações sexuais – perguntou Fuka-Eri.

– Se eu gostava de ter relações sexuais com a minha namorada? – Tengo reformulou corretamente a pergunta.

Fuka-Eri assentiu com a cabeça.

– Sim, creio que sim. Ter relações sexuais com alguém de quem se gosta. Parece-me que isso é uma coisa que agrada à maior parte das pessoas.

Além disso, ela era muito boa na cama. Da mesma forma que em todas as aldeias há sempre um camponês que se destaca mais do que os outros quando chama a si a tarefa de irrigar os campos, ela tinha um dom especial para amar. Gostava de experimentar as várias maneiras de fazer amor.

– Ficas com pena de ela não vir mais – perguntou Fuka-Eri.

– Talvez – respondeu Tengo, e bebeu o seu chá.

– Porque não podes ter relações sexuais.

– Isso também pesa.

Fuka-Eri fixou de novo a cara de Tengo, e assim se deixou ficar durante algum tempo. Dava a impressão de poder estar a cismar em qualquer coisa que se prendia com as relações sexuais, mas ninguém podia adivinhar o que lhe passaria pela cabeça.

– Tens fome? – perguntou Tengo.

Ela respondeu com um aceno afirmativo.

– Desde manhã que praticamente não como.

– Vou preparar qualquer coisa – disse Tengo. Também ele quase não comera nada e sentia o estômago vazio. Além disso, não se lembrava de outra coisa melhor para fazer naquele preciso momento, tirando cozinhar.

Tengo lavou o arroz, ligou a panela elétrica para cozinhar o arroz e, enquanto não ficava pronto, preparou uma sopa de *miso* com algas *wakame* e alho-porro, fritou umas cavalas secas, tirou do frigorífico um pedaço de tofu e preparou-o temperado com gengibre. Ralou rábano *daikon*. Pôs a aquecer numa caçarola um resto de caldo de legumes que tinha sobrado. Acompanhou tudo com nabo em salmoura e ameixas *ume* em conserva. Quando Tengo se movimentava, a pequena cozinha tornava-se ainda mais acanhada, o que não parecia incomodá-lo minimamente. Habituara-se desde há muito a contentar-se com o que a vida lhe dava.

– Lamento não poder arranjar-te uma coisa um bocadinho mais elaborada – disse Tengo.

Fuka-Eri seguiu com atenção a habilidade demonstrada por Tengo na arte da cozinha e, depois de reparar com curiosidade nos pratos que ele ia dispondo em cima da mesa, disse:

– Estás habituado a cozinhar.

– Vivo sozinho há muito tempo, é por isso. Costumo preparar qualquer coisa a correr e engulo tudo num ápice. Já se tornou uma rotina.

– Comes sempre sozinho.

– Sim, quase sempre. É raro ter companhia à hora das refeições, como hoje. Uma vez por semana, *a tal mulher* de quem estávamos a falar vinha cá a casa e almoçávamos juntos, mas, agora que penso nisso, há uma eternidade que não jantava com outra pessoa.

– Estás nervoso – perguntou Fuka-Eri.

Tengo abanou a cabeça.

– Não, não estou. Trata-se apenas de um jantar. Parece-me um bocado estranho, mais nada.

– Eu sempre tomei as minhas refeições rodeada de gente, porque desde pequena que vivemos todos em comunidade. Depois, quando fui morar para casa do Professor Ebisuno, também havia sempre pessoas à mesa, uma vez que ele costumava ter convidados lá em casa.

Era a primeira vez que Fuka-Eri pronunciava tantas frases de uma assentada.

– Mas comias sozinha, no sítio onde estavas escondida, não é verdade? – perguntou Tengo.

Fuka-Eri concordou com a cabeça.

– Onde *ficava* localizado esse tal esconderijo? – inquiriu Tengo.

– Longe. Foi o Professor quem tratou de tudo.

– Que comias tu quando estavas sozinha?

– Comida instantânea. Coisas enlatadas – respondeu Fuka-Eri. – Há muito tempo que não sei o que é uma refeição destas.

Com toda a calma do mundo, Fuka-Eri pôs-se a tirar as espinhas de uma cavala com a ponta de um pauzinho. Depois, levou o peixe à boca e mastigou-o devagar, como se estivesse a degustar um manjar dos deuses. A seguir, engoliu um bocadinho de sopa de *miso*, saboreou bem e pareceu formar uma opinião, antes de pousar os pauzinhos sobre a mesa e perder-se nos seus pensamentos.

* * *

Perto das nove, Tengo julgou ter ouvido um trovão ao longe. Abriu um pouco as cortinas e olhou lá para fora. O céu mostrava-se muito escuro, e via-se um cortejo de nuvens, avançando com ar funesto.

– Tens razão. O céu está com um aspeto ameaçador – observou Tengo, fechando as cortinas.

– Porque o Povo Pequeno anda agitado – asseverou Fuka-Eri com uma expressão sombria.

– Quando o Povo Pequeno anda agitado, isso faz com que se produzam fenómenos extraordinários no tempo?

– É relativo. O tempo depende de como olharmos para ele e interpretarmos os sinais.

– Depende de como olharmos para ele e interpretarmos os sinais?

Fuka-Eri sacudiu a cabeça.

– Não entendo bem.

Tengo era outro que tal. Sempre considerara as condições atmosféricas como independentes e objetivas, mas era provável que não fosse longe, se continuasse a explorar o tema, por isso decidiu mudar de assunto e fazer uma pergunta diferente.

– O Povo Pequeno está zangado com alguma coisa?

– Vai acontecer qualquer coisa – respondeu ela.

– O quê, em concreto?

Ela abanou a cabeça.

– Não tarda, saberemos.

Lavaram a loiça debaixo da torneira, secaram-na e arrumaram tudo no armário; sentaram-se à mesa, de frente um para o outro, e tomaram chá. A Tengo, o que lhe apetecia era uma cerveja, mas pensou que era melhor abster-se de beber álcool, naquele dia. No ambiente respirava-se uma certa sensação de perigo. Mais valia manter-se lúcido, não fosse dar-se o caso de acontecer qualquer coisa.

– Talvez seja melhor irmos para a cama cedo – disse Fuka-Eri. Ao dizer aquilo, levou as mãos às faces e pressionou-as, como a figura que grita sobre a ponte no quadro de Munch. Mas ela não gritou. Parecia apenas ter sono.

– De acordo. Podes usar a minha cama – disse Tengo. – Fico perfeitamente bem no sofá, como aconteceu no outro dia. Não te preocupes. Consigo dormir onde calha.

Era verdade. Tengo conseguia pregar olho em qualquer lado. Um talento digno de registo, por assim dizer.

Fuka-Eri concordou com a cabeça. Ficou a olhar para Tengo, sem fazer comentários. Depois levou momentaneamente as mãos às suas bonitas orelhas acabadas de formar, como se quisesse certificar-se de que ainda ali estavam.

– Emprestas-me um dos teus pijamas. Não trouxe o meu.

Tengo foi ao gavetão da cómoda que tinha no quarto buscar um pijama e entregou-lho. Era o mesmo pijama que lhe emprestara da vez em que ela dormira lá em casa. Um pijama azul, de algodão liso. Estava lavado e dobrado, tal como havia sido deixado. Por pura precaução, Tengo aproximou-o do nariz e cheirou-o, mas não cheirava a nada. Fuka-Eri recebeu o pijama das mãos dele, mudou de roupa na casa de banho e voltou para a sala. Aproveitara para soltar o cabelo. Arregaçara as mangas e as calças do pijama, tal como da outra vez.

– Ainda não são nove horas – disse Tengo, olhando para o relógio de parede. – Deitas-te sempre assim tão cedo?

Fuka-Eri negou com a cabeça.

– Hoje é diferente.

– Porque o Povo Pequeno anda agitado lá fora?

– Não sei. Acontece que estou cansada.

– Verdade seja dita que tens olhos de sono – corroborou Tengo.

– Quando estiver deitada, lês-me um livro ou contas-me uma história...

– Combinado – prometeu Tengo. – Não tenho nada urgente para fazer.

Apesar de a noite estar quente e húmida, ao meter-se na cama, Fuka-Eri puxou o edredão até ao pescoço, como se fosse sua intenção criar uma firme barreira entre o mundo exterior e o seu próprio mundo. Enfiada dentro da cama, parecia uma miúda pequena. Dava a impressão de que não tinha mais de doze anos. O barulho dos trovões entrando pela janela tornara-se mais forte. A trovoada parecia aproximar-se. De cada vez que trovejava, os vidros da janela estremeciam e tilintavam. No entanto, curiosamente, não se viam os relâmpagos. Tão-pouco se podia dizer que estivesse para chover. Sem dúvida alguma, havia ali um desequilíbrio de qualquer espécie.

– Estão a ver-nos – disse Fuka-Eri.

– O Povo Pequeno? – perguntou Tengo.

Fuka-Eri não respondeu.

– Sabem que estamos aqui – disse Tengo.

– Claro que sabem – afirmou ela.

– Será que têm intenções de fazer alguma coisa?

– Não nos podem fazer nada.

– Ainda bem – disse Tengo.

– Por agora.

– Por agora, não nos podem tocar – repetiu Tengo num tom apagado. – Porém, não sabemos até quando durará este estado de graça.

– Ninguém sabe – afirmou categoricamente Fuka-Eri.

– Não podem fazer nada contra nós, mas, em troca, podem fazer mal às pessoas que nos rodeiam? – perguntou Tengo.

– É possível.

– Ao ponto de lhes acontecerem coisas terríveis?

Fuka-Eri semicerrou os olhos e ficou absorta por momentos: parecia um marinheiro a procurar distinguir o canto de um navio-fantasma no meio da escuridão.

– Depende.

– Se calhar, o Povo Pequeno utilizou o seu poder contra a minha namorada, à laia de aviso.

Fuka-Eri tirou uma das mãos do edredão e coçou as orelhas novinhas em folha. Depois voltou a enfiar a mão para dentro.

– As coisas que o Povo Pequeno consegue fazer são limitadas.

Tengo mordeu o lábio. Depois arriscou:

– Por exemplo, que podem eles fazer?

Fuka-Eri pareceu inclinada a dar a sua opinião, mas, às tantas, mudou de ideias e desistiu. As palavras que ia dizer não passaram da boca e afundaram-se silenciosamente no seu lugar de origem, sem chegarem a ser pronunciadas. Onde, em concreto, ele não sabia, mas tratava-se de um lugar profundo e escuro como breu.

– Disseste que o Povo Pequeno possui sabedoria e força.

Fuka-Eri concordou com um aceno.

– Mas eles têm os seus limites.

Ela voltou a concordar.

– Porque vivem no interior da floresta e, ao afastarem-se dali, sentem dificuldade em exercer as suas capacidades. Além disso, neste mundo vigora um sistema de valores que pode competir com os seus conhecimentos e fazer frente à inteligência de que dão mostras. Não é assim?

Fuka-Eri olhou para ele com uma expressão vaga, como se não tivesse alcançado bem o sentido da pergunta.

– Chegaste a vê-los? – perguntou Tengo.

– Sim – respondeu Fuka-Eri.

– Com quantos deles te encontraste?

– Não sei. Não se podem contar propriamente pelos dedos das mãos...

– Em todo o caso, sempre mais do que um.

– Por vezes, aumentam de número, e outras, diminuem. Mas nunca um só.

– Como tu descreveste no romance *A Crisálida de Ar*.

Fuka-Eri fez que sim com a cabeça.

Tengo atreveu-se a formular a pergunta que andava para lhe fazer desde há muito tempo.

– Diz-me uma coisa, até que ponto *A Crisálida de Ar* é uma história verdadeira e é real o que ali se conta?

– O que significa real – perguntou Fuka-Eri.

Tengo não tinha resposta para aquilo, escusado será dizer.

O barulho dos trovões ribombou no céu. Os vidros da janela estremeceram ligeiramente, mas nem sombra de relâmpagos, muito menos o rumor da chuva. Tengo lembrou-se de um filme antigo passado no interior de um submarino. As cargas de profundidade rebentavam umas atrás das outras e sacudiam o submarino com violência. No entanto, os homens, encerrados dentro daquela jaula de aço escura, não tinham maneira de ver fosse o que fosse. Ao sítio onde se encontravam chegavam apenas o estrondo e as vibrações incessantes.

– Lê-me um livro ou conta-me uma história – pediu Fuka-Eri.

– Está bem – acedeu Tengo –, mas não me estou a lembrar de nenhum livro bom para ler em voz alta. Apesar de não ter a obra aqui comigo, conto-te a história «A Cidade dos Gatos», se quiseres.

– «A Cidade dos Gatos»...

– É a história de uma cidade governada por gatos.

– Gostaria de a ouvir.

– Olha que a história pode causar um bocadinho de medo, sobretudo se for contada na hora de ir para a cama...

– Não faz mal. Ainda está por inventar uma história que me tire o sono.

Tengo puxou uma cadeira para junto da cama, sentou-se, entrelaçou as mãos sobre os joelhos e começou a contar, com o ruído da tormenta como pano de fundo. Tinha lido aquele relato por duas vezes no comboio rápido e, depois, uma terceira, em voz alta, ao pai, no quarto da clínica. Sabia mais ou menos de memória a trama. Não se podia dizer que fosse intricada e rica em pormenores, nem que tivesse sido escrita numa prosa demasiado literária e estilizada, por isso não se coibiu de fazer algumas modificações, omitindo as partes maçadoras e acrescentando um ou outro episódio a seu gosto. E foi assim que narrou aquela história a Fuka-Eri.

Se bem que o conto original não fosse muito longo, levou-lhe mais tempo do que calculara, até porque Fuka-Eri não hesitava em fazer perguntas sempre que tinha uma dúvida. Nessa altura, Tengo interrompia a história e respondia-lhe com toda a paciência. Dava-lhe explicações sobre a cidade, o comportamento dos gatos ou a personalidade do protagonista. Quando se tratava de coisas que não vinham descritas no livro (o que acontecia na maioria das vezes), Tengo dava largas à sua imaginação e inventava, tal como havia feito, de resto, quando escrevera *A Crisálida de Ar.* Fuka-Eri parecia totalmente encantada com a história. Os seus olhos haviam perdido aquele ar de sono. Volta e meia, fechava-os e punha-se a imaginar a cidade dos gatos. Em seguida, abria-os de novo e pedia a Tengo que continuasse a contar a história.

Assim que ele acabou, Fuka-Eri abriu muito os olhos e fitou-o durante um grande bocado, como fazem os gatos quando dilatam as pupilas e se põem a observar qualquer coisa no escuro.

– Tu foste à cidade dos gatos – perguntou ela a Tengo, num tom que tinha o seu quê de recriminatório.

– Eu?

– Foste à *tua* cidade dos gatos. Depois apanhaste o comboio e regressaste.

– É isso que sentes?

Com o edredão de verão puxado até ao queixo, Fuka-Eri assentiu, para dizer que sim, que estava convencida disso.

– Tens razão – confessou Tengo. – Fui à cidade dos gatos e regressei de comboio.

– Purificaste-te a seguir – perguntou ela.

– Se me purifiquei? – perguntou Tengo, por sua vez. – Não, creio que não.

– Tens de o fazer.

– Que género de purificação?

Em vez de responder, Fuka-Eri disse:

– Não é bom ir à cidade dos gatos e deixar as coisas como estão. Podem acontecer cenas más.

Um trovão ressoou violentamente, ameaçando rasgar o céu em dois. O ruído tornava-se cada vez mais feroz. Fuka-Eri aninhou-se na cama.

– Vem para ao pé de mim e abraça-me – pediu ela. – Temos de ir juntos à cidade dos gatos.

– Porquê?
– O Povo Pequeno poderia encontrar a entrada.
– Porque eu não me purifiquei?
– Porque nós os dois juntos formamos um – disse a rapariga.

13

AOMAME

Sem o teu amor

– 1Q84 – disse Aomame. – Estás a referir-te ao facto de eu viver agora no ano designado por 1Q84 e não no 1984 *real*?

– Em que consiste o mundo real? Eis uma questão extremamente difícil – disse o homem a quem chamavam Líder, deitado de barriga para baixo. – O ser é uma proposição metafísica. Mas *isto* é o mundo real, não há dúvidas a esse respeito. A dor que sentimos neste mundo é uma dor real. As mortes que acontecem neste mundo são mortes reais. O sangue derramado neste mundo é sangue real. Não se trata de um mundo de imitação, imaginário ou metafísico. Isso posso garantir-to. Todavia, não estamos no ano de 1984 que conheces.

– É um mundo paralelo?

Os ombros do homem estremeceram com o riso.

– Tens andado a ler demasiada ficção científica. Não, não estamos num mundo paralelo. Não tens o ano de 1984 aqui e uma ramificação 1Q84 ali, e dois mundos a seguirem rumos paralelos. O ano de 1984 já não existe em *sítio nenhum*. Tanto para ti como para mim, o único tempo que ainda existe é o de 1Q84.

– Entrámos na sua dimensão temporal, de uma vez por todas.

– Precisamente. Entrámos neste local onde estamos agora. Ou a sua temporalidade entrou em nós de uma vez por todas. Tanto quanto sei, a porta só abre num sentido. Não há retorno possível.

– Calculo que tenha acontecido quando descia as escadas de emergência da autoestrada metropolitana.

– Autoestrada metropolitana?

– Perto de Sangenjaya – disse Aomame.

– O local é irrelevante – afirmou o homem. – Para ti, foi em Sangenjaya, mas a questão não é o local específico. No fim de contas, a questão é o tempo. As agulhas do tempo mudaram aí e o mundo passou a estar em 1Q84.

Aomame imaginou uma série de elementos do Povo Pequeno a unir forças para pôr em funcionamento o mecanismo que mudava as agulhas de uma via. A altas horas da noite. Sob o luar pálido.

– E, neste ano de 1Q84, há duas luas no céu, certo?

– Certo: duas luas. É esse o *sinal* de que as agulhas da vida mudaram. É assim que se distinguem os dois mundos. Contudo, nem toda a gente consegue ver as duas luas. Para falar verdade, a maior parte das pessoas nem sequer tem consciência disso. Por outras palavras, o número de pessoas que tem consciência de que estamos em 1Q84 é bastante limitado.

– A maior parte das pessoas do mundo não sabe que o correr do tempo foi alterado?

– Certo. Para a maior parte das pessoas, estamos no mesmo velho mundo vulgar, onde sempre estivemos. É a isto que me refiro quando digo que «este é o mundo real».

– Então, as agulhas da via mudaram – disse Aomame. – Se não tivessem mudado, não estaríamos os dois aqui reunidos. Será isto o que está a tentar dizer?

– Isso é a única coisa que ninguém sabe. É uma questão de probabilidades. Mas, provavelmente, é esse o caso.

– O que está a afirmar é um facto concreto, ou não passa de uma hipótese?

– Boa pergunta. No entanto, é praticamente impossível estabelecer uma distinção entre os dois. Lembras-te da canção? *Without your love, it's a honky-tonk parade*[1] – trauteou a melodia. – Conheces?

---

[1] «Sem o teu amor, é uma charanga ruidosa». (*N. das T.*)

– «It's Only a Paper Moon».

– Isso mesmo. Basicamente, 1984 e 1Q84 funcionam segundo os mesmos princípios. Se não acreditas no mundo e se não há amor, então é tudo falso. Não importa de que mundo falamos, não importa de que *tipo* de mundo falamos, a linha que separa os factos das hipóteses quase não existe. Só se pode ver com o olhar interior, o olho da mente.

– Quem mudou as agulhas da via?

– Quem mudou as agulhas? Eis outra questão difícil. Trata-se de um caso em que a lógica de causa e efeito é pouco relevante.

– Seja lá como for, existiu algum tipo de *vontade* que me transportou para este mundo de 1Q84 – afirmou Aomame. – Uma vontade que não a minha.

– É verdade. Foste transportada para este mundo quando o comboio em que viajavas foi desviado.

– E o Povo Pequeno tem alguma coisa que ver com o caso?

– Neste mundo existe aquilo que designam por «Povo Pequeno». Ou, pelo menos, é assim que lhes chamam. Mas nem sempre têm forma ou nome.

Pensativa, Aomame mordeu o lábio. Depois, disse:

– O que está a afirmar parece-me uma contradição. Partamos do princípio de que foi esse «Povo Pequeno» que mudou as agulhas da vida e me trouxe para este mundo de 1Q84. Porque fariam tal coisa se não quisessem que eu te fizesse o que estou prestes a fazer? Seria muito mais vantajoso verem-se livres de mim.

– Não é fácil explicar – respondeu o homem, sem a menor inflexão na voz. – Mas o teu pensamento é ágil. Poderás ser capaz de perceber, ainda que vagamente, o que estou a tentar dizer-te. Como já afirmei, a coisa mais importante no que diz respeito a este mundo em que vivemos é a manutenção de um equilíbrio entre o bem e o mal. Aqueles a quem chamam o «Povo Pequeno», ou uma qualquer manifestação de vontade, têm realmente um grande poder. Todavia, quanto mais usam o seu poder, mais poder surge automaticamente para se lhes opor. É assim que o mundo preserva um delicado equilíbrio. Este princípio fundamental é o mesmo em todos os mundos. Pode fazer-se a mesmíssima afirmação a propósito deste mundo de 1Q84 em que nos encontramos agora. Quando o Povo Pequeno começou a manifestar o seu enorme poder, surgiu também, automaticamente, um poder que se lhe opõe. E deve ter sido este impulso de resistência o que te atraiu para o mundo de 1Q84.

Estendido na sua esteira de ioga azul, qual baleia que deu à costa, o gigantesco homem expirou profundamente.

– Prosseguindo na analogia ferroviária: é-lhes possível mudar as agulhas, o que fez com que o comboio passasse para esta linha, a linha de 1Q84. Contudo, há uma coisa que não são capazes de fazer: distinguir um passageiro do outro, escolher o que querem. O que significa que pode haver a bordo passageiros indesejados.

– Passageiros que não foram convidados.

– Precisamente.

De novo ribombou um trovão. Este soou muito mais alto do que o anterior. Mas não houve qualquer relâmpago, só o ruído. Aomame admirou-se:

Que estranho! O trovão está tão próximo, mas não vejo o clarão do relâmpago. E nem sequer está a chover.

– Fui claro até agora?

– Estou a ouvir – respondeu ela, que já desviara a agulha do seu alvo no pescoço. Tinha-a agora cuidadosamente apontada para o vazio. Precisava de concentrar toda a sua atenção no que ele estava a dizer.

– Onde há luz tem de haver sombra, e onde há sombra é forçoso que haja luz. Não existe sombra sem luz, nem luz sem sombra. Num dos seus livros, Karl Jung disse o seguinte acerca da «Sombra»: «É tão má quanto nós somos positivos... quanto mais tentamos desesperadamente ser bons, maravilhosos e perfeitos, mais a Sombra desenvolve uma clara determinação em ser negra, má e destrutiva... A verdade é que, se tentamos muito para além das nossas forças, tornarmo-nos perfeitos, a Sombra desce ao Inferno e converte-se no Diabo. Porque, do ponto de vista da natureza e da verdade, é igualmente pecaminoso o facto de alguém tentar tornar-se superior ou inferior a si próprio.»

– Não sabemos se aqueles a quem chamam o Povo Pequeno são bons ou maus. Em certo sentido, isto está para além do nosso entendimento e das nossas definições. Vivemos com eles desde tempos imemoriais, desde um tempo anterior à existência do bem e do mal, desde os alvores da consciência humana. Mas sejam eles bons ou maus, luz ou sombra, o importante é que, quando começam a exercer o seu poder, surge inevitavelmente uma força compensatória. No meu caso, quando me converti num «representante» do dito Povo Pequeno, a minha filha converteu-se numa espécie de agente das forças que se opõem ao Povo Pequeno. Foi assim que o equilíbrio se manteve.

– A sua filha?

– Sim, a primeira pessoa que fez surgir o tal Povo Pequeno foi a minha filha. Na altura, tinha dez anos. Hoje tem dezassete. A dado momento, o Povo Pequeno emergiu da escuridão, passou por ela para chegar até aqui e os seus membros fizeram de mim representante deles. A minha filha tornou-se uma Apreensora, e eu um Recetor. Aparentemente, a natureza adequou-nos a tais funções. Seja como for, *eles* encontraram-*nos*. Não fomos nós que os encontrámos.

– Foi por isso que violou a sua própria filha?

– Uni-me a ela – respondeu ele. – Esta expressão está mais próxima da realidade. Estritamente falando, a pessoa a quem me uni é uma filha conceptual. Unir é um termo ambíguo. Para nós, o essencial era tornarmo-nos um, enquanto Apreensora e Recetor.

Aomame abanou a cabeça.

– Não compreendo o que está a dizer. Teve sexo com a sua filha, sim ou não?

– No fim de tudo, a resposta a essa questão é «sim e não».

– Também é verdade quanto à pequena Tsubasa?

– Em princípio, sim.

– Mas o útero da Tsubasa ficou destruído, não «em princípio», mas de facto.

O homem abanou a cabeça.

– O que viste não passa da manifestação exterior de um conceito, não da sua verdadeira essência.

Aomame não estava a ser capaz de seguir o fluxo veloz da conversa. Parou para fazer baixar o ritmo da sua respiração. Depois, perguntou:

– Está a dizer que houve um conceito que assumiu uma forma humana e fugiu a correr a sete pés?

– Para pôr as coisas de uma forma simples, sim.

– A Tsubasa que vi não é, de facto, um corpo?

– Razão pela qual foi recuperada.

– Recuperada – repetiu Aomame.

– Foi recuperada e agora estão a tratar dela. Está a receber o tratamento de que precisa.

– Não acredito em si – declarou Aomame.

– Não te censuro – respondeu o homem, numa voz monocórdica.

Durante um bocado, Aomame ficou sem palavras. A seguir, fez outra pergunta:

– Ao violar a sua filha, conceptual e ambiguamente, tornou-se agente do Povo Pequeno. Mas, em simultâneo, a sua filha compensou isso abandonando-o e tornando-se, de facto, uma opositora do Povo Pequeno. É isto o que está a afirmar?

– Precisamente. E para conseguir fazer isso ela teve de abandonar a sua própria *nina* – disse o homem. – Não tem qualquer significado para ti, pois não?

– *Nina*? – perguntou Aomame.

– Algo como uma sombra viva. É aqui que surge uma outra personagem: um velho amigo meu. Um homem de confiança. Entreguei a minha filha aos seus cuidados. Depois, não há muito tempo, a pessoa que conheces pelo nome de Tengo Kawana também se envolveu. Foi por puro acaso que o Tengo e a minha filha se juntaram e formaram equipa.

De súbito, o tempo pareceu deter-se. Aomame ficou sem palavras. Hirta da cabeça aos pés, esperou que o tempo começasse de novo a fluir.

O homem continuou a falar:

– Acontece que cada um deles tem as qualidades que potenciam as do outro. O que faltava ao Tengo, a Eriko tinha, e o que faltava à Eriko, o Tengo possuía. Uniram forças para levar a cabo uma única tarefa. E os frutos da sua colaboração parecem ter tido grande impacto. Isto, claro, no contexto do estabelecimento de uma oposição ao Povo Pequeno.

– Fizeram equipa?

– Não é que tenham uma relação romântica ou física. Por isso, não tens com que te preocupar... se é nisso que estás a pensar. A Eriko nunca terá uma relação romântica com ninguém. Ela já transcendeu essas coisas.

– E quais são, em concreto, os frutos dessa colaboração?

– Para explicar o que são teria de incluir uma segunda analogia. Os dois inventaram, por assim dizer, um anticorpo de um vírus. Se tomarmos as ações do Povo Pequeno como sendo o vírus, o Tengo e a Eriko criaram e disseminaram o anticorpo que o combate. Isto não passa, claro, de uma analogia parcial. Em contrapartida, do ponto de vista do Povo Pequeno, o Tengo e a Eriko são os portadores do vírus. Todas as coisas estão dispostas em espelho, colocadas frente a frente, reflexos umas das outras.

– E é a isso que chama função compensatória?

– Precisamente. Ao unir forças, o homem que amas e a minha filha conseguiram fazer surgir tal função. O mesmo será dizer que, neste mundo, tu e o Tengo estão literalmente a par um do outro.

– Mas, de acordo com o que diz, tal não se deve ao mero acaso. Afirma que fui trazida para este mundo por uma qualquer vontade. É isso?

– Isso mesmo. Vieste com um propósito, conduzida por uma forma de vontade, para este mundo de 1Q84. Não se pode dizer que uma eventual relação entre ti e o Tengo aqui, independentemente da forma de que se revista, seja um produto do acaso.

– Que tipo de vontade e que tipo de propósito?

– Não me cabe a mim responder, lamento dizê-lo – disse o homem.

– Não é capaz de o explicar?

– Não é que o significado seja inexplicável, mas há certos significados que se perdem no preciso instante em que são traduzidos em palavras.

– Muito bem, deixe-me fazer outra pergunta – disse Aomame. – Porque tive de ser *eu*?

– Ainda não percebeste o porquê, pois não?

Aomame deu uns valentes abanões de cabeça.

– Não, não percebo porquê. De todo.

– Na realidade, é muito simples. Porque tu e o Tengo sentem uma atração tão forte um para o outro.

Aomame manteve-se silenciosa durante um bom bocado. Sentia uma leve transpiração a brotar dos poros do seu rosto. Era como se toda a sua cara estivesse revestida de uma membrana invisível a olho nu.

– Atração um para o outro – disse.

– Sim, um para o outro. Muito poderosa.

Vinda do nada, ela sentiu crescer dentro de si uma emoção parecida com a fúria, acompanhada por uma vaga sensação de náusea.

– Não acredito nisso. Não é possível que ele se lembre de mim.

– Não, o Tengo sabe muito bem que existes neste mundo e quer que assim seja. Até hoje, ele nunca amou outra mulher.

Aomame ficou sem palavras por momentos e, nesse instante, os trovões fortíssimos sucederam-se a intervalos muito curtos; aparentemente, a chuva tinha começado a cair. A janela do hotel começou a ficar salpicada de grossos pingos de chuva, mas o som quase não chegava a Aomame.

O homem continuou:

– Podes acreditar ou não, estás à vontade. Mas seria melhor que começasses a acreditar, porque é uma verdade insofismável.

– Está a dizer que ele ainda se lembra de mim, apesar de terem passado vinte anos desde o último dia em que nos vimos? Mesmo nunca tendo nós falado um com o outro?

– Naquela sala de aulas vazia, apertaste-lhe a mão com força. Tinhas tu dez anos. Tiveste de reunir toda a tua coragem para o fazer.

A face de Aomame contorceu-se.

– Como é que é possível que saiba tal coisa?

O homem não respondeu.

– O Tengo nunca se esqueceu disso. E, este tempo todo, tem continuado a pensar em ti. Farias bem em acreditar. Sei muita coisa. Sei, por exemplo, que ainda hoje pensas no Tengo quando te masturbas. Imagina-lo. Tenho razão, não tenho?

O queixo de Aomame caiu-lhe ligeiramente, mas ela ficou sem palavras. Só conseguia produzir uma respiração superficial.

O homem prosseguiu:

– Não tens nada que ter vergonha. É uma função humana natural. O Tengo faz o mesmo. Ainda hoje, nessas alturas, ele pensa em ti.

– Mas *como* é que é possível...?

– Como é que é possível que eu saiba estas coisas? Ouvindo com atenção. É o meu trabalho: escutar as vozes.

Ela desejou rir às gargalhadas e, ao mesmo tempo, sentiu vontade de chorar. Mas não foi capaz de fazer nem uma coisa nem outra. Só conseguiu ficar ali, petrificada, dividida entre os dois sentimentos, incapaz de decidir para que lado fazer pender o seu centro de gravidade, sem palavras.

– Não tens de ter medo – disse o homem.

– Medo?

– Estás com medo, tal como a gente do Vaticano teve medo de aceitar a teoria heliocêntrica. Nem mesmo eles acreditavam na infalibilidade da teoria ptolemaica. Tinham medo da nova situação que resultaria de aceitarem a nova teoria de Copérnico. Receavam ter de reorganizar a forma como pensavam em consequência dela. Em rigor, a Igreja Católica ainda não aceitou publicamente a teoria de Copérnico. És igual a eles. Tens medo de abandonar a couraça com que há tanto tempo te defendes.

Aomame escondeu a cara nas mãos, soluçando convulsivamente. Não era o que queria fazer, mas foi incapaz de parar. Teria preferido assumir o ar de quem se ria, mas tal estava fora de questão.

– Tu e o Tengo foram, a bem dizer, trazidos para este mundo no mesmo comboio – disse o homem, baixinho. – Quando fez equipa com a minha filha, o Tengo empreendeu algumas ações contra o Povo Pequeno, e tu estás a tentar liquidar-me por razões diferentes. Por outras palavras, cada um de vocês, à sua maneira, está a fazer uma coisa perigosa num terreno muito perigoso.

– E está a dizer que existe uma *vontade* qualquer que nos impele a agir deste modo?

– Talvez.

– E por que razão o faria? – Ainda não tinha acabado de enunciar a pergunta e já Aomame se apercebera da sua futilidade. Não havia a menor réstia de esperança em obter resposta.

– A maneira mais satisfatória de resolver isto seria, a dada altura, vocês encontrarem-se e decidirem abandonar este mundo de mãos dadas – afirmou o homem, sem responder à pergunta. – Mas não seria tarefa fácil.

– Não seria tarefa fácil. – Inconscientemente, Aomame repetiu as palavras dele.

– Não seria tarefa fácil e, lamento dizê-lo, isto é pôr as coisas de uma maneira suave. Para dizer a verdade, é quase impossível. O adversário que vocês os dois enfrentam, seja qual for o nome que lhe atribuam, tem um poder brutal.

– Então... – disse Aomame, com a voz seca. Pigarreou. Já ultrapassara o seu desnorte. *Não é altura de me pôr a chorar*, pensou. – Chegámos ao ponto em que me vai apresentar uma proposta, não é verdade? Eu concedo-lhe uma morte indolor, em troca da qual me dará algo, uma escolha diferente.

– Apanhas as coisas muito depressa – retorquiu o homem, ainda de cara virada para o chão. – Está certo. A minha proposta é algo que tem que ver contigo e o Tengo. Pode não ser a mais agradável das escolhas, mas, pelo menos, dá-te espaço de manobra.

– O Povo Pequeno tem medo de me perder – continuou o homem. – Ainda precisam de mim, sou-lhes útil enquanto representante humano. Não lhes vai ser fácil encontrar quem me substitua. No ponto em que as coisas estão, ainda não prepararam o meu sucessor. Para se ser representante deles, há que satisfazer muitas condições exigentes, e dá-se o caso de eu as preencher todas, o que faz de mim uma raridade. Têm medo de me perder. Se ficassem sem mim neste preciso momento, gerar-se-ia um vazio temporário. É por isso que estão a tentar evitar que me tires a vida. Querem manter-me durante mais algum tempo. O trovão que ouves lá fora é um sinal da sua fúria. Mas não podem levantar um dedo que seja contra ti, pelo menos diretamente. Só podem avisar-te da sua zanga. Pela mesma razão, é possível que tenham usado métodos ínvios para conduzir a tua amiga à morte. E se as coisas continuarem assim, é certo e sabido que vão fazer algum tipo de mal ao Tengo.

– Vão fazer mal ao Tengo?

– O Tengo escreveu uma história sobre o Povo Pequeno e sobre aquilo que fazem. A Eriko forneceu-lhe a história básica e o Tengo transformou-a num texto escrito, propriamente dito. Foi um esforço conjunto e funcionou como anticorpo, que se opôs ao impulso do Povo Pequeno. Publicaram-na sob a forma de livro, que se transformou num êxito de vendas. Como consequência, pelo menos temporariamente, o Povo Pequeno deparou-se com muitas potenciais avenidas vedadas e enfrentou limites impostos a várias das suas ações. É provável que já tenhas ouvido falar do livro: chama-se *A Crisálida de Ar*.

Aomame assentiu com a cabeça.

– Li no jornal vários artigos sobre o livro. E vi os anúncios da editora. Mas ainda não li o livro.

– Quem escreveu de facto *A Crisálida de Ar* foi o Tengo. E agora está a escrever uma história dele. N'*A Crisálida de Ar*, ou seja, nesse mundo com duas luas, ele descobriu a sua própria história. Uma Apreensora superior, a Eriko, inspirou a história como se fosse um anticorpo dentro dele. Ao que parece, o Tengo tem excelentes capacidades de Recetor. Pode ter sido essa capacidade que te trouxe até aqui; por outras palavras, foi o que te meteu naquele comboio.

No escuro, o rosto de Aomame contorceu-se violentamente. Tinha de se esforçar bastante para seguir o que o homem lhe estava a dizer.

– Está a dizer-me que fui transportada para este outro mundo de 1Q84 pela capacidade que o Tengo tem de contar histórias, ou, para usar as suas palavras, pelo seu poder enquanto Recetor?

– É o que penso, pelo menos – respondeu o homem.

Aomame olhou para as suas mãos. Tinha os dedos molhados de lágrimas.

– Se as coisas continuarem a ir por este caminho, é mais do que certo que o Tengo será liquidado. Neste momento, ele é a ameaça número um para o Povo Pequeno. No fim de contas, estamos no mundo real onde se derrama sangue real e há mortes reais. E, claro, a morte é para sempre.

Aomame mordeu o lábio.

– Gostaria que pensasses no caso deste ponto de vista – disse o homem. – Se me matares aqui e me eliminares deste mundo, o Povo Pequeno deixará de ter razões para fazer mal ao Tengo. Se eu deixar de existir enquanto canal, o Tengo e a minha filha podem obstruir o canal tanto quanto queiram sem que com isso representem qualquer ameaça para eles. O Povo Pequeno limitar-se-á a esquecer-se daqueles dois e procurará um outro canal, noutro sítio qualquer, um canal com uma origem diferente. Será a sua prioridade. Estás a seguir-me?

– Em teoria, pelo menos – respondeu Aomame.

– Por outro lado, se eu for morto, a organização que criei nunca mais te deixará em paz. É verdade que poderá levar algum tempo até que te descubram, uma vez que vais certamente mudar de nome, mudar de vida e talvez até mesmo mudar de cara. Mesmo assim, eles vão acabar por te encontrar o rasto e infligir-te-ão um castigo severo. É o tipo de *sistema* que criámos: coeso, violento e irreversível. Podes fazer uma escolha.

Aomame precisou de algum tempo para organizar os seus pensamentos quanto ao que ele lhe tinha dito. O homem aguardou que a sua lógica sedimentasse na mente dela.

A seguir, continuou.

– Se, pelo contrário, não me matares aqui e agora, o que acontecerá? Tu limitas-te a sair deste local, e eu continuarei na minha vida. Nesse caso, o Povo Pequeno usará de todos os poderes de que dispõe para eliminar o Tengo a fim de me proteger a mim, o representante deles. A capa protetora que ele enverga não é ainda suficientemente forte. Vão descobrir onde está o ponto fraco dele e fazer tudo o que puderem para o destruir, uma vez que não conseguem tolerar que o anticorpo se dissemine. Entretanto, tu deixas de constituir qualquer ameaça e cessa a razão para te castigarem. A escolha é tua.

– Nesse caso, o Tengo morre e eu sobrevivo. Neste mundo de 1Q84 – disse Aomame, resumindo o que o homem lhe explicara.

– Provavelmente – respondeu.

– Mas não tenho razão para viver num mundo onde o Tengo não exista, porque a possibilidade de nos encontrarmos se perderá para sempre.

– Do teu ponto de vista, pode ser que assim seja.

Aomame mordeu o lábio com força, enquanto imaginava a situação.

– Mas eu só tenho o que me conta – sublinhou. – Por que razão deverei acreditar em si? Tenho algum fundamento ou prova?

O homem abanou a cabeça.

– Tens toda a razão. Não há nem fundamento nem provas. Só tens o que te digo. Mas, ainda há pouco, verificaste os meus poderes especiais. Aquele relógio não está preso a fios nenhuns e é muito pesado. Vai até lá ver por ti. Tens duas hipóteses: acreditar no que te digo ou não. Decide. Já não nos resta muito tempo.

Aomame olhou para o relógio pousado na cómoda. Os ponteiros indicavam que faltava pouco para as nove. O relógio estava um tanto *fora do sítio*. Ligeiramente esquinado, onde ficara depois de ter levitado e caído.

O homem prosseguiu:

– Neste momento, no ano 1Q84 parece não haver forma de vos salvar aos dois ao mesmo tempo. Tens duas hipóteses de escolha. Numa delas, é provável que morras e que o Tengo sobreviva. Na outra, é provável que morra ele e tu vivas. Como já disse, não é uma alternativa simpática.

– Mas não existe uma terceira possibilidade de escolha.

O homem abanou a cabeça.

– Neste momento, só podes escolher entre estas duas.

Aomame inspirou profundamente, enchendo os pulmões de ar, e exalou devagar.

– É uma pena – disse o homem. – Se tivesses ficado no ano de 1984, não estarias agora a ter de enfrentar esta escolha. Mas, ao mesmo tempo, se tivesses permanecido em 1984, é certo e sabido que nunca ficarias ciente de que o Tengo continua a pensar em ti. Foi precisamente por teres sido transportada para 1Q84 que pudeste tomar conhecimento da verdade. Tiveste consciência dos laços que unem os vossos corações.

Aomame fechou os olhos.

Não vou chorar. Ainda não é o momento de chorar.

– O Tengo pensa realmente em mim? Pode jurar que é verdade, sem mentir?

– Até hoje, o Tengo nunca amou profundamente ninguém a não ser a ti. É um facto. Não resta a menor dúvida.

– Mesmo assim, nunca foi à minha procura.

– Bom, tu também não foste à procura dele, não é verdade?

Aomame fechou os olhos e, numa fração de segundo, reviveu todo o seu longo passado, como se estivesse à beira de um precipício, a olhar para o oceano, lá muito abaixo. Sentia o odor do mar. Conseguia ouvir o profundo suspirar do vento.

Falou:

– Penso que devíamos ter tido a coragem de procurarmos um pelo outro há muito tempo. Poderíamos ter-nos unido no mundo original.

– Pelo menos em teoria, sim – respondeu o homem. – Mas tu nunca sequer *pensaste* em tal coisa no mundo de 1984. Causa e efeito estão ligados dessa forma tortuosa. Poderás sobrepor quantos mundos queiras e esse desacerto permanecerá sempre por desfazer.

As lágrimas saltaram dos olhos de Aomame. Chorou por tudo o que perdera. Chorou por tudo o que estava prestes a perder. E, a dado momento – quanto tempo teria chorado? –

chegou a um ponto em que foi incapaz de chorar mais. As lágrimas secaram como se as suas emoções tivessem embatido numa parede invisível.

– Muito bem – disse Aomame. – Não existe uma base sólida. Nada se provou. Não compreendo todos os pormenores. Mesmo assim, parece que tenho de aceitar a sua oferta. Fá-lo-ei desaparecer deste mundo, como deseja. Oferecer-lhe-ei uma morte rápida e indolor para que o Tengo continue a viver.

– Quer isso dizer que aceitas a minha proposta?

– Sim. Temos um pacto.

– Sabes que é muito provável que morras? – disse o homem. – Vão perseguir-te e castigar-te. E o castigo será atroz. São fanáticos.

– Não importa.

– Porque amas.

Aomame assentiu com a cabeça.

– «Sem o teu amor, é uma charanga ruidosa» – declamou o homem. – Como na canção.

– Tem a certeza de que o Tengo continuará vivo se eu o matar?

Por um momento, o homem ficou em silêncio. A seguir, disse:

– O Tengo continuará vivo. Podes confiar na minha palavra. É o mínimo que te posso conceder, em troca da minha vida.

– E da minha também – disse Aomame.

– Há coisas que só podem ser feitas em troca de vidas – afirmou o homem.

Aomame fechou os punhos.

– Contudo, para dizer a verdade, teria preferido ficar viva e unir-me ao Tengo.

No quarto sobreveio um breve silêncio. Até mesmo o ribombar dos trovões parou. Tudo ficou em silêncio.

– Quem me dera poder ajudar-te – disse o homem, baixinho. – Infelizmente, não existe essa opção. Não existia em 1984, tal como não existe em 1Q84, se bem que por razões diversas.

– Os nossos caminhos nunca se cruzariam, o do Tengo e o meu, em 1984? É isso que está a dizer?

– Precisamente. Nunca teriam qualquer contacto, mas é provável que continuassem a pensar um no outro à medida que fossem chegando à solidão da velhice.

– Mas em 1Q84 posso, pelo menos, saber que morro por ele.

O homem respirou profundamente, sem dizer uma palavra.

– Quero que me diga uma coisa – declarou Aomame.

– Se puder – respondeu o homem, estendido de barriga para baixo.

– O Tengo alguma vez saberá que morri por ele? Ou nunca vai saber nada?

O homem ponderou a resposta com bastante calma.

– Provavelmente, dependerá de ti.

– De mim? – perguntou Aomame, com um ligeiro franzir de sobrancelhas. – O que quer dizer com isso?

O homem abanou a cabeça, devagar.

– Vais ter de passar por uma dura prova. Uma vez que o tenhas feito, deverás ser capaz de ver as coisas como elas são. É tudo o que te posso dizer. Ninguém sabe ao certo o que é morrer até morrer de facto.

Aomame agarrou numa toalha e, com todo o cuidado, limpou as lágrimas que ainda lhe corriam pela cara. Depois, examinou de novo o delgado picador de gelo que tinha na mão para se certificar de que a sua ponta finíssima não se quebrara. Com a ponta do indicador direito procurou de novo o ponto fatal na nuca do homem, tal como fizera antes. Encontrou-o de imediato, de tal forma estava vividamente impresso na sua mente. Exerceu uma leve pressão com a ponta do dedo, avaliou a resistência e tornou a assegurar-se de que a sua intuição não estava errada. Fez várias respirações lentas e profundas para acalmar o ritmo cardíaco e controlar a excitação dos seus nervos. Tinha de ter a mente perfeitamente clara. Afastou todos os pensamentos acerca de Tengo.

Encerrou num espaço separado todos os sentimentos de ódio, ira, confusão e piedade. O erro não era aceitável. Tinha de concentrar a sua atenção na *morte em si mesma*, como se estivesse a focar um delgado raio de luz.

– Terminemos a nossa tarefa – disse Aomame, baixinho. – Tenho de o deslocar deste mundo.

– E deixarei para trás toda a dor que me foi concedida.

– Deixará para trás toda a dor, o Povo Pequeno, um mundo transformado, essas hipóteses... e o amor.

– E o amor. Tens razão – concordou o homem, como se falasse para si próprio. – Outrora houve gente que amei. Muito bem, que cada um de nós termine a sua tarefa. Uma coisa te digo, Aomame, és uma pessoa terrivelmente talentosa.

– O senhor também – respondeu Aomame. A voz dela adquirira a estranha transparência da pessoa que vai matar. – Também o senhor é uma pessoa talentosa, superior. Tenho a certeza de que deve ter existido um mundo onde eu não tenha tido de o matar.

– Esse mundo já não existe – disse o homem. Foram as últimas palavras que proferiu.

Esse mundo já não existe.

Aomame apoiou a ponta aguda naquele ponto subtil da nuca dele. Concentrando toda a sua atenção, ajustou o ângulo do picador de gelo. Ergueu então o punho direito no ar. Reteve a respiração e aguardou um sinal.

Nada de me pôr a pensar. Que cada um de nós termine a sua tarefa. É tudo. Não há necessidade de pensar, não são precisas explicações. Basta esperar pelo sinal.

O seu punho estava duro como uma rocha, desprovido de sentimentos.

Na rua, do lado de fora da janela, um trovão ribombava com uma força cada vez maior. As gotas de chuva fustigavam o vidro. Encontravam-se os dois numa caverna antiga – uma caverna escura, húmida, com o teto baixo. Bestas e espíritos obscuros rodeavam a entrada. Num brevíssimo instante, em torno dela, luz e sombra fundiram-se numa só. Uma rajada de vento sem nome varreu o canal distante. Era o sinal. Aomame fez descer o punho, num movimento breve e preciso.

Tudo terminou em silêncio. As bestas e os espíritos soltaram um suspiro profundo, interromperam o seu cerco e regressaram às profundezas da floresta que perdera o coração.

14

TENGO

Pôr-lhe um embrulho nas mãos

– Vem aqui e abraça-me – pediu Fuka-Eri. – Temos de voltar os dois à cidade dos gatos mais uma vez.

– Abraçar-te? – perguntou Tengo.

– Não queres abraçar-me – perguntou Fuka-Eri sem usar o ponto de interrogação.

– Não, não é isso. É só que… não percebi bem o que disseste.

– Será uma purificação – informou-o ela, numa voz inexpressiva. – Vem abraçar-me. Veste também o pijama e apaga a luz.

Tengo apagou a luz do quarto, como lhe tinha sido pedido. Despiu-se, agarrou no pijama e vestiu-o. Enquanto o vestia, pensou: *Quando foi a última vez que o lavei?*

Uma vez que não se lembrava, devia ter sido há bastante tempo. Por felicidade, não cheirava a suor. Tengo não costumava transpirar com frequência e não tinha um odor corporal muito intenso.

Mesmo assim, devia lavar o pijama mais frequentemente. A vida é uma enfiada de surpresas: nunca se sabe o que vai acontecer a seguir. Mais vale prevenir e ter sempre o pijama lavado.

Enfiou-se na cama e, timidamente, passou os braços em torno de Fuka-Eri, que pousou a cabeça no braço direito de Tengo. Ali ficou, muito quieta, como um animal em hibernação. O seu corpo era quente e tão suave que parecia absolutamente indefeso. Mas ela não estava a transpirar.

Os trovões aumentaram de intensidade, então começou a chover. Como num ataque de fúria, as gotas de chuva batiam com toda a força, enviesadas, contra os vidros das janelas. O ar estava húmido e pegajoso e dava a impressão de que o mundo escorria direito a um final obscuro. Devia ter sido esta a sensação durante o dilúvio de Noé. Em tal caso, não havia dúvidas de que entrar numa arca tão pequena em plena tempestade com casais de rinocerontes, leões, pitões, e por aí fora, deve ter sido bastante deprimente. Os hábitos de vida de cada par seriam todos diferentes, os recursos de comunicação muito limitados e os odores dos animais bastante intensos.

A palavra «par» trouxe à cabeça de Tengo o casal Sonny e Cher, mas Sonny e Cher não eram certamente os espécimes mais apropriados a incluir na arca de Noé, com o intuito de preservar a humanidade. Se bem que, simultaneamente, não devessem ser também os menos apropriados.

Deve existir outro casal qualquer que represente melhor a raça humana.

Tengo sentia-se estranho, abraçado a Fuka-Eri na cama, tendo ela o seu pijama vestido. Ele até sentia que estava a abraçar uma parte de si próprio, como se estivesse agarrado a alguém com quem partilhasse corpo e odor corporal e cuja mente estava ligada à sua.

Tengo imaginou os dois como tendo sido o *par* escolhido para embarcar na arca de Noé em vez de Sonny e Cher.

Mas nem mesmo eles poderiam ser considerados os representantes mais apropriados.

Seja lá como for, o simples facto de estarmos os dois abraçados na cama desta maneira está longe de ser apropriado.

Aquele pensamento não o tranquilizou minimamente. Muito pelo contrário. Em vez disso, Tengo decidiu imaginar que, uma vez dentro da arca, Sonny e Cher se tinham tornado bons amigos do casal de pitões. Era uma imagem absolutamente inútil, mas ajudou-o a diminuir a tensão que sentia no corpo.

Repousando nos braços de Tengo, Fuka-Eri não dizia uma palavra. Não se mexeu nem abriu a boca. Tengo também se manteve em silêncio. Mesmo estando abraçado a Fuka-Eri na cama, ele não sentia nada a que se pudesse chamar desejo sexual. Para Tengo, o desejo sexual era fundamentalmente uma extensão de uma forma de comunicar. Por isso, procurar desejo sexual num local onde não existia possibilidade de comunicação parecia-lhe desadequado. Além do mais, percebeu que Fuka-Eri não estava à procura do desejo sexual dele. Estava à procura de uma *outra coisa*, mas ele ignorava o que seria.

Fosse qual fosse o *propósito*, o simples *ato* de ter nos braços uma bonita rapariga de dezassete anos não era minimamente desagradável. De vez em quando, a sua orelha aflorava o rosto dele. A cálida respiração dela aquecia-lhe o pescoço. Os seus seios eram inusitadamente grandes e firmes para uma rapariga com um corpo tão esguio. Sentia-os pressionando-se contra o seu peito, na zona acima do estômago. Da pele dela desprendia-se uma fragrância maravilhosa. Era o odor especial da vida, que só se desprende de carne ainda em processo de formação, como o aroma das flores carregadas de orvalho, no início do estio. Muitas vezes sentira aquele cheiro quando, de manhã, ainda aluno do básico, ia a caminho das aulas de ginástica radiofónicas, que todos os verões eram organizadas para as crianças do bairro.

Espero não ter nenhuma ereção.

Se tivesse uma ereção, ela sabê-lo-ia instantaneamente, dadas as suas posições relativas. Se tal acontecesse, as coisas poderiam tornar-se um tanto desconfortáveis. Com que palavras e em que contexto explicaria a uma rapariga de dezassete anos que, por vezes, as ereções acontecem, mesmo não sendo diretamente provocadas por um desejo sexual? Por sorte, ainda não acontecera, nem sequer havia sinais de tal vir a ocorrer.

Tenho de parar de pensar em cheiros. Tenho de concentrar a minha mente em coisas que tenham o mínimo possível que ver com sexo.

Voltou a pensar no convívio entre Sonny e Cher e os dois pitões. Arranjariam tema de conversa? Se sim, que tipo de temas?

Por fim, quando a sua capacidade de imaginar a arca no meio da tempestade ruiu, tentou fazer multiplicações mentais de números com três dígitos. Era frequente usar este truque enquanto fazia amor com a sua amante mais velha. Permitia-lhe atrasar a ejaculação (e ela era muito exigente no que tocava ao momento da ejaculação). Tengo não sabia se também resultaria para evitar uma ereção, mas era melhor do que não fazer nada. Tinha de fazer *qualquer coisa*.

– Não faz mal se ficares rijo – disse Fuka-Eri como se lesse o que lhe ia na cabeça.

– Não te importas?

– Não tem nada de mal.

– Não tem nada de mal – disse Tengo, fazendo eco das palavras dela. *Pareço um miúdo do básico numa aula de educação sexual. «Vá lá, meninos, ter uma ereção não é vergonha nem está errado. Mas é claro que têm de escolher a altura e a ocasião certas.»*

– Diz-me, a purificação já começou? – perguntou Tengo, tentando mudar de assunto.

Fuka-Eri não respondeu. O pequeno e bonito ouvido dela parecia querer captar um som qualquer por entre o estrondo da trovoada. Tengo deu-se conta disso, pelo que decidiu não dizer mais nada. Também desistiu de fazer multiplicações com números de três dígitos.

Se a Fuka-Eri não se importa, que diferença faz se eu ficar duro?

Fosse como fosse, o seu pénis não dava qualquer sinal de movimento. Por enquanto, estava tranquilamente aninhado numa espécie de lodaçal pacífico.

– Gosto do teu coiso – tinha-lhe dito a amante. – Gosto do feitio, da cor e do tamanho.

– Não sou louco por ele – respondera Tengo.

– Porque não? – perguntara ela, fazendo deslizar a palma da mão por baixo do pénis flácido de Tengo, como se sopesasse um animal de estimação adormecido.

– Não sei – retorquira Tengo. – Provavelmente porque não fui eu que o escolhi.

– És tão estranho – dissera ela. – Tens uns pensamentos muito estranhos.

Fora há muito, muito tempo. Antes do dilúvio universal, provavelmente.

A respiração cálida e silenciosa de Fuka-Eri acariciava o pescoço de Tengo a um ritmo regular. Ele via a orelha dela à luz esverdeada e pálida do relógio elétrico ou de um ou outro relâmpago esporádico, que tinham finalmente começado a cair. A orelha parecia uma caverna secreta e macia.

Se esta rapariga fosse minha amante, é provável que nunca me cansasse de a beijar ali. Enquanto estivesse dentro dela, beijaria esta orelha, mordiscá-la-ia, passaria a minha língua por ela, respiraria lá para dentro, inalaria a sua fragrância. Não que o queira fazer agora.

Não passava tudo de uma fantasia momentânea, assente na mais pura das hipóteses, relacionada com o que ele faria *se* ela fosse sua amante. Em termos morais, não havia nada de que se envergonhar... provavelmente.

Mesmo que implicasse uma questão moral, ele não devia ter pensado naquilo. O pénis de Tengo começara a despertar do seu tranquilo sono no lodo, como se um dedo o tivesse abanado. Soltou um bocejo e, devagar, ergueu a cabeça, ficando gradualmente mais duro, até, qual iate cujas velas incham com um forte vento de nordeste, alcançar uma ereção plena e sem reservas. Em resultado disto, não houve forma de evitar que o pénis intumescido se comprimisse contra a anca de Fuka-Eri. Dentro da sua cabeça, Tengo soltou um profundo suspiro. Há mais de um mês, desde que a sua amante desaparecera, que ele não tinha sexo. Provavelmente era essa a causa. Devia ter continuado a fazer multiplicações com números de três dígitos.

– Não deixes que te perturbe – disse Fuka-Eri. – É normal teres uma ereção.

– Obrigado – respondeu Tengo. – Mas talvez o Povo Pequeno esteja por aí a ver.

– Só a ver. Não podem fazer nada.

– Que bom – respondeu Tengo, pouco tranquilo. – Mas incomoda-me pensar que estou a ser observado.

De novo um relâmpago dividiu o céu em dois, como se fosse uma velha cortina a rasgar-se, e o trovão fez tremer violentamente o vidro da janela, como se estivessem a tentar, de facto, fazer a janela em fanicos. Parecia que o vidro iria estilhaçar-se dentro de pouco tempo. A janela tinha um caixilho de alumínio, forte, mas podia não aguentar durante muito tempo os abanões violentos e contínuos. Os grandes pingos de chuva continuaram a fustigar o vidro como balas a atingir um veado.

– Parece que os relâmpagos mal se mexem – disse Tengo. – Raramente as trovoadas duram tanto...

Fuka-Eri olhou para o teto.

– Não vai a lado nenhum durante algum tempo.

– Quanto tempo é «algum tempo»?

Fuka-Eri não lhe deu resposta. Apreensivo, Tengo continuou abraçado a Fuka-Eri, com uma pergunta sem resposta e uma ereção inútil, ambas intactas.

– Vamos ter de ir outra vez à cidade dos gatos – disse Fuka-Eri. – Por isso, temos de dormir.

– Achas que *conseguimos* dormir com esta trovoada? E pouco passa das nove – disse Tengo, ansioso.

Começou então a pensar em problemas matemáticos. Eram problemas que incluíam fórmulas longas e complexas, de que já sabia a solução. O desafio consistia em descobrir a forma mais rápida e curta de chegar à resposta. Não perdeu tempo e pôs a mente a funcionar, esforçando o cérebro até ao limite. Mas isto em nada ajudou a diminuir a sua ereção. Muito pelo contrário, tinha a impressão de que estava cada vez mais teso.

– Podemos dormir – disse Fuka-Eri.

E tinha razão. Apesar de estarem no meio de uma terrível chuvada, rodeados de trovões que faziam o edifício chocalhar, e atormentado pelos seus nervos sobre-excitados e uma ereção casmurra, antes de se dar conta disso, Tengo deslizou para o sono. Não acreditava que tal fosse possível, mas, mesmo assim...

É o caos total, pensou, mesmo antes de adormecer. *Tenho de descobrir o caminho mais curto para a solução. Estou a ficar sem tempo e a folha de exame que distribuíram tem pouco espaço.*

Tic-tac, tic-tac. Como lhe competia, o relógio marcava o tempo.

Quando acordou, estava nu, e Fuka-Eri também. Completa e absolutamente nus. Nada os cobria. Os seios dela tinham a linha maravilhosa de dois hemisférios perfeitos. Dois hemisférios impecáveis. Os mamilos, não demasiadamente grandes, eram suaves, ainda buscando a maturidade vindoura. Contudo, os seios eram grandes e plenamente maduros. Pareciam não sofrer a mais ínfima influência da força da gravidade, e os mamilos viravam-se para cima, de uma forma bonita, como os tenros rebentos da trepadeira buscando a luz do Sol. Logo a seguir, Tengo tomou consciência de que Fuka-Eri não tinha pelos púbicos. No sítio onde deveriam estar, existia apenas uma suave pele, branca e nua. A alvura da pele acentuava o seu ar indefeso. Tinha as pernas abertas, deixando ver a vagina. Tal como a orelha que estivera a observar, parecia que tinha sido feita poucos segundos antes. E talvez tivesse mesmo sido feita poucos segundos antes. *Uma orelha e uma vagina acabadas de fazer são muito parecidas*, pensou Tengo. Ambas pareciam revirar-se para fora, como se tentassem escutar qualquer coisa com a maior atenção – uma campainha distante, talvez.

Estava deitado de barriga para cima, a olhar para o teto. Fuka-Eri estava por cima dele. Todavia, a ereção de Tengo mantinha-se. A trovoada também continuava. Até quando duraria? E como trovejava! Por essa altura, o céu não estaria, por acaso, já em fanicos, estragado a ponto de não poder ser reparado?

De repente, percebeu: *Eu estava a dormir*. Adormecera com a ereção, e assim continuava. Teria ficado naquele estado durante todo o sono, ou seria uma segunda ereção, surgida depois de ter acalmado da primeira (tal como o segundo governo do ministro Fulano-de-Tal)?

Quanto tempo terei dormido? Que diferença faz? Ainda estou com a ereção, que não dá sinais de acabar. Nem o Sonny e a Cher nem a multiplicação de números com três dígitos conseguiram terminar com ela.

– Não me importo – disse Fuka-Eri. Tinha as pernas abertas e estava a pressionar a sua vagina acabada de fazer contra a barriga dele. Na voz dela não descortinou qualquer sinal de embaraço. – Ficar teso não é mau – acrescentou.

– Não consigo mexer o corpo – disse ele. Era verdade. Tentou levantar-se mas não foi capaz de mexer um dedo. *Sentia* o corpo – sentia o peso do corpo de Fuka-Eri sobre o seu, sentia a solidez da sua ereção –, mas tinha o corpo pesado e rígido como se tivesse sido preso à cama por qualquer coisa.

– Não *precisas* de te mexer – respondeu Fuka-Eri.

– Mas eu *tenho* necessidade de me mexer. Trata-se do *meu* corpo – respondeu Tengo.

Fuka-Eri não deu resposta.

Tengo nem sequer conseguia ter a certeza de que o que estava a dizer vibrava no ar, feito sons vocais. Não tinha a sensação de que os músculos à volta da sua boca estivessem a mexer-se e a formar as palavras que se esforçava por pronunciar. Não sabia como, as coisas que queria dizer estavam a ser transmitidas a Fuka-Eri, mas a comunicação entre os dois parecia uma chamada telefónica de longa distância com problemas de ligação. Ela, pelo menos, conseguia desenvencilhar-se sem ouvir o que não precisava de ouvir, mas Tengo não.

– Não te preocupes – disse Fuka-Eri, fazendo descer o seu corpo, devagar. O significado do movimento dela era claro. Os seus olhos adquiriram um certo brilho, de uma cor que ele nunca vira antes.

Parecia impossível que o seu pénis adulto fosse capaz de penetrar naquela pequena vagina recém-criada. Era demasiado grande, demasiado duro. A dor seria imensa. Mas, antes de dar por isso, já estava completamente dentro dela. Não oferecera qualquer resistência. A expressão do rosto de Fuka-Eri manteve-se inalterada enquanto o fez entrar dentro de si. A respiração da rapariga ficou um pouco mais agitada, e o ritmo a que os seus seios subiam e desciam alterou-se ligeiramente durante uns cinco ou seis segundos, mas foi tudo. A não ser isso, tudo mais decorreu de forma natural e lógica, parecendo fazer parte do quotidiano.

Ficaram imóveis, Fuka-Eri acolhendo Tengo no mais fundo de si e Tengo acolhido no mais fundo de Fuka-Eri. Ele continuava incapaz de mover o corpo, e ela, de olhos fechados, espetada nele como um para-raios, mantinha-se quieta. Ele via a boca dela ligeiramente aberta, com os lábios a desenharem pequenos movimentos, como se tenteassem o espaço para dar forma a palavras. Além disto, ela não revelava qualquer outro movimento. Parecia estar a manter a posição, à espera de que acontecesse qualquer coisa.

Tengo foi assaltado por uma intensa sensação de impotência. Mesmo pressentindo que se ia passar algo, não fazia a mínima ideia do que podia ser e não tinha como controlá-lo. O seu corpo não sentia nada. Não conseguia mexer-se. Mas o seu pénis sentia – ou melhor, em vez de sentir, tinha algo que podia aproximar-se mais de um conceito. Fosse como fosse, *ele* dizia-lhe que estava dentro de Fuka-Eri e que tinha uma ereção perfeita. Não deveria usar preservativo? Começou a ficar preocupado. Seria um grande problema se ela engravidasse. A sua amante mais velha era muito rigorosa no que tocava à contraceção e ensinara Tengo a ser igualmente rigoroso.

Tentou o mais que pôde pensar noutras coisas, mas, na realidade, não foi capaz de pensar em mais nada. Estava num caos. E, nesse caos, o tempo parecia ter parado. Mas o tempo nunca se detém. Era uma impossibilidade teórica. Talvez tivesse apenas perdido a sua uniformidade. Pensando a longo prazo, o tempo avançava a um ritmo constante. Quanto a isso, não havia dúvidas. Mas, se tomasse um período específico, era possível que deixasse de ser regular. Nesses períodos de momentânea frouxidão, coisas como a ordem e a probabilidade perdiam todo o sentido.

– Tengo – chamou Fuka-Eri. Ela nunca o tinha chamado pelo primeiro nome. Repetiu: – Tengo – como se estivesse a praticar a pronúncia de uma palavra estrangeira.

Porque é que, assim de repente, está a chamar pelo meu nome?

Tengo estava perplexo. Lentamente, Fuka-Eri inclinou-se para a frente, aproximando a sua cara da dele. Os seus lábios, antes entreabertos, estavam agora completamente abertos, e a sua língua macia e fragrante penetrou na boca dele, onde deu início a uma incessante busca de palavras por formar, do código secreto aí gravado. Inconscientemente, a língua de Tengo correspondeu a este movimento e, dentro de pouco tempo, as suas línguas pareciam duas jovens cobras num prado primaveril acabadas de despertar do seu período de hibernação e que, sentindo os odores mútuos, se entrelaçavam avidamente uma na outra.

Depois, Fuka-Eri estendeu a mão direita e agarrou na mão esquerda de Tengo. Agarrou-a com força, como se a quisesse enfiar na sua. As pequenas unhas enterraram-se-lhe na palma da mão. Então, pondo fim ao seu intenso beijo, ela endireitou--se.

– Fecha os olhos.

Tengo fez o que ela mandou. Por trás dos seus olhos cerrados encontrou um espaço profundo, sombrio – tão fundo que parecia estender-se até ao centro da Terra. Nesse espaço penetrou uma luz que lembrava o crepúsculo, um daqueles crepúsculos doces e nostálgicos, que ocorrem no final de dias muito, muito compridos. Viu, suspensas na luz, incontáveis partículas finíssimas e minúsculas – quiçá pó, ou pólen, ou outra coisa completamente diferente. Ao fim de um bocado, as profundezas começaram a contrair-se, a luz foi ficando mais brilhante e os objetos que o rodeavam tornaram-se visíveis.

Quando deu por si, tinha dez anos e estava numa sala de aulas da primária. Era um tempo real e um espaço real. A luz era real, bem como ele próprio com dez anos. Sentia realmente o cheiro da madeira envernizada e do pó do giz no apagador. Na sala estavam apenas ele e aquela menina. Não havia mais nenhuma criança. Ela tinha aproveitado aquela oportunidade com rapidez e determinação. Ou talvez a esperasse há muito tempo. Fosse como fosse, ali, de pé, ela estendeu a mão direita e agarrou a mão esquerda de Tengo, olhando-o olhos nos olhos.

Sentiu a boca seca. A humidade que aí havia existido desaparecera. Foi tudo tão súbito, que não fazia a mínima ideia do que dizer ou fazer. Limitou-se a ficar ali, deixando que a rapariga lhe apertasse a mão. Ao fim de um bocado, vindo do mais íntimo do seu ventre, começou a sentir um pulsar ténue mas profundo. Não era nada parecido com alguma coisa que tivesse sentido outrora; era antes um pulsar parecido com o distante troar das vagas. Ao mesmo tempo, chegavam-lhe aos ouvidos sons reais – pela janela aberta entravam os gritos das crianças, o som de um pontapé numa bola de futebol, um bastão a entrar em contacto com uma bola, as queixas estridentes de uma rapariga de uma turma das mais novas, as notas incertas de um grupo de flautas de bisel a praticar «A Última Rosa do Verão». Atividades extracurriculares.

Pensou em agarrar, por sua vez, a mão da rapariga com o mesmo vigor, mas a energia não aparecia na sua mão. Em parte porque a força da rapariga era demasiada. Mas Tengo também se apercebeu de que estava incapaz de se mover. Porque seria? Não conseguia mexer nem um dedo, como se estivesse completamente paralisado.

Parece que o tempo parou. Respirou com calma, escutando a sua própria respiração. O fragor do mar continuava. De repente, tomou consciência de que todos os sons reais haviam cessado. O pulsar no seu ventre transformara-se em algo diferente, algo mais limitado, e dentro de pouco tempo começou a sentir um tipo especial de formigueiro. Por sua vez, este formigueiro transformou-se numa substância fina, pulverulenta, que se misturou no seu sangue, quente e vermelho, e, devido ao impulso do incansável coração, correu nas suas veias por todos os recantos do seu corpo. No peito formou-se-lhe uma nuvem densa, alterando-lhe o ritmo da respiração e imprimindo maior solidez ao bater do coração.

Tenho a certeza de que virei a ser capaz de compreender o significado e o propósito deste incidente. Ora, o que tenho de fazer para que isto aconteça é registar este instante na minha mente, com o maior rigor possível.

Naquele preciso momento, de novo Tengo não passava de um miúdo de dez anos que, por acaso, era bom a matemática. À sua frente erguia-se uma nova porta, mas não sabia o que o esperaria do outro lado. Sentia-se impotente e ignorante, estava emocionalmente confuso e não pouco receoso. Isto sabia ele. E a rapariga, pela sua parte, não albergava qualquer esperança de ser compreendida aqui e agora. A única coisa que desejava era garantir que os seus sentimentos chegassem até Tengo, enfiados numa caixinha sólida, embrulhada numa imaculada folha de papel e atada com um cordel fino. Estava a pôr um embrulho assim nas mãos dele.

Sem palavras, a rapariga dizia-lhe: *Não tens de abrir o embrulho aqui e agora. Abre-o quando for tempo. Agora, só tens de o aceitar.*

Ela já sabe todo o tipo de coisas, pensou Tengo.

Eram coisas que ele ainda nem sequer sabia. Era ela quem liderava nesta nova arena. Havia novas regras, novas metas e novas dinâmicas. Tengo não sabia nada.

Mas ela sabe.

Ao fim de um bocado, ela soltou a mão esquerda de Tengo, que ainda apertava na sua mão direita, e, sem proferir uma única palavra ou olhar para trás, abandonou, apressada, a grande sala de aulas. Tengo ficou ali, sozinho. Pela janela aberta chegava o som das vozes de crianças.

Logo a seguir, Tengo apercebeu-se de que estava a ejacular. O violento espasmo prolongou-se por vários segundos, libertando uma grande quantidade de sémen num jorro enérgico.

Para onde vai o meu sémen?

A mente confusa de Tengo interrogava-se. Ejacular assim, na sala de aulas de uma escola primária, não era adequado. Se alguém o visse, era capaz de se meter em sarilhos. Mas já não estava na sala de aulas. Naquele instante, tomou consciência de que se encontrava dentro de Fuka-Eri, a ejacular para o útero dela. Não o fizera por vontade própria. Mas não tivera como o evitar. Tudo tinha acontecido sem que conseguisse ter algum controlo.

– Não te preocupes – disse Fuka-Eri, na sua habitual voz sem inflexão, alguns instantes mais tarde. – *Não* vou ficar grávida. Ainda não tenho o período.

Tengo abriu os olhos e fitou Fuka-Eri. Estava montada nele, com os olhos baixos. Os seios perfeitos dela estavam à sua frente, movendo-se ao ritmo calmo e regular da sua respiração.

Tengo queria perguntar se era isto o que significava «ir à cidade dos gatos». Que tipo de local *era* a cidade dos gatos? Tentou traduzir a pergunta em palavras reais, mas os músculos da sua boca recusavam mexer-se.

– Foi necessário – disse Fuka-Eri, como que em resposta aos pensamentos de Tengo. Como de costume, deu-lhe uma resposta concisa e que, ao mesmo tempo, não respondia a nada.

Tengo voltou a fechar os olhos. Tinha ido até *lá*, ejaculara e regressara *aqui*. Havia sido uma ejaculação real que soltara sémen real. Se Fuka-Eri dizia que fora necessário, então de certeza que o era. O corpo de Tengo, ainda paralisado, mantinha-se insensível. E a lassidão que se seguia à ejaculação envolvia-lhe o corpo como uma membrana finíssima.

Fuka-Eri manteve-se na mesma posição durante muito tempo, espremendo com eficácia até à última gota o sémen de Tengo, como um inseto que suga o néctar de uma flor. Literalmente, não deixou uma única gota. A seguir, libertou-se do pénis de Tengo e, sem dizer palavra, saiu da cama e foi para a casa de banho. Tengo tomou consciência de que a trovoada parara. O violento aguaceiro também parara sem que se apercebesse. As nuvens carregadas, que tinham pairado de forma tão teimosa sobre eles, haviam desaparecido sem deixar rasto. O silêncio era quase irreal. Só ouvia o vago ruído de Fuka-Eri no chuveiro. Tengo ficou a olhar para o teto, à espera de que o seu corpo recuperasse a sensibilidade. Mesmo depois de ter ejaculado, a sua ereção mantinha-se, se bem que estivesse ligeiramente mais flácido.

Parte da sua mente permanecia ainda naquela sala de aulas. Na sua mão esquerda continuava vívido o toque dos dedos da rapariga. Não conseguia levantar a mão para verificar, mas a sua palma ainda devia mostrar as marcas vermelhas das unhas dela. O pulsar do seu coração ainda retinha vestígios de excitação. Dentro do seu peito, a nuvem compacta desvanecera-se, mas o seu espaço imaginário perto do coração ainda se lamentava, numa dor surda mas agradável.

Aomame. Tenho de ver a Aomame. Tenho de a descobrir. Porque é que levei tanto tempo a perceber uma coisa tão óbvia? Ela entregou-me aquele embrulho precioso. Porque é que o pus de lado, sem o abrir, durante este tempo todo?

Quis abanar a cabeça, mas era algo que não podia fazer. O seu corpo ainda não recuperara da paralisia.

Fuka-Eri regressou ao quarto quase logo a seguir. Com uma toalha enrolada à volta do corpo, sentou-se na beira da cama.

– O Povo Pequeno parou de se agitar – disse, como um batedor frio e eficiente que transmite um relatório sobre as condições na frente de batalha. A seguir, usou a ponta de um dedo para desenhar no ar um pequeno círculo: um círculo perfeito, bonito, daqueles que um artista da Renascença italiana poderia traçar na parede de uma igreja, sem princípio nem fim. Por um instante, o círculo pairou no ar. – Está feito.

Tendo dito isto, a rapariga pôs-se de pé e largou a toalha. Completamente nua, ali permaneceu como se estivesse a secar o corpo ao ar, naturalmente. Constituía uma visão encantadora: os seios suaves, o baixo-ventre despido de pelos púbicos.

Dobrou-se e apanhou o pijama do chão, do sítio onde havia caído, e vestiu-o diretamente sobre a pele, sem roupa interior, abotoou a parte de cima e apertou o cordão das calças.

Na semiobscuridade do quarto, Tengo observou isto tudo como se estudasse um inseto a passar por uma metamorfose.

O pijama de Tengo ficava-lhe demasiado grande, mas ela parecia sentir-se confortável. Fuka-Eri deslizou para dentro da cama, aninhou-se no seu espacinho e pousou a cabeça no ombro de Tengo. Ele sentia a forma da orelhinha da rapariga contra o seu ombro nu e o hálito quente dela na base do seu pescoço. Entretanto a paralisia começou a desaparecer, tal como a maré baixa quando chega a hora.

O ar ainda estava húmido mas já não desagradavelmente pegajoso. No exterior, os insetos começavam a cantar. Por essa altura, já a ereção de Tengo tinha desaparecido e o seu pénis começava a recolher-se de novo ao seu pacífico lodo. Parecia que as coisas tinham feito o seu percurso e o ciclo terminava. Um círculo perfeito fora desenhado no ar. Os animais tinham saído da arca e espalhavam-se, agora, pela terra por que ansiavam, cada par regressando ao local a que pertencia.

– É melhor dormires – disse ela. – Um sono pesado.

Dormir um sono pesado. Dormir e depois acordar. Que tipo de mundo verei amanhã?

– Ninguém tem resposta para isso – respondeu Fuka-Eri, lendo os pensamentos dele.

15

AOMAME

Chegou a hora dos fantasmas

Aomame tirou um cobertor extra do armário e estendeu-o por cima do homem corpulento. Pousou de novo um dedo na parte de trás do pescoço dele e confirmou que já não tinha realmente pulso. A pessoa a quem chamavam «Líder» partira para um outro mundo. Não tinha a certeza de que mundo seria, mas definitivamente não era 1Q84. Neste mundo, ele passara a ser aquilo que se designa por «o falecido». O homem cruzara a fronteira que divide a vida da morte e fizera-o sem causar o mínimo ruído, tivera apenas um fugaz tremor, como se tivesse sentido frio. Também não deitara uma única gota de sangue. Encontrava-se agora liberto de todo o sofrimento, ali deitado de barriga para baixo sobre a esteira de ioga azul. O trabalho dela decorrera com a rapidez e o rigor habituais.

Repôs a tampa sobre a agulha e guardou o picador de gelo dentro do estojo. Por sua vez, este foi enfiado dentro do saco de desporto. Retirou a *Heckler & Koch* da bolsa de plástico e enfiou-a na cintura das calças de treino, com a patilha de segurança destravada e uma bala na câmara. O metal duro encostado à coluna provocava-lhe uma sensação de tranquilidade. Aproximou-se da janela e fechou o cortinado pesado, mergulhando o quarto de novo na escuridão.

Agarrou no saco de desporto e dirigiu-se para a porta. Já com a mão na maçaneta, virou-se para deitar um último olhar ao homem corpulento estendido no quarto às escuras. Aparentava estar apenas adormecido, como quando o vira pela primeira vez. A própria Aomame era a única pessoa no mundo que sabia que já não estava vivo. Não, era provável que o Povo Pequeno também soubesse, razão pela qual tinham interrompido o trovejar. Sabiam que se tornara inútil continuar a mandar esse tipo de avisos. A vida do seu representante escolhido chegara ao fim.

Aomame abriu a porta e entrou na sala iluminada, desviando os olhos do foco de luz. Sem fazer barulho, fechou a porta. O Bola-de-Bilhar estava sentado no sofá, a beber café. Em cima da mesa via-se um bule de café e uma grande travessa cheia de sanduíches. Metade tinha já desaparecido. Perto encontravam-se duas chávenas de café limpas. O Rabo-de-Cavalo estava sentado numa cadeira rococó junto da porta, com as costas muito direitas, tal como dantes. Parecia que ambos os homens tinham passado o tempo todo naquela posição, sem falar. Era caso para dizer que naquela sala se respirava uma atmosfera contida.

Quando Aomame entrou, o Bola-de-Bilhar pousou a chávena no pires e, sem barulho, pôs-se de pé.

– Acabei – anunciou Aomame. – Já está a dormir. Demorou um bocado. Acho que foi uma grande carga para os músculos dele. Deixem-no dormir um bocado.

– Está a dormir?

– Profundamente – respondeu Aomame.

O Bola-de-Bilhar encarou Aomame. Os seus olhos mergulharam nos dela. Depois, fez deslizar o olhar nela até aos pés e de novo para cima, como se procurasse possíveis irregularidades.

– E isso é normal?

– Há muita gente que reage assim e adormece depois de se ter libertado de tensões musculares extremas. Não é invulgar.

O Bola-de-Bilhar avançou até junto da porta do quarto, girou a maçaneta devagar e entreabriu-a apenas o suficiente para espreitar lá para dentro. Aomame pousou a mão direita na cintura das calças de treino, de forma a poder sacar da arma no segundo em que acontecesse qualquer coisa. O homem esteve cerca de dez segundos a avaliar a situação no quarto de cama até que, por fim, recuou a cara e fechou a porta.

– E vai ficar a dormir durante quanto tempo? – perguntou a Aomame. – Não podemos deixá-lo ficar ali estendido no chão durante horas.

– Deve acordar dentro de duas horas. Até lá, é melhor deixá-lo ficar naquela posição.

O homem olhou para o relógio e fez um pequeno gesto com a cabeça na direção de Aomame.

– Muito bem. Para já, vamos deixá-lo ficar – disse o Bola-de-Bilhar. – Queres tomar um duche?

– Não preciso de duche nenhum, deixem-me só trocar de roupa outra vez.

– Claro. Por favor, usa o lavabo.

Aomame teria preferido não trocar de roupa e sair dali o mais depressa possível, mas precisava de garantir que não ia levantar suspeitas aos dois homens. Mudara de roupa à chegada, pelo que deveria fazer o mesmo antes de sair. Foi para a casa de banho e despiu o fato de treino e a roupa interior suada, secou-se com um toalhão e vestiu roupa interior lavada e o conjunto de calças de algodão e blusa que trazia quando chegara. Enfiou a pistola no cinto de forma a não ficar visível. Experimentou movimentar o corpo em várias direções para se certificar de que nada aparentava estar fora do normal. Lavou a cara com água e sabonete e escovou o cabelo. Olhou para o grande espelho por cima do lavatório, franziu a cara várias vezes fazendo todos os trejeitos de que se lembrou para relaxar os músculos da face e aliviar a tensão. Ao fim de algum tempo a fazer isto, o rosto regressou ao normal. No fim de tantas e tão prolongadas caretas, precisou de alguns instantes para se lembrar de qual era a expressão habitual da sua própria cara, mas após algumas tentativas foi capaz de se decidir por uma razoável imitação. Olhando para o espelho, estudou pormenorizadamente a sua expressão.

Não há problema. Estou com a minha cara do costume. Se for preciso, até vou ser capaz de sorrir. As minhas mãos também não tremem. O olhar está firme. Sou a calma Aomame de sempre.

Todavia, o Bola-de-Bilhar tinha olhado atentamente para ela, quando abandonara o quarto de cama. Podia ter reparado nas marcas das lágrimas. Algum vestígio deveria existir, depois de toda aquela choradeira. Aomame sentiu-se pouco à vontade com a ideia. Ele devia ter estranhado que ela chorasse enquanto trabalhava os músculos de um cliente. Podia tê-lo feito desconfiar de que algo de estranho se tivesse passado. Podia ter aberto a porta do quarto, entrado para verificar o estado do Líder e ter descoberto que o seu coração parara...

Aomame levou a mão à cintura para verificar que chegava bem à coronha da pistola. *Tenho de me acalmar. Não posso ter medo. O medo vai ver-se na minha cara e levantar suspeitas.*

Resignando-se ao pior, Aomame pegou no saco de desporto com a mão esquerda e, com cautela, abandonou a casa de banho. A sua mão direita estava pronta para agarrar na pistola, mas não havia qualquer sinal fora do vulgar. O Bola-de-Bilhar permanecia de pé, no meio da sala, de braços cruzados, com os olhos semicerrados, absorto nos seus pensamentos. O Rabo-de-Cavalo mantinha-se sentado na sua cadeira, junto da porta, observando calmamente a sala. Tinha os olhos frios de um atirador encarregado da metralhadora num bombardeiro, habituado a estar sozinho, observando o céu azul, com os olhos a tingirem-se da cor do céu.

– Deves estar cansada – disse o Bola-de-Bilhar. – Queres um café? Também temos sanduíches.

– Obrigada, mas vou ter de recusar. Não consigo comer logo a seguir ao trabalho. O meu apetite só regressa mais ou menos uma hora depois.

O Bola-de-Bilhar assentiu com a cabeça. Então, tirou um gordo envelope do bolso de dentro do casaco. Após verificar o seu peso, estendeu-o a Aomame.

– Poderás comprovar que contém um pouco mais do que foi acordado. Como te disse anteriormente, insistimos em que mantenhas segredo acerca de tudo isto.

– Estão a comprar o meu silêncio? – brincou Aomame.

– Por causa do esforço extra que tiveste de fazer – disse o homem, sem a menor sombra de um sorriso.

– Tenho uma política de confidencialidade absoluta, independentemente do pagamento. Faz parte do meu trabalho. Em circunstância alguma sairá daqui uma única palavra – disse Aomame. Pôs o envelope por abrir dentro do saco de desporto. – Querem recibo?

O Bola-de-Bilhar abanou a cabeça.

– Não será necessário. Fica só entre nós. Não há necessidade de declarares isto nos impostos.

Em silêncio, Aomame concordou com a cabeça.

– Deves ter tido necessidade de fazer muita força – comentou o Bola-de-Bilhar, à cata de informações.

– Mais do que é habitual – disse ela.

– Porque ele não é uma pessoa vulgar.

– Assim parece.

– Ele é absolutamente insubstituível – afirmou. – Há muito tempo que suporta dores horríveis. Como se costuma dizer, ele tomou para si todo o nosso sofrimento e as nossas dores. Esperemos que, no mínimo, tenhas conseguido proporcionar-lhe algum alívio.

– Uma vez que desconheço a principal causa das suas dores, não posso garantir – respondeu Aomame, escolhendo as palavras com todo o cuidado –, mas penso que *posso* ter-lhe aliviado alguma dor.

O Bola-de-Bilhar anuiu.

– Pareces-me bastante cansada.

– Talvez – respondeu Aomame.

Durante a conversa entre Aomame e o Bola-de-Bilhar, o Rabo-de-Cavalo deixou-se ficar sentado, junto da porta, observando a sala sem dizer uma palavra.

O rosto estava imóvel, só os olhos se moviam. A sua expressão manteve-se inalterada. Aomame não fazia a mínima ideia se ele estava sequer a escutar a conversa. Isolado, taciturno, atento, continuava a procurar sinais de aviões inimigos entre as nuvens. Quando apareciam, começavam por ter o tamanho de sementes de papoila.

Após alguma hesitação, Aomame fez uma pergunta ao Bola--de-Bilhar:

– Posso estar a meter-me onde não sou chamada, mas beber café, comer sanduíches de fiambre, não são transgressões aos preceitos da vossa religião?

O Bola-de-Bilhar virou-se para observar o bule de café e a travessa de sanduíches que estavam em cima da mesa. O mais ténue dos sorrisos atravessou-lhe a cara.

– A nossa religião não tem preceitos assim tão rígidos. Em termos gerais, o álcool e o tabaco são proibidos, e existem algumas restrições em matéria de sexo, mas, no que diz respeito à comida, gozamos de uma relativa liberdade. Por regra, temos uma alimentação simples, mas o café e as sanduíches de fiambre não são especialmente proibidos.

Aomame limitou-se a concordar com a cabeça, mas não emitiu qualquer opinião.

– Somos uma congregação grande, pelo que é necessário existir um certo grau de disciplina, claro, mas, se nos focarmos excessivamente nas formalidades, arriscamo-nos a perder de vista o nosso propósito essencial. Os preceitos e as doutrinas são, em última análise, meros expedientes. O importante não é a moldura mas o que está no interior da moldura.

– E o vosso Líder dá-vos o conteúdo para completar a moldura.

– Precisamente. Ele consegue escutar vozes que nós não ouvimos. É uma pessoa especial. – O Bola-de-Bilhar olhou para Aomame olhos nos olhos, de novo. A seguir, disse: – Muito obrigado pelos teus esforços de hoje. E, felizmente, parece que a chuva parou.

– A trovoada foi horrível – disse Aomame.

– Pois foi. Muito – concordou o Bola-de-Bilhar, apesar de não parecer excessivamente interessado nos trovões e na chuva.

Aomame fez-lhe uma pequena vénia e dirigiu-se para a porta, com o saco na mão.

– Espera aí – a voz do Bola-de-Bilhar soou nas suas costas. Penetrante.

Aomame deteve-se no meio da sala e virou-se. O coração dela fez um som brusco e seco. Num gesto aparentemente descontraído, levou a mão direita à anca.

– A esteira de ioga – disse o jovem. – Estás a esquecer-te da tua esteira. Ainda está no chão do quarto.

Aomame sorriu.

– Ele está deitado em cima dela, a dormir profundamente. Não podemos afastá-lo para o lado e tirá-la de lá. Se quiseres, dou-ta. Não é cara e já tem muito uso. Se não precisares dela, deita-a fora.

O Bola-de-Bilhar ponderou a questão durante uns instantes e acabou por assentir com a cabeça.

– Renovo os meus agradecimentos. Deves estar muito cansada.

Quando Aomame se aproximou da porta, o Rabo-de-Cavalo pôs-se de pé e abriu-lha. Depois, curvou-se ligeiramente.

Este nunca disse uma única palavra.

Retribuiu a mesura e preparou-se para passar à sua frente.

Contudo, naquele preciso instante, foi assaltada por um impulso irresistível que penetrou na sua pele, como uma corrente elétrica fortíssima. A mão do Rabo-de-Cavalo voou como se fosse agarrar o braço direito dela. Deve ter sido um movimento rápido e preciso – como quando se apanha uma mosca no ar. Aomame teve uma clara sensação de ter acontecido *ali mesmo*. Todos os músculos do seu corpo ficaram tensos. A pele dela arrepiou-se e o coração saltou uma batida. Formou-se-lhe um nó na garganta e a coluna foi percorrida por insetos de gelo. A sua mente foi inundada por um jorro de luz branca, escaldante:

Se este homem me agarra o braço, não vou conseguir deitar a mão à pistola. A acontecer alguma coisa, estou perdida. E ele pressente. Pressente que fiz alguma coisa. A intuição dele reconhece que alguma coisa *se passou neste quarto de hotel. Não sabe o que foi, mas é qualquer coisa que não devia ter acontecido. Os seus instintos estão a avisá-lo: «Tens de deter esta mulher», ordenam-lhe que me derrube, que atire todo o seu peso para cima de mim e me desloque os ombros. Mas não passa de uma intuição, não tem provas. Se a sensação que tem se provar errada, vai meter--se em grandes sarilhos. Passou por um conflito violento, mas desistiu. É o Bola-de-Bilhar que toma as decisões e dá as ordens. O Rabo-de-Cavalo não tem capacidade para tanto. Lutou para reprimir o impulso da sua mão direita e deixou que os seus ombros se vissem livres da tensão.*

Aomame tinha uma noção nítida das várias fases por que a mente do Rabo-de-Cavalo passara naquele par de segundos.

Saiu e foi em direção ao elevador sem olhar para trás, caminhando com calma ao longo do corredor alcatifado e perfeitamente a direito. Segundo lhe parecia, o Rabo-de-Cavalo tinha espetado a cabeça pela porta e seguia os seus movimentos com os olhos. Ela continuava a sentir o seu olhar, penetrante, afiado como um punhal, que lhe perfurava as costas. Cada um dos músculos do seu corpo vibrava, mas ela recusou-se a olhar para trás. *Não podia* olhar para trás. Só depois de dobrar a esquina do corredor sentiu a tensão abandoná-la. Mas ainda não podia relaxar. Não sabia o que poderia vir a acontecer. Chamou o elevador e passou a mão pela cintura, agarrando na coronha da pistola até o elevador chegar (o que demorou uma eternidade), pronta para puxar da arma no caso de o Rabo-de-Cavalo mudar de ideias e ir atrás dela. Teria de o abater sem hesitação antes que ele conseguisse pôr aquelas manápulas poderosas em cima de si. Ou matar-se sem hesitação. Não conseguia decidir-se por uma das duas hipóteses. Provavelmente, só o faria no último momento.

Contudo, ninguém veio atrás dela. O corredor do hotel estava mergulhado em silêncio. Com um toque metálico, a porta do elevador abriu-se e Aomame entrou. Carregou no botão que dava para o átrio do hotel e esperou que a porta se fechasse. Manteve os olhos fixos na indicação do número dos pisos enquanto mordia o lábio inferior. Abandonou o ascensor, atravessou o amplo átrio e entrou num táxi que aguardava por passageiros à frente da porta do hotel. A chuva parara por completo, mas o táxi escorria, como se tivesse chegado até ali por debaixo de água. Aomame disse ao motorista que a levasse para a saída ocidental da estação de Shinjuku. Enquanto se afastavam do hotel, ela expulsou todo o ar que tinha dentro de si. A seguir, cerrou os olhos e esvaziou a mente. Não queria pensar em nada durante um bocado.

Foi acometida de uma forte náusea. Parecia que tudo o que tinha no estômago estava a subir-lhe à garganta, mas forçou-se a fazê-lo descer. Carregou no botão para entreabrir a janela e encheu os pulmões com o ar húmido da noite. Então, recostou-se e respirou profundamente várias vezes. Da sua boca soltou-se um cheiro funesto, como se algo dentro de si estivesse a apodrecer.

De repente, lembrou-se de procurar no bolso das calças, onde encontrou duas tiras de pastilha elástica. Desembrulhou-as com as mãos a tremer ligeiramente. Menta. O agradável aroma familiar ajudou-a a acalmar os nervos. Enquanto movia o maxilar, o mau cheiro na sua boca começou a dissipar-se.

Não é que exista qualquer coisa a apodrecer dentro de mim. É o medo que me está a fazer isto, mais nada.

Seja como for, está tudo acabado. Já não terei de matar mais ninguém. E o que fiz foi certo. Ele merecia ser morto pelo que fez. Tratou-se de um simples caso de justo castigo. E deu-se o caso (rigorosamente fortuito) de o homem ter um grande desejo de ser morto. Dei-lhe a morte pacífica por que ansiava. Não fiz nada de errado. Limitei-me a infringir a lei.

No entanto, por mais que se esforçasse, Aomame não era capaz de se convencer da verdade disto. Poucos momentos antes, tinha matado com as suas próprias mãos um ser humano que estava longe de ser vulgar. Retinha a memória vívida da sensação da agulha a mergulhar silenciosamente na nuca do homem. O sentimento, longe de ser vulgar, ainda permanecia nas mãos dela, perturbando-a enormemente. Abriu as palmas das mãos e contemplou-as. Alguma coisa estava diferente, completamente diferente. Mas não conseguia perceber o que mudara e como.

Se fosse crer no que ele lhe tinha dito, acabara de matar um profeta, alguém a quem um deus confiara a sua voz. Mas o senhor dessa voz não era deus nenhum. Provavelmente, seria o Povo Pequeno. Um profeta é, simultaneamente, um rei, e um rei está destinado a ser morto. Por outras palavras, ela era uma assassina enviada pelo destino. Ao exterminar com violência um ser que era, a um tempo, profeta e rei, ela preservara o equilíbrio entre o bem e o mal no mundo e, em resultado disso, teria de morrer. Mas, quando o executara, estabelecera um acordo: matando o homem e, ao mesmo tempo, renunciando à sua vida, ela salvava Tengo. Era o acordo. **A crer no que ele lhe dissera.**

No entanto, Aomame não tinha escolha, a não ser crer, essencialmente, no que ele lhe dissera. Ele não era um fanático, e as pessoas que estão prestes a morrer não mentem. Mais importante do que isso, as palavras dele continham um poder de persuasão genuíno. Tinham o peso de uma grande âncora. Todos os navios têm âncoras proporcionais ao seu tamanho e ao peso. Por muito desprezíveis que os seus feitos tivessem sido, aquele homem trazia realmente à memória um enorme navio. A Aomame só restava reconhecer o facto.

Tomando cuidado para que o motorista não visse, Aomame fez deslizar a *Heckler & Koch* de debaixo do cinto, travou-a e pôs a arma na bolsa, libertando-se de uns bons quinhentos gramas de sólido e letal peso.

– Aquela trovoada não foi de estrondo? – perguntou o motorista. – E a chuva foi incrível.

– Trovoada? – indagou Aomame. Parecia que fora há muito, muito tempo, apesar de ter acontecido uns meros trinta minutos antes. Sim, já que falava nisso, houvera uns trovões. – Sim, é verdade, foi realmente incrível.

– O boletim meteorológico não falou em nada. Disseram que ia estar bom tempo o dia todo.

Tentou pôr a cabeça a funcionar.

Tenho de dizer qualquer coisa. Mas não sou capaz de me lembrar de nada. O meu cérebro parece estar enevoado.

– O boletim meteorológico nunca acerta – comentou.

Pelo retrovisor, o motorista deitou-lhe uma olhadela. Talvez houvesse qualquer coisa esquisita na maneira como falou. O motorista prosseguiu:

– Ouvi dizer que houve inundações e que a água entrou na estação de metro de Akasaka e chegou aos carris porque a chuva caiu toda numa pequena área. Pararam a linha de Ginza e Marunouchi, ouvi na rádio.

A chuva forte fez parar o metro. Será que isto vai ter alguma influência no que eu fizer? Tenho de pôr a cabeça a funcionar mais depressa. Vou à estação de Shinjuku buscar a mala de viagem e o saco que costumo usar a tiracolo, que deixei num cacifo. A seguir telefono ao Tamaru a pedir instruções. Se tiver de apanhar a linha Marunouchi na estação de Shinjuku, as coisas podem ficar feias. Só tenho duas horas para conseguir fugir. Passadas duas horas, vão começar a estranhar que o Líder não acorde. Nessa altura, irão ao quarto e descobrirão que exalou o último suspiro. Vão entrar imediatamente em ação.

– Sabe se a linha Marunouchi já está a funcionar? – Aomame perguntou ao motorista.

– Talvez. Não sei. Quer que ponha nas notícias?

– Sim, por favor.

Segundo o Líder, o Povo Pequeno provocara o aguaceiro. Concentraram a chuva intensa numa pequena área do bairro de Akasaka-Mitsuke e fizeram parar o metropolitano. Aomame abanou a cabeça. Talvez o tivessem feito de propósito. As coisas nem sempre correm de acordo com o planeado.

O motorista ligou o rádio na NHK. Estavam a transmitir um programa de música – canções *folk* de cantores japoneses que tinham estado na moda nos finais dos anos sessenta. Aomame escutara-as na rádio, em criança; lembrava-se delas vagamente, se bem que não com agrado. Aquelas canções despertavam-lhe memórias desagradáveis, coisas em que preferia não pensar. Aguentou aquilo durante um bocado, mas não havia uma notícia sequer acerca da situação no metropolitano.

– Desculpe, já chega. Importa-se de desligar isso? – pediu Aomame. – Vou para a estação de Shinjuku e logo vejo o que acontece.

O motorista desligou o rádio.

– Aquilo vai estar uma confusão – disse.

* * *

Tal como o motorista avisara, a estação de Shinjuku estava terrivelmente congestionada. Como a circulação na linha de Marunouchi fora interrompida, e porque ali havia ligação com o comboio, gerara-se o caos, e as pessoas vagueavam em todos os sentidos. A hora de ponta da tarde terminara já, mas, mesmo assim, Aomame teve dificuldade em avançar por entre aquela multidão.

Conseguiu finalmente alcançar os cacifos pagos e retirou de lá o saco de usar a tiracolo e a mala de viagem de cabedal artificial preto. Na mala de viagem estava o dinheiro que retirara do cofre do banco. Tirou as coisas que tinha no saco de desporto e dividiu-as pela mala e pelo saco a tiracolo: o envelope com dinheiro que recebera do Bola-de-Bilhar, a bolsa de plástico que tinha a pistola, o estojo rígido do picador de gelo. O saco da *Nike*, agora inútil, foi colocado num outro cacifo ali próximo, onde inseriu uma moeda de cem ienes e fez girar a chave. Não fazia tenções de o vir buscar. Não continha nada que pudessem ligar a ela.

Com a mala de viagem na mão, Aomame deu uma volta pela estação, à procura de uma cabina telefónica. As pessoas tinham-se juntado à frente de todos os telefones. Havia grandes filas de pessoas à espera da sua vez para poderem ligar para casa a avisar que estavam atrasadas porque o comboio parara. Aomame fez uma careta.

Ao que parece, o Povo Pequeno não vai deixar que me safe com tanta facilidade. O *Líder disse que não podem atingir-me pessoalmente, mas são capazes de interferir nos meus movimentos de uma forma sub-reptícia, usando outros métodos.*

Aomame desistiu de esperar pela sua vez de usar o telefone. Abandonou a estação e percorreu a pé uma curta distância, entrou no primeiro estabelecimento que encontrou e pediu um café gelado. O telefone cor-de-rosa[1] que ali existia também estava

[1] Antigamente, no Japão, os telefones públicos instalados em estabelecimentos como cafetarias, restaurantes e hospitais eram cor-de-rosa. (*N. das T.*)

ocupado, mas pelo menos não havia fila. Pôs-se atrás de uma mulher de meia-idade e esperou que a longa conversa que esta mantinha terminasse. A mulher foi lançando olhares furiosos a Aomame mas acabou por se resignar e desligar após mais cinco minutos de conversa.

Aomame introduziu as moedas no telefone e marcou o número que aprendera de cor. Após três toques, surgiu um anúncio gravado: «Lamentamos, mas de momento não podemos atender o telefone. Após o sinal, é favor deixar a sua mensagem.»

Ouviu-se o sinal e Aomame disse para o telefone:

– Olá, Tamaru, por favor, se estás aí, atende.

Alguém levantou o telefone e Tamaru disse:

– Estou aqui.

– Boa! – retorquiu Aomame.

Tamaru pareceu pressentir uma tensão fora do habitual na voz dela.

– Estás bem? – perguntou.

– Por agora.

– Como correu o trabalho?

Aomame respondeu:

– Ele caiu a dormir. Num sono o mais profundo possível.

– Estou a ver – disse Tamaru. Parecia genuinamente aliviado, o que deu cor à sua voz. Não era habitual. – Eu transmito as notícias. Ela vai gostar de saber.

– Não foi fácil.

– Bem sei que não. Mas conseguiste.

– Seja lá como for – respondeu Aomame. – Este telefone é seguro?

– Estamos a usar um circuito especial. Não te preocupes.

– Tirei os meus sacos do cacifo da estação de Shinjuku. E agora?

– Quanto tempo tens?

– Uma hora e meia – respondeu Aomame. Deu uma explicação breve. Ao fim de uma hora e meia, os dois guarda-costas iriam verificar o que se passava no quarto e descobririam que o Líder não estava a respirar.

– Uma hora e meia é mais do que o suficiente – respondeu Tamaru.

– Achas que telefonam logo à polícia?

– Não sei. Ainda ontem, a polícia foi às instalações da seita para dar início a uma nova investigação. De momento, estão na fase de fazer perguntas e não começaram a investigação propriamente dita, mas, se o fundador da religião aparecer morto de um momento para o outro, podem vir a ter grandes problemas.

– Pensas que podem tratar do caso sozinhos e não deixar vir nada a público?

– Para eles é canja! Saberemos o que aconteceu quando virmos os jornais de amanhã: se eles participaram a morte ou não. Não costumo fazer apostas, mas, se me perguntassem, apostaria em como não vão participar o caso à polícia.

– Não vão partir do princípio de que se deveu a causas naturais?

– À primeira vista, não vão ter a certeza. E não saberão, sem uma autópsia meticulosa se a morte se deveu a causas naturais ou se se trata de um homicídio. Em todo o caso, a primeira coisa que farão será ir à tua procura. No fim de contas, foste tu a última pessoa a vê-lo com vida. E, uma vez que percebam que abandonaste o teu apartamento e te escondeste, vão chegar à conclusão de que não se tratou de uma morte natural.

– E vão andar à minha procura... por todos os meios de que disponham.

– Quanto a isso, não resta a mínima dúvida – respondeu Tamaru.

– Achas que consegues esconder-me?

– Está tudo planeado... e ao pormenor. Se seguirmos escrupulosamente o plano e formos persistentes, ninguém irá encontrar-te. Agora, o pior de tudo é o pânico.

– Estou a fazer o melhor que posso – disse Aomame.

– Aguenta. Age depressa e ganha tempo. És uma pessoa cuidadosa e persistente. Limita-te a continuar o que já estás a fazer.

– Houve uma grande chuvada na zona de Akasaka-Mitsuke e o metro está parado.

– Eu sei – respondeu Tamaru. – Não te preocupes, não estava previsto que usasses o metro. Vais meter-te num táxi e seguir para uma casa segura, na cidade.

– Na cidade? Mas a ideia não era que eu fosse para bem longe?

– Sim, é claro que irás para longe – disse Tamaru, devagar, como se soletrasse. – Mas primeiro temos de te preparar, mudar-te o nome e a cara. E tratou-se de um trabalho particularmente complicado: deves estar em frangalhos. Numa altura destas, não ganhas nada em andar a correr de um lado para o outro que nem uma louca. Esconde-te nessa casa durante uns tempos. Vais ficar bem. Trataremos de tudo o que precisares.

– E onde é essa «casa segura»?

– No bairro de Kōenji. A cerca de uns vinte minutos do sítio onde estás.

Kōenji, pensou Aomame, tamborilando com as unhas nos dentes. Sabia que era algures a oeste da Baixa, mas nunca lá pusera os pés.

Tamaru deu-lhe a morada e o nome do prédio. Como era seu hábito, não escreveu nada, fixou tudo na sua cabeça.

– Do lado sul da estação de Kōenji. Perto da Circular 7. Apartamento 303. Para abrires a porta da frente, marca 2831.

Tamaru calou-se e Aomame repetiu baixinho «303» e «2831».

– A chave está colada à parte de baixo do capacho. O apartamento tem tudo o que precisas por agora, pelo que, durante algum tempo, não terás de sair. Eu faço os contactos deste lado. Deixo tocar três vezes, desligo, e ligo de novo vinte segundos depois. Gostaríamos que evitasses fazer chamadas.

– Bem vejo – respondeu Aomame.

– Os homens dele foram difíceis? – perguntou Tamaru.

– Estavam lá dois e ambos pareciam ser bastante duros. Passei por alguns momentos assustadores. Mas não são profissionais. Não chegam aos teus calcanhares.

– Não há muita gente como eu.

– Demasiados Tamarus podiam ser um problema.

– Pois podiam – concluiu Tamaru.

* * *

Carregada com as malas, Aomame dirigiu-se para a paragem de táxis da estação, onde se deparou com outra fila comprida. Segundo parecia, o metropolitano ainda não estava a funcionar normalmente. Não teve outra hipótese senão ocupar o seu lugar na fila.

Enquanto esperava pela sua vez, paciente, junto dos utilizadores habituais do metro, que exibiam um ar aborrecido, Aomame ia repetindo em pensamento a morada da casa segura, o nome do edifício e o número do apartamento, bem como o código da porta e o número de telefone de Tamaru. Parecia um asceta sentado no cume da montanha, a entoar um mantra precioso. Aomame sempre confiara nos poderes da sua memória. Era-lhe fácil memorizar aquelas pequenas informações. Agora, porém, aqueles números eram o seu salva-vidas. Se os esquecesse ou trocasse um que fosse, punha a vida em risco. Tinha de garantir que ficavam bem gravados na sua cabeça.

Quando por fim Aomame conseguiu meter-se num táxi, tinha passado já uma hora desde que deixara o cadáver do Líder no quarto de hotel. Até ao momento, tudo estava a demorar o dobro do tempo que imaginara – um atraso causado pelo Povo Pequeno, sem a menor dúvida. Tinham provocado chuvas torrenciais em Akasaka, conseguiram encher de gente a estação de Shinjuku, uma vez que o metro estava parado e as pessoas não podiam regressar a casa, tinham feito com que houvesse poucos táxis disponíveis e haviam entorpecido os movimentos de Aomame. Por causa disto tudo, ela ia ficando cada vez mais nervosa. Estava a perder o sangue-frio. Mas talvez fosse uma mera coincidência.

Pode não passar de uma simples coincidência. Talvez eu esteja a deixar-me assustar pelo fantasma de um Povo Pequeno inexistente.

Aomame deu a morada ao motorista, recostou-se no banco e fechou os olhos.

Mais ou menos por esta altura, é provável que aqueles dois tipos, nos seus fatos escuros, estejam a olhar para o relógio à espera de que o seu guru acorde.

Aomame imaginou-os. O Bola-de-Bilhar a beber café e a pensar em montes de coisas. O seu trabalho era pensar. Pensar e decidir. Talvez já estivesse a ficar com suspeitas: o sono do Líder era demasiado silencioso. Mas o Líder dormia *sempre* que nem uma pedra, sem fazer barulho – sem ressonar e nem mesmo com uma respiração pesada. Ainda assim, havia sempre a sua *presença*. A mulher afirmara que dormiria profundamente durante duas horas, pelo menos, que era importante que descansasse para que os músculos pudessem recuperar. Só tinha decorrido uma hora, mas havia qualquer coisa que estava a incomodar o Bola-de-Bilhar. Talvez devesse ir ver se o Líder estava bem. Não sabia o que fazer.

Contudo, perigoso, perigoso era o Rabo-de-Cavalo. Aomame ainda retinha a imagem nítida da fugaz sugestão de violência que ele revelara quando ela ia a sair do quarto do hotel. Era silencioso, mas tinha uma intuição aguçada. A sua técnica de luta devia ser fora de série – provavelmente, muito melhor do que imaginara até ao momento. Mesmo fazendo uso das suas técnicas de artes marciais, não teria qualquer hipótese numa luta contra ele. Era bem possível que nem lhe desse oportunidade de sacar da pistola. Por sorte, também não era um profissional. Deixara que o raciocínio se interpusesse entre a intuição e o agir. Estava habituado a seguir ordens – ao contrário de Tamaru. Tamaru dominaria o seu adversário e imobilizá-lo-ia antes mesmo de pensar. Primeiro agia. Confiava na sua intuição e deixava as considerações racionais para depois. Uma hesitação ínfima e seria demasiado tarde.

Ao recordar-se daquele instante junto da porta, Aomame sentiu o suor nascer-lhe debaixo dos braços. Abanou a cabeça.

Tive muita sorte. Pelo menos consegui não ser apanhada logo ali. A partir de agora, vou ter de passar a ser muito mais cuidadosa. O Tamaru tinha razão: acima de tudo, tenho de ter cuidado e ser persistente. O perigo surge no instante em que baixamos a guarda.

O motorista era um homem educado, de meia-idade. Puxou de um mapa, parou o carro, desligou o taxímetro e, amavelmente, procurou o local certo onde se localizava o prédio. Aomame agradeceu-lhe e saiu do táxi. Era um edifício agradável, de seis andares, situado numa zona residencial. Não estava ninguém na entrada. Aomame marcou «2831» para abrir a porta da frente, entrou e subiu até ao terceiro andar num elevador limpo mas acanhado. Assim que saiu do elevador, a primeira coisa que fez foi procurar as escadas de emergência. A seguir, apanhou a chave que estava colada ao capacho à frente do 303 e usou-a para abrir a porta. As luzes acenderam-se automaticamente no instante em que ela entrou. Sentiu o cheiro a apartamento novo. A mobília e os aparelhos tinham o ar de serem novinhos em folha, ainda por estrear, como se tivessem acabado de sair das caixas e sido retirados dos plásticos – as peças a condizer poderiam ter sido escolhidas por um decorador para mobilar um andar-modelo: simples, funcionais, sem o odor da vida quotidiana.

Para a esquerda da entrada ficava a sala de estar e jantar. Havia um corredor com um lavabo e uma casa de banho e, a seguir, dois quartos. Um tinha uma cama gigantesca, já feita. As persianas estavam descidas. Quando abriu a janela que dava para a rua, foi assaltada pelos ruídos do trânsito na Circular 7, lembrando o rugir do oceano distante. Fechou-a e deixou de os ouvir. A sala tinha uma pequena varanda. Estava virada para um parque, do outro lado da rua. Tinha baloiços, um escorrega, uma caixa de areia e uma casa de banho pública. Um candeeiro de mercúrio, alto, iluminava tudo à sua volta de uma maneira quase artificial. Uma enorme *zelkova* estendia os ramos sobre o parque todo. Era um terceiro andar, mas não havia outros edifícios altos ali perto, e não tinha de se preocupar se era vigiada.

Aomame pensou no apartamento de Jiyūgaoka, que acabara de abandonar. Ficava num edifício antigo, não muito limpo, tinha uma ou outra barata e paredes finas – não era propriamente o tipo de casa a que alguém se afeiçoasse. No entanto, agora, estava com saudades. Neste apartamento novinho a estrear e imaculado, sentia-se uma pessoa anónima, desprovida de memória e de individualidade.

Aomame abriu o frigorífico e encontrou quatro latas de *Heineken*, que arrefeciam na prateleira da porta. Abriu uma delas e bebeu um gole. Ligou a televisão de 21 polegadas e sentou-se à frente dela para ver as notícias. Houve uma reportagem sobre a trovoada. A notícia mais importante falava da inundação da estação de Akasaka-Mitsuke e da interrupção das linhas Marunouchi e Ginza. A água que inundara as ruas escorrera pelas escadas como se fosse uma queda-d'água. Os funcionários da estação, com ponchos impermeáveis vestidos, tinham empilhado sacos de areia nas entradas, mas era óbvio que chegaram tarde demais. As linhas do metropolitano ainda não estavam a funcionar, e não havia estimativa de quando poderiam voltar ao normal. O repórter espetava o microfone à frente de passageiro atrás de passageiro sem transporte. Um dos homens queixou-se:

– O boletim meteorológico da manhã dizia que ia estar sol o dia todo!

Viu o noticiário até ao fim. É claro que ainda não havia notícias acerca da morte do Líder da Vanguarda. Provavelmente, o Bola-de-Bilhar e o Rabo-de-Cavalo ainda estavam na sala, à espera de que passassem as duas horas. Depois, descobririam a verdade. Da bolsa do saco de viagem tirou para fora a *Heckler & Koch*, que pousou na mesa de jantar. Ali, em cima da mesa nova, a pistola de fabrico alemão parecia terrivelmente rude e taciturna – e negra de uma ponta à outra, mas, pelo menos, criava um foco de atenção numa sala impessoal.

– «Paisagem com Pistola» – murmurou Aomame, como se estivesse a dizer o título de um quadro.

Seja como for, tenho de a ter à mão o tempo todo – quer a use para disparar sobre alguém ou sobre mim própria.

O enorme frigorífico fora abastecido com comida suficiente para a sua permanência durante duas ou mais semanas: fruta, legumes e uma série de pré-cozinhados já prontos. No congelador havia vários tipos de carne, peixe e pão. Havia até gelado. Nos armários encontrou uma boa variedade de comida embalada a vácuo e em latas, além de especiarias. Arroz e massa. Uma quantidade generosa de água mineral. Duas garrafas de vinho tinto e duas de branco. Não fazia a mínima ideia de quem se encarregara de arranjar aquilo tudo, mas a pessoa fizera um trabalho asseado. Pelo menos para já, não lhe ocorria nada que estivesse em falta.

Sentindo-se com alguma fome, tirou para fora o queijo *camembert*, cortou uma fatia e comeu-o com bolachas de água e sal. Quando já tinha comido metade do queijo, lavou um talo de aipo, cobriu-o com maionese e comeu-o inteiro, de uma só vez.

De seguida, foi examinar o conteúdo das gavetas da cómoda do quarto. A de cima tinha pijamas e um roupão fino – tudo novo, ainda nas embalagens de plástico. Mais coisas bem escolhidas. A gaveta a seguir continha três conjuntos de *T-shirts*, meias e roupa interior. Tudo simples, branco, peças que pareciam ter sido escolhidas para combinar com a mobília, e ainda nas embalagens originais. Era provavelmente o mesmo tipo de roupa que davam às mulheres na casa-abrigo, fabricada em bom material mas com muito ar de ter sido «fornecida» por uma instituição.

Na casa de banho havia champô, amaciador, creme hidratante e colónia, tudo aquilo de que precisava. Raras vezes se maquilhava, pelo que não tinha necessidade de cosméticos. Havia uma escova de dentes, fio dental e um tubo de pasta de dentes. Também tinham tido a atenção de lhe deixar uma escova de cabelo, cotonetes, uma tesourinha e produtos de higiene feminina. Havia bastante papel higiénico e lenços de papel. Dentro de um armário estavam toalhas de banho e de rosto, muito bem dobradas e empilhadas. Estava lá tudo.

Espreitou para dentro do armário do quarto, perguntando-se se, por acaso, iria encontrar vestidos e sapatos do seu número – de preferência *Armani* e *Ferragamo*. Mas não, o armário estava vazio. Havia um limite para o que podiam fazer. Conheciam a diferença entre ser meticuloso e exagerar. Parecia a biblioteca de Jay Gatsby[2]: os livros eram verdadeiros, mas as páginas não

---

[2] Protagonista do romance de Scott Fitzgerald, *The Great Gatsby*. A personagem veio a transformar-se numa referência do herói americano do século XX, símbolo do *self-made man* de sucesso que, vindo do nada, adquire uma grande fortuna e estatuto social. (*N. das T.*)

tinham sido abertas. Além do mais, enquanto ali estivesse, a roupa de rua não lhe faria falta. Não tinham arranjado coisas desnecessárias. Contudo, havia bastantes cabides.

Usou os cabides para pendurar a roupa que trouxera na mala de viagem: tirou as peças uma a uma, verificou se tinham rugas e pendurou-as no armário. Sabia que seria mais prudente, enquanto fugitiva, deixar a roupa dentro do saco em vez de a pendurar, mas se havia coisa que odiava era ter de usar roupa com vincos.

Nunca poderei vir a ser uma criminosa profissional fria se, numa altura destas, me preocupo com a roupa amarrotada!

De repente, lembrou-se de uma conversa que tivera com Ayumi:

– Guarda a tua massa debaixo do colchão; se vierem atrás de ti, podes deitar-lhe a mão e saltar pela janela.

– Sim, é isso – dissera Ayumi, estalando os dedos. – Como em *Tiro de Escape, o filme* com o Steve McQueen. Um maço de notas e uma caçadeira. Gosto dessas coisas.

Aomame falou para a parede:

Não é uma vida divertida.

Aomame foi para a casa de banho, despiu-se e meteu-se no duche. A água quente lavou o que ainda restava do desagradável odor a transpiração agarrado ao corpo. A seguir, foi à cozinha, sentou-se à frente do balcão e bebeu outro gole de cerveja enquanto secava o cabelo com a toalha.

Ao longo do dia de hoje, várias coisas deram um passo decisivo em frente. A engrenagem deu um clique e avançou. E as engrenagens que avançam nunca recuam. É uma das regras do mundo.

Aomame agarrou na arma, virou-a ao contrário e pôs o cano na boca. O aço encostado aos seus dentes era terrivelmente frio e duro. Sentiu um vago odor a gordura.

É a melhor maneira de estoirar os miolos. Destravar a patilha, apertar o gatilho. E tudo termina – assim mesmo. Sem ser preciso pensar. Sem ser preciso fugir.

Aomame não tinha propriamente medo de morrer.

Eu morro, o Tengo vive. Ele continua a viver neste 1Q84, neste mundo com duas luas. Mas eu não estarei cá. Não vou conseguir encontrá-lo neste mundo. Ou em qualquer mundo. Pelo menos, é o que diz o Líder.

Mais uma vez, percorreu todo o apartamento com o olhar, lentamente.

Parece um andar-modelo. Limpo e uniforme, todas as necessidades satisfeitas. Mas distante e impessoal. Feito de papier mâché. *Não seria agradável morrer num lugar assim. Porém, mesmo que se mudasse o cenário para outro mais agradável, será que, neste mundo, existe uma forma agradável de morrer? E, agora que penso nisso, o mundo em que vivemos não é, só por si, uma sala-modelo gigantesca? Entramos, sentamo-nos, bebemos uma chávena de chá, olhamos pela janela e vemos a paisagem, e, quando chega a hora, agradecemos e saímos. A mobília é toda a fingir. Até mesmo a Lua, por trás da janela, pode ser feita de papel.*

Mas eu amo o Tengo.

Aomame murmurou as palavras em voz alta. «Eu amo o Tengo.»

Não é uma charanga ruidosa. 1Q84 é o mundo real, onde os cortes fazem correr sangue real, onde a dor é dor verdadeira e o medo é medo real. A lua no céu não é de papel. É uma lua real – são duas luas reais. E, neste mundo, eu aceitei morrer para salvar o Tengo. Não permito que alguém diga que é falso.

Aomame olhou para o relógio de parede redondo. Um modelo simples, da *Braun*. A condizer com a *Heckler & Koch*. O relógio era o único objeto pendurado nas paredes do apartamento. Os ponteiros indicavam que já passava das dez. A hora de os homens descobrirem o corpo do Líder.

No quarto de uma elegante suíte do Hotel Okura, um homem soltara o seu último suspiro. Um homem corpulento. Um homem que estava longe de ser vulgar. Deslocara-se para outro mundo. Ninguém podia fazer nada para o trazer de volta.

Chegara a hora dos fantasmas.

16

TENGO

Como um navio-fantasma

Que tipo de mundo teremos amanhã?
– Ninguém tem a resposta para isso – disse Fuka-Eri.

Mas o mundo em que Tengo acordou não parecia ter grandes diferenças em relação ao mundo em que adormecera na noite anterior. O relógio que tinha à cabeceira marcava as seis e pouco. Lá fora era já dia e o ar estava límpido. Os raios de sol escorriam pelos interstícios das cortinas. Parecia que, por fim, o verão estava a acabar. O chilrear dos pássaros soava vivo e penetrante. A violenta trovoada do dia anterior parecia uma assombração – ou talvez algo que tivesse ocorrido num local desconhecido num passado distante.

A primeira coisa que veio à cabeça de Tengo quando acordou foi que Fuka-Eri poderia ter desaparecido durante a noite. Mas não, ali estava ela ao seu lado, num sono profundo, como um animalzinho em hibernação. A sua face adormecida era bela e algumas madeixas soltas do seu cabelo negro formavam uma espécie de padrão intricado contra a face branca. Não se viam as orelhas, escondidas por baixo do cabelo. Mal se ouvia a sua respiração. Tengo deixou-se ficar um bocado a olhar para o teto, à escuta. A respiração dela lembrava o som de um pequeno fole.

Recordava com uma clareza vívida a sensação que tivera ao ejacular, na noite anterior. Soltara realmente sémen – muito sémen – dentro daquela rapariguinha. A ideia deixou-o atordoado. Mas agora que a manhã chegara, aquilo parecia tão irreal como a tempestade, algo que acontecera num sonho. Durante a adolescência tivera por várias vezes sonhos molhados. Tinha um sonho sexual realista, ejaculava, acordando logo de seguida. Todos os factos aconteciam no sonho, mas a libertação de esperma era bem real. A sensação que tinha de momento parecia-se muito com a de então.

Desta vez, porém, não fora um sonho húmido. Ele penetrara Fuka-Eri, sem a menor sombra de dúvida. Deliberadamente, ela fizera-se penetrar pelo seu pénis e esgotara todo o sémen que havia dentro dele. Ele limitara-se a segui-la. Na altura, ficara completamente paralisado, incapaz de mexer um dedo. E, no que lhe dizia respeito, ele viera-se dentro da sala de aulas da escola primária, não dentro de Fuka-Eri, que, mais tarde, lhe dissera não ter a mínima hipótese de engravidar, por ainda não ser menstruada. Ainda não estava capaz de perceber em toda a sua plenitude o que lhe havia acontecido de facto. Mas *tinha* acontecido. Um facto real, no mundo real. Provavelmente.

Saiu da cama, vestiu-se, foi até à cozinha, ferveu água e fez café. Enquanto isso, tentou pôr a cabeça em ordem, como se estivesse a arrumar o conteúdo de uma gaveta da secretária. Todavia, não conseguiu arrumar tudo. Só foi capaz de mudar o sítio das coisas que estavam dentro da gaveta pondo os clipes no sítio da borracha, o afia-lápis no sítio dos clipes e a borracha no sítio do afia-lápis, substituindo uma forma de confusão por outra.

Depois de beber uma chávena de café acabado de fazer, foi para a casa de banho barbear-se enquanto escutava um programa de música barroca na rádio FM: as partitas[1] para vários instrumentos solistas de Telemann. Era a sua rotina habitual: ir à cozinha fazer café, bebê-lo e barbear-se enquanto escutava «Música Barroca Para Si» na rádio. A única coisa que mudava todos os dias era o

---

[1] «Partita» significa divisões ou partes. Inicialmente, designava apenas um conjunto de peças para instrumento solista – por regra, variações de um tema –, todas na mesma tonalidade. (*N. das T.*)

conjunto de obras tocadas. Na véspera, quase de certeza que tinham sido as composições para teclado de Rameau.

O locutor estava a falar.

Ao longo da primeira metade do século XVIII, Telemann granjeou grande prestígio em toda Europa, mas, no século XIX, acabou desprezado por ser demasiado prolífico. Contudo, isto não fora culpa de Telemann. As razões para que se compusesse música sofreram grandes alterações, acompanhando a mudança de estrutura da sociedade europeia, o que levou à reviravolta do apreço em que o tinham.

O *novo mundo é isto?*, pensou.

Olhou de novo para o que o rodeava. Ainda não havia qualquer sinal de mudança. Para já, não havia qualquer sinal de gente desdenhosa. De qualquer forma, ele tinha de se barbear. Quer o mundo tivesse mudado ou não, ninguém iria fazer isso por ele. Não tinha outro remédio senão encarregar-se do caso.

Quando acabou de se barbear, fez torradas, barrou-as com manteiga, comeu-as e bebeu outra chávena de café. Foi ao quarto ver Fuka-Eri, mas, segundo parecia, ela continuava profundamente adormecida – não se mexera do sítio onde estava. O cabelo dela ainda formava o mesmo padrão sobre a sua face. A respiração mantinha-se tão leve como antes.

De momento não tinha nenhum plano. Não tinha aulas na escola. Não estava à espera de visitas, nem fazia sequer tenção de ir visitar fosse quem fosse. Tinha o dia por sua conta, podia passá-lo como bem quisesse. Tengo sentou-se à mesa da cozinha e continuou a escrever o seu romance, preenchendo os quadradinhos do papel de manuscrito[2] com uma caneta de tinta per-

[2] *Genkōyōshi* – um tipo de papel japonês utilizado para escrever. É reticulado, normalmente tem 200 ou 400 quadrados por folha. Cada um receberá um caráter ou um sinal de pontuação. No Japão, os processadores de texto têm muitas vezes um modelo que segue estas regras. (*N. das T.*)

manente. Como era seu hábito, focou toda a atenção no trabalho. A troca de canais na sua mente fez com que tudo o resto desaparecesse do seu campo de visão.

Fuka-Eri acordou pouco antes das nove. Tinha despido o pijama e envergava uma *T-shirt* de Tengo – a da digressão japonesa de Jeff Beck, que ele usara quando fora visitar o pai, a Chikura. Os mamilos dela viam-se com toda a nitidez à transparência, e Tengo não conseguiu evitar a lembrança da sensação que havia experimentado quando ejaculara, na noite anterior, da mesma forma que uma determinada data nos traz à memória um facto histórico.

Na rádio FM tocava agora uma peça para órgão de Marcel Dupré. Tengo parou de escrever e foi preparar o pequeno-almoço à rapariga. Ela bebeu um chá *Earl Grey* e comeu torradas com compota de morango. Dedicou tanto tempo a espalhar a compota na torrada como Rembrandt quando pintava as pregas de uma peça de tecido.

– Quantos exemplares terá vendido o teu livro? – disse Tengo.

– Referes-te à *Crisálida de Ar* – perguntou Fuka-Eri.

– A-hã.

– Não sei – respondeu a rapariga, com um ligeiro franzir da testa. – *Muitos*.

Os números não são importantes para ela, pensou Tengo. O «*muitos*» dela evocou-lhe campos de trevos abertos a perder de vista. Os trevos traduziam apenas o conceito de «muitos», mas ninguém podia contá-los.

– Há muita gente a ler *A Crisálida de Ar* – disse Tengo.

Sem dar resposta, Fuka-Eri analisou atentamente a compota que tinha espalhado na torrada.

– Tenho de falar com o senhor Komatsu, o mais cedo possível – disse Tengo, olhando para Fuka-Eri, sentada à sua frente do outro lado da mesa. Como era seu hábito, a cara não deixou transparecer qualquer emoção. – Já *conheces* o senhor Komatsu, não é verdade?

– Vi-o na conferência de imprensa.

– Conversaram?

Fuka-Eri abanou ligeiramente a cabeça, num gesto negativo. Queria dizer que apenas se tinham falado.

Imaginava perfeitamente a cena: Komatsu a falar pelos cotovelos à velocidade da luz, a dizer tudo o que lhe ia na cabeça – talvez mesmo sem pensar duas vezes antes de falar –, enquanto ela mal abria a boca ou sequer escutava o que lhe dizia. Komatsu não estava preocupado com isso. Se alguma vez alguém lhe pedisse para dar um exemplo de duas personalidades absolutamente incompatíveis, ele diria os nomes de Fuka-Eri e Komatsu.

Tengo prosseguiu:

– Há *muito* tempo que não vejo o senhor Komatsu. E também não tenho tido notícias dele. Deve andar muito ocupado. Desde que *A Crisálida de Ar* se tornou um êxito de vendas, deve ter sido apanhado pelo circo montado à volta do caso. Mas já é mais que tempo de nos reunirmos e termos uma conversa séria. Há imensos problemas a discutir, e *agora* seria uma boa altura, uma vez que estás aqui. Que dizes? Vamos ter com ele, os dois?

– Encontrarmo-nos os três.

– A-hã. Seria a maneira mais rápida de resolver tudo.

Fuka-Eri ponderou a frase por breves instantes. Ou talvez estivesse a imaginar qualquer coisa. A seguir, respondeu:

– Não me importo. Se for possível.

Se for possível... Soava como um vaticínio.

– Achas que não vai ser possível? – perguntou Tengo, algo hesitante.

Fuka-Eri não respondeu.

– Partindo do princípio de que é possível, vamos ter com ele. Achas bem?

– Vamos ter com ele e fazer o quê.

– Vamos ter com ele e fazer o quê? Bem, antes de mais nada, tenho de lhe devolver dinheiro. Um destes dias, alguém transferiu uma quantia substancial para a minha conta como honorários por ter reescrito *A Crisálida de Ar*, mas eu não quero o dinheiro. Não que lamente ter feito o trabalho. Foi uma grande fonte de inspiração para o meu próprio projeto e orientou-me no rumo certo. E até resultou às mil maravilhas, apesar de ser eu a dizê-lo. A crítica recebeu-o bem e está a vender. Não penso que tenha sido um erro aceitá-lo. Mas também não pensava que o caso fosse assumir tamanhas proporções. É óbvio que aceitei fazê-lo e, portanto, devo assumir a responsabilidade. Mas não quero receber dinheiro.

Fuka-Eri teve um pequeno encolher de ombros.

– Tens razão. Pode não fazer diferença nenhuma. Mas eu gostava de deixar a minha posição bem clara.

– A quem.

– Principalmente, perante mim mesmo – respondeu, baixando um pouco a voz.

Fuka-Eri pegou na tampa do frasco de compota e observou-a, como se fosse algo fascinante.

– Mas pode já ser demasiado tarde – concluiu Tengo.

Fuka-Eri não disse nada a esse respeito.

Quando, depois da uma da tarde, Tengo tentou telefonar para o escritório de Komatsu (ele nunca lá estava de manhã), a mulher que atendeu informou-o de que Komatsu não ia ao escritório há vários dias. Era tudo o que sabia. Ou, se sabia mais qualquer coisa, não tinha obviamente intenção de o partilhar com Tengo. Pediu-lhe então que encaminhasse a chamada para outro editor que conhecia. Tengo escrevera uma pequena coluna, sob pseudónimo, para a revista mensal editada por este homem, mais velho do que ele uns dois ou três anos. Tinham frequentado a mesma universidade e ele simpatizava com Tengo.

– Há mais de uma semana que o Komatsu anda por fora – disse-lhe o editor. – Ao terceiro dia, telefonou a dizer que não voltaria ao trabalho tão cedo, porque se estava a sentir mal; desde então, nunca mais lhe pusemos a vista em cima. Os tipos do departamento editorial estão pelos cabelos. O senhor Komatsu é o editor responsável por *A Crisálida de Ar* e chamou a si tudo o que dizia respeito ao livro. Em princípio, ele deveria restringir-se ao trabalho ligado à revista, mas ignorou isso e não deixou que ninguém tocasse sequer com um dedo neste projeto, nem mesmo quando passou à fase de produção do livro. Por isso, se ele agora desaparece, ficamos de mãos atadas, ninguém sabe o que fazer. Se está realmente doente, calculo que não haja nada a dizer, mas, mesmo assim...

– O que tem ele?

– Não sei. Só disse que não estava a sentir-se bem. A seguir, desligou. Desde esse dia que nunca mais tive notícias. Queríamos fazer-lhe umas perguntas e tentámos ligar-lhe, mas as chamadas vão sempre dar ao atendedor automático. Anda tudo à nora...

– Ele não tem família?

– Não, vive sozinho. Teve mulher e um filho, outrora, mas tenho quase a certeza de que se divorciou há já bastante tempo. Ele nunca conta nada a ninguém, pelo que não sei grande coisa, mas é o que ouvi dizer.

– Seja como for, é estranho que esteja fora uma semana e só tenha ligado uma vez.

– Bom, sabes como é o Komatsu. Não é a pessoa mais sensata do mundo.

Tengo ponderou esta observação, ainda com o telefone encostado à cara.

– É verdade, nunca se sabe o que vai fazer a seguir. Tem pouco traquejo social e consegue ser bastante egocêntrico, mas, tanto quanto sei, não é irresponsável no que toca ao trabalho. Mesmo que esteja a morrer, não é o estilo dele largar tudo e manter-se incontactável quando *A Crisálida de Ar* está a vender tanto. Não é assim tão reles.

– Tens toda a razão – respondeu o editor. – Talvez seja melhor alguém ir até casa dele para ver o que se passa. Houve aqueles sarilhos todos com a Vanguarda por causa do desaparecimento da Fuka-Eri, e por agora não sabemos onde ela anda. Pode ter acontecido alguma coisa. Não acredito que esteja a fingir uma doença para se poder afastar e esconder-se com a Fuka-Eri.

Tengo não respondeu. Não podia dizer ao homem que tinha Fuka-Eri ali consigo, à sua frente, a limpar os ouvidos com uma cotonete.

– Mudando de assunto, há qualquer coisa neste livro que me incomoda. É fantástico que esteja a vender tão bem, mas algo não bate certo. E não sou a única pessoa a pensar assim: muitos colaboradores da editora estão como eu. Oh, a propósito, Tengo, tinhas qualquer coisa para tratar com o senhor Komatsu?

– Não, nada de especial. Há algum tempo que não falo com ele e vinha só saber notícias.

– Talvez tenha finalmente cedido à pressão. Seja como for, *A Crisálida de Ar* é o maior êxito de vendas que esta casa alguma vez teve. Estou ansioso pelo bónus deste ano. Já leste o livro?

– Claro. Li o manuscrito quando foi entregue a concurso.

– Claro, foste uma das pessoas que o avaliaram.

– Achei que estava bem escrito e era bastante interessante.

– Oh, é claro que é interessante e vale bem a pena lê-lo.

Tengo sentiu uma nota agoirenta no comentário.

– Mas há qualquer coisa que te incomoda?

– Bem, não passa de instinto de editor. Tens razão: *está* bem escrito. Um pouco bem escrito *demais* para uma estreante de dezassete anos. E agora ela desapareceu. Também ninguém consegue contactar o editor dela. O livro parece um daqueles velhos navios-fantasma, sem tripulação: continua a navegar, de velas desfraldadas ao vento, direitinho ao mar dos êxitos editoriais.

Tengo conseguiu responder com um vago resmungo. O editor prosseguiu:

– É sinistro. Misterioso. Bom demais para ser verdade. Isto fica só entre nós, mas há gente que anda por aí a sussurrar que o próprio Komatsu pode ter dado um jeito ao manuscrito: um jeito maior do que o bom senso aconselharia. Custa-me a crer, mas, se é verdade, podemos ter uma bomba-relógio nas mãos.

– Talvez não passe de uma série de felizes coincidências.

– Mesmo assim, a sorte não é elástica – respondeu o editor.

Tengo agradeceu e pousou o telefone.

* * *

Depois de desligar, Tengo disse a Fuka-Eri:

– O senhor Komatsu não apareceu para trabalhar durante toda a semana. Não conseguem entrar em contacto com ele.

Fuka-Eri não disse nada.

– As pessoas à minha volta parecem estar a desaparecer, umas atrás das outras – comentou Tengo.

Fuka-Eri não disse nada.

De súbito, Tengo lembrou-se do facto de as pessoas perderem quarenta milhões de células de pele por dia. As células soltam-se, transformam-se num pó invisível e desaparecem no ar.

Pode ser que, em relação ao mundo, nós também não passemos de células. Se assim for, não há nada de misterioso no desaparecimento de uma pessoa.

– Talvez seja eu a seguir – disse Tengo.

Fuka-Eri fez um pequeno aceno com a cabeça, determinada.

– Não, tu não desaparecerás.

– Porque não?

– Porque eu fiz uma purificação.

Tengo contemplou-a por longos segundos. Claro que não chegou a conclusão nenhuma. Desde o princípio que sabia que, por mais que o fizesse, era inútil pensar. Mesmo assim, era incapaz de evitar fazer esse esforço.

– Em todo o caso, por agora, não vamos poder estar com o senhor Komatsu. E não posso devolver-lhe o dinheiro.

– O dinheiro não é problema – disse Fuka-Eri.

– Então qual é o problema? – perguntou Tengo.

Claro que não obteve resposta.

Tengo decidiu levar avante a decisão da noite anterior e procurar Aomame. Se passasse o dia todo num esforço de concentração, com certeza que, no mínimo, acabaria por descobrir uma pista. Na realidade, não foi assim tão fácil. Deixou Fuka-Eri no apartamento (após tê-la avisado insistentemente para não abrir a porta a ninguém) e foi até à sede da companhia dos telefones, que tinha disponível ao público a coleção completa das listas telefónicas de todo o país. Folheou todas as listas dos vinte e três bairros centrais de Tóquio à procura do nome «Aomame». Mesmo que não encontrasse a rapariga, podia ser que um dos seus familiares vivesse na cidade, e ele poderia pedir informações a essa pessoa.

Mas não encontrou ninguém chamado «Aomame». Alargou a pesquisa de forma a incluir toda a área metropolitana de Tóquio e voltou a não encontrar ninguém. Tornou a alargar o campo de pesquisa e incluiu toda a região de Kantō – as prefeituras de Chiba, Kanagawa, Saitama... Esgotou energias e tempo. Depois de passar o dia todo a ler a letrinha minúscula das listas telefónicas, doíam-lhe os olhos.

Ocorreram-lhe várias possibilidades:

1) Ela vivia num subúrbio da cidade de Utashinai, na ilha de Hokkaidō.
2) Casara e agora chamava-se «Ito».
3) Tinha um número confidencial para proteger a sua privacidade.
4) Morrera dois anos antes, na primavera, de uma violenta gripe.

Deviam existir inúmeras possibilidades para além destas. Não fazia sentido limitar as buscas às listas telefónicas. Nem era possível ler as listas todas do país. Um mês mais tarde, estaria ainda a chegar às de Hokkaidō. Tinha de encontrar uma nova forma de procurar.

Tengo comprou um cartão de chamadas pré-pagas e enfiou-se numa das cabinas telefónicas da companhia dos telefones. Dali ligou para a sua antiga escola primária em Ichikawa e pediu à funcionária que atendeu o telefone que procurasse a morada que tinham no processo de Aomame, dizendo que queria contactá-la por causa de um assunto da Associação de Antigos Alunos. A mulher pareceu-lhe amável e descontraída enquanto ia folheando as fichas dos ex-alunos. Aomame fora transferida para outra escola no quinto ano e não acabara a escolaridade ali. Por isso, o nome dela não constava do registo e eles não sabiam a sua presente morada. No entanto, era possível encontrar o endereço para onde se mudara. Estaria interessado?

Tengo disse que sim, estava interessado.

Apontou a morada e o número de telefone «a/c Koji Tasaki» no bairro Adachi, em Tóquio. Tanto quanto lhe era dado a perceber, na altura, ela saíra de casa dos pais. Alguma coisa teria acontecido. Calculando que deveria ser inútil, Tengo marcou o número. Tal como supunha, já não estava ligado. Bem vistas as coisas, tinham passado vinte anos. Telefonou para as informações e deu a morada e o nome de Koji Tasaki, mas a única coisa que soube foi que não havia nenhum telefone registado naquele nome.

A seguir, Tengo tentou descobrir o telefone da sede das Testemunhas, mas, na lista que consultou, não existiam quaisquer contactos deles. Nada em «Antes do Dilúvio», nada em «Associação das Testemunhas» ou em qualquer coisa do género. Também tentou os apartados de «Organizações Religiosas», mas não encontrou nada. No fim desta luta, Tengo concluiu que, provavelmente, eles não queriam ser contactados por ninguém.

Agora que pensava nisso, era bastante estranho. Estavam sempre a aparecer por todo o lado e a toda a gente. Tocavam à campainha, batiam à porta, sem se preocuparem em saber se a pessoa estaria ocupada – nem que fosse a fazer um *soufflé*, a soldar alguma coisa, a lavar a cabeça, a treinar um rato a fazer habilidades ou a pensar em equações do segundo grau –, e, com um grande sorriso, convidavam-nas a ler a Bíblia com eles. Não tinham qualquer problema em ir visitar alguém, mas a pessoa não era livre de ir visitá-los (a menos que se fosse crente, talvez). Não era possível fazer-lhes uma simples pergunta. Era bastante incómodo.

Contudo, mesmo que conseguisse encontrar o telefone da Associação e os contactasse, custava a crer que uma organização tão desconfiada desse de boa vontade qualquer informação acerca de um dos seus membros. Sem dúvida que teriam as suas razões para serem tão circunspectos. Havia muita gente que os odiava por causa das suas doutrinas extremistas e excêntricas, bem como pela natureza obstinada da sua fé. Tinham provocado vários problemas sociais e, em consequência disso, a forma como lidavam com eles tocava muitas vezes as raias da perseguição. Provavelmente, proteger a comunidade de um mundo exterior pouco menos do que hostil tornara-se já uma segunda natureza.

Em todo o caso, o caminho da pesquisa de Tengo levara-o a um beco sem saída, pelo menos por agora. Naquele momento, não conseguia pensar em mais nenhum método adicional. «Aomame» era um nome tão invulgar, que, uma vez ouvido, era impossível esquecê-lo. Mas, ao tentar seguir os passos de uma única pessoa com esse nome, depressa esbarrara com um muro sólido. Talvez fosse mais rápido perguntar diretamente aos membros da Associação das Testemunhas. Era provável que a sede desconfiasse dos seus motivos e se recusasse a dizer-lhe fosse o que fosse, mas, se perguntasse a um dos membros, ele talvez fosse amável e o informasse, sentia. Contudo, Tengo não conhecia nenhum membro da Associação das Testemunhas. Agora que pensava nisso, há uns bons dez anos que ninguém da Associação lhe batia à porta. Por que razão apareciam quando não eram desejados e, quando o eram, não apareciam?

Uma outra possibilidade seria pôr um anúncio num jornal. «Aomame, por favor, contacta-me imediatamente. Kawana.» Que estupidez! Tengo não acreditava que Aomame se desse ao trabalho de entrar em contacto com ele, mesmo que visse um anúncio desses. Talvez a alarmasse. «Kawana» também não era um apelido vulgar, mas custava a crer a Tengo que ela ainda o recordasse. Kawana... quem será? Pura e simplesmente, ela não entraria em contacto com ele. E, além do mais, quem é que ainda lia classificados?

Outra abordagem poderia ser contratar um detetive privado. Deviam saber como procurar pessoas. Tinham os seus métodos e contactos. As pistas de que Tengo já dispunha podiam ser suficientes para que a encontrassem depressa. Talvez não fosse demasiado caro. Mas seria algo a utilizar em último recurso apenas, considerou Tengo. Tentaria mais um bocado para ver o que conseguia fazer por si próprio.

* * *

Quando começou a escurecer, regressou a casa, onde foi encontrar Fuka-Eri sentada no chão a ouvir discos – velhos discos de *jazz* deixados pela sua amante. Havia capas de discos espalhadas pelo chão: Duke Ellington, Benny Goodman, Billie Holiday. Naquele momento, no prato girava um disco de Louis Armstrong, que cantava «Chantez les Bas», uma canção memorável. Trazia-lhe à lembrança a sua amante. Tinham ouvido esta canção entre uma e outra hora de sexo. Perto do fim, o trombone de Trummy Young entusiasma-se, esquece-se de terminar o seu solo no ponto que fora acordado e toca mais uns oito compassos extra. «Aqui, é neste sítio», explicara-lhe a amante. Quando acabava, cabia a Tengo a tarefa de sair da cama nu, ir à outra sala e virar o LP para pôr a tocar o lado B. Sentiu a mordedura da nostalgia ao recordar esses dias passados. Apesar de nunca ter pensado que a relação duraria para sempre, nunca esperara que terminasse de forma tão abrupta.

Tengo teve um sentimento de estranheza por ver Fuka-Eri escutar com tanta atenção os discos que Kyōko Yasuda deixara para trás. Com o sobrolho franzido numa atitude de profunda concentração, ela parecia tentar ouvir algo para além da velha música, esforçando-se por descortinar uma sombra por entre aqueles sons.

– Gostas deste disco?

– Fartei-me de o ouvir – respondeu Fuka-Eri. – Não te importas.

– Claro que não. Mas não te aborreceste por ficares aqui sozinha?

Fuka-Eri teve um ligeiro abanar da cabeça.

– Estive a pensar.

Tengo queria fazer perguntas a Fuka-Eri acerca do que se passara entre os dois durante a tempestade. *Porque fizeste aquilo?* Não estava em crer que Fuka-Eri sentisse algum desejo sexual por ele. Devia ter sido um ato sem nenhuma relação com o sexo. A ser assim, que significado poderia ter?

Todavia, mesmo que lhe perguntasse de caras, duvidava que recebesse uma resposta clara. E Tengo não conseguia decidir-se a abordar o tema numa tarde de setembro tão aprazível e tranquila. Fora algo feito de uma forma sub-reptícia, num local sombrio, a meio de uma trovoada furiosa. Trazido para a luz do dia, a natureza do seu significado poderia alterar-se.

Portanto, Tengo abordou a questão de um ângulo diferente, um ângulo que admitia uma simples resposta de «sim» ou «não».

– Não tens o período?

– Não – foi a curta resposta.

– Nunca tiveste, nem mesmo uma vez?

– Não, nem mesmo uma vez.

– Pode não ser da minha conta, mas tu já tens dezassete anos. É provável que não seja normal ainda não teres tido o período.

Fuka-Eri teve um leve encolher de ombros.

– Já falaste com o médico a esse respeito?

Fuka-Eri abanou a cabeça.

– Não vale a pena.

– E porque não?

Fuka-Eri não respondeu. Nem deu sinais de ter ouvido a pergunta. Talvez os seus ouvidos tivessem uma válvula especial que pressentia se uma pergunta era adequada ou inadequada, abrindo-se e fechando-se quando necessário, como as guelras de uma sereia.

– Tem que ver com o Povo Pequeno? – indagou.

Mais uma vez, não obteve resposta.

Tengo suspirou. Não estava capaz de se lembrar de nenhuma outra pergunta que lhe permitisse ficar mais perto de esclarecer os acontecimentos da noite anterior. O carreiro estreito e incerto interrompeu-se naquele ponto e à sua frente só existia uma floresta cerrada. Olhou para o sítio onde tinha os pés, examinou o que o rodeava e levantou o olhar para o céu. Era o problema de falar com Fuka-Eri. Todos os caminhos acabavam inevitavelmente cortados. Um guiliak talvez fosse capaz de continuar em frente, mesmo depois de a estrada ter terminado, mas para Tengo revelava-se impossível.

Em vez disso, puxou outro assunto.

– Ando à procura de uma pessoa. Uma mulher.

Era inútil falar disto a Fuka-Eri. Tengo estava plenamente consciente disso, mas queria falar do caso com alguém. Queria ouvir-se a contar a alguém – fosse quem fosse – o que andava a pensar acerca de Aomame. Sentia que, se não o fizesse, Aomame ficaria cada vez mais distante dele.

– Há vinte anos que não a vejo. Tinha dez anos, da última vez que a vi. Temos a mesma idade. Éramos da mesma turma na escola primária. Já tentei encontrá-la de várias formas, mas não tive sorte nenhuma.

O disco chegou ao fim. Fuka-Eri levantou-o do gira-discos, semicerrou os olhos e cheirou várias vezes o plástico. A seguir, segurando-o pelas bordas, com cuidado para não deixar marcas de dedos, fê-lo escorregar para dentro da capa interior de papel e enfiou tudo na capa do disco – suave, amorosamente, como se transferisse um gatinho para o seu cesto.

– Queres ver essa pessoa – perguntou Fuka-Eri, sem ponto de interrogação.

– Sim, ela é muito importante para mim.

– Há vinte anos que andas à procura dela – indagou Fuka--Eri.

– Não, não ando – respondeu Tengo. Enquanto buscava as palavras adequadas para prosseguir, Tengo dobrou as mãos sobre a mesa. – Para te dizer a verdade, só hoje me pus à procura dela.

– Hoje – disse ela.

– Se ela é tão importante para ti, porque é que, até hoje, nunca a procuraste? – perguntou Tengo, no lugar de Fuka-Eri. – Boa pergunta.

Fuka-Eri fitou-o em silêncio.

Tengo tentou arrumar os pensamentos. A seguir, disse:

– É provável que eu tenha feito um longo desvio. Durante este tempo todo, sem interrupções, essa rapariga chamada Aomame tem estado, como dizer?, no centro da minha consciência. Tem funcionado como uma âncora importante na minha vida. Apesar disto… será?… acho que ainda não consigo avaliar completamente o significado que tem para mim, *precisamente* por estar tão perto do centro.

Fuka-Eri pregou o olhar em Tengo. Pela sua expressão era impossível perceber se a jovem rapariga compreendia minimamente o que ele estava a dizer-lhe. Mas pouco importava. Em parte, Tengo falava para si mesmo.

– Mas, por fim, percebi: ela não é nem um conceito, nem um símbolo, nem uma metáfora. Ela existe de facto: tem carne quente e um espírito que se move. Nunca devia ter perdido de vista esse calor e esse movimento. Levei vinte anos a perceber uma coisa tão óbvia. Levo sempre algum tempo a pensar nas coisas, mas isto é demais. Pode já ser demasiado tarde. Mas, seja lá como for, quero encontrá-la.

De joelhos no chão, Fuka-Eri endireitou-se e o desenho dos seus mamilos via-se por baixo da *T-shirt* de Jeff Beck.

– Ah-oh-mah-meh – pronunciou Fuka-Eri devagar, como se pesasse cada sílaba.

– Sim. Ervilhas. É um nome invulgar.

– Queres encontrá-la – perguntou Fuka-Eri, sem ponto de interrogação.

– Sim, é claro que quero encontrá-la – respondeu Tengo.

Fuka-Eri pensou durante alguns instantes, mordendo o lábio inferior. Depois, levantou os olhos como se tivesse tido uma nova ideia e disse:

– Pode estar aqui perto.

17

AOMAME

Fazer sair o rato

Na televisão, o noticiário das 7 da manhã mostrou uma grande reportagem sobre a inundação da estação de metro de Akasaka-Mitsuke, mas não houve uma única referência à morte do Líder da Vanguarda numa suíte do Hotel Okura. Quando terminaram as notícias da NHK, ela mudou de canal e viu alguns outros noticiários, mas nenhum deles anunciou a morte indolor daquele homem corpulento.

Esconderam o corpo, pensou Aomame, franzindo o sobrolho. Tamaru prevenira-a para essa possibilidade, mas custara-lhe a acreditar que o fizessem realmente. De alguma forma, tinham conseguido tirar o corpo do Líder da suíte do Hotel Okura, metê-lo num carro e levá-lo dali para fora. Era um homem bastante grande e o cadáver devia ser muitíssimo pesado. O hotel estava cheio de clientes e empregados. Havia câmaras de segurança por todo o lado. Como teriam conseguido levar o cadáver até à garagem subterrânea do hotel sem ninguém ter dado por isso?

Deviam ter transportado o corpo para a sede da comunidade em Yamanashi durante a noite. Uma vez lá chegados, teria havido uma discussão quanto ao que fariam com ele. Pelo menos, não iam fazer uma participação formal da sua morte à polícia. Uma vez escondida uma coisa, há que mantê-la escondida.

Provavelmente, aquela intensa trovoada, o aguaceiro localizado e a confusão que provocaram tinham-lhes facilitado a vida. Em todo o caso, tinham evitado tirá-lo de lá à luz do dia. Por sorte, o Líder pouco aparecia em público. A sua pessoa e os seus atos estavam envoltos em mistério, de modo que, mesmo tendo desaparecido de forma inesperada, a sua ausência não atrairia as atenções durante algum tempo. O seu falecimento – ou o seu assassínio – permaneceriam um segredo bem guardado por um punhado de pessoas.

Claro que Aomame não fazia a maior pequena ideia de como iriam preencher o vazio gerado pela morte do Líder, mas eles esgotariam todas as hipóteses de que dispusessem para manter a organização. Como o próprio homem dissera, o sistema perduraria, com ou sem líder. Quem poderia herdar a posição do Líder? Tal problema não dizia minimamente respeito a Aomame. A sua missão fora liquidar o Líder, não esmagar uma religião.

Pensou nos dois guarda-costas, de fatos escuros. O Bola-de--Bilhar e o Rabo-de-Cavalo. Uma vez de regresso às instalações, será que lhes teriam assacado a responsabilidade por terem deixado o Líder ir desta para melhor debaixo dos seus olhos? Aomame imaginou a próxima missão deles: «Custe o que custar, encontrem essa mulher. Não voltem sem ela.» Era possível. Tinham visto a cara dela de perto. Eram competentes e estavam sedentos de vingança. Eram dois caçadores capazes. Além do mais, a direção da comunidade teria de averiguar quem estaria por trás de Aomame.

Comeu uma maçã em jeito de pequeno-almoço, mas quase não tinha apetite. Nas suas mãos ainda retinha a sensação que tivera ao espetar a agulha na nuca do homem. Enquanto descascava a maçã com uma faquinha que segurava com a mão direita, sentiu o seu corpo estremecer ligeiramente – um estremecimento que nunca antes sentira. Dantes, sempre que matava alguém, a memória desse facto desvanecia-se quase por completo depois de uma boa noite de sono. Apesar de nunca se sentir bem quando tirava a vida a alguém, a verdade é que eram sempre homens que não mereciam continuar a viver. Inspiravam-lhe mais repulsa do que compaixão. Mas desta vez tinha sido diferente.

Em termos práticos, o que o homem fizera constituía, para não dizer mais, uma afronta à humanidade. No entanto, ele era, em muitos sentidos, um ser humano extraordinário e, pelo menos em parte, essa sua personalidade fora de série parecia transcender os parâmetros normais do bem e do mal. E tirar-lhe a vida também tinha sido algo extraordinário. Deixara-lhe nas mãos uma estranha sensação – uma sensação extraordinária.

Atrás de si deixara uma «promessa». Os pensamentos de Aomame levaram-na a essa conclusão. O peso de tal promessa ficara nas suas mãos como um *sinal*. Deu-se conta disto. Esse sinal talvez nunca mais desaparecesse.

Pouco depois das nove, o telefone tocou. Era Tamaru. Tocou três vezes, parou e começou outra vez, vinte segundos mais tarde.

– Afinal, não telefonaram à polícia – disse Tamaru. – Não veio nos noticiários da televisão nem nos jornais.

– Bem, ele morreu *mesmo*. Tenho a certeza.

– Sim, claro, eu sei. Não tenho a menor dúvida. Houve algumas movimentações por aqui. Já saíram do hotel. Convocaram várias pessoas da delegação da cidade a meio da noite, talvez para ajudarem a fazer desaparecer o corpo. Em coisas deste género, os tipos são bons. Por volta da uma da manhã, um *Mercedes Classe S* e uma carrinha *Toyota Hiace* abandonaram o parque de estacionamento do hotel. Ambos tinham vidros fumados e placas de matrícula de Yamanashi. É provável que, quando o Sol nasceu, já estivessem na sede da Vanguarda. Anteontem, a polícia fez uma rusga ao complexo, mas não foi uma operação em grande escala e todos os agentes há muito que se tinham ido embora. A Vanguarda tem um grande incinerador. Se alguém atirar um corpo lá para dentro, não sobra nem um osso que seja, só fumo.

– Sinistro.

– Sim, um grupo sinistro, é verdade. Apesar de o Líder estar morto, a organização continuará a funcionar durante ainda mais algum tempo, como uma cobra que permanece em movimento mesmo depois de lhe terem cortado a cabeça. Com cabeça ou sem cabeça, sabe rigorosamente para onde está virada. Ninguém pode dizer o que o futuro trará. Pode morrer. Ou arranjar outra cabeça.

– Não era um homem vulgar.

Tamaru não emitiu qualquer opinião a esse respeito.

– Completamente diferente dos outros – continuou Aomame.

Tamaru demorou um instante a aperceber-se do eco nas palavras de Aomame. Depois, disse:

– Sim, consigo perceber que esse homem fosse diferente dos outros. Mas é melhor pormo-nos a pensar no que vai acontecer *a partir de agora* e ser um pouco mais pragmáticos. Se não for assim, não sobreviverás.

Aomame pensou que devia dizer alguma coisa, mas as palavras não lhe saíram. O estremecimento ainda permanecia no seu corpo.

– A senhora quer falar contigo – informou-a Tamaru. – Pode ser?

– Claro – respondeu Aomame.

Passou o telefone à viúva. Aomame sentiu o alívio na voz dela.

– Estou-te muito grata, mais do que consigo exprimir. Trataste deste com a maior perfeição.

– Muito obrigada. Mas não me parece que vá ser capaz de fazer outra – disse Aomame.

– Não, tenho consciência disso. Pedimos-te demasiado. Fico muito contente por estares bem. Não voltaremos a pedir-te que faças uma coisa destas. Foi a última vez. Preparámos um sítio onde te poderás instalar tranquilamente. Não te preocupes. Por favor, deixa-te ficar nessa casa segura durante algum tempo. Entretanto, trataremos de tudo para que possas estabelecer-te na tua nova vida.

Aomame agradeceu-lhe.

– Tens aí tudo o que te faz falta? Se não tiveres, avisa-nos. Digo ao Tamaru que trate imediatamente do que for preciso.

– Não, muito obrigada. Tanto quanto me é dado a ver, tenho aqui tudo.

A senhora pigarreou.

– Bem. Só te peço que te lembres de uma coisa. O que fizemos está absolutamente certo. Punimos o homem pelos crimes que cometeu e evitámos que cometesse mais. Não haverá outras vítimas. Pusemos um ponto final nisso. Não deixes que esta situação te perturbe.

– Ele disse o mesmo.

– Ele?

– O Líder da Vanguarda. O homem que despachei ontem à noite.

A senhora ficou em silêncio durante uns bons cinco segundos. A seguir, disse:

– Ele sabia?

– Sim, sabia que eu estava ali para o matar e, ainda assim, deixou-me entrar. Estava mais do que ansioso pela morte. O corpo dele tinha sofrido uma grave lesão e encaminhava-se para um fim lento mas inevitável. Limitei-me a apressar um tanto o processo e dei descanso a um corpo torturado por dores violentas.

A viúva pareceu ter ficado muito chocada ao ouvir aquilo. De novo se viu sem saber o que dizer, o que não era nada vulgar nela.

– Estás a dizer… – começou a senhora, à procura das palavras adequadas – … que ele desejava que o castigassem pelos seus erros?

– O que ele queria era que o libertassem o mais depressa possível de uma vida de sofrimento.

– E decidiu deixar-te matá-lo.

– Precisamente.

Aomame não referiu o pacto que fizera com o Líder. Em troca de permitir que Tengo continuasse a viver neste mundo, ela própria teria de morrer: era um acordo secreto entre Aomame e o homem. Mais ninguém deveria saber.

Aomame prosseguiu:

– Os atos desse homem eram anormais, desviantes e mereciam a morte, mas não era um homem vulgar. Ou, pelo menos, tinha qualquer coisa de especial. Não restam dúvidas.

– Qualquer coisa de especial? – perguntou a velha senhora.

– É difícil de explicar – replicou Aomame. – Era ao mesmo tempo um dom ou poder especial e um fardo cruel. Penso que estava a corroê-lo por dentro.

– Estás a querer dizer que esse *algo* especial o forçou a ter aquele comportamento desviante?

– Provavelmente.

– De qualquer modo, puseste-lhe um ponto final.

– É verdade – respondeu Aomame, num tom seco.

Enquanto segurava o auscultador com a mão esquerda, Aomame esticou a mão direita, com a sua persistente sensação de morte, e olhou para a palma. O que quereria dizer «unir-se de maneira ambígua àquelas raparigas»? Aomame não o compreendia nem era capaz de o explicar à senhora.

– Como de costume, fiz com que parecesse que a morte se deveu a causas naturais, mas é provável que não nos façam a gentileza de a encarar assim. Dadas as circunstâncias, estou certa de que chegarão à conclusão de que eu tive alguma coisa que ver com aquilo. E, como sabe, ainda ninguém participou a morte dele à polícia.

– Sejam quais forem os passos que decidam dar, faremos tudo o que estiver ao nosso alcance para te proteger – afirmou a viúva. – Eles têm a organização deles, mas nós temos ligações fortes e dispomos de vastos fundos. E tu és uma pessoa inteligente e cautelosa. Não os vamos deixar levar a deles avante.

– Já encontraram a Tsubasa? – perguntou Aomame.

– Ainda não sabemos para onde foi. A minha opinião é que está dentro das instalações da Vanguarda. Não tem mais para onde ir. Ainda não arranjámos maneira de a trazer de volta, mas imagino que a morte do Líder tenha lançado a confusão no grupo. Pode ser que consigamos fazer qualquer coisa e aproveitar a confusão para a recuperar. Aquela criança precisa de ser protegida.

Segundo o Líder, *aquela criança* na casa-abrigo não era uma substância real. Era apenas uma forma de um conceito e, entretanto, fora «recuperada». Mas, naquele momento, Aomame não tinha como dizer isto à velha senhora. A própria Aomame não sabia o que significava, mas lembrou-se do relógio de mármore a levitar. Tinha-o visto com os seus próprios olhos. Perguntou:

– Quantos dias terei de ficar escondida nesta casa?

– Deves contar com qualquer coisa entre quatro dias e uma semana. Depois, receberás um novo nome e uma nova situação e serás deslocada para um local longe daqui. Uma vez que te tenhas instalado, para tua segurança, seremos forçados a cortar todos os contactos contigo. Durante algum tempo, não nos verás. Dada a minha idade, é bem provável que nunca mais te veja. Teria sido bem melhor não te ter metido neste assunto complicado. Muitas vezes pensei nisso. Não teria de te perder desta forma. Mas...

A voz ficou-lhe presa na garganta. Aomame esperou calmamente que ela continuasse a falar.

– ... mas não me arrependo. Tudo está mais ou menos determinado pelo destino. Tinha de te envolver, não tive escolha. Havia em ação forças muito poderosas, que me empurraram. Mesmo assim, lamento imenso que as coisas tenham chegado a este ponto.

– Por outro lado, partilhámos algo, algo importante, que não poderíamos ter partilhado com mais ninguém, algo que nunca poderíamos ter tido por outra via.

– Sim, tens razão – respondeu a velha senhora.

– Para mim, essa partilha foi importante, eu precisava dela.

– Muito obrigada por mo dizeres. Dá-me alguma redenção.

Para Aomame também era penoso saber que poderia não voltar a ver a senhora, que era um dos poucos laços que mantinha com o mundo exterior.

– Fique bem – disse Aomame.

– Tu também – respondeu a viúva. – E sê feliz.

– Se for possível – retorquiu Aomame. A felicidade era algo que estava muito distante dela.

Tamaru pegou no telefone.

– Ainda não usaste *aquilo*, pois não? – perguntou.

– Não, ainda não.

– Evita ao máximo usá-lo.

– Vou tentar não me esquecer disso.

Após uma curta pausa, Tamaru voltou a falar:

– Acho que no outro dia te disse que cresci num orfanato, nas montanhas de Hokkaidō.

– Separaram-te dos teus pais quando foram evacuados de Sacalina e puseram-te lá.

– Nesse orfanato, havia um rapaz dois anos mais novo do que eu. Era mestiço: meio japonês, meio negro. Acho que o pai era militar, destacado na base americana em Misawa. Não sei quem era a mãe dele, mas é provável que fosse uma prostituta ou uma empregada de bar. Abandonou-o pouco tempo depois de ele nascer e puseram-no no orfanato. Era bastante maior do que eu, mas pouco esperto. Claro que os outros miúdos se metiam com ele, sobretudo porque a sua cor era diferente. Sabes como é.

– Acho que sim.

– Eu também não era japonês e, não sei bem como, dei comigo a agir como seu protetor. As nossas situações eram semelhantes: um refugiado coreano e o filho ilegítimo e mestiço de um negro e uma puta. Não se pode descer mais baixo. Mas fez-me bem, endureceu-me. A ele não, porém. Ele nunca poderia ser um duro. Entregue a si próprio, teria de certeza morrido. Naquele sítio, se não tivéssemos resposta pronta ou se não fôssemos bons a lutar, não sobrevivíamos.

Em silêncio, Aomame esperou que prosseguisse.

– Ele era mau em tudo. Não conseguia fazer nada como deve ser. Não era capaz de abotoar a camisa ou limpar o seu próprio rabo. Mas, a esculpir, o caso mudava de figura. Era excelente. Dessem-lhe meia dúzia de ferramentas e um bloco de madeira e, antes de um ai, ele fazia uma magnífica escultura. Nem esboços nem nada: a imagem surgia-lhe na cabeça e ele criava uma figura tridimensional rigorosa, tremendamente pormenorizada e realista. Era uma espécie de génio. Espantoso.

– Um *savant* – disse Aomame.

– Sim, claro. Mais tarde, aprendi isso tudo, a tal síndrome de Savant. Pessoas com poderes extraordinários. Mas, naquela altura, ninguém sabia nada acerca do assunto. Toda a gente partia do princípio de que ele era atrasado mental, ou coisa assim, um miúdo com um cérebro lento, mas com mãos dotadas que lhe permitiam ser bom a esculpir. Não sei porquê, a única coisa que ele conseguia esculpir eram ratos. Fazia-os muitíssimo bem. Fosse qual fosse o ângulo, pareciam sempre vivos. Mas ele nunca, nunca esculpiu outra coisa que não ratos. Toda a gente insistia para que fizesse outro animal... um cavalo ou um urso... e até chegaram a levá-lo ao jardim zoológico com essa intenção, mas ele nunca mostrou o mínimo interesse por outras criaturas. Por isso, acabaram por o deixar à vontade, a fazer o que queria: ratos. Fazia ratos e ratazanas de todos os tamanhos e feitios e em todas as posições. Estranho até mais não. E com isto quero dizer que *não havia* ratos no orfanato. Era demasiado frio e não tinham nada que comer. Aquele sítio era demasiado pobre, até mesmo para os ratos. Ninguém fazia a mínima ideia da razão por que tinha aquela fixação por ratos... Bem, seja lá como for, começou a espalhar-se que ele fazia ratos. O jornal da zona fez uma história e as pessoas começaram a pedir para os comprar. O responsável pelo orfanato, um padre católico, conseguiu que uma loja de artesanato ficasse com os bichos e começasse a vendê-los aos turistas. Devem ter feito uma quantia considerável, mas é claro que não chegou nada às mãos do rapaz. Não sei o que fizeram ao dinheiro e suspeito que os responsáveis do orfanato o usaram em proveito próprio. O rapaz só recebeu mais ferramentas e madeira para continuar a fazer ratos na oficina. É verdade que o dispensavam do trabalho duro no campo: ele só tinha de ficar ali sozinho, a esculpir ratos e ratazanas, enquanto todos nós andávamos por fora. Nesse sentido, tinha sorte.

– E o que foi que lhe aconteceu?

– Para te dizer a verdade, não sei. Aos catorze anos, fugi do orfanato e, desde então, vivi sozinho. Fui direito ao *ferry*, fiz a travessia para a ilha principal e, daí em diante, nunca mais pus os pés em Hokkaidō. Na última vez que o vi, estava dobrado sobre a bancada, concentrado a esculpir. Nesses momentos, não era possível falar com ele, e eu nunca me despedi. Se ainda for vivo, imagino que esteja algures a esculpir ratos. Era o que sabia fazer.

Aomame manteve-se em silêncio e esperou pelo resto da história.

– Ainda hoje, penso muitas vezes nele. A vida no orfanato era horrível. Davam-nos pouca comida e andávamos sempre com fome. Os invernos eram *gelados*. O trabalho era duro e os miúdos mais velhos brutalizavam-nos. Mas ele nunca pareceu achar que aquela vida fosse assim tão dolorosa. Enquanto pudesse esculpir, parecia feliz. Às vezes, quando agarrava nas ferramentas, parecia ficar meio louco, mas, fora isso, era um tipo mesmo dócil. Não incomodava ninguém e deixava-se estar calmamente a esculpir os seus ratos. Agarrava num bocado de madeira e ficava a olhar para ele durante muito tempo até ser capaz de ver que tipo de rato e em que posição estava no interior da madeira. Levava muito tempo até ser capaz de ver a figura, mas, uma vez que a visse, só tinha de a tirar de dentro da madeira com as suas ferramentas. Dizia muitas vezes: «Vou fazer sair o rato.» E os ratos que ele *fazia sair* tinham o ar de poderem começar a mexer-se a qualquer instante. Não parava de libertar ratos aprisionados dentro de cada pedaço de madeira.

– E tu protegias o rapaz.

– Sim, mas não porque quisesse. Dei comigo naquela situação. Era a minha. E, uma vez que te visses em determinada situação, tinhas de estar à altura dela, por mais coisas que acontecessem. Era a regra. Por exemplo, se um dos outros rapazes lhe escondia as ferramentas só para gozar, eu ia ter com ele e partia-lhe a cara. Mesmo que o outro miúdo fosse mais velho ou maior do que eu ou se fossem vários contra um, eu tinha de lhe ir à cara. É claro que houve vezes em que me vieram à cara a mim. Muitas vezes. Mas não se tratava de ganhar ou perder: partissem-me eles a cara ou eu a deles, acabava sempre por recuperar as ferramentas e devolver-lhas. Isso é que era importante. Estás a ver onde quero chegar?

– Acho que sim – respondeu Aomame. – Mas acabaste por ter de o abandonar.

– Bom, eu tinha de viver a minha vida. Não podia ficar com ele para sempre e cuidar dele. Como é óbvio, não podia dar-me a esse luxo.

Aomame tornou a abrir a mão direita e olhou para ela.

– Já te vi com um pequeno rato esculpido na mão. Foi feito por ele?

– Foi, ele deu-me um pequenino, e eu trouxe-o quando fugi. Tenho-o comigo.

– Sabes, Tamaru, não és o tipo de pessoa que fale muitas vezes acerca de si próprio. Porquê agora?

– Uma das coisas que queria dizer-te é que penso nele muitas vezes – respondeu Tamaru. – Não que queira tornar a vê-lo, ou coisa do género. Não quero mesmo. Para começar, não teríamos conversa um para o outro. É só que eu ainda tenho gravada esta imagem muito nítida dele «a fazer sair os ratos» de bocados de madeira numa concentração absoluta; tornou-se uma referência mental importante para mim. Ensina-me algo... ou, pelo menos, tenta. As pessoas precisam de coisas assim para continuar a viver: paisagens mentais com um significado, mesmo que impossível de explicar por palavras. Em parte, a razão por que vivemos prende-se com o termos de arranjar explicações para estas coisas. Eu penso assim.

– Estás a dizer-me que são o fundamento da nossa vida?

– Talvez.

– Eu também tenho paisagens mentais dessas.

– É melhor que as trates com cuidado.

– Tratarei.

– Tenho ainda uma coisa para te dizer, que é isto: farei tudo o que puder para te proteger. Se houver alguém a quem eu tenha de ir à cara, eu vou. Ganhe ou perca, não te abandono.

– Obrigada.

Houve um silêncio tranquilo.

– Não saias do apartamento durante algum tempo. Pensa que, se deres um passo para fora da tua porta, estás na selva. *Okay*?

– Entendido.

A ligação foi cortada. Ao pousar o telefone, Aomame tomou consciência da força com que estava a agarrar no aparelho.

* * *

O Tamaru quis transmitir-me que agora sou parte indispensável da família deles, que os vínculos, uma vez criados, não se desfazem. Estamos unidos por um sangue artificial, se posso dizê-lo assim, pensou Aomame. Estava grata a Tamaru por lhe ter enviado aquela mensagem. Ele devia ter-se apercebido de que Aomame estava a passar por um período difícil. Precisamente porque a considerava um membro da família, ele tinha-lhe contado alguns dos seus segredos.

A ideia de que um laço assim só se podia formar através da violência era um pensamento quase insuportável para Aomame.

Só nos é possível partilhar estes sentimentos tão profundos devido às minhas circunstâncias únicas. Infringi a lei, matei várias pessoas e anda gente atrás de mim para me matar, é mais que certo. Teria sido possível estabelecer estes laços se não existisse um assassínio pelo meio? Poderíamos ter criado estes laços de confiança se eu não estivesse à margem da lei? Duvido.

Viu o noticiário na televisão enquanto bebia chá. Não houve mais notícias da inundação na estação de metro de Akasaka-Mitsuke. Assim que, no dia seguinte, a água desceu e os comboios voltaram a circular dentro da normalidade, a notícia perdeu pertinência. A morte do Líder da Vanguarda também ainda não era do conhecimento público. Só meia dúzia de pessoas o sabia. Aomame imaginou o cadáver daquele homem corpulento a arder dentro do incinerador a altas temperaturas. «Não sobrará nem um osso», dissera Tamaru. Tudo se converteria em fumo e se dissolveria no ar do princípio do outono, independentemente de qualquer graça divina ou sofrimentos. Aomame imaginou o fumo e o céu.

Houve uma notícia sobre o desaparecimento da rapariga de dezassete anos que escrevera *A Crisálida de Ar*, um grande êxito de vendas. Eriko Fukada, ou «Fuka-Eri», como era conhecida, desaparecera há já mais de dois meses. A polícia recebera uma participação e um pedido de ajuda por parte do tutor e estava a investigar o caso com todo o cuidado, mas ainda nada se esclarecera, disse o locutor. No ecrã surgiu uma pilha de exemplares de *A Crisálida de Ar* numa livraria e um cartaz com a fotografia da bonita autora pendurado numa parede da loja. Entrevistaram uma jovem funcionária da livraria: «O livro está a vender que nem pãezinhos quentes. É uma loucura. Comprei-o e li-o. É realmente bom, muito imaginativo. Espero que encontrem a Fuka-Eri rapidamente.»

O jornalista não fez qualquer referência à relação de Eriko Fukada com a Vanguarda. Quando havia organizações religiosas envolvidas, a imprensa era sempre muito cuidadosa.

Mas a verdade é que Eriko Fukada tinha desaparecido. Fora violada pelo pai quando tinha apenas dez anos. Tinham tido uma «união ambígua», se Aomame aceitasse a terminologia. Aquela união permitira que o Povo Pequeno entrasse nele.

Aomame não conseguia imaginar como é que Eriko Fukada iria lidar com a notícia da morte do pai.

Como é que ele disse? É isso, ela era a Apreensora e ele o Recetor. Eriko Fukada era quem apreendia e o pai dela era quem recebia. Depois o homem começou a ouvir vozes estranhas. Tornou-se o representante *do Povo Pequeno e o fundador de uma religião chamada Vanguarda. Depois disso, ela abandonou a religião. A seguir, enquanto força que se opunha ao Povo Pequeno, formou equipa com o Tengo e escreveu o romance* A Crisálida de Ar, *que se transformou num êxito de vendas. Agora, por uma razão desconhecida, desapareceu, e a polícia anda à procura dela.*

Entretanto, ontem à noite, armada de um picador de gelo especial, eu assassinei o pai da Eriko Fukada, Líder da associação religiosa a que chamam Vanguarda. Os fiéis dessa associação transportaram o cadáver para fora do hotel e, em segredo, «desfizeram-se» dele. Aomame não conseguia imaginar como reagiria Eriko Fukada à morte do pai. *Foi uma morte que ele próprio pediu, uma morte indolor e misericordiosa, mas a verdade é que usei as minhas mãos para arrancar a vida a um ser humano. Já por si, a vida de uma pessoa pode ser bastante solitária, mas não está isolada. Está vinculada a outras vidas e é bem certo que isso acarreta algumas responsabilidades que têm de ser assumidas.*

O Tengo também está profundamente envolvido nestes acontecimentos. Os Fukada, pai e filha, são o que nos une: Apreensora e

Recetor. Por onde andará agora o Tengo e o que estará a fazer? Será que está envolvido no desaparecimento da Eriko Fukada? E ainda estarão a colaborar um com o outro? As notícias da televisão não dizem nada acerca do Tengo, claro. Até ao momento, ainda ninguém sabe que foi ele quem escreveu A Crisálida de Ar. *Mas* eu *sei.*

Aparentemente, ele e eu estamos a encurtar, pedacinho a pedacinho, a distância que nos separa. Fomos trazidos para este mundo pelas circunstâncias, e estas estão a aproximar-nos como se estivéssemos a ser arrastados para o centro de um grande vórtice. Um vórtice que pode ser letal. Mas o Líder insinuou que, fora de um lugar tão letal, nunca nos teríamos encontrado, da mesma forma que a violência gera certo tipo de vínculos puros.

Inspirou profundamente. Depois, estendeu a mão e agarrou na *Heckler & Koch* que estava em cima da mesa e verificou a sua solidez ao toque. Imaginou a sensação de ter o cano na boca e o dedo a premir o gatilho. Um grande corvo surgiu inesperadamente na varanda, empoleirou-se no corrimão e soltou uma série de gritos penetrantes. Através do vidro, Aomame e o corvo observaram-se durante algum tempo. Os grandes olhos brilhantes do corvo espiavam os movimentos de Aomame, dentro da sala. A ave parecia entender o significado da arma que a rapariga tinha na mão. Os corvos são animais inteligentes. Decerto saberiam que aquele pedaço de metal tinha um grande significado. Não sabiam porquê, mas sabiam.

O corvo abriu as asas e voou para longe de um modo tão inesperado como chegara, tendo aparentemente visto o que tinha querido ver. Assim que ele desapareceu, Aomame pôs-se de pé, desligou a televisão e suspirou, esperando que o corvo não fosse um espião do Povo Pequeno.

Aomame fez os seus alongamentos habituais em cima do tapete da sala, trabalhou os músculos até ao limite ao longo de uma hora, vivendo esse tempo com uma dor oportuna. Um por um, alongou cada músculo do seu corpo e submeteu-o a um interrogatório intenso e minucioso. Ela tinha o nome, a função e o tipo de cada músculo gravado na cabeça, sem escapar nenhum.

Transpirou em bica, pondo a funcionar os pulmões e o coração a toda a força, fazendo alternar os canais da sua consciência. Escutou o fluir do sangue nas suas veias e recebeu as mensagens sem palavras que o coração lhe enviava. Os músculos do seu rosto contorceram-se nos mais diversos sentidos, como se ela estivesse a cravar os dentes em todas as mensagens.

A seguir, foi tomar um duche para limpar o suor. Pôs-se em cima da balança para verificar que não tinha havido nenhuma alteração significativa do seu peso. Diante do espelho confirmou que o tamanho dos seus seios e a forma do seu triângulo púbico não tinham mudado, e franziu o sobrolho com toda a força. Era o seu ritual matinal.

Quando se despachou da casa de banho, enfiou-se no fato de treino de malha para ter liberdade de movimentos. A seguir, para matar o tempo, decidiu examinar de novo todo o conteúdo do apartamento, a começar pela cozinha: os alimentos e os utensílios para cozinhar e comer. Memorizou cada um dos elementos e elaborou um plano de preparação de alimentos, decidindo o que comeria e por que ordem. Calculou que, mesmo não pondo nunca um pé fora do apartamento, poderia viver ali dez dias, no mínimo, sem ficar com fome e conseguiria que os alimentos durassem duas semanas se tivesse cuidado a dividir as porções. Tinham abastecido o apartamento com muita comida.

Depois, examinou as existências dos produtos não-alimentares: papel higiénico, lenços de papel, detergente para a roupa, luvas de borracha. Não faltava nada. As compras tinham sido feitas com grande esmero. Os preparativos deviam ter tido a colaboração de uma mulher – provavelmente, uma dona de casa experiente, a avaliar pelo óbvio cuidado que fora posto em toda a tarefa. Alguém tinha calculado meticulosamente o quê e quanto seria necessário para que uma mulher de trinta anos, saudável e solteira, pudesse viver ali sozinha durante um curto período de tempo. Um homem nunca poderia tê-lo feito – a menos que fosse *gay*, talvez, e muito perspicaz.

O armário da roupa de casa que se encontrava no quarto também estava bem fornecido de lençóis, cobertores e almofadas extra, tudo a cheirar a novo e de um branco imaculado. Todos os ornamentos tinham sido evitados com o maior cuidado, não havendo qualquer necessidade de gosto ou individualidade.

Na sala de estar havia um televisor, um gravador de vídeo e uma pequena aparelhagem com gira-discos e leitor de cassetes. Na parede oposta à janela estava um aparador de madeira que lhe chegava à cintura. Dobrou-se e abriu-o, tendo-se deparado com cerca de vinte livros, muito bem arrumados. Alguém se esforçara imenso para que Aomame não se aborrecesse enquanto estivesse ali escondida. Os livros eram todos novos, de capa dura, e não mostravam indícios de terem sequer sido abertos. A maior parte era recente, provavelmente escolhida nos escaparates dos êxitos de vendas do momento, numa grande livraria. A pessoa tivera algum cuidado na escolha – embora nem tanto bom gosto. Escolhera, em partes mais ou menos iguais, obras de ficção e de não-ficção. *A Crisálida de Ar* estava entre os escolhidos.

Com um pequeno aceno de cabeça, Aomame pegou neste último e sentou-se no sofá da sala, ao sol. Não era um livro muito grosso. Era leve e tinha letras grandes. Olhou para a sobrecapa e procurou o nome da autora, «Fuka-Eri», ali impresso; sopesou o livro na palma da mão aberta e leu a frase promocional que a editora imprimira na cinta colorida que o envolvia. Cheirou o livro, à procura daquele odor especial que os livros novos têm. Apesar de o seu nome não aparecer em sítio nenhum, a presença de Tengo estava ali. O texto impresso no interior passara pelo corpo de Tengo. Acalmou-se e abriu-o na primeira página.

A chávena de chá e a *Heckler & Koch* estavam ao alcance da mão.

18

TENGO

Aquele satélite solitário e taciturno

– Pode estar aqui perto – disse Fuka-Eri, depois de morder o lábio durante algum tempo, mergulhada nos seus pensamentos.

Tengo abriu e fechou as mãos em cima da mesa, fitando Fuka-Eri, olhos nos olhos.

– Aqui perto? Queres dizer aqui, em Kōenji?

– Dá para ir a pé.

Como é que sabes isso?

Tengo desejou fazer-lhe a pergunta, mas estava bem ciente de que não obteria resposta. Ela precisava de questões concretas, a que pudesse responder com um simples «sim» ou «não».

– Estás a dizer que, se procurar aqui pela zona, posso encontrar a Aomame? – perguntou.

Fuka-Eri abanou a cabeça.

– Se andares apenas por aí às voltas, não a encontras.

– Dá para ir a pé, mas não a encontro se apenas der umas voltas. É o que estás a dizer?

– Porque ela está escondida.

– Escondida?

– Como uma gata ferida.

A imagem de Aomame encolhida e escondida num buraco a cheirar a bafio veio à cabeça de Tengo.

– Porquê? Anda a fugir de alguém? – perguntou.

Claro que ela não respondeu a isto.

– Mas o facto de ela estar *escondida* quer dizer que está metida numa situação crítica, não é verdade?

– Xi-tu-a-xão crí-ti-ca – disse Fuka-Eri, fazendo eco das palavras de Tengo, com o ar de uma criança forçada a tomar um remédio de que não gosta. Provavelmente, não gostava do som das palavras.

– Como se alguém andasse atrás dela – disse Tengo.

Fuka-Eri inclinou a cabeça ligeiramente para o lado, querendo dizer que não compreendia.

– Mas não vai ficar lá para sempre.

– O nosso tempo é limitado.

– Sim, limitado.

– Mas agora ela está escondida num sítio, como uma gata ferida, pelo que não vai dar umas voltas por aí.

– Não, não vai – declarou a bonita rapariga, absolutamente convicta.

– Por outras palavras, tenho de a procurar num sítio especial.

Fuka-Eri assentiu com a cabeça.

– E que tipo de sítio especial? – perguntou Tengo.

Inútil será dizer que não obteve resposta.

– Tens recordações dela – disse Fuka-Eri, após uma ligeira pausa. – Uma dessas recordações pode ajudar-te.

– Pode ajudar – repetiu Tengo. – Estás a dizer que, se eu me lembrar de uma coisa a respeito dela, posso descobrir uma pista acerca do local onde está escondida?

Sem responder, ela teve um leve encolher de ombros. O gesto poderia incluir uma vaga sugestão afirmativa.

– Obrigado – agradeceu Tengo.

Fuka-Eri inclinou um nadinha a cabeça, qual gata satisfeita.

Tengo foi para a cozinha preparar o almoço. Fuka-Eri empenhava-se em escolher um dos discos que estavam na prateleira. Não que ele tivesse ali muitos discos, mas ela levou o seu tempo a escolher. No fim das suas deliberações, tirou um álbum antigo dos Rolling Stones, pô-lo no prato do gira-discos e fez descer o braço com a agulha. Era um disco que pedira emprestado a alguém durante o secundário e que, por qualquer razão, nunca devolvera. Há anos que não o ouvia.

Enquanto ouvia faixas como «Mother's Little Helper» e «Lady Jane», fez um arroz pilau, integral, com fiambre e cogumelos, e uma sopa de *miso* com tofu e algas *wakame*. Cozeu couve-flor e acrescentou-lhe o molho de caril que tinha preparado. Fez uma salada de feijão-verde e cebola. Tengo não achava uma chatice cozinhar. Aproveitava o tempo para pensar – sobre os problemas do quotidiano, de matemática, sobre a sua escrita ou sobre questões metafísicas. Conseguia organizar melhor as ideias quando estava de pé na cozinha, a mexer as mãos, do que quando não fazia nada. Contudo, hoje não houve raciocínio que lhe dissesse de que tipo de «lugar especial» falava Fuka-Eri. Tentar pôr ordem em algo onde nunca tal existira era um desperdício de esforço. O número de sítios a que poderia chegar era muito limitado.

Sentaram-se para comer, à frente um do outro, um de cada lado da mesa. A conversa entre os dois era praticamente inexistente. Pareciam um casal enfastiado: transportavam a comida para a boca em silêncio, cada um deles a pensar – ou a não pensar – em coisas distintas. No caso de Fuka-Eri, era particularmente difícil distinguir as duas coisas. Quando a refeição terminou, Tengo bebeu um café e Fuka-Eri comeu uma sobremesa que encontrou no frigorífico. Comesse o que comesse, a sua expressão nunca se alterava. Parecia que a única coisa que tinha em mente era mastigar.

Tengo sentou-se à secretária e, seguindo a sugestão de Fuka-Eri, esforçou-se por recordar o que sabia acerca de Aomame.

Tens recordações dela. Uma dessas recordações pode ajudar-te.

Mas Tengo não conseguia concentrar-se. No gira-discos tocava agora outra canção dos Rolling Stones. «Little Red Rooster» – uma gravação da época em que Mick Jagger andava maluco com os *blues* de Chicago. Nada mau, mas não era uma canção escrita para acompanhar alguém que quisesse pôr-se a pensar profundamente, empenhado em desenterrar memórias antigas. Os Rolling Stones não eram uma banda muito dada a essas deferências. Precisava de um sítio calmo onde pudesse estar sozinho.

– Vou sair durante um bocado – disse Tengo.

Sem tirar os olhos da capa do álbum que tinha na mão, Fuka-Eri fez um gesto com a cabeça, como se dissesse: «Tudo bem!»

– Se alguém bater à porta, não abras! – avisou Tengo.

Tengo encaminhou-se para a estação, vestido com uma *T-shirt* azul-escura de mangas compridas, calças de algodão que há muito tinham perdido o vinco e ténis. Um pouco antes de chegar à estação, fez um desvio, entrou num bar chamado Barleyhead e pediu uma cerveja à pressão. Serviam bebidas e refeições leves. Era tão pequeno que ficava cheio com apenas vinte clientes. Já ali estivera variadas vezes. Durante a noite, tornava-se bastante barulhento devido aos jovens que o frequentavam, mas entre as sete e as oito havia relativamente pouca gente e o ambiente era simpático e silencioso. Era o sítio perfeito para se sentar a um canto a ler um livro e a beber uma cerveja. Além do mais, tinha umas cadeiras confortáveis. Não fazia a mínima ideia de qual seria a origem do nome do bar ou o que significaria. Poderia ter perguntado a um dos empregados, mas não gostava de meter conversa com estranhos, e não era realmente importante não saber de onde vinha o nome. Não passava de um bar agradável que, por acaso, se chamava «Barleyhead»[1].

Felizmente, não estavam a passar música. Tengo sentou-se a uma mesa junto à janela, a beber uma *Carlsberg* à pressão enquanto ia mastigando uma mistura de frutos secos que tirava de uma tacinha e pensava em Aomame. Recordar Aomame fazia-o voltar a ter dez anos. Revivia um ponto de viragem na sua vida. Depois de Aomame lhe ter agarrado a mão quando tinham dez anos, ele recusara-se a acompanhar o pai em mais voltas para

[1] Literalmente, «espiga de cevada». (*N. das T.*)

cobrar as taxas da NHK. Um pouco mais tarde, passara pela experiência de ter uma ereção inequívoca, bem como a sua primeira ejaculação. Fora um momento decisivo na vida dele. Claro que a transformação acabaria por chegar – mais cedo ou mais tarde –, quer Aomame lhe tivesse ou não agarrado a mão, mas Aomame estimulara-o e promovera a mudança como se lhe tivesse dado um pequeno empurrão nas costas.

Ficou a olhar para a palma da mão esquerda, aberta, durante muito tempo.

Aquela rapariga com dez anos agarrou esta mão e mudou qualquer coisa dentro de mim, mas não sou capaz de encontrar uma explicação racional para isso se ter passado. Mesmo assim, entendemo-nos às mil maravilhas e aceitamo-nos mutuamente de uma forma muito natural, até ao mais ínfimo pormenor; foi quase um milagre, mas aconteceu. Coisas destas não acontecem muitas vezes na vida. Há pessoas que nunca passam por isto.

Na altura, contudo, Tengo não tivera plena consciência do significado determinante daquele facto. E não fora só nesse momento. Não tinha sido capaz de compreender totalmente todas as implicações, até muito pouco tempo antes. Limitara-se a guardar no seu coração, de maneira difusa, a imagem da rapariga ao longo dos anos.

Ela tinha agora trinta anos, e com toda a certeza que teria mudado de visual e seria muito diferente de quando tinha apenas dez anos. Devia ser mais alta, ter peito e o estilo do penteado também devia ter sido alterado. Era provável que usasse maquilhagem, uma vez que abandonara a Associação das Testemunhas. Podia usar roupa cara e cheia de estilo. Tengo teve alguma dificuldade em imaginar Aomame a descer a rua num fato *Calvin Klein* e de saltos altos. Mas, claro, era perfeitamente concebível. As pessoas crescem e, quando crescem, mudam.

Ela até pode estar aqui no bar, agora, e eu não a reconhecer.

Tengo inclinou o copo de cerveja e, com o olhar, percorreu o que o rodeava. Ela estava por ali perto. Podia ir a pé. Fora o que Fuka-Eri dissera, e Tengo acreditava piamente em Fuka-Eri. Se ela o afirmara, tinha de ser verdade.

Os únicos clientes para além dele eram um jovem casal, provavelmente estudantes, sentados ao balcão e imersos numa conversa tão intensa e íntima, que as suas testas estavam quase encostadas uma à outra. Ao vê-los, Tengo foi assaltado por um sentimento de solidão profunda, que há muito tempo não sentia.

Estou só neste mundo. Não tenho laços com ninguém.

Fechou os olhos e concentrou-se de novo na sala de aulas da escola primária. Na noite anterior, ele também fechara os olhos e visitara aquele local – com uma tremenda sensação de realidade concreta – quando o seu corpo se unira ao de Fuka--Eri durante a violenta tempestade. Por causa disso, a imagem que agora conjurava chegou-lhe com uma nitidez muito especial, como se o pó tivesse sido lavado pela chuva que caíra durante a noite.

A insegurança, a esperança e o medo tinham fugido para os cantos mais afastados da ampla sala e esconderam-se dentro dos muitos móveis que ali havia, como animaizinhos cobardes. Tengo foi capaz de recriar a cena com minúcia – o quadro, com as suas fórmulas matemáticas meio apagadas, os bocados de giz, as cortinas baratas e gastas pelo sol, as flores na jarra no estrado do professor (se bem que não soubesse que flores eram), os desenhos das crianças pendurados nas paredes, o mapa-múndi por trás do estrado, o odor a cera do chão, o ondular das cortinas, os gritos das crianças que entravam pela janela. Os seus olhos conseguiam identificar cada presságio, plano ou enigma que continham.

Ao longo dos vários segundos em que Aomame lhe segurara a mão, Tengo vira muitas coisas e havia gravado, com precisão fotográfica, as imagens na retina. Estas imagens constituíam uma das paisagens básicas que o tinham ajudado a atravessar os dolorosos anos da sua adolescência. A cena incluía sempre a sensação intensa dos dedos da rapariga nos seus. A mão direita dela nunca falhou no apoio prestado a Tengo ao longo do agonizante processo de se tornar adulto. A mão dizia:

Não te preocupes, estou contigo.

Não estás só.

«Está escondida», afirmara Fuka-Eri. Como um gato ferido.

Agora que pensava no caso, era uma coincidência estranha. A própria Fuka-Eri estava escondida ali. Não punha um pé fora do apartamento de Tengo. Nesta zona de Tóquio, duas mulheres viviam escondidas, fugiam de qualquer coisa. Ambas tinham ligações fortes a Tengo. Seria importante? Ou não passaria de uma mera coincidência?

Claro que as respostas não estavam ali à mão; só tinha um monte de perguntas. Perguntas a mais, respostas a menos. Era sempre assim.

Quando acabou a cerveja, um jovem empregado abeirou-se dele e perguntou-lhe se desejava mais alguma coisa. Tengo hesitou uma fração de segundo e pediu um *bourbon* com gelo e outra taça de frutos secos.

– O único *bourbon* que temos é o *Four Roses*, se está bem para si.

Tengo disse que não se importava. Nada. Tornou a concentrar-se em Aomame. Da cozinha chegava-lhe o apetitoso aroma de uma piza acabada de fazer.

De que demónio se esconderia Aomame? Da polícia? Mas Tengo não era capaz de acreditar que ela se tivesse transformado numa criminosa. Que crime teria cometido? Não, não podia ser a polícia quem andava atrás dela. Quem quer que fosse, o que quer que fosse, a lei não tinha nada que ver com aquilo. Absolutamente nada.

De súbito, ocorreu-lhe:

Talvez sejam os mesmos que andam atrás da Fuka-Eri. O Povo Pequeno? Por que razão andaria o Povo Pequeno atrás da Aomame?

Mas se eles *andam, de facto, a perseguir a Aomame, eu estou no centro disto tudo?* Claro que Tengo não fazia a mínima ideia da razão por que tinha de ser a figura central nesta cadeia de acontecimentos, mas, quando se procurava o ponto de ligação entre as duas mulheres, esse elo era Tengo. *Sem ter sido tido nem achado, eu posso ter andado a usar um poder que ignoro para atrair a Aomame para junto de mim.*

Um poder ignorado?

Olhou para as mãos.

Não percebo. Onde posso ter um poder desse tipo?

O seu *bourbon* chegou, acompanhado de uma taça de frutos secos. Engoliu um trago do *Four Roses*, agarrou num punhado de frutos secos e fê-los saltar na palma da mão, como se fossem dados.

Seja lá como for, a Aomame está aqui perto. Dá para ir a pé. Foi o que disse a Fuka-Eri. E eu acredito nela. Se me perguntassem, ia ter dificuldade em explicar porquê, mas acredito. Mesmo assim, como é que vou arranjar maneira de descobrir a Aomame? Já é difícil encontrar alguém que tenha uma vida normal, mas torna-se uma tarefa bem mais complicada quando a pessoa está a esconder-se deliberadamente. E se desse uma volta pelas ruas, com um altifalante na mão, a chamar por ela? Claro, como se isso fosse fazê-la aparecer na hora! E só serviria para alertar os outros para a presença dela e expô-la a um perigo acrescido.

Deve haver outra coisa qualquer de que não estou a lembrar-me.

«Tens recordações dela. Uma dessas recordações pode ajudar-te», dissera Fuka-Eri. Mas, já antes de ela lhe ter dito aquilo, Tengo há muito que suspeitava que poderia estar a ignorar um qualquer facto importante ligado a Aomame. De vez em quando, aquilo incomodava-o, como se fosse uma pedra num sapato. O sentimento era vago mas persistente.

Tengo limpou a mente como quem apaga um quadro e começou de novo a desenterrar memórias – recordações de Aomame, de si próprio, memórias de coisas à volta dos dois, dragando o fundo macio e lodoso, como um pescador que arrasta a sua rede, ordenando os vários itens e analisando-os com todo o cuidado. Mas tudo se passara havia mais de vinte anos. Por muito vívidas que fossem as suas memórias, havia um limite para o que conseguiria recordar.

Portanto, Tengo devia recordar-se de *algo* que estivera presente, *algo* que lhe tinha escapado. E devia fazê-lo de imediato, sob pena de nunca mais encontrar Aomame, que devia andar por aquela zona. A crer nas palavras de Fuka-Eri, o tempo era limitado. Sem esquecer que alguém andava a persegui-la.

Ocorreu-lhe tentar pensar em termos de linhas de visão. Aomame estava a olhar para quê? E ele próprio olhava para quê?

Repensaria tudo seguindo o fluxo do tempo e as linhas do olhar.

A rapariga dava-lhe a mão e olhava-o a direito, olhos nos olhos. O olhar dela não vacilava. De início, Tengo, que não percebia o que se estava a passar e não tinha a certeza do que ela estava a fazer, procurou as respostas nos olhos dela.

Tem de haver um mal-entendido ou um erro, pensou.

Mas não havia nem mal-entendido nem erro, e ele tomara consciência de que os olhos dela eram quase chocantemente profundos e límpidos. Nunca vira olhos de uma transparência tão absoluta. Pareciam duas nascentes, perfeitamente límpidas mas de que não se via o fundo, por serem demasiado profundas. Sentira que poderia ser sugado para dentro delas se continuasse a fitá-las, pelo que não tivera alternativa senão virar-lhes as costas.

Primeiro, olhara para as tábuas do soalho debaixo dos seus pés, contemplara a porta de entrada da sala vazia e, por fim, dobrara ligeiramente o pescoço para espreitar para fora da janela. Durante este tempo todo, o olhar de Aomame nunca vacilou. Continuara de olhos fixos nos de Tengo, mesmo quando ele olhou pela janela. Ele sentira a linha de visão dela aflorar-lhe a pele e os dedos apertando-lhe a mão esquerda com uma força imutável e uma convicção absoluta. Não tivera medo. Não havia nada de que ela tivesse medo. E através dos seus dedos estava a tentar transmitir esse sentimento a Tengo.

Porque o encontro entre os dois se dera depois de terem limpado a sala, as janelas estavam abertas para deixar entrar o ar fresco e as cortinas brancas ondulavam suavemente na brisa. O céu estendia-se por trás delas. Dezembro já chegara, mas ainda não estava muito frio. Lá no alto havia uma nuvem – uma nuvem branca que se estendia ao comprido, retendo ainda vestígios do outono e lembrando uma pincelada de tinta acabada de fazer no céu. E havia ali mais qualquer coisa flutuando por baixo da nuvem. O Sol? Não, não era o Sol.

Tengo susteve a respiração, com os dedos fez pressão dos dois lados da cabeça e tentou perscrutar um lugar ainda mais recôndito dentro da sua memória, identificando um frágil fio de consciência que parecia ir partir-se a qualquer instante.

É isso. A Lua estava ali.

Ainda faltava algum tempo para o pôr do Sol, mas ali estava ela – a Lua – destacando-se do céu, quase cheia. Tengo ficara impressionado por conseguir ver uma lua assim, tão grande e brilhante, quando ainda havia luz. Lembrava-se disso. O bloco de pedra insensível pairava baixo no céu como se, não tendo nada melhor que fazer, pendesse de um fio invisível. Tudo aquilo tinha um vago ar artificial. À primeira vista, parecia uma lua falsa, um adereço de cena. Mas, claro, era a Lua verdadeira. Ninguém iria perder tempo e dar-se ao trabalho de pendurar uma lua falsa num céu verdadeiro.

De súbito, Tengo apercebeu-se de que Aomame já não tinha os olhos postos em si. Desviara o olhar e fitava agora o mesmo que ele. Em plena luz do dia, Aomame observava a Lua, segurando ainda a mão dele, com uma expressão seriíssima. Olhou de novo para os olhos dela. Já não estavam tão límpidos. Fora uma limpidez especial, momentânea, e em seu lugar encontrava agora algo duro e cristalino. Era, a um tempo, fascinante e duro, algo que evocava o gelo. Tengo não foi capaz de abarcar o sentido daquilo.

Por fim, a rapariga pareceu ter-se decidido. Soltou inesperadamente a mão dele, virou-lhe as costas e saiu a correr da sala sem uma única palavra ou um olhar para trás, deixando Tengo num vazio absoluto.

Tengo abriu os olhos, relaxou, respirou profundamente e bebeu um trago do seu *bourbon*. Sentiu o líquido escorrer-lhe pela garganta e descer até ao estômago. Inspirou e soltou de novo o ar.

Aomame já ali não estava. Virara-lhe as costas e abandonara a sala, apagando a sua presença, saindo da vida dele.

Tinham passado vinte anos.

Foi a Lua. Eu estava a olhar para a Lua, e a Aomame também. Aquele bocado de pedra cinzenta suspenso no céu ainda cheio de luz, às 3h30 da tarde. Aquele satélite solitário e taciturno. Estivemos os dois, lado a lado, a observar a Lua. Mas o que é que isto significa? Que a Lua me vai guiar até junto dela?

De repente, ocorreu a Tengo que Aomame poderia ter confiado os seus sentimentos à Lua. Ela e a Lua poderiam ter congeminado uma espécie de acordo secreto. O olhar que dirigira à Lua continha em si mesmo algo assustadoramente sério, que levava a sua imaginação a concluir isto.

Claro que Tengo não fazia a mínima ideia do que, nessa altura, Aomame teria oferecido à Lua, mas era-lhe fácil imaginar o que a Lua concedera à rapariga: solidão e tranquilidade absolutas. Era a melhor coisa que a Lua podia oferecer a uma pessoa.

Tengo pagou a conta e saiu do Barleyhead. Já na rua, olhou para o céu e não conseguiu ver a Lua. Estava um céu limpo e a Lua já devia ter nascido, mas ao nível da rua não era possível vê-la, por causa dos prédios altos a toda a volta. Com as mãos enterradas nos bolsos, Tengo andou de umas ruas para as outras, à procura da Lua. Queria ir para um sítio qualquer onde tivesse uma visão desimpedida, mas não era fácil encontrar um lugar assim num bairro como Kōenji. A zona era tão plana que encontrar um ponto alto, mesmo pequeno, implicava uma boa dose de esforço, e não havia a mínima elevação. O melhor lugar poderia ser, talvez, o telhado de um prédio alto com uma vista a trezentos e sessenta graus, mas não conseguiu encontrar por ali um prédio desses que o deixasse subir ao telhado.

Enquanto caminhava sem destino, Tengo lembrou-se de que ali perto havia um parque infantil, por onde costumava passar nas suas andanças. Não era um parque grande, mas de certeza que havia um escorrega. Se trepasse até ao topo, devia conseguir ter uma boa visão do céu. Não era um escorrega muito alto, mas a vista devia ser melhor do que ao nível da rua. Dirigiu-se para lá. Os ponteiros do seu relógio de pulso indicavam que eram quase oito horas.

Não estava ninguém no parque. No centro erguia-se um candeeiro alto, de mercúrio, que iluminava tudo, até aos cantos mais afastados. Havia uma grande *zelkova*, ainda frondosa e cheia de folhas, muitos arbustos, uma fonte, um banco, baloiços e um escorrega. Também havia uma casa de banho pública, mas, ao pôr do Sol, fora fechada à chave por um trabalhador, talvez para manter os vagabundos afastados. Durante o dia, as jovens mães levavam ali os filhos que ainda não tinham idade para frequentar um jardim de infância e entregavam-se a animadas conversas enquanto as crianças brincavam. Inúmeras vezes, Tengo observara cenas do género. Contudo, assim que o Sol se punha, quase ninguém visitava aquele local.

Tengo trepou ao escorrega e, ainda de pé, levantou os olhos para o céu noturno. A norte do parque havia um prédio novo com seis andares. Nunca reparara nele. Devia ter sido construído pouco tempo antes. Bloqueava a visão do céu como se fosse um muro, mas nos outros três lados do parque só existiam edifícios baixos. Tengo virou-se para ver tudo à sua volta e descobriu a Lua a sudoeste, pairando por cima de uma velha casa de dois andares. Estava quase cheia.

Igualzinha à lua de há vinte anos. O mesmíssimo tamanho e feitio. Uma coincidência absoluta. Talvez.

Mas esta lua brilhante, flutuando no céu do início do outono, tinha contornos bem definidos e um calor ensimesmado, típico da época do ano. A impressão que causava era muito diferente da daquela lua no céu às 3h30 de uma tarde de dezembro. A sua luz suave e natural tinha o poder de acalmar e curar o coração como o correr da água límpida ou o suave restolhar das folhas.

De pé no alto do escorrega, Tengo deixou-se ficar a olhar para a Lua durante bastante tempo. Proveniente da Circular 7, chegava-lhe o som indistinto dos pneus de vários tamanhos, evocando o rugido do mar. O ruído trouxe-lhe imediatamente à mente o sanatório na costa de Chiba, onde o seu pai vivia.

Como era habitual, o brilho das luzes da cidade ofuscava o das estrelas. O céu estava limpo, mas só se vislumbravam uma ou outra estrela das mais brilhantes, que aqui e ali cintilavam como pontos ténues. Mesmo assim, a Lua destacava-se no céu com grande nitidez. Ali estava ela, fiel, sem um queixume para com as luzes da cidade ou o barulho ou a poluição do ar. Se fixasse o olhar na Lua, conseguia ver estranhas sombras formadas por crateras e vales gigantescos. Enquanto ele observava a luz da Lua, a mente de Tengo foi-se esvaziando. Dentro dele começaram a agitar-se memórias vindas do fundo dos tempos. Antes de o homem ter dominado o fogo, usado ferramentas ou criado a linguagem, já a Lua era sua aliada. Então, como no presente, acalmava os terrores das pessoas iluminando o mundo sombrio como uma lanterna celestial. A sucessão das suas diferentes fases concedera à Humanidade o sentido do tempo. Mesmo no momento presente, quando a escuridão fora já banida de grande parte do mundo, permanecia um sentimento de gratidão para com a Lua e a sua compaixão incondicional. Estava gravada nos genes do Homem como uma calorosa memória coletiva.

Agora que penso nisso, há bastante tempo que não olho para a Lua assim. Quando terá sido a última vez? Quando se vive um dia apressado atrás do outro, vive-se com os olhos postos no chão. A pessoa esquece-se de olhar para o céu.

Foi então que Tengo se apercebeu de que havia outra lua no céu. Começou por pensar que se tratava de uma ilusão de ótica, de um simples truque de ondas luminosas, mas, quanto mais olhava para ela, mais certo ficava de que havia uma segunda lua com um contorno bem definido ali em cima. Enquanto a observava, de boca aberta, a sua mente ficou vazia.

Que estou eu a ver?

Não conseguia decidir-se. Forma e substância recusavam sobrepor-se, como acontece quando palavra e conceito não conseguem unir-se.

Outra lua?

Fechou os olhos, abriu as mãos e esfregou as faces.

O que se passa comigo? Não bebi assim tanto.

Inspirou lenta e profundamente; a seguir, soltou o ar devagarinho. Comprovou que não tinha os sentidos alterados.

Quem sou? Onde estou? O que faço?, perguntou-se na escuridão, por trás das pálpebras cerradas. *Estou em setembro de 1984, chamo-me Tengo Kawana, encontro-me num parque infantil em Kōenji, no bairro de Suginami, e estou a olhar para a Lua no céu. Quanto a isto, não há dúvidas.*

Depois, abriu os olhos devagar e olhou de novo para o céu, cautelosamente, com a mente calma; ainda assim, continuava a ver duas luas.

Não é uma ilusão. Há duas luas.

Tengo cerrou a mão e manteve-a assim durante muito tempo.

A Lua continuava tão taciturna como de costume. Mas já não estava sozinha.

19

AOMAME

Quando a *nina* acorda

A Crisálida de Ar era uma história fantástica, mas assumira a forma de uma novela fácil de ler, escrita do princípio ao fim num estilo simples e coloquial por uma rapariga de dez anos. Não tinha vocabulário complicado, lógica forçada, explicações rebuscadas ou expressões palavrosas. As palavras e o estilo da jovem narradora tinham um encanto universal: concisos e, na maior parte dos casos, agradáveis, mas quase não davam explicações acerca dos factos narrados. Em vez disso, a rapariga limitava-se a deixar a narrativa fluir enquanto contava o que testemunhara por si própria sem nunca parar para pensar: «O que está a acontecer agora?», ou, «O que quer dizer isto?» O livro avançava a um ritmo fácil, adequado à história que contava. Os leitores seguiam-na, acolhendo com naturalidade o ponto de vista dela, e, antes de darem por isso, já estavam num outro mundo – um mundo que *não é este mundo*, um mundo em que o Povo Pequeno fazia as suas crisálidas de ar.

Ao fim de dez páginas de leitura, Aomame deu consigo a reagir intensamente ao estilo da novela. Se, de facto, era obra de Tengo, ele era um escritor muito talentoso. O Tengo que Aomame conhecera era, em essência, um génio da Matemática. Consideravam-no um prodígio, capaz de resolver problemas matemáticos difíceis até para a maior parte dos adultos. Tinha notas excelentes, não só nessa como também nas outras disciplinas, se bem que não chegassem ao nível das notas a Matemática e, fizesse o que fizesse, deixava os outros meninos para trás. Era também um rapaz corpulento e mostrava destreza nos desportos. Mas não se recordava de alguém mencionar que era bom a escrever. Possivelmente, esse talento teria estado ofuscado pelo seu brilhantismo em Matemática.

Por outro lado, Tengo poderia ter-se limitado a transferir para a página a voz narrativa da autora, tal como a recebera inicialmente. A sua originalidade podia não ter dado grande contribuição ao estilo. Mas tinha a impressão de que não era assim. À primeira vista, o texto parecia simples e claro, o que resultava enganador: uma leitura mais atenta revelava que, de facto, se tratava de uma narrativa calculada e construída com grande cuidado. Em parte nenhuma se encontrava excesso palavroso; ao mesmo tempo, porém, estava lá tudo o necessário. O uso de expressões figurativas era parcimonioso, mas as descrições resultavam, ainda assim, vívidas e de um colorido rico. Acima de tudo, o estilo revelava uma musicalidade maravilhosa. Mesmo sem o ler em voz alta, o leitor reconhecia uma sonoridade profunda. Não se tratava de uma escrita que saísse naturalmente da caneta de uma rapariga com dezassete anos.

Tendo concluído tudo isto, Aomame dedicou-se a ler o resto com a maior atenção.

A heroína é uma menina de dez anos. Pertence a uma comunidade que vive nas montanhas, conhecida por o «Agrupamento». O pai e a mãe vivem em comunidade no Agrupamento. Não tem irmãos nem irmãs. A menina foi levada para ali pouco depois de ter nascido e não sabe quase nada do mundo exterior. Ocupados nas suas tarefas diárias, os três membros da família têm pouco tempo para se reunirem e conversar tranquilamente, mas, mesmo assim, são bastante unidos. Durante o dia, a menina frequenta a escola local, enquanto os pais se dedicam sobretudo aos trabalhos agrícolas. No seu tempo livre, as crianças também ajudam nas tarefas do campo.

Todos os adultos do Agrupamento odeiam o mundo exterior. Nunca perdem uma oportunidade de dizer que o mundo em que vivem é uma ilha maravilhosa e solitária, vogando num mar de «ca-pi-ta-lix-mu», é uma «for-ta-leza». A menina não sabe o que significa «ca-pi-ta-lix-mu» (ou a outra palavra que por vezes também usam: «ma-tiii-rii-a-lix-mu») mas, a julgar pelo tom de desprezo que usam quando pronunciam as palavras, o ca-pi-ta-lix-mu e o ma-tiii-rii-a--lix-mu devem ser coisas horríveis que se opõem à Natureza e à *virtude*. Ensinaram à menina que, para manter o corpo e as ideias limpas, tinha de evitar o mundo exterior a todo o custo. Assim não sendo, o seu corpo ficaria «po-lu-íii-do».

O Agrupamento compõe-se de cerca de cinquenta homens e mulheres relativamente jovens, divididos em dois grupos. Um dos grupos quer a «rev-o-luu-xão», ao passo que o outro quer a «pax». Os pais da rapariga fazem parte do grupo da «pax». O pai é o membro mais antigo desse grupo e, desde a fundação do Agrupamento, tem desempenhado um papel importante.

Naturalmente, a menina de dez anos não é capaz de dar uma explicação lógica para a oposição existente entre os dois grupos, nem entende a diferença entre «re-vo-luu-xão» e «pax». Tem apenas a vaga noção de que «re-vo-luu-xão» é uma forma de pensar um tanto pontiaguda, enquanto a «pax» tem uma forma mais arredondada. Cada «forma de pensar» tem a sua forma e a sua cor próprias, que cresce e mingua tal como a Lua. E é só o que compreende.

A menina também ignora como se formou o Agrupamento. Foi-lhe dito que, há cerca de dez anos, pouco antes de ela nascer, houvera um grande movimento social e aquelas pessoas tinham abandonado a cidade para se mudarem para uma aldeia isolada nas montanhas. Não sabe grande coisa acerca da cidade. Nunca apanhou o metro nem andou de elevador. Nunca viu um edifício com mais de três andares. Pura e simplesmente, há demasiadas coisas que não conhece. Apenas compreende as coisas à sua volta, aqueles que pode ver e tocar.

Ainda assim, com uma visão simplista e uma voz narrativa despida de ornamentos, ela consegue desenhar um quadro vivo e natural da pequena comunidade chamada «Agrupamento», da sua estrutura e a sua paisagem, da maneira de ser e de pensar das pessoas que nela habitam.

Não obstante a divisão na forma de pensar dos residentes, o seu sentido de solidariedade é forte. Partilham a convicção de que é bom viver longe do «ca-pi-ta-lix-mu» e têm perfeita consciência de que, apesar das diferentes formas e cores das suas ideias, têm de permanecer unidos se quiserem manter uma esperança de sobrevivência. O dinheiro mal chega ao fim do mês. As pessoas trabalham arduamente de sol a sol, todos os dias. Cultivam legumes, fazem trocas com aldeias vizinhas, vendem os excedentes, evitam tanto quanto possível a utilização de produtos fabricados em série e, em geral, vivem em comunhão com a natureza. Quando se veem forçados a utilizar um qualquer aparelho elétrico, procuram-no num depósito de sucata e reparam-no. Quase toda a roupa que vestem é usada e foi-lhes doada.

Existem membros da comunidade que não conseguem adaptar-se a esta vida espartana e abandonam o Agrupamento, mas outros há que se juntam ao grupo. O número de novos membros ultrapassa o dos que saem, por isso, a população do Agrupamento aumenta paulatinamente. É uma tendência favorável. A aldeia abandonada em que organizaram a sua vida tinha muitas casas vazias, a precisar apenas de arranjos menores, e há ainda muitos campos abandonados. A comunidade está encantada por receber novos trabalhadores.

O número de crianças da comunidade oscila entre as oito e as dez. A maior parte delas já nasceu no Agrupamento, e a mais velha é a rapariga protagonista da história. As crianças frequentam uma escola primária da zona, e vão e vêm da escola juntas, todos os dias. Por lei, são obrigadas a frequentar uma escola da região, e os fundadores do Agrupamento acreditam que manter boas relações com as pessoas da vizinhança é indispensável para a sobrevivência da sua própria comunidade. Todavia, as crianças da zona têm medo delas e evitam-nas ou metem-se com elas, pelo que as crianças do Agrupamento costumam mover-se em bloco, como se fossem uma só. Mantêm-se perto umas das outras para se protegerem de danos físicos e da «po-lu-ii-xão» da mente.

Dentro da aldeia, completamente separada da escola oficial, o Agrupamento construiu a sua própria escola e os elementos da comunidade ensinam as suas crianças por turnos. Não é um fardo demasiado pesado, já que a maior parte dos membros tem educação superior e muitos deles têm diplomas pedagógicos. Fazem os seus próprios manuais e ensinam às crianças as bases da leitura, da escrita e da aritmética. Também ensinam algumas bases de química, física, fisiologia, biologia e o funcionamento do mundo exterior. O mundo tem dois sistemas, o «ca-pi-ta-lix-mu» e o «co-mu-nix-mu», que se odeiam mutuamente. No entanto, ambos os sistemas têm problemas sérios e, globalmente, o mundo segue numa direção que não é boa. O «co-mu-nix-mu» começou por ser uma ideologia notável, com ideais elevados, mas certos políticos egoístas deformaram-no. Mostraram à menina uma fotografia de um desses «políticos egoístas». O seu grande nariz e a barba negra comprida do homem fizeram a menina pensar que ele era o rei dos demónios.

No Agrupamento não há televisão e só é permitido escutar a rádio em ocasiões especiais. Os jornais e as revistas também são restringidos. As notícias consideradas relevantes são transmitidas em voz alta durante o jantar na «Sala de Reuniões». As pessoas reagem a cada notícia com vivas ou resmungos – com resmungos, na maioria das vezes. É o único contacto que a menina tem com a comunicação social. Nunca viu um filme. Nunca viu uma banda desenhada. Só lhe é permitido escutar música clássica. Na Sala de Reuniões existe uma aparelhagem e muitos discos que alguém trouxe, provavelmente, como série única. Durante os momentos livres é possível escutar uma sinfonia de Brahms, uma peça para piano de Schumann, uma obra para teclado ou música religiosa de Bach. Para a menina são momentos preciosos e praticamente o seu único entretenimento.

Então, um dia aconteceu qualquer coisa que fez com que a menina fosse castigada. Naquela semana, recebera ordens para, de manhã e à noite, tratar do pequeno rebanho de cabras da comunidade, mas, sobrecarregada com trabalhos de casa e outras tarefas, escapou-lhe uma noite. Na manhã seguinte, o animal mais velho, uma cabra cega, foi encontrada já fria, morta. Por castigo, a menina foi mantida afastada do resto do Agrupamento durante dez dias.

A comunidade pensava que aquela cabra específica tinha um significado especial, mas era bastante velha e uma doença desconhecida ferrara os dentes no corpo desgastado do animal, pelo que, quer tratassem do caso ou não, não havia esperança de que o animal recuperasse. Era uma questão de tempo. No entanto, tal não atenuou a gravidade do crime da menina. Não só a acusaram da morte da cabra mas também de negligência dos seus deveres. O isolamento é um dos castigos mais severos dentro do Agrupamento.

A rapariga é trancada dentro de um pequeno e velho armazém de paredes de barro, acompanhada do corpo da cabra cega. O armazém chama-se «Sala para Refletir». Qualquer pessoa que viole as regras do Agrupamento vai para lá meditar no seu crime. Durante o período de isolamento, ninguém fala com a menina. Tem de cumprir dez dias de silêncio absoluto. Trazem-lhe uma dose mínima de comida e água, mas o armazém é escuro, frio e húmido e ganha o cheiro da cabra morta. A porta está trancada pelo lado de fora. Num canto do armazém está um balde onde pode aliviar-se. Bem alto numa das paredes há uma janelinha que deixa entrar a luz do Sol e da Lua. Também é possível entrever algumas estrelas quando o céu não está nublado. Não há mais luz nenhuma. Ela deita-se no duro colchão montado nas tábuas do chão, enrolada em duas velhas mantas, e passa a noite a tremer de frio. Apesar de ser abril, na montanha as noites são frias. Quando cai a noite, os olhos da cabra morta cintilam à luz das estrelas. Cheia de medo, a menina pouco dorme.

Na terceira noite, a boca da cabra abre-se completamente. Tinha sido aberta por dentro, e da boca sai uma série de pessoas pequeninas, seis ao todo. Quando surgem, não têm mais de doze centímetros, mas, logo que põem um pé no chão, começam a crescer como os cogumelos que brotam depois de uma chuvada. Mesmo assim, não passam dos sessenta centímetros. Dizem à menina que são o Povo Pequeno.

Recordando uma história que o pai lhe contara quando era pequena, a menina pensou:

Isto parece a história «Branca de Neve e os Sete Anões». Mas falta um.

– Se preferes ter sete, nós podemos ser sete – diz-lhe um dos elementos do Povo Pequeno, numa voz suave. Aparentemente, são capazes de ler-lhe os pensamentos. Ela conta-os outra vez, e agora já são sete. Contudo, a menina não acha isto especialmente estranho. As regras do mundo já tinham mudado quando o Povo Pequeno saíra de dentro da boca da cabra. Depois disso, qualquer coisa podia acontecer.

– Porque é que saíram pela boca da cabra? – pergunta, não sem reparar que a sua voz soa estranha. A sua forma de falar também está diferente da habitual, provavelmente porque há três dias que não fala com ninguém.

– Porque a boca da cabra passou a ser uma passagem – responde um deles, em voz rouca. – Não sabíamos que era uma cabra morta até termos chegado cá fora.

Um outro, com uma voz aguda, tomou a palavra:

– Para nós é indiferente que seja uma cabra, uma baleia ou uma vagem de ervilha: basta que seja uma passagem.

– Tu criaste a passagem, por isso nós resolvemos experimentá-la e ver onde ia ter – diz o de voz suave.

– *Eu* criei a passagem? – pergunta a menina. Não, não parece nada o som da sua voz.

– Fizeste-nos um favor – diz um dos do Povo Pequeno, numa voz fraquinha.

Alguns dos outros manifestam o seu acordo.

– Vamos brincar – sugere um que tem voz de tenor. – Vamos fazer uma crisálida de ar.

– Sim – retorque um barítono. – Já que nos demos ao trabalho de vir até aqui.

– Uma crisálida de ar? – pergunta a menina.

– Puxamos fios do ar e construímos um abrigo. Pouco a pouco, vai crescendo! – conclui o baixo.

– Um abrigo? Para quem? – pergunta a menina.

– Verás – responde o barítono.

– Verás quando estiver pronto – diz o baixo.

– Oh, oh – um dos outros apanha o ritmo.

– Posso ajudar? – pergunta a menina.

– Claro – responde o rouco.

– Fizeste-nos um favor – conclui o tenor. – Vamos trabalhar em conjunto.

Uma vez apanhado o jeito, a menina não achou difícil puxar fios do ar. Sempre fora habilidosa com as mãos e conseguiu desenvencilhar-se bastante depressa. Se olhar com atenção, verá que existem muitos fios no ar. Se fizer um esforço, qualquer pessoa os consegue ver.

– Sim, isso mesmo. Estás a ir muito bem – diz o da voz fraquinha.

– És uma menina muito esperta. Aprendes depressa – diz o da voz aguda.

Todos os elementos do Povo Pequeno usam roupa igual e as suas feições são parecidas, mas cada um tem uma voz diferente, particular.

A roupa que vestiam era o mais normal e vulgar possível. Pode ser uma maneira estranha de a descrever, mas não há outra. Quando uma pessoa desvia o olhar deles, esquece-se por completo do que vestiam. O mesmo se poderia dizer das suas feições. Não são belos nem feios. Têm rostos normais e vulgares. Quando a pessoa desvia o olhar, esquece-se por completo do rosto deles. O mesmo se pode dizer do cabelo. Não é comprido nem curto. É cabelo, e mais nada. Há uma coisa que não têm: cheiro.

Ao aproximar-se o amanhecer, quando o galo cantou e o céu começou a iluminar-se, os sete elementos do Povo Pequeno pararam de trabalhar e começaram a espreguiçar-se. A seguir, esconderam a crisálida de ar meio pronta – que tem o tamanho aproximado de um coelho pequeno – num canto da barraca, provavelmente para que a pessoa que vem trazer a comida não a veja.

– Já é de manhã – diz o que tem a voz fraquinha.

– A noite acabou – continua o baixo.

Uma vez que todos têm vozes diferentes, deviam formar um coro, pensa a menina.

– Não temos canções – declara o tenor.

– Oh, oh – diz o que apanhou o ritmo.

Todos os elementos do Povo Pequeno encolhem até aos seus doze centímetros iniciais, dispõem-se em fila e entram para a boca da cabra morta.

– Voltamos logo à noite – diz o da voz fraquinha, antes de fechar a boca da cabra pelo lado de dentro. – Não fales de nós a ninguém.

– Se falares de nós a alguém, acontece uma coisa muito má – acrescenta o rouco, para reforçar a ideia.

– Eu não conto a ninguém – diz a menina.

E mesmo que dissesse, ninguém acreditaria em mim.

A menina era muitas vezes repreendida pelos adultos por dizer o que lhe ia na cabeça. Já houve quem dissesse que não distingue a realidade da fantasia. A forma e a cor dos seus pensamentos não são iguais às dos pensamentos das outras pessoas. Ela não percebe o que faz de mal. Em todo o caso, é melhor não dizer nada acerca do Povo Pequeno a ninguém.

Depois de o Povo Pequeno ter desaparecido e a boca da cabra ter-se fechado, a menina faz uma busca meticulosa de todo o espaço, à procura do sítio onde esconderam a crisálida de ar, mas não consegue encontrá-la. Que bem que a esconderam! É um espaço fechado e, mesmo assim, não é capaz de descobrir onde possa estar. Onde a terão escondido?

Depois, enrola-se nas mantas e adormece – o seu primeiro sono verdadeiramente descansado em muito tempo: sem sonhos nem interrupções. Desfruta do sono invulgarmente pesado.

A cabra morta mantém-se morta durante o dia todo. O corpo está rígido e os olhos turvos parecem berlindes. Porém, quando o Sol se põe e as trevas invadem a barraca, os olhos cintilam à luz das estrelas, a boca abre-se e o Povo Pequeno surge, como se fosse guiado pela luz. Desta vez, há sete elementos logo desde o início.

– Vamos continuar o que estivemos a fazer ontem – diz o da voz rouca.

As outras seis vozes manifestam a sua concordância, cada uma à sua maneira.

Os sete elementos do Povo Pequeno e a menina sentam-se em círculo à volta da crisálida e continuam o seu trabalho, puxando fios brancos do ar e acrescentando-os à crisálida. Pouco falam, focadas que estão todas as suas energias no trabalho. Concentrada no movimento das suas mãos, a menina não sente o frio da noite. Não dá pela passagem do tempo e não sente cansaço ou sono. Lenta mas visivelmente, o tamanho da crisálida aumenta.

– De que tamanho vai ficar? – pergunta a menina, quase de madrugada. Quer saber se a tarefa ficará concluída dentro dos dez dias em que vai ficar trancada no armazém.

– Tão grande quanto consigamos – responde o da voz aguda.

– Quando chegar a um determinado tamanho, abre-se sozinha – diz o tenor, alegremente.

– E lá de dentro sairá algo – afirma o barítono em tom vibrante.

– Que tipo de coisa? – pergunta a menina.

– O que sairá? – indaga o da voz fraquinha.

– Oh, oh – diz o que apanhou o ritmo.

– Oh, oh – os outros juntam-se em coro.

Um tom sombrio perpassava o estilo da novela. À medida que se foi apercebendo disso, Aomame começou a franzir ligeiramente o sobrolho. Parecia um conto infantil fantástico, mas escondida bem no fundo da história fluía uma corrente forte e sombria. Por baixo do uso claro e simples da língua, Aomame pressentia um eco funesto, uma sinistra sugestão de uma doença por vir – uma doença fatal que, progressivamente, corrói o espírito humano a partir do seu núcleo. Aquele coro do Povo Pequeno era o veículo de tal moléstia.

Há aqui qualquer coisa insalubre, sem dúvida, pensou Aomame.

E, todavia, reconhecia nas vozes deles algo que existia também dentro de si – algo quase fatalmente familiar.

Aomame levantou os olhos do livro e relembrou o que, antes de morrer, o Líder lhe dissera acerca do Povo Pequeno.

«Vivemos com eles desde tempos imemoriais, desde um tempo anterior à existência do bem e do mal, desde os alvores da consciência humana.»

Aomame retomou a leitura.

O Povo Pequeno e a menina continuaram a trabalhar e, ao fim de vários dias, a crisálida de ar cresceu e ficou do tamanho de um cão grande.

– O meu castigo acaba amanhã. Vou sair daqui – diz a menina ao Povo Pequeno quando o dia começa a clarear.

Em silêncio, os sete elementos escutam o que a rapariga lhes diz.

– Por isso, não vou poder continuar a fazer a crisálida de ar com vocês.

– Temos muita pena – diz o tenor, e parece genuinamente triste.

– Ajudaste-nos muito – continua o barítono.

O da voz aguda acrescenta:

– Mas a crisálida de ar está quase terminada. É só juntar mais um bocadinho e fica pronta.

Os elementos do Povo Pequeno alinham-se e observam a crisálida, como se quisessem medir o tamanho do que fizeram até ao momento.

– Só mais um bocadinho! – diz o da voz rouca, como se fosse o maestro do coro, numa monótona canção de barqueiro.

– Oh, oh – entoa o que apanhou o ritmo.

– Oh, oh – os outros juntam-se em coro.

* * *

A pena de dez dias de isolamento chega ao fim e a menina regressa ao Agrupamento. A vida comunitária retoma o seu curso e ela anda tão ocupada a cumprir todas as regras que deixa de ter tempo para estar sozinha. Claro que já não pode trabalhar na crisálida de ar com o Povo Pequeno. Todas as noites, antes de ir para a cama, vê na sua imaginação os sete elementos do Povo Pequeno, que continuam a sentar-se em círculo e a trabalhar para tornar a crisálida de ar cada vez maior. Não consegue pensar noutra coisa. É como se a crisálida de ar se tivesse infiltrado na sua cabeça.

A menina morre de curiosidade por saber o que pode estar dentro da crisálida. O que sairá lá de dentro quando a crisálida amadurecer e se rasgar? Está tristíssima por não poder assistir à cena e ver com os seus próprios olhos.

Trabalhei tanto para os ajudar a fazê-la, que devia estar lá quando se abrisse.

Chega mesmo a pensar seriamente em cometer outro delito para que a castiguem com novo período de isolamento no armazém. Mas, mesmo que se metesse nessa trapalhada, o Povo Pequeno podia não aparecer. A cabra morta já tinha sido retirada de lá e fora enterrada. Aqueles olhos não voltariam a cintilar à luz das estrelas.

A história prossegue com a descrição da vida da menina na comunidade – o horário rigoroso, as tarefas fixas, a orientação e os cuidados que dispensa às outras crianças, uma vez que é a mais velha, as suas refeições simples, as histórias que os pais lhe contam à hora de deitar, a música clássica que ouve sempre que arranja um momento livre. Uma vida sem «po-lu-ii-xão».

O Povo Pequeno faz-lhe visitas em sonhos. São capazes de entrar nos sonhos das pessoas sempre que queiram. Contam-lhe que a crisálida de ar está prestes a romper-se e insistem para que vá vê-la.

– Vai ao armazém depois de o Sol se pôr e traz uma vela. Não deixes que te vejam.

A menina não consegue controlar a curiosidade. Desliza para fora da cama e vai em bicos de pés até ao armazém, levando consigo a vela que preparou. Não está lá ninguém. Só encontra a crisálida de ar, pousada, imóvel, no ponto onde ficou, no chão do armazém. Tem o dobro do tamanho que tinha quando a viu pela última vez, bem mais de um metro e vinte de comprimento. A superfície brilha com uma luz suave, que vem do interior. Tem uma bonita forma arredondada com uma espécie de cintura a meio, que não existia quando era mais pequena. Torna-se óbvio que o Povo Pequeno se fartou de trabalhar. A crisálida está a romper-se. De um dos lados já se vê um rasgão vertical. A menina inclina-se para a frente e espreita pela abertura.

Descobre que é ela mesma que está dentro da crisálida. Olha para si própria ali deitada, nua, de costas e com os olhos fechados, aparentemente inconsciente, sem respirar, parecendo uma boneca.

Um dos elementos do Povo Pequeno fala com ela – o que tem a voz rouca:

– É a tua *nina* – informa, e aclara a garganta.

A menina vira-se e descobre que tem os sete elementos do Povo Pequeno alinhados atrás de si.

– *Nina* – diz, repetindo a palavra mecanicamente.

– E tu és a *mã* – diz o baixo.

– *Mã* e *nina* – repete a menina.

– A *nina* serve de substituta para a *mã* – prossegue o da voz aguda.

– Vou dividir-me em duas? – pergunta a menina.

– Não, nada disso – responde o tenor. – Isto não quer dizer que estejas dividida em duas. És a mesma, dos pés à cabeça. Não te preocupes. A *nina* não passa da sombra do coração e da mente da *mã*, que ganhou forma.

– E quando é que *ela* vai acordar?

– Dentro de muito pouco tempo. Quando chegar a hora – explica o barítono.

– E o que é que esta *nina* faz como sombra do meu coração e da minha mente? – pergunta a menina.

– Vai agir como Apreensora – diz o da voz fraquinha, furtivo.

– Apreensora – a menina repete a palavra.

– Sim – afirma o rouco. – A pessoa que apreende.

– Transmite o que apreende ao Recetor – acrescenta o da voz aguda.

– Por outras palavras, a *nina* torna-se a nossa passagem – declara o tenor.

– Em vez da cabra? – pergunta a menina.

– A cabra morta não foi mais do que uma passagem temporária – explica o baixo. – Precisamos de ter uma *nina* viva como Apreensora para fazer a ligação entre o sítio onde vivemos e este.

– E o que faz a *mã*? – pergunta a menina.

– A *mã* mantém-se perto da *nina* – responde o da voz aguda.

– E quando é que a *nina* acorda? – indaga a menina.

– Daqui a dois dias, ou talvez três – esclarece o tenor.

– Ou num, ou noutro – corrobora o da voz fraquinha.

– Cuida bem desta *nina* – diz o barítono. – É a *tua nina*.

– Sem os cuidados da *mã*, a *nina* não ficará completa e não conseguirá sobreviver durante muito tempo – acrescenta o da voz aguda.

– Se a *nina* desaparecer, a *mã* perderá a sombra do coração e da mente dela – diz o tenor.

– O que acontece a uma *mã* quando perde a sombra do coração e da mente? – quer saber a rapariga.

Os elementos do Povo Pequeno entreolham-se. Nenhum deles mostra vontade de responder à questão.

– Quando a *nina* despertar, haverá duas luas no céu – diz o da voz rouca.

– As duas luas criam a sombra do seu coração e da sua mente – diz o barítono.

– Haverá duas luas – repete a menina, mecanicamente.

– Será um sinal. Observa o céu com todo o cuidado – diz o da voz fraquinha, furtivo. Repete: – Observa o céu com todo o cuidado. Conta as luas.

– Oh, oh – entoa o que apanhou o ritmo.

– Oh, oh – os outros seis juntam-se, em coro.

* * *

A menina foge a correr.

Havia ali qualquer coisa errada. Algo estava mal. Algo muito distorcido. Oposto à natureza. A menina sabe isto. Não sabe o que quer o Povo Pequeno, mas horroriza-a ver a sua imagem dentro da crisálida de ar e treme violentamente. É-lhe impossível viver com outro eu, que vive e se move também. Tem de fugir dali. Assim que puder. Antes que a sua *nina* desperte. Antes que, no céu, surja uma segunda lua.

O Agrupamento proíbe que as pessoas tenham o seu dinheiro pessoal. Mas, em tempos, o pai da menina entregara-lhe em segredo uma nota de dez mil ienes e algumas moedas.

«Esconde isto e que ninguém o descubra», dissera-lhe. Também lhe entregara um papel com o nome, morada e número de telefone de uma pessoa. «Se alguma vez tiveres de fugir daqui, usa o dinheiro para comprar um bilhete de comboio e vai a esta morada.»

Já nessa altura o pai devia saber que ia acontecer algo de mau ao Agrupamento. A menina não hesita e age de imediato. Não tem tempo para se despedir dos pais.

Desenterra um boião onde guardara o dinheiro e tira a nota de dez mil ienes, as moedas e o papel. Durante uma aula, diz ao professor que se sente mal e pede para ir à enfermaria. Em vez disso, sai da escola e apanha o autocarro que vai para a estação. Mostra a sua nota de dez mil ienes ao homem que está na janela e compra um bilhete para Takao, a oeste de Tóquio. O homem por trás do vidro dá-lhe o troco. É a primeira vez na vida que recebe troco, compra qualquer coisa ou se mete num comboio, mas o pai dera-lhe instruções pormenorizadas e ela decorara o que tinha de fazer.

Seguindo as instruções escritas no papel, apeia-se do comboio na estação de Takao, na linha de Chūō, e entra numa cabina telefónica, donde liga para o número que o pai lhe tinha dado. O homem que atende é um velho amigo do pai, um artista que ainda pinta segundo o estilo tradicional japonês. É dez anos mais velho do que o pai e vive nas montanhas, com a filha, perto do monte Takao. A esposa falecera algum tempo antes. A filha chama-se

Kurumi[1] e é um ano mais nova do que a menina. Logo a seguir a ter falado com ela, o senhor apresenta-se na estação para a ir buscar e acolhe calorosamente em sua casa a jovem fugitiva.

Um dia depois de ter sido acolhida na casa deste pintor, a menina olha pela janela do seu quarto para o céu e descobre que o número de luas aumentou e há agora duas. Perto da lua habitual paira uma outra, mais pequena, que parece uma ervilha ligeiramente encarquilhada.

A minha nina deve ter acordado, pensa.

As duas luas começam a refletir a sombra do seu coração e da sua mente. O coração dá-lhe um salto.

O mundo mudou. Algo está prestes a acontecer.

A menina não tem notícias dos pais. Talvez ninguém do Agrupamento tenha dado pela sua falta, já que a *nina*, o seu outro eu, ainda está lá. As duas são rigorosamente iguais, pelo que a maior parte das pessoas nem dará pela diferença. Claro que os pais devem ser capazes de perceber que a *nina* não é a filha real, que ela não passa de um outro eu da filha, e que a sua filha real fugiu do Agrupamento, deixando a *nina* no seu lugar. Há só um sítio para onde a menina se pode ter dirigido, mas os pais não tentam entrar em contacto com ela. Só por si, isto pode ser uma mensagem dizendo-lhe para ficar onde está.

A menina falta muitas vezes à escola. Este novo mundo exterior é demasiado diferente do mundo do Agrupamento em que cresceu. As regras são diferentes, os propósitos são diferentes, as palavras que usam são diferentes. É por estas razões que lhe é difícil fazer amigos neste mundo novo. Não consegue habituar-se à vida da escola.

Contudo, na escola preparatória torna-se amiga de um rapaz. O nome dele é Tōru. É baixo e magro e na cara tem várias rugas vincadas, como as de um macaco. Ao que parece, ele teve uma

---

[1] Significa «noz» em japonês. (*N. das T.*)

doença grave em criança e não pode participar em atividades que exijam grande esforço físico. Tem as costas ligeiramente curvadas. Durante os intervalos, costuma isolar-se a ler um livro. Tal como a menina, ele não tem amigos. É demasiado pequeno, demasiado feio. Um dia, durante a hora do almoço, a menina senta-se perto dele e inicia uma conversa. Pergunta-lhe que livro está a ler. Ele lê em voz alta para ela. Ela gosta da voz dele, fraca e rouca, mas que soa muito clara aos ouvidos dela. As histórias que lhe conta com aquela voz cativam-na. Tōru lê prosa de uma forma tão bela que parece estar a ler poesia. Pouco tempo depois, ela passa a hora do almoço com ele todos os dias, sentada muito quieta, a escutar com a maior atenção as histórias que lhe conta.

Mas, pouco tempo depois, a menina perde o amigo. O Povo Pequeno arrebata Tōru e fá-lo desaparecer.

Certa noite, uma crisálida de ar surge no quarto de Tōru. O Povo Pequeno torna-a cada vez maior durante o sono do rapaz e, nos seus sonhos, mostra à menina o que está a fazer. Ela não tem forma de os deter. A crisálida acaba por atingir o tamanho final e, de um dos lados, abre-se uma fenda vertical, tal como acontecera com ela. Mas dentro da crisálida há três grandes cobras negras. As cobras estão entrelaçadas umas nas outras com tanta força que parece que nada – incluindo elas próprias – será capaz de as separar. Parecem um brilhante e perpétuo *emaranhado* com três cabeças. As cobras estão terrivelmente zangadas por não conseguirem desenredar-se. Contorcem-se num frenético esforço para se separarem umas das outras, porém, quanto mais se contorcem, mais se enredam. O Povo Pequeno mostra estas criaturas à menina. O rapaz chamado Tōru dorme ao lado delas, alheio ao que se passa. Só a menina consegue ver tudo.

Dias mais tarde, o rapaz adoece inesperadamente e mandam-no para um sanatório distante. Ninguém revela a natureza da moléstia. Em todo o caso, Tōru não voltará à escola. Perdeu-se irremediavelmente.

A menina percebe que se trata de uma mensagem do Povo Pequeno. Aparentemente, não podem fazer mal à menina, uma *mã*, pessoalmente. Em vez disso, podem fazer mal e até mesmo destruir quem estiver à sua volta. Mas não o podem fazer a qualquer pessoa – não podem tocar no seu tutor, o artista, ou na filha, Kurumi. Em vez deles, escolhem os mais frágeis como presa. Arrastaram as três cobras negras das profundezas da consciência do rapaz e despertaram-nas do seu sono. Destruindo o amigo, enviaram um aviso à menina, envidando os maiores esforços para a trazerem de novo para junto da sua *nina*.

«*Tu* tens a culpa disto tudo», é o que estão a dizer-lhe.

A menina regressa à sua solidão. Deixa de ir à escola. Fazer amigos só serve para pôr essas pessoas em perigo. É o que significa viver sob duas luas. Foi o que aprendeu.

Pouco tempo depois, a menina toma a decisão de começar a fazer as suas próprias crisálidas de ar. Sabe fazê-las. O Povo Pequeno dissera-lhe que tinham chegado ao mundo dela atravessando uma passagem do sítio onde viviam. Nesse caso, ela devia ser capaz de fazer o caminho inverso e atravessar a passagem na direção oposta. Se lá fosse, poderia aprender os segredos que se prendem com a sua permanência naquele local e o significado de *mã* e *nina*. Talvez fosse capaz, também, de salvar Tōru, o seu amigo perdido. A menina começa a fazer a passagem. Só tem de puxar fios do ar e entretecê-los numa crisálida. Vai levar tempo, claro, mas, se tiver calma, conseguirá fazê-lo. No entanto, por vezes, sente-se insegura e é assaltada pela confusão.

Sou, de facto, uma mã*? Em algum momento, posso ter trocado de lugar com a minha* nina*? Como posso provar que sou a verdadeira eu?*

Quanto mais pensa no assunto, mais dúvidas tem.

Simbolicamente, a história termina no momento em que a menina abre a passagem. Nada conta do que acontece para lá da porta – provavelmente porque ainda não aconteceu.

Aomame entregou-se às suas reflexões:

Nina. O *Líder usou a palavra antes de morrer. Disse que a filha dele tinha fugido, deixando a sua* nina *para trás, para criar uma força que se opusesse ao Povo Pequeno. Pode ter realmente acontecido. E eu não sou a única a ver duas luas.*

Em todo o caso, Aomame sentiu que percebia porque é que aquela novela tinha tido tantos leitores. Claro que o facto de a autora ser uma bonita rapariga de dezassete anos também tivera decerto a sua influência. Não obstante, não tinha sido só por isso que se convertera num êxito de vendas. As descrições rigorosas e cheias de vida eram, sem sombra de dúvida, o grande encanto daquele texto. Pelo olhar dela, o leitor conseguia captar, com grande frescura, o mundo que rodeava a menina. Apesar de ser uma história acerca das experiências fantásticas de uma rapariga em circunstâncias invulgares, também tinha qualquer coisa que fazia apelo à simpatia natural dos leitores. Talvez despertasse algo do fundo dos seus subconscientes que os agarrava à leitura e os fazia virar página atrás de página.

Sem dúvida que Tengo dera uma contribuição importante para as qualidades literárias do livro, para as descrições precisas e vívidas, mas ela não era capaz de se prender a esse único facto. Tinha de focar a sua atenção nas partes da história em que o Povo Pequeno entrava na ação. Para Aomame, esta história era *muito prática* – era virtualmente um manual de instruções – de que dependia a vida e a morte de gente real. Precisava de retirar dele informações concretas, de acrescentar solidez e pormenor à compreensão que tinha do mundo em que se metera.

A Crisálida de Ar não era apenas uma louca fantasia sonhada por uma rapariga de dezassete anos. Os nomes podiam ter sido alterados, mas Aomame estava firmemente convencida de que a maior parte do que se descrevia era a inconfundível realidade da rapariga, tal como a vivera por experiência própria. Fuka-Eri registara esses acontecimentos da sua vida, de forma tão rigorosa quanto possível, para revelar ao mundo em geral esses segredos escondidos, para advertir tantas pessoas quantas conseguisse da existência do Povo Pequeno e do que andavam a fazer.

A *nina* que deixara para trás devia ter-se convertido numa passagem para o Povo Pequeno e tê-los guiado até ao Líder, pai da menina, que tinha sido transformado em Recetor. Então, eles tinham conduzido a Amanhecer à sua sangrenta autodestruição, uma vez que se convertera num empecilho, e tinha transformado a Vanguarda numa organização religiosa inteligente, militante e xenófoba, que era provavelmente o ambiente mais confortável e conveniente para o Povo Pequeno.

Aomame interrogou-se se a *nina* de Fuka-Eri teria conseguido sobreviver durante muito tempo sem a sua *mã*. O Povo Pequeno dissera-lhe que era praticamente impossível que uma *nina* vivesse longe da sua *mã*. E o que aconteceria com a *mã*? Como seria viver depois de ter perdido a sombra do seu coração e da sua mente?

Após a fuga da menina da Vanguarda, era provável que o Povo Pequeno tivesse utilizado o mesmo processo para criar novas *nina*s, já que teriam por fito alargar e estabilizar as passagens por onde iam e vinham, como se acrescentassem novas faixas a uma autoestrada. As várias *nina*s convertiam-se assim em outras tantas Apreensoras e desempenhavam o papel de sacerdotisas. Tsubasa fora uma delas. Se o Líder tinha relações sexuais não com as *mãs* reais das raparigas mas com os seus outros eus, as suas *ninas*, a expressão do homem – «unir-se de maneira ambígua» – fazia sentido. Também explicava os olhos inexpressivos e parados de Tsubasa e a sua incapacidade de falar. Aomame não fazia a mínima ideia de como ou porquê a *nina*, Tsubasa, se escapara da organização religiosa, mas com toda a certeza que fora metida dentro de uma crisálida de ar e «recuperada» para ser levada até junto da sua *mã*. A morte sangrenta do cão fora um aviso do Povo Pequeno, como o fora a de Tōru, na história.

As *ninas* queriam ficar grávidas do Líder, mas, uma vez que eram desprovidas de essência, não tinham menstruação. Mesmo assim, o seu desejo de engravidar, segundo o Líder, era intenso. Porque seria?

Aomame abanou a cabeça. Havia ainda demasiadas coisas que não entendia.

* * *

Queria comunicar tudo isto à viúva, o mais depressa possível: que o homem poderia ter-se limitado a violar as sombras das raparigas; que, bem vistas as coisas, não teria sido necessário assassiná-lo.

Todavia, mesmo que lhe explicasse isto tudo, não seria fácil fazer com que a senhora acreditasse nela. Aomame sabia como ela iria sentir-se. A senhora – ou qualquer pessoa com dois dedos de testa – teria dificuldade em aceitar como verídica toda essa conversa acerca do Povo Pequeno, as *ninas*, as *mãs* ou as crisálidas de ar. Aos olhos de gente lúcida, não passariam de invenções que surgem na ficção, tão reais como a Rainha de Copas ou o Coelho Branco e o seu relógio em *Alice no País das Maravilhas*.

Mas a própria Aomame vira, *de facto*, duas luas – a velha e a nova – suspensas no céu. Estava, de facto, a viver sob o luar das duas. Sentira na pele o desvio que haviam gerado na gravidade. E, num quarto de hotel sombrio, matara por suas próprias mãos o homem a quem chamavam «Líder». A sensação agoirenta que tinha experimentado quando espetara a agulha naquele ponto da nuca mantinha-se viva na sua mão. Ainda agora lhe fazia pele de galinha. Além do mais, poucos instantes antes de o assassinar, tinha visto como o Líder conseguira fazer levitar a uns cinco centímetros um pesado relógio de mesa. Não fora uma ilusão de ótica nem um truque de magia. Era um facto insofismável, que havia que aceitar como tal.

Fora assim que o Povo Pequeno tinha assumido o controlo da Vanguarda. Aomame desconhecia o objetivo último que o Povo Pequeno pretendia conseguir com o controlo da organização. Talvez quisessem coisas que transcendessem o bem e o mal, mas a jovem protagonista de *A Crisálida de Ar* reconhecera intuitivamente que tais coisas *não estavam certas* e tentara combatê-las como pudera. Abandonara a sua *nina*, fugira da comunidade e, para usar a expressão utilizada pelo Líder, tentara criar uma «força de oposição ao Povo Pequeno» para preservar o equilíbrio do mundo. Refazendo a passagem por onde transitava o Povo Pequeno, tentava internar-se no lugar onde viviam. A história era o seu veículo. Tengo fora seu parceiro para conseguir que a história circulasse. Era provável que, nessa altura, o próprio Tengo não percebesse o sentido do que estava a fazer. Talvez ainda não entendesse.

Em todo o caso, a chave importante era a história de *A Crisálida de Ar*.

Parte tudo desta história.

Mas onde é que eu me encaixo?

A partir do momento em que ouvi a Sinfonietta *de Janáček e desci as escadas de emergência para fugir ao engarrafamento na autoestrada metropolitana, fui puxada para este mundo que tem duas luas no céu, este mundo de 1Q84 repleto de enigmas. O que poderá querer dizer?*

Fechou os olhos e continuou a pensar.

Provavelmente, fui arrastada pela passagem da «força que se opõe ao Povo Pequeno» criada pela Fuka-Eri e pelo Tengo. Essa força arrastou-me para este lado. Que outra explicação poderá haver? E o papel que desempenho nesta história está longe de ser insignificante. Posso até mesmo ser uma das personagens centrais.

Aomame olhou à sua volta.

Por outras palavras, estou dentro da história que o Tengo pôs em movimento. Em certo sentido, estou dentro dele: dentro do corpo dele. Estou dentro desse santuário, por assim dizer.

Há muito tempo, vi um filme de ficção científica na televisão. Era a história de um pequeno grupo de cientistas que fizeram encolher os seus próprios corpos até ficarem microscópicos, embarcaram num veículo parecido com um submarino (que também fora encolhido), entraram nos vasos sanguíneos de um doente e foram seguindo por eles até chegarem ao cérebro, onde executaram uma operação complexa que, em circunstâncias normais, teria sido impossível. Talvez eu esteja numa situação semelhante. Estou no sangue do Tengo e circulo pelo seu corpo. Lutei contra os glóbulos brancos que atacaram o corpo estranho invasor (eu) quando me dirigia para a raiz do problema, o que estava a causar a enfer-

midade. Devo ter conseguido «apagar» essa causa quando matei o Líder, no Hotel Okura.

Enquanto pensava em tudo isto, Aomame foi sentindo um certo calor.

Desempenhei a tarefa que me atribuíram. Foi uma missão difícil, sem dúvida, e tive medo, mas concluí-a fria e impecavelmente, no meio daquela trovoada imensa – e talvez perante os olhos do Tengo.

Sentiu-se orgulhosa do seu feito.

Prosseguindo na analogia com o sangue, devo estar quase a ser arrastada para uma veia, gasta, uma vez que terminei a minha missão. Dentro de pouco tempo, serei expelida do corpo. É assim que os corpos funcionam – um destino inescapável. Mas, e depois? Neste instante, estou dentro do Tengo, envolta no calor dele, guiada pelo bater do seu coração, pela lógica e pelas regras dele e, talvez, pela própria linguagem que está a passar a escrito. Que maravilha, fazer assim parte dele!

Ainda sentada no chão, Aomame fechou os olhos. Encostou o nariz às páginas do livro, inalou os seus cheiros – o cheiro do papel, o cheiro da tinta. Com toda a calma, entregou o seu corpo àquela corrente, prestando toda a sua atenção aos batimentos do coração de Tengo.

Chegou o reino, pensou.

Estou pronta para morrer, a qualquer instante.

20

TENGO

A Morsa e o Chapeleiro Louco

Não restava a mínima dúvida: havia duas luas.

Uma era a Lua habitual, que vira desde sempre, e a outra era uma lua bastante mais pequena, esverdeada, ligeiramente disforme e muito menos brilhante. Parecia uma parente afastada, pobre e feia, impingida à família devido a circunstâncias infelizes, e rejeitada por todos. Mas estava inequivocamente ali, não se tratava de um fantasma nem de uma ilusão de ótica. Pairava no espaço como os outros corpos celestes, uma massa sólida de contornos claramente definidos. Não era um avião, nem um dirigível, nem um satélite artificial, nem uma lua feita de *papier mâché*, por pura diversão. Era inegavelmente um bocado de rocha, que, furtivo e teimoso, marcava posição no céu noturno, como um sinal de pontuação colocado após um longo período de deliberação ou uma verruga concedida pelo destino.

Tengo ficou a olhar para a nova lua durante bastante tempo, como se a desafiasse, nunca se desviando do seu brilho, quase sem pestanejar. Mas, por mais que mantivesse os olhos fixos nela, a lua recusava mexer-se. Ali permanecia, naquele canto do céu, numa obstinação silenciosa e taciturna, como um coração de pedra.

Desfez o punho e, quase sem ter consciência disso, abanou ligeiramente a cabeça.

Raios, é a mesma lua de A Crisálida de Ar*! Um mundo com duas luas no céu, lado a lado. Quando nasce uma* nina, *aparece uma segunda lua.*

«Será um sinal. Observa o céu com todo o cuidado», dissera um dos elementos do Povo Pequeno à menina.

Tinha sido Tengo a escrever aquelas palavras. Seguindo o conselho de Komatsu, fizera a descrição da nova lua tão concreta e pormenorizada quanto fora capaz. Era a parte que burilara com mais cuidado. O aspeto da nova lua era da quase exclusiva responsabilidade de Tengo.

Komatsu dissera-lhe: «Pensa na coisa desta maneira, Tengo: os teus leitores já viram o céu com uma lua muitas e muitas vezes, certo? Mas imagino que nunca tenham visto um céu com duas luas, uma ao lado da outra. Quando se inclui num texto de ficção algo que *nunca* ninguém viu, há que descrevê-lo com todo o pormenor e rigor.»

Fazia todo o sentido.

Ainda com os olhos postos no céu, Tengo tornou a abanar a cabeça. A nova lua tinha rigorosamente o feitio e o tamanho que Tengo tinha imaginado e que usara para a descrever. Até mesmo a linguagem figurativa que utilizara se adaptava a esta lua de forma quase perfeita.

Não pode ser. Que realidade imita a ficção?

– Não pode ser – exclamou, em voz alta. Ou tentou exclamar. A sua voz mal se ouvia. Tinha a garganta seca, como se tivesse acabado de correr uma grande distância.

Não é possível. De todo. Trata-se de um mundo ficcional, um mundo que não existe na realidade.

Tratava-se de um mundo numa história fantástica, que Fuka--Eri contara a Azami, noite após noite, e a que o próprio Tengo dera corpo.

*Quererá então dizer que isto é o mundo do romance? Que, não sei como, posso ter saído do mundo real e terei entrado neste mundo d'*A Crisálida de Ar, *como a Alice quando caiu pela toca do coelho? Ou será que transformaram o mundo real para condizer rigorosamente com a história d'*A Crisálida de Ar*? Quererá então* *dizer que o mundo que existia – o mundo habitual, com uma só lua – já não existe? E será que o poder do Povo Pequeno tem alguma relação com isto tudo?*, interrogava-se Tengo.

Olhou em volta, à procura de respostas, mas a paisagem com que se deparou era o bairro residencial, vulgaríssimo. Não descortinou nada que lhe parecesse estranho ou invulgar – nenhuma Rainha de Copas, nenhuma Morsa, nem um Chapeleiro Louco. Perto de si não existia nada para além de uma caixa de areia e baloiços, um candeeiro de mercúrio que emitia uma luz estéril, os longos ramos de uma *zelkova*, uma casa de banho pública fechada à chave, um prédio residencial de seis andares, novo (só quatro apartamentos estavam iluminados), um quadro de avisos do bairro, uma máquina de venda automática vermelha, com o logotipo da *Coca-Cola*, um *Volkswagen Golf* antigo, verde, mal estacionado, postes de telefone e fios elétricos e, à distância, anúncios de néon em cores primárias. Os ruídos urbanos habituais, as luzes do costume. Há sete anos que Tengo vivia em Kōenji. Não fora para ali viver por alguma preferência especial, mas porque, por acaso, encontrara um apartamento barato, não muito longe da estação. Era cómodo deslocar-se para o trabalho a partir dali, e tinha-se deixado ficar porque fazer uma mudança para outra zona qualquer causaria grandes transtornos. Mas, pelo menos, conhecia o bairro de uma ponta à outra e daria por qualquer alteração quase de imediato.

Desde quando existiria esta outra lua? Tengo não tinha a certeza. Talvez houvesse duas luas há muitos anos e ele nunca tivesse dado por elas. Tinham-lhe escapado muitas coisas assim. Não era um grande leitor de jornais e nunca via televisão. Havia inúmeras coisas que toda a gente sabia e ele não. Talvez tivesse acontecido alguma coisa recentemente que explicasse o aumento do número de luas. Queria perguntar a alguém: «Desculpe, eu sei que a pergunta é estranha, mas há quanto tempo é que há duas luas? Pensei que talvez soubesse.» Mas não havia por ali ninguém a quem pudesse fazer a pergunta – literalmente, nem mesmo um gato.

Não, *estava* ali alguém. Perto do sítio onde se encontrava, alguém estava a usar um martelo para pregar um prego numa parede. *Pum, pum, pum.* O som continuava, sem interrupções, um prego muito duro a entrar numa parede muito rija. Quem poderia estar a pregar pregos a uma hora daquelas? Intrigado, Tengo olhou à sua volta mas não viu parede nenhuma, nem ninguém que estivesse a martelar um prego.

Instantes mais tarde, Tengo percebeu que o que estava a ouvir era o pulsar do seu próprio coração. Estimulado por uma descarga de adrenalina, o seu coração bombeava grandes quantidades de sangue para todos os pontos do seu corpo. O ruído ecoava-lhe aos ouvidos.

A visão das duas luas provocou-lhe uma leve sensação de tontura, uma náusea, como se o seu sistema nervoso lhe tivesse feito perder o equilíbrio. Sentou-se no alto do escorrega, encostado ao corrimão, e fechou os olhos para combater a tontura. A sensação que teve foi de que a força da gravidade que o rodeava tinha-se alterado subtilmente. Algures a maré subia, e noutro sítio qualquer a maré estava a descer. Com rostos desprovidos de expressão, havia pessoas a mover-se de um lado para o outro, entre o «louco» e o «lunático».

Por entre as tonturas, Tengo tomou consciência de que há muito que não era assaltado pela imagem da mãe numa combinação branca, dando o peito a um homem que não era o seu pai. Quase se esquecera de que tinha vivido durante anos atormentado por aquela ilusão. Quando teria sido a última vez que a tivera? Não se conseguia lembrar com rigor, mas teria provavelmente sido por volta da altura em que começara a escrever o seu novo romance. Por qualquer inescrutável razão, o fantasma da mãe tinha deixado de lhe assombrar a vida a partir daquele momento.

Em vez disso, Tengo encontrava-se agora sentado no topo de um escorrega, num parque infantil de Kōenji, a olhar para um par de luas no céu. Um novo mundo insondável rodeava-o em silêncio, como as águas escuras de um lago. Talvez um novo problema tivesse afastado o antigo. Talvez o velho enigma familiar tivesse sido substituído por um outro, novo e fresco. O pensamento veio-lhe à cabeça sem a menor ironia. Nem sequer sentiu necessidade de se queixar.

Seja qual for a composição deste mundo novo, está visto que não me resta alternativa senão aceitá-lo. Não tenho outra escolha. Mesmo no mundo que existiu até agora, não tinha outra escolha. É a mesma coisa. E, para além disso, mesmo que eu quisesse apresentar uma queixa, a quem poderia fazê-lo?

O som duro e seco do seu coração continuava, mas a sensação de tontura desaparecia a pouco e pouco. Com o coração a bater-lhe aos ouvidos, Tengo encostou a cabeça ao corrimão do escorrega e olhou para as duas luas lá no alto, no céu de Kōenji. Que visão mais estranha – um mundo novo com uma nova lua. Tudo era incerto e, em última análise, ambíguo.

Mas há uma coisa que posso afirmar com toda a certeza, pensou Tengo. *Seja o que for que me acontecer no futuro, esta visão de duas luas ali no alto, lado a lado, nunca será – nunca – vulgar e óbvia aos meus olhos.*

Que pacto secreto teria Aomame firmado com a Lua naquele dia, perguntou-se Tengo. E recordou o ar tremendamente sério dos seus olhos quando olhara para a Lua, em plena luz do Sol. Que poderia ela ter oferecido à Lua?

E o que me vai acontecer a partir de agora?

Com dez anos, qual rapazinho assustado perante uma grande porta, Tengo dera voltas a esta pergunta enquanto Aomame lhe apertava a mão na sala de aulas vazia. Mesmo agora, Tengo continuava a fazer-se a mesma pergunta. Sentia a mesma ansiedade, o mesmo medo, o mesmo tremor. Uma nova porta, ainda maior. A Lua estava lá no alto outra vez, mas agora havia duas luas.

Onde estaria Aomame?

Do seu poleiro no alto do escorrega, Tengo voltou a percorrer a zona com o olhar, mas em sítio nenhum encontrou o que procurava. Estendeu a mão esquerda e esforçou-se por descobrir uma pista, mas não havia nada na palma da sua mão para além das mesmas linhas naturais de sempre. À luz pálida do candeeiro de mercúrio, pareciam os canais da superfície de Marte, mas não lhe revelaram absolutamente nada. O mais que conseguiu ver na sua grande mão foi a enorme distância que o separava dos seus dez anos – o caminho que percorrera até ao topo daquele escorrega num pequeno parque infantil de Kōenji, sobre o qual pairavam duas luas.

Onde estará a Aomame? Onde estará escondida?, perguntou-se.

«Pode estar aqui perto», dissera Fuka-Eri. «Dá para ir a pé.»

Alegadamente nas redondezas, será que Aomame também via as duas luas?

Estou certo que sim, pensou Tengo. Não dispunha de provas, claro, mas tinha a misteriosa convicção de que haveria de ser assim. Não duvidava que ela visse o que ele via. Cerrou os dedos da mão esquerda e esmurrou a superfície polida do escorrega com força. Doeu.

É por essa razão que isto tem de acontecer: temos de nos encontrar por acaso, algures aqui perto. Alguém anda a perseguir a Aomame, e ela está escondida como um gato ferido. Não tenho muito tempo para a encontrar.

Mas onde poderia ela estar? Tengo não fazia a mínima ideia.

– Oh, oh – chamou o que apanhara o ritmo.

– Oh, oh – os outros seis juntaram-se em coro.

21

AOMAME

Que devo fazer?

Naquela noite, Aomame foi até à varanda, de chinelas e fato de treino cinzento, para olhar para as luas. Tinha na mão uma chávena de cacau. Era a primeira vez em muito tempo que lhe apetecia beber um cacau quente, mas o facto de ter posto a vista numa lata de cacau *Van Houten*, que estava na cozinha, despertou-lhe a vontade. A sudoeste, num céu perfeitamente limpo, pairavam as duas luas – uma grande e uma pequena. Em vez de suspirar, Aomame soltou um pequeno gemido. Uma *nina* nascera de uma crisálida de ar, e agora havia duas luas. 1984 transformara-se em 1Q84. O velho mundo desaparecera e ela nunca mais conseguiria regressar.

Sentada na cadeira de jardim que estava na varanda, bebericando o seu cacau quente e olhando para as duas luas com os olhos semicerrados, Aomame tentou recordar algumas coisas do velho mundo. Mas a única coisa de que conseguia lembrar-se era do vaso com uma árvore-da-borracha, que deixara no seu antigo apartamento. Onde estaria agora? Será que Tamaru tomava conta dela como prometera?

Falou para si mesma:

Claro que sim. Não tens nada a recear. O *Tamaru é um homem de palavra. Se for necessário, é capaz de te matar sem qualquer hesitação, mas, ainda assim, é pessoa para tratar da tua árvore-da-borracha até ao fim.*

Mas por que carga-d'água estou preocupada com a árvore--da-borracha?

Aomame mal gastara um segundo do seu tempo a pensar na planta, até ao dia em que teve de a deixar para trás, no apartamento. Não passava de uma árvore-da-borracha com ar triste, de uma cor mortiça e baça, cuja falta de viço saltava aos olhos. Tinha-a encontrado em saldos, a mil e oitocentos ienes, mas o vendedor ainda baixara o preço até aos mil e quinhentos sem que lho pedisse; se Aomame tivesse regateado um bocado, ainda poderia tê-la comprado mais barata. Era óbvio que estava há muito tempo à venda, e durante todo o caminho até casa lamentou tê-la comprado obedecendo a um impulso, não só por causa de ter um ar tristonho, ser volumosa e difícil de transportar, mas porque era um ser vivo.

Fora a primeira vez na vida que possuíra algo vivo. Fosse um animal de estimação, fosse uma planta, a verdade é que nunca comprara, recebera ou encontrara um. A árvore-da-borracha era o primeiro ser vivo com quem experimentava partilhar a sua vida. No momento em que vira os dois peixinhos-vermelhos na sala de estar e ouvira a velha senhora dizer que os tinha comprado para oferecer a Tsubasa, numa banca noturna de um mercado de rua, Aomame desejara ter os seus próprios peixes – desesperadamente. Não conseguia despegar os olhos deles. De onde viera aquele desejo súbito? Talvez tivesse inveja de Tsubasa. Nunca ninguém comprara nada a Aomame num mercado de rua – nem sequer a tinham levado a visitar um. Sendo membros fervorosos da Associação das Testemunhas, em todos os aspetos fiéis aos ensinamentos da Bíblia, os pais dela desprezavam e evitavam todas as festividades mundanas.

Por esse motivo, Aomame decidira ir a um armazém barato do seu bairro de Jiyūgaoka comprar um peixinho-vermelho. Se ninguém lhe oferecia um aquário com um peixe, teria de ser ela a comprá-lo. Pensara:

E qual é o mal? Sou adulta. Tenho trinta anos e vivo no meu próprio apartamento. Tenho pilhas de dinheiro, ao monte, dentro do meu cofre. Não preciso de pedir autorização a ninguém para comprar o raio de um peixe.

Mas quando chegou à secção dos animais e viu os peixes a nadar dentro de um tanque, com as barbatanas rendilhadas a ondear, Aomame foi incapaz de comprar um. Apesar de serem pequenos e parecerem insensíveis e desprovidos de personalidade e consciência, ainda assim eram seres vivos. Não foi capaz de deixar de pensar que estava errado gastar dinheiro para ter um ser vivo na sua posse. Aquilo também a fez recordar os seus tempos de criança. O peixe era impotente, ali fechado num pequeno aquário de vidro, impossibilitado de ir onde quer que fosse. Tal facto não parecia incomodar o peixe. Provavelmente, não tinha para onde ir. Mas, para Aomame, era causa de uma genuína preocupação.

Não sentira nada parecido quando vira o aquário com os dois peixes na sala da velha senhora. Aparentemente, estavam a divertir-se, ali a nadar com tanta elegância dentro da sua taça de vidro, banhados pela luz do Sol, que tremeluzia dentro de água. Conviver com peixes pareceu-lhe uma ideia fantástica. Decerto trariam uma certa riqueza à sua vida. Mas a visão dos peixes na secção de animais do armazém perto da estação fez Aomame ficar sem ar.

Não, está fora de questão. Não sou capaz de ter um peixe em casa.

Foi a árvore-da-borracha, num canto da loja, que lhe prendeu então o olhar. Parecia ter sido atirada para o canto onde chamava menos a atenção, escondida como um órfão abandonado. Pelo menos, foi assim que Aomame a viu. Não tinha cor nem brilho, e estava com uma forma desalinhada, mas comprara-a sem pensar duas vezes – não porque gostasse dela, mas porque *tinha* de a comprar. E, na realidade, mesmo depois de a ter trazido para casa e colocado no sítio, poucas vezes olhava para ela, a não ser nas raras ocasiões em que a regava.

No entanto, quando tivera de a deixar ficar para trás e percebera que não tornaria a vê-la, Aomame não conseguia deixar de se preocupar com a planta. Franziu o sobrolho com toda a força, como fazia sempre que se sentia confusa e lhe dava ganas de gritar bem alto, contorcendo cada músculo do seu rosto até parecer uma pessoa completamente diferente. Após ter terminado de distorcer a cara em todos os ângulos possíveis, Aomame fê-la voltar ao seu estado normal.

Porque é que ando tão preocupada com a árvore-da-borracha?

Em todo o caso, tenho a certeza de que o Tamaru vai tratar bem dela. Está habituado a cuidar de seres vivos e a dispensar-lhes afeição. Não é como eu. Trata os cães como se fossem iguais a ele. Chega mesmo a usar o tempo que tem livre para percorrer o jardim da casa da velha senhora e examinar todas as plantas com o maior cuidado. Quando estava no orfanato, arriscou a vida para proteger um rapaz mais novo e deficiente. Eu nunca seria capaz de fazer uma coisa assim. Não posso assumir a responsabilidade de outras vidas. Só me resta suportar o fardo da minha vida e da minha solidão.

Aomame ficou a pensar.

A palavra «solidão» fê-la recordar Ayumi.

Um homem desconhecido algemara-a a uma cama de hotel, violara-a rudemente e estrangulara-a até à morte com o cinto de um roupão de banho. Tanto quanto sabia, o criminoso não fora preso.

A Ayumi tinha família e colegas, mas estava só, tão só que teve de passar por uma morte horrível. Mesmo eu não estava lá para ela. Ela queria pedir-me qualquer coisa, até aí eu sei. Mas eu tinha os meus próprios segredos – e a minha própria solidão – e era forçoso protegê-los. Nunca poderia partilhá-los com a Ayumi. Por que carga-d'água me terá escolhido, quando há tanta gente por aí?

Aomame fechou os olhos e visualizou, no vaso, a árvore-da-borracha que abandonara no seu apartamento.

Porque é que ando tão preocupada com a árvore-da-borracha?

* * *

Aomame esteve algum tempo a chorar.

O que se passa comigo? Nos últimos tempos, ando muito chorona. Aomame ia pensando e abanava a cabeça. Chorar era a última coisa que queria fazer, mas não conseguia deter as lágrimas. Os ombros tremiam-lhe. *Não me resta nada. Tudo o que tinha com algum valor desapareceu, uma coisa atrás da outra. Foi-se tudo – resta-me o calor das minhas memórias do Tengo.*

Tenho de parar com esta choradeira, disse para si própria. *Aqui estou eu, dentro do Tengo, como os cientistas no filme* Viagem Fantástica. *Sim, é isso! O filme chama-se* A Viagem Fantástica. Satisfeita por ter sido capaz de se lembrar do título, Aomame ficou mais calma e parou de chorar. *Por mais lágrimas que eu chore, não vou resolver nada. Tenho de voltar a ser a mesma Aomame fria e dura de sempre.*

Quem quer que isso aconteça?

Eu quero que isso aconteça.

Olhou à sua volta. Ainda havia duas luas no céu.

«Será um sinal. Observa o céu com todo o cuidado», dissera um dos elementos do Povo Pequeno, o da voz fraquinha.

«Oh, oh», entoara o que apanhara o ritmo.

Foi quando Aomame reparou numa coisa: não era a única pessoa a olhar para as luas. Viu um homem novo, no parque infantil do outro lado da rua. Estava sentado no topo do escorrega e olhava na mesma direção que ela. Soube intuitivamente o que se passava:

Ele vê duas luas, tal como eu. Não estou errada, ele está a olhar para o mesmo que eu. Ele sabe que há duas luas no céu. Mas o Líder disse que nem toda a gente é capaz de ver as duas luas.

Não havia margem para dúvidas: aquele homem jovem e corpulento estava a olhar para o par de luas no céu.

Aposto seja o que for. Eu sei. Está ali sentado a olhar para a lua grande e amarela e para a lua mais pequena, disforme e esverdeada, da cor do musgo. Aparenta estar a analisar profundamente o sentido das duas luas. E se ele também deslizou para 1Q84?

Talvez esteja confuso, incapaz de apreender o sentido deste novo mundo. Sim, só pode ser. Deve ter sido por isso que teve de trepar ao alto do escorrega daquele parque infantil, durante a noite, e está a olhar para as luas completamente sozinho, a fazer listas mentais de todas as possibilidades, de todas as hipóteses que conseguir imaginar e a analisá-las com a maior atenção.

Mas não, pode não ser nada disto. Talvez trabalhe para a Vanguarda. Pode estar ali à minha procura.

A ideia pôs o coração de Aomame aos saltos. Num gesto inconsciente, a mão direita foi até à pistola que tinha à cintura e fechou-se com força em torno da coronha.

No entanto, o facto é que se revelava impossível perceber o mais pequeno sinal de ameaça ou de urgência na atitude daquele homem e não havia nada nele que sugerisse violência. Estava apenas ali sentado, sozinho, com a cabeça apoiada no corrimão, de olhos levantados para as luas no céu, absorto nos seus pensamentos. Aomame encontrava-se na varanda de um terceiro andar, e ele lá em baixo. Sentou-se na cadeira de jardim, a olhar para o homem pela abertura existente entre o painel de plástico opaco da varanda e a caixilharia de metal. Mesmo que ele levantasse os olhos e olhasse na direção de Aomame, não devia conseguir vê-la, mas, em todo o caso, o homem parecia completamente absorto, a olhar para o céu sem a mínima noção de que alguém podia estar a observá-lo.

Aomame recuperou a calma e, devagarinho, soltou o ar que sustinha. Afrouxou a tensão dos seus dedos e tirou a mão da pistola. Deixou-se ficar na mesma posição e continuou a observar o homem. Da posição privilegiada em que estava, só conseguia ver-lhe o perfil. O candeeiro de mercúrio do parque iluminava-o de cima. Era alto, tinha ombros largos. Tinha cabelo curto, espetado, e usava uma camisola de mangas compridas, arregaçadas até aos cotovelos. Não se podia considerá-lo bonito, mas as feições eram regulares, agradáveis, e a forma da cabeça não era má. Se fosse um pouco mais velho e tivesse um pouco menos de cabelo, seria bastante atraente.

De repente, Aomame apercebeu-se:

Era Tengo.

Pensou:

Não, não pode ser. Impossível. Abanou a cabeça em gestos curtos e decididos. *Impossível. Só posso estar enganada. Não é assim que as coisas funcionam.* Deu-se conta de que não conseguia respirar normalmente. O seu corpo não estava a funcionar bem. Pensamento e ação recusavam sincronizar-se. *Tenho de olhar outra vez, com muita atenção,* pensou, mas, fosse lá porque fosse, não estava a conseguir focar os olhos. Parecia que, de repente, havia uma reação qualquer que fazia com que a visão do olho direito e a do olho esquerdo fossem profundamente diferentes. Num agir inconsciente, franziu a cara, deformando-a.

Que devo fazer?

Abandonou a cadeira de jardim e olhou à sua volta, indefesa. A seguir, recordou que vira um par de binóculos *Nikon* pequenos dentro do aparador e foi buscá-los. Correu de regresso à varanda, com os binóculos na mão, e olhou para o escorrega. O homem ainda ali estava. Na mesma posição, de perfil, a olhar para o céu. Com os dedos a tremer, focou os binóculos e observou aquele perfil mais de perto, retendo a respiração, concentrando-se. Não havia dúvida: era Tengo. Apesar de terem passado vinte anos, ela estava absolutamente segura: só podia ser Tengo.

O que mais surpreendeu Aomame foi o facto de a aparência de Tengo pouco ter mudado desde o tempo em que tinha dez anos. Era como se o menino com dez anos se tivesse convertido diretamente num homem de trinta. Isto não queria dizer que tivesse um ar infantil. O seu corpo e a cabeça estavam, claro, muito maiores do que então, e tinha agora feições de adulto. A sua expressão facial ganhara profundidade. As mãos, pousadas nos joelhos, eram grandes e fortes, muito diferentes da mão que agarrara naquela sala da escola primária, vinte anos antes. Mesmo assim, a aura que emanava da sua presença física mantinha-se a mesma. O corpo dele, sólido e grande, transmitia-lhe uma sensação de calor e segurança. Sentiu um imenso desejo de encostar a face ao peito dele, o que a encheu de uma profunda alegria. Ele estava sentado num escorrega de um parque infantil, a olhar para o céu, com os olhos fixos nas mesmas coisas que ela estava a observar: as duas luas.

Sim, é possível vermos os dois as mesmas coisas.

Que devo fazer?

Aomame não sabia o que fazer. Pousou os binóculos no regaço e fechou as mãos – com tanta força que as unhas se lhe enterraram nas palmas e deixaram marcas. Os punhos cerrados tremiam ligeiramente.

Que devo fazer?

Escutou a sua própria respiração alterada. Parecia que, sem se dar conta, o seu corpo se tinha partido pelo meio. Uma metade parecia disposta a aceitar o facto de Tengo estar ali, à sua frente. A outra metade recusava-se a aceitá-lo, tentando convencer-se de que aquilo não estava a acontecer. Dentro dela, estas duas forças digladiavam-se, cada uma delas tentando arrastar a outra para o seu lado. Parecia que todos os seus músculos se esfrangalhavam, as articulações se desfaziam e os ossos se esmagavam.

Apetecia-lhe correr para o parque infantil, subir ao escorrega e falar com Tengo, ali mesmo. Mas o que havia de dizer? Não sabia como pôr em movimento os músculos da sua boca. Conseguiria articular algumas palavras?

«Chamo-me Aomame. Há vinte anos, na sala de aulas da escola primária, segurei a tua mão. Lembras-te de mim?»

E se lhe dissesse isto?

Devia haver qualquer coisa um bocadinho melhor.

A outra Aomame deu-lhe uma ordem:

«Fica escondida aqui, na varanda. Não há mais nada que possas fazer. Sabes isso. Ontem à noite, estabeleceste um acordo com o Líder: salvavas o Tengo, permitindo que continuasse a viver, e, em troca, abdicavas da tua própria vida. Foi o pacto que fizeste. O contrato está concluído. Enviaste o Líder para o outro mundo e concordaste em ceder a tua vida. Que vantagem terias em ver o Tengo agora e conversarem acerca do passado? E o que é que farias se ele não se lembrar de ti ou se te conhecer como "a miúda esquisita que costumava rezar aquelas orações sinistras"? Como é que te sentirias quando chegasse a tua morte?»

Ao pensar nesta possibilidade, o corpo dela retesou-se. Começou a tremer descontroladamente, como se tivesse apanhado um frio intenso e estivesse em risco de gelar até aos ossos. Abraçou-se a ela própria e ficou assim durante algum tempo, a tremer, mas nunca despegou os olhos de Tengo, sentado no alto do escorrega e a olhar para o céu. Podia desaparecer no segundo em que desviasse os olhos dele.

Desejou que Tengo a tomasse nos braços, a acariciasse com aquelas suas mãos grandes. Queria que o seu corpo sentisse o calor dele, que ele a cobrisse de carícias da cabeça aos pés e a aquecesse.

Quero que ele afaste este frio que sinto no íntimo do meu corpo. Depois quero que entre dentro de mim e me agite à sua vontade, como uma colher numa caneca de cacau quente, devagar, até ao fundo. Se ele me fizesse isso, não me importava de morrer logo ali. A sério.

Não! Seria mesmo verdade? Se isso acontecesse, eu podia já não querer morrer. Podia querer ficar com ele para sempre. A minha determinação em morrer podia evaporar-se, como uma gota de orvalho ao sol da manhã. Ou, ainda, eu podia sentir vontade de o matar, disparava sobre ele primeiro, com a minha Heckler & Koch, e depois rebentava com os meus miolos. Não sou capaz de prever o que podia acontecer ou do que seria capaz.

Que devo fazer?

Aomame estava incapaz de se decidir. A sua respiração tornou-se mais forte. Foi assaltada por uma selva de pensamentos, uns atrás dos outros, pensamentos emaranhados que desafiavam qualquer tentativa sua para os pôr em ordem. Onde estava o certo? Onde estava o errado? Só tinha a certeza de uma coisa: queria que aqueles braços robustos dele a abraçassem, ali e agora. O que acontecesse depois não interessava. Deus ou o Diabo que decidissem.

* * *

Aomame decidiu-se. Foi à casa de banho, fez desaparecer os vestígios das lágrimas. Olhou para o espelho e, com rapidez, alisou o cabelo. A cara estava um caco. Tinha os olhos vermelhos. A roupa que vestia era horrível – um fato de treino desbotado com um estranho alto nas costas, no sítio onde tinha a 9 mm enfiada no cós das calças. Não era maneira de se apresentar à frente do homem por quem há vinte anos sentia um desejo ardente. Porque não vestia uma coisa mais decente? Mas era demasiado tarde. Não tinha tempo de trocar de roupa. Enfiou um par de ténis e desceu os três andares a correr, saiu pela porta de emergência do prédio, atravessou a rua, entrou no parque deserto e caminhou até junto do escorrega, onde não havia sinal de Tengo. Banhado pela luz artificial do candeeiro de mercúrio, o topo do escorrega estava vazio – mais escuro, mais frio e mais vazio do que a outra face da Lua.

Terá sido uma alucinação?

Não, não foi uma alucinação, disse para si própria, sem fôlego. O *Tengo esteve aqui até há uns instantes, não tenho dúvidas.* Trepou ao alto do escorrega e ali ficou, olhando à sua volta. *Ninguém à vista. Mas não pode ter ido muito longe. Ele estava aqui há uns minutinhos, quatro ou cinco, no máximo. Se correr, ainda sou capaz de o apanhar.*

Aomame mudou de opinião. Deteve-se, quase à força.

Não, não posso fazer isso. Nem sequer sei em que direção foi quando se afastou. Não quero andar a percorrer as ruas de Kōenji, sem destino, a meio da noite. Não é uma coisa que deva fazer.

Enquanto Aomame hesitara na varanda, a tentar decidir o que fazer, Tengo descera do escorrega e fora-se embora.

Pensando melhor, é o destino que me foi dado. Hesitei e hesitei, perdi por momentos a minha capacidade de decisão e, nesse intervalo, o Tengo foi-se embora. Foi o que me aconteceu.

Talvez seja melhor assim. É provável que tenha sido a melhor coisa que podia ter acontecido. Pelo menos, consegui encontrar o

Tengo. Vi-o do outro lado da rua. Tremi com a possibilidade de ter os braços dele à volta de mim. Mesmo que por breves momentos, fui capaz de sentir aquela alegria e a ilusão intensas.

Fechou os olhos e agarrou o corrimão, mordendo o lábio.

Aomame sentou-se no alto do escorrega, na mesma posição em que Tengo estivera. Levantou os olhos para o céu, para sudoeste, onde havia duas luas, a grande e a pequena, flutuando lado a lado. Até poucos momentos antes, estivera a observar Tengo da varanda do seu apartamento, onde a sua profunda hesitação ainda parecia pairar.

1Q84: é o nome que deram a este mundo. Entrei nele, sem querer, há apenas seis meses, e agora estou prestes a abandoná-lo deliberadamente. Depois de eu partir, o Tengo vai ficar aqui. Claro que não faço ideia de que tipo de mundo será para ele. Não tenho maneira de ver o fim das coisas. E depois? Eu vou morrer por ele. Fui incapaz de viver por mim; a possibilidade já me fora retirada. Em vez disso, poderei morrer por ele. É suficiente. Morrerei com um sorriso.

Não estou a mentir.

Aomame esforçou-se por sentir qualquer vestígio da presença de Tengo no alto do escorrega, mas não havia ali a menor sensação de calor. O vento da noite, com o seu augúrio de outono, soprava por entre as folhas da *zelkova*, varrendo todos os vestígios de Tengo. Mesmo assim, Aomame deixou-se ficar ali sentada, a olhar para as duas luas, banhada pela sua luz estranha e desprovida de emoção. Os sons da cidade misturavam-se num zumbido urbano que a rodeava com o seu baixo contínuo[1]. Pensou nos aranhiços

---

[1] Baixo contínuo é um tipo de acompanhamento musical inventado no Barroco. Era geralmente tocado por um cravo, órgão ou alaúde e consistia numa linha melódica grave, a que o compositor acrescentava símbolos específicos que representavam as notas do acorde completo correspondente. Era o instrumentista que tinha de os realizar, acrescentando também ornamentação da sua autoria. (*N. das T.*)

que tinham tecido as suas teias nas escadas de emergência da autoestrada metropolitana. Estariam ainda vivos e a cuidar das suas teias?

Sorriu.

Estou pronta. Fiz os meus preparativos.

Mas primeiro havia ainda um sítio que tinha de visitar.

22

TENGO

Enquanto houver duas luas no céu

Após ter descido do escorrega, Tengo abandonou o parque infantil e vagueou sem destino pelas ruas de Kōenji, passando de uma rua para a outra quase sem perceber por onde caminhava. Esforçava-se por organizar o emaranhado de ideias que tinha na cabeça, mas, por mais que tentasse, o pensamento coerente estava para lá das suas capacidades do momento, talvez porque pensara em demasiadas coisas ao mesmo tempo, enquanto estivera sentado no escorrega. Pensara no aumento do número de luas, nos laços de sangue, num novo capítulo na sua vida, no estonteante sonho realista que tivera, em Fuka-Eri e *A Crisálida de Ar* e em Aomame, que devia estar escondida num sítio qualquer ali perto. Com a cabeça num confuso turbilhão, Tengo sentia que a sua capacidade de concentração chegara ao limite. Só lhe apetecia enfiar-se na cama e dormir. Tornaria a pensar nisto tudo no dia seguinte, de manhã. Naquele momento, por muito que pensasse, não avançaria mais nada.

Quando regressou a casa, Fuka-Eri estava sentada à secretária dele, solícita, a afiar lápis com um pequeno canivete. Tengo tinha sempre dez lápis no copo dos lápis, mas agora havia, no mínimo, vinte. Ela afiara-os lindamente. Tengo nunca vira lápis tão bem afiados. Os bicos pareciam agulhas.

– Tiveste uma chamada – disse, verificando a ponta do lápis com um dedo. – De Chikura.

– Não devias ter atendido o telefone.

– Era uma chamada importante.

Muito provavelmente, ela percebera a importância da chamada pelo toque do telefone.

– O que era? – perguntou Tengo.

– Não disseram.

– Mas era do sanatório de Chikura, certo?

– Querem que lhes devolvas a chamada.

– Querem que lhes ligue?

– Hoje. Mesmo que seja a horas tardias.

Tengo suspirou.

– Imagino que não tenhas o número.

– Tenho.

Ela decorara o número. Tengo anotou-o. Depois olhou para o relógio: 8h30.

– A que horas ligaram?

– Há bocadinho.

Tengo foi à cozinha e bebeu um copo de água. Apoiou as mãos no lava-loiça, fechou os olhos e confirmou que o seu cérebro estava a funcionar normalmente. Depois aproximou-se do telefone e marcou o número. Talvez o pai tivesse morrido. Ou, no mínimo, seria um caso de vida ou de morte. Não teriam ligado tão tarde se não se tratasse de um assunto importante.

Uma mulher atendeu o telefone. Tengo deu o seu nome e informou que estava a devolver uma chamada anterior.

– É o filho do senhor Kawana? – perguntou a mulher.

– Sim – respondeu Tengo.

– Conhecemo-nos no outro dia – disse ela.

Veio-lhe à cabeça a imagem da enfermeira de meia-idade, com óculos de aros metálicos. Não se lembrava do nome dela.

Murmurou umas palavras educadas, acrescentando:

– Já me tinha ligado?

– Sim, liguei. Vou passar-lhe o médico responsável e fala com ele diretamente.

Tengo aguardou a ligação com o auscultador encostado à orelha. Esperou – e esperou – que o médico atendesse. A monótona melodia de «Home on the Range» parecia não ter fim. Tengo fechou os olhos e visualizou o sanatório na costa da península de Bōsō. O pinhal frondoso e cerrado, onde as copas se sobrepunham umas às outras, a brisa marítima soprando por entre elas, as ondas do oceano Pacífico a rebentar interminavelmente na praia. O átrio de entrada silencioso, sem visitantes. O som das rodas das camas que alguém empurrava pelos corredores. As cortinas queimadas pelo sol. Os uniformes brancos das enfermeiras, impecavelmente passados. O café aguado e insípido do refeitório.

O médico acabou por pegar no telefone.

– Lamento tê-lo feito esperar. Tive uma chamada de emergência de um dos outros quartos da enfermaria, há uns minutos.

– Não faz mal – disse Tengo. Tentou recordar-se das feições do médico do pai, até se aperceber de que nunca o vira. – Então, passa-se alguma coisa com o meu pai?

O médico fez uma pausa e disse:

– Bom, não é que tenha acontecido qualquer coisa especial hoje, mas, nos últimos tempos, o estado dele tem-se deteriorado. Odeio ter de lhe dizer isto, mas ele está em coma.

– Quer dizer que está absolutamente inconsciente?

– Exato.

Tengo esforçou-se para pôr o seu cérebro a funcionar.

– Ele teve alguma doença que provocasse o coma?

– Não foi bem isso – respondeu o médico, com visível dificuldade.

Tengo aguardou.

– É difícil explicar isto ao telefone, mas não há nada de particularmente mal com ele. Não tem cancro ou pneumonia ou qualquer outra doença que eu consiga identificar. Em termos clínicos, não vejo sintomas que possa atribuir a uma doença específica. Não sabemos qual possa ser a causa, mas, no caso do seu pai, parece que a força vital que o sustenta está a desaparecer com grande rapidez. E como não conhecemos a causa, não sabemos que tratamento aplicar. Vamos continuar a alimentá-lo por via intravenosa, mas estamos a tratar apenas os sintomas, e mais nada.

– Posso ser franco e fazer-lhe uma pergunta? – perguntou Tengo.

– Sim, claro – respondeu o médico.

– Está a tentar dizer-me que o meu pai não tem muito tempo de vida?

– Se continuar neste estado, as esperanças são poucas.

– Quer dizer que a velhice está a fazê-lo desaparecer?

O médico soltou um som vago. Prosseguiu:

– O seu pai é sexagenário, ainda está longe de «desaparecer de velhice». Em termos globais, é uma pessoa saudável. Não encontrámos qualquer problema, a não ser a limitação das suas capacidades cognitivas. Consegue resultados bastantes bons nos testes de força que fazemos regularmente. Não temos conhecimento de qualquer problema.

Chegado a este ponto, o médico interrompeu-se. Depois, continuou:

– Mas... agora que falo nisto... olhando para ele ao longo destes últimos dias, poder-se-á falar de um «desaparecimento por velhice». Em termos gerais, as suas funções físicas diminuíram, e ele parece estar a perder a vontade de viver. Por norma, estes sintomas só surgem já bem depois dos oitenta anos. Quando uma pessoa envelhece, verificamos muitas vezes que se cansa de viver e abandona o esforço para manter a vida. Mas não faço a mínima ideia da razão por que esteja a acontecer ao senhor Kawana, que ainda anda pelos sessenta.

Tengo mordeu o lábio e pensou um pouco.

– Quando é que ele entrou em coma? – perguntou.

– Há três dias – respondeu o médico.

– Está a dizer-me que há três dias que ele não acorda?

– Nem uma só vez.

– E os sinais vitais estão a diminuir gradualmente?

O médico respondeu:

– Não de uma forma drástica, mas, como já lhe disse, o nível da força vital que o sustenta está gradual mas visivelmente a decrescer, como um comboio que vai abrandando à medida que se aproxima da estação.

– Quanto tempo pensa que ainda lhe resta?

– Não posso dar uma certeza. Se continuar como até agora, uma semana, no pior dos casos – respondeu o médico.

Tengo mudou o auscultador de mão e mordeu outra vez o lábio.

– Vou aí amanhã – disse. – Mesmo que não me tivesse telefonado, já estava a pensar ir aí dentro de pouco tempo. Mas ainda bem que ligou, estou-lhe muito agradecido.

O médico pareceu ter ficado aliviado com estas palavras.

– Por favor, venha. Quanto mais cedo o vir, melhor. É a minha opinião. Pode não ser capaz de falar consigo, mas estou certo de que o seu pai vai gostar de o ter aqui.

– Mas está absolutamente inconsciente, é isso?

– Sim, está.

– Tem dores?

– Por agora, é provável que não. É a única vantagem nesta situação. Está a dormir que nem uma pedra.

– Muito obrigado – disse Tengo.

– Sabe, senhor Kawana, o seu pai é um doente fácil de tratar – declarou o médico. – Nunca deu problemas a ninguém.

– Sempre foi assim – retorquiu Tengo. Depois, despediu-se do médico e desligou o telefone.

Tengo aqueceu o café e bebeu-o, sentado à mesa da cozinha, de frente para Fuka-Eri.

– Amanhã vais sair – perguntou Fuka-Eri.

Tengo assentiu com a cabeça.

– Amanhã de manhã tenho de apanhar o comboio e ir outra vez à cidade dos gatos.

– Vais à cidade dos gatos – perguntou Fuka-Eri, inexpressiva.

– Ficas aqui, à minha espera – perguntou Tengo. De tanto conviver com Fuka-Eri, habituara-se a fazer perguntas sem pontos de interrogação.

– Fico aqui à espera.

– Vou à cidade dos gatos sozinho – explicou Tengo. Bebericou o café. De repente, ocorreu-lhe fazer a pergunta: – Queres beber qualquer coisa?

– Vinho branco, se tiveres.

Tengo abriu o frigorífico para ver se havia vinho branco fresco. Na parte de baixo encontrou uma garrafa de Chardonnay, que comprara em saldos, pouco tempo antes. No rótulo havia uma imagem de um javali. Tirou a rolha, deitou algum vinho num copo e pousou-o à frente de Fuka-Eri. Depois de alguma hesitação, serviu também um copo para si próprio. Estava a precisar muito mais de um copo de vinho do que de um café. O vinho estava demasiado fresco e era um tanto adocicado, mas o álcool teve um efeito calmante sobre os nervos de Tengo.

– Amanhã vais à cidade dos gatos – perguntou Fuka-Eri, de novo.

– Apanho o comboio logo de manhãzinha – respondeu Tengo.

Enquanto emborcava o copo de vinho branco, Tengo recordou que ejaculara dentro do corpo daquela bonita rapariga de dezassete anos, sentada agora à sua frente, do outro lado da mesa. Apesar de ter sido só na noite anterior, parecia-lhe que acontecera muito tempo antes, num passado distante, era quase um facto histórico. Mesmo assim, a sensação que experimentara mantinha-se vívida dentro de si.

– O número de luas aumentou – disse Tengo, como se partilhasse um segredo, enquanto fazia girar o copo na mão, lentamente. – Quando olhei para o céu há bocadinho, havia duas luas: uma grande, amarela, e uma pequena, verde. Podiam já lá estar há bastante tempo, mas nunca tinha reparado nelas. Só há bocadinho percebi que existiam.

Fuka-Eri não teve qualquer comentário acerca do aumento do número de luas, nem Tengo foi capaz de descortinar o mais pequeno sinal de surpresa. A sua expressão não sofreu a mínima alteração. Não pareceu que, para ela, *fosse* novidade.

– Não preciso de te dizer que um céu com duas luas é o que acontece em *A Crisálida de Ar* – continuou Tengo. – E as luas correspondem com todo o rigor à minha descrição: são precisamente do mesmo tamanho e da mesma cor.

Fuka-Eri não tinha nada a dizer. Nunca respondia a perguntas que não careciam de resposta.

– Porque pensas que aconteceu? Como *pode* ter acontecido uma coisa destas?

Continuou a não haver resposta.

Tengo decidiu fazer-lhe uma pergunta direta.

– Pode querer dizer que entrámos no mundo que descreveste em *A Crisálida de Ar*?

Fuka-Eri passou longos minutos a examinar a forma das unhas das mãos com toda a atenção. Depois, disse:

– Porque escrevemos o livro juntos.

Tengo pousou o copo de vinho na mesa. A seguir, perguntou:

– Escrevemos *A Crisálida de Ar* e publicámos o livro. Foi um esforço conjunto. Depois, tornou-se um êxito de vendas e a informação acerca do Povo Pequeno, das *mãs* e das *ninas* difundiu-se. Em resultado disso, tu e eu entrámos neste mundo alterado. É o que isto quer dizer?

– Tu desempenhas o papel de Recetor.

– Eu desempenho o papel de Recetor – repetiu Tengo, fazendo eco das palavras dela. – É verdade, escrevi sobre Recetores em *A Crisálida de Ar*, mas não percebi nada do assunto. Em termos específicos, o que faz um Recetor?

Fuka-Eri abanou ligeiramente a cabeça, indicando que não podia explicar.

«Se precisas que te explique, nesse caso não irás entender nunca, por mais explicações que te dê», dissera-lhe o pai.

– É melhor ficarmos juntos, até a encontrares – sugeriu Fuka-Eri.

Tengo olhou para Fuka-Eri durante algum tempo, a tentar ler a sua expressão, mas, como de costume, na sua cara não havia qualquer expressão que se pudesse ler. Num gesto inconsciente, virou-se e olhou para a janela, mas já não havia luas. Só se viam os postes de eletricidade e um emaranhado de feios cabos elétricos.

– É preciso algum talento especial para se ser um Recetor?

Fuka-Eri moveu subtilmente o queixo para cima e para baixo, querendo dizer que sim.

– Mas, originalmente, *A Crisálida de Ar* era a *tua* história, uma história que *tu* criaste a partir do zero. Veio de dentro de *ti*. Eu limitei-me a aperfeiçoar-lhe o estilo. Não passei de um técnico.

– Porque escrevemos o livro juntos – repetiu Fuka-Eri.

Sem se dar conta disso, Tengo levou os dedos às têmporas.

– Estás a dizer que já estava a agir como um Recetor, mesmo sem ter consciência disso?

– Já antes – afirmou Fuka-Eri. Com um dedo da mão direita, indicou-se primeiro a si própria, depois Tengo. – Eu sou uma Apreensora e tu és um Recetor.

– Por outras palavras, tu apreendes as coisas e eu recebo-as?

Fuka-Eri fez um pequeno gesto de anuência.

Tengo franziu o sobrolho.

– Então, tu sabias que eu era um Recetor ou tinha o talento especial de um Recetor, e foi por isso que me deixaste reescrever *A Crisálida de Ar*. Por intermédio do meu trabalho, transformaste o que tinhas apreendido num livro. É isto?

Não houve resposta.

Tengo descontraiu o sobrolho. Depois, olhando a direito para os olhos de Fuka-Eri, disse:

– Ainda não sou capaz de precisar o momento exato, mas imagino que, mais ou menos por essa altura, eu já tinha entrado neste mundo com duas luas. Até agora, tudo isto me passou ao lado. Como não costumo olhar para o céu durante a noite, nunca tinha reparado que o número de luas tinha aumentado. É assim, certo?

Fuka-Eri manteve-se calada. O seu silêncio flutuava e pairava no céu como um pó fino. Era o pó espalhado pouco tempo antes por uma nuvem de borboletas oriundas de um espaço particular. Tengo ficou a olhar para as formas que o pó traçava no ar. Tinha a sensação de se ter transformado num jornal vespertino, já com dois dias. Iam surgindo notícias novas, atualizadas, e ele era a única pessoa que não era informada.

– Causa e efeito parecem estar baralhados – disse Tengo, recuperando a sua presença de espírito. – Não sei o que veio primeiro e o que veio depois. Seja como for, agora encontramo-nos neste mundo novo.

Fuka-Eri levantou a cara e perscrutou o olhar de Tengo. Podia ter sido imaginação sua, mas ele pensou ter entrevisto uma centelha de emoção naquele olhar.

– Seja como for, o mundo original já não existe – afirmou Tengo.

Fuka-Eri teve um leve encolher de ombros.

– Vivemos neste.

– No mundo com duas luas?

A isto, Fuka-Eri não deu resposta. A bonita rapariga de dezassete anos apertou os lábios formando uma linha reta perfeita e encarou Tengo, olhos nos olhos – da mesmíssima maneira que Aomame tinha olhado para o rapaz de dez anos naquela sala de aulas vazia, com uma concentração mental forte e profunda. Sob o intenso olhar de Fuka-Eri, Tengo sentiu-se como se fosse converter-se em pedra e ser logo transformado na nova lua – a pequena lua disforme. Instantes mais tarde, Fuka-Eri abrandou, por fim, o olhar. Ergueu a mão direita e fez pressão com as pontas dos dedos na testa. Como se estivesse a tentar ler os seus próprios pensamentos secretos.

– Estavas à procura de alguém – perguntou a rapariga.

– Estava.

– Mas não a encontraste.

– Não, não encontrei – respondeu Tengo.

Não tinha encontrado Aomame, mas, em vez disso, descobrira as duas luas. E tal acontecera porque tinha seguido as indicações de Fuka-Eri e mergulhara bem fundo na sua memória, razão por que tinha tido a ideia de olhar para a Lua.

A rapariga aligeirou um pouco a tensão do olhar e pegou no copo de vinho que tinha à sua frente. Manteve o vinho na boca durante algum tempo e, depois, engoliu-o com todo o cuidado, como um inseto que suga o orvalho.

Tengo retomou a conversa:

– Dizes que ela está escondida em algum sítio. A ser esse o caso, não será fácil encontrá-la.

– Não precisas de te preocupar – afirmou a rapariga.

– Não preciso de me preocupar – Tengo repetiu as palavras dela.

Fuka-Eri abanou a cabeça, num grande «sim».

– Queres dizer que vou encontrá-la?

– Ela vai encontrar-te. – A voz de Fuka-Eri evocou o som de uma brisa ligeira varrendo um campo de erva tenra.

– Aqui, em Kōenji?

Fuka-Eri inclinou a cabeça para um lado, querendo dizer que não sabia.

– Algures – disse.

– Algures *neste mundo* – precisou Tengo.

Fuka-Eri assentiu brevemente.

– Enquanto houver duas luas no céu.

Tengo ponderou por instantes o que ela afirmara e disse, com uma certa resignação:

– Penso que não me resta alternativa senão acreditar em ti.

– Eu apreendo e tu recebes – disse Fuka-Eri, pensativa.

– Tu apreendes e eu recebo – Tengo reformulou a frase.

Fuka-Eri assentiu.

Tengo sentiu desejo de perguntar a Fuka-Eri:

E foi por isto que unimos os nossos corpos? Durante aquela violenta tempestade de ontem à noite. O que terá significado?

Mas não fez as perguntas, que poderiam não ser apropriadas e às quais sabia que ela nunca daria resposta.

«Se precisas que te explique, nesse caso não irás entender nunca, por mais explicações que te dê», dissera-lhe o pai, em tempos.

– Tu apreendes e eu recebo – repetiu Tengo, mais uma vez. – O mesmo que aconteceu quando reescrevi *A Crisálida de Ar*.

Fuka-Eri abanou a cabeça. Puxou o cabelo para trás, revelando uma bonita orelhinha, como se fizesse subir a antena de um transmissor.

– Não é a mesma coisa – afirmou a rapariga. – Tu mudaste.

– Eu mudei – repetiu Tengo.

Fuka-Eri assentiu com a cabeça.

– Como é que eu mudei?

Fuka-Eri fitou o interior do copo que tinha na mão durante bastante tempo, como se estivesse a ver qualquer coisa muito importante lá dentro.

– Vais descobrir quando chegares à cidade dos gatos – afirmou a bonita rapariga. Depois, ainda com a orelha à mostra, bebeu um pouco de vinho branco.

23

AOMAME

Meta um tigre no seu depósito

Aomame acordou pouco depois das seis da manhã. Estava um dia lindo, sem nuvens. Fez uma cafeteira de café, umas torradas e cozeu um ovo. Enquanto tomava o pequeno-almoço, viu televisão e confirmou que ainda não havia qualquer notícia acerca da morte do Líder da Vanguarda. Era óbvio que tinham feito desaparecer o corpo às escondidas sem participar à polícia ou informar mais alguém. Não era importante. Um morto é um morto, independentemente da forma como nos vejamos livres dele.

Às oito da manhã tomou um duche, escovou o cabelo com todo o cuidado à frente do espelho do lavabo e aplicou uma camada quase invisível de batom. Calçou meias. Vestiu uma blusa de seda branca, que tinha pendurada no armário, e completou o conjunto com o elegante fato *Junko Shimada*. Enquanto retorcia o corpo várias vezes para permitir que o sutiã almofadado e com armação se adaptasse melhor ao peito, deu consigo a desejar, mais uma vez, que o seu peito fosse um pouco maior. Era um pensamento que já devia ter tido aí umas setenta e duas mil vezes à frente de espelhos.

E depois? Posso pensar nisto as vezes que quiser. Pode bem ser a vez setenta e duas mil e uma, mas qual é o mal? Enquanto estiver viva, posso pensar o que me der na gana, quando quiser, sempre que quiser, e ninguém tem nada que meter o bedelho.

Calçou os sapatos de salto alto *Charles Jourdan*.

Pôs-se à frente do espelho de corpo inteiro na entrada e olhou-se com atenção para verificar se estava impecável. Ergueu ligeiramente um dos ombros e considerou a possibilidade de poder estar parecida com Faye Dunaway em *O Grande Mestre do Crime*[1]. Naquele filme, Faye Dunaway fazia o papel de uma impassível investigadora de uma companhia de seguros – uma mulher fria como uma faca: sensual, com uma aparência excelente, sempre de fato completo. Uma executiva. Claro que Aomame não era, nem de perto nem de longe, parecida com Faye Dunaway, mas a aura que a envolvia era muito parecida – ou, pelo menos, não completamente diferente. Aquela aura especial que só uma profissional de primeira água pode emanar. Além do mais, a sua carteira a tiracolo guardava uma pistola automática, fria e dura.

Pôs os pequenos óculos de sol *Ray-Ban* e abandonou o apartamento. Atravessou a rua a caminho do parque infantil, aproximou-se do escorrega onde Tengo estivera sentado e, na sua mente, reproduziu a cena da noite anterior. Tinham passado doze horas. O Tengo real estivera ali mesmo – *do outro lado da rua. Ficou aqui sentado durante muito tempo, sozinho, a olhar para as luas* – as mesmas duas luas que ela própria estivera a observar.

Aos olhos de Aomame parecia quase um milagre – uma espécie de revelação – que tivesse chegado tão próximo de Tengo. *Alguma coisa* a conduzira à presença dele. E esse acontecimento parecia ter causado uma grande metamorfose na estrutura física de Aomame. Desde que acordara nessa manhã, continuava a sentir uma espécie de arrepio que lhe percorria o corpo todo.

Ele apareceu diante de mim e partiu. Não conseguimos falar um com o outro ou tocar-nos. Mas, nesse curto intervalo, ele transformou muitas coisas no meu íntimo. Agitou literalmente a minha mente e o meu corpo, da mesma maneira que uma colher agita o

[1] *The Thomas Crown Affair*, Norman Jewison, 1968. (*N. das T.*)

cacau dentro de uma caneca, até ao mais fundo dos meus órgãos internos e do meu útero.

Ficou ali, de pé, durante uns bons cinco minutos, com uma mão pousada num dos degraus do escorrega, o sobrolho ligeiramente franzido, batendo no chão com o salto pontiagudo do sapato. Tentava avaliar em que medida fora agitada física e mentalmente, e saboreava a sensação. Por fim, tomou uma decisão: saiu do parque infantil, caminhou até à rua mais próxima e mandou parar um táxi.

– Quero que primeiro passe por Yōga, depois siga pela Autoestrada Metropolitana 3 até mesmo antes da saída para Ikejiri – disse ao taxista, que, como seria de esperar, se mostrou bastante perplexo.

– E diz-me qual é o destino final, menina? – perguntou, num tom descontraído.

– A saída para Ikejiri. Por agora.

– Bem, então era *muito* mais rápido ir diretamente daqui para Ikejiri. Dar a volta por Yōga é fazer um grande desvio. A esta hora da manhã, as faixas no sentido de entrada da número 3 estão completamente congestionadas. Quase não se avança. É tão certo como ser hoje quarta-feira.

– Não quero saber que a autoestrada esteja congestionada. Não quero saber se hoje é quinta ou sexta ou o aniversário do imperador. Quero que me leve até à autoestrada metropolitana e que vá por Yōga. Tenho todo o tempo do mundo.

O taxista era um homem de uns trinta, trinta e cinco anos. Esguio, tinha uma cara comprida e pálida e o ar tímido de um herbívoro cauteloso. O queixo dele era espetado como o das estátuas da ilha da Páscoa. Olhava para Aomame pelo espelho retrovisor, tentando decidir a partir da expressão na cara dela se esta passageira era completamente passada dos carretos ou um simples ser humano numa situação complicada. Não se revelava fácil decidir, todavia, sobretudo a partir da pequena imagem no espelho.

Aomame tirou o porta-moedas de dentro da carteira a tiracolo e exibiu uma nota de dez mil ienes na cara do homem. O dinheiro parecia impresso de fresco.

– Não quero troco nem recibo – disse, concisa. – Por isso, meta as suas opiniões no saco e faça o que lhe digo. Primeiro vá a Yōga, entre na autoestrada metropolitana e vá até Ikejiri. Isto deve chegar para pagar a corrida, mesmo que fiquemos presos no trânsito.

– É mais do que suficiente, claro – respondeu o taxista, se bem que num tom de dúvida. – Tem algum assunto especial a tratar na metropolitana?

Aomame agitou a nota à frente dele como se fosse uma bandeirola a ondular ao vento.

– Se não me quer levar, eu apanho outro táxi. Por isso, decida-se. *Já.*

O taxista olhou para a nota de dez mil ienes durante uns bons dez segundos, de sobrancelhas franzidas. Então, decidiu-se e agarrou na nota. Depois de a levantar contra a luz para verificar que não era falsa, enfiou-a dentro da bolsa do dinheiro.

– Muito bem, então, vamos lá: Autoestrada Metropolitana 3. Mas vai estar cheia de trânsito, garanto-lhe, menina. E não há saídas entre Yōga e Ikejiri. Também não há casas de banho. Por isso, se pensa que há qualquer hipótese de precisar de ir a uma, o melhor é tratar disso já.

– Não se preocupe, ponha-me lá.

O taxista percorreu as emaranhadas ruas da zona residencial até à Circular 8 e juntou-se ao trânsito que se dirigia para Yōga. Nem ele nem Aomame pronunciaram uma só palavra. Ele escutava as notícias, ela ia imersa nos seus pensamentos. Quando chegaram perto da entrada para a autoestrada metropolitana, o taxista baixou o volume do rádio e fez uma pergunta a Aomame.

– Não tenho nada que meter o nariz, menina, mas dedica-se a algum tipo de atividade especial?

– Sou investigadora de seguros – respondeu Aomame, sem hesitar.

– Uma investigadora de seguros. – O taxista repetiu as palavras dela com cuidado, como se saboreasse uma iguaria nova.

– Procuro provas em casos de participação fraudulenta – disse Aomame.

– Uau! – exclamou o taxista, obviamente impressionado. – E a Autoestrada Metropolitana 3 está ligada a isso das participações fraudulentas?

– Na realidade, sim.

– Como naquele filme, não é?

– Que filme?

– Um já muito antigo, com o Steve McQueen. Não me lembro do nome.

– O *Grande Mestre do Crime* – esclareceu Aomame.

– Sim, é isso. A Faye Dunaway faz de investigadora de seguros. É especialista em seguros contra roubo. O McQueen é um tipo rico que se mete a fazer crimes só para se divertir. É um filme bestial. Vi-o quando andava no secundário. Gostei à brava da banda sonora. Muito fixe!

– Michel Legrand.

O taxista cantarolou os primeiros compassos do tema principal. Então, olhou pelo retrovisor e tornou a analisar o rosto de Aomame com atenção.

– Agora que penso nisso, a menina tem qualquer coisa que faz lembrar a Faye Dunaway.

– Muito obrigada – agradeceu Aomame, esforçando-se por esconder o sorriso que se desenhara nos seus lábios.

Tal como o taxista havia previsto, havia um belo engarrafamento na Autoestrada Metropolitana 3. Era alucinante, digno de figurar num mostruário de engarrafamentos. O para-arranca começava a menos de cem metros da entrada, um exemplo quase perfeito de caos, precisamente o que Aomame queria. O mesmo fato, a mesma autoestrada, o mesmo engarrafamento. Era uma pena que a rádio não estivesse a transmitir a *Sinfonietta* de Janáček e que a qualidade de som não fosse tão boa como a daquele *Toyota Crown Royal Saloon*, mas seria pedir demais.

O táxi avançava a passo de tartaruga, encaixado entre dois camiões. Parava num determinado ponto, onde ficava durante bastante tempo, e depois, inexplicavelmente, avançava um bom bocado. Durante as paragens, o jovem condutor do camião-frigorífico parado na faixa ao lado enfronhava-se na leitura de uma revista de *manga*. O casal de meia-idade num *Toyota Corona Mark II* bege estava sentado a olhar fixamente em frente, de sobrolho franzido, mas os dois não trocavam uma única palavra. Era provável que não tivessem nada a dizer um ao outro, ou talvez já *tivessem* dito tudo e remetiam-se agora ao silêncio. Aomame recostou-se no assento. O taxista escutava a emissão da rádio.

A duras penas, o táxi acabou por chegar ao sinal de saída para Komazawa e prosseguiu à velocidade de um caracol para Sangenjaya. De vez em quando, Aomame erguia o olhar e olhava para a paisagem.

Nunca mais tornarei a ver esta zona da cidade. Vou para um sítio muito distante.

No entanto, não iria agora pôr-se com nostalgias, não tinha especial carinho pelas ruas de Tóquio. Sem falhar um, os edifícios dos dois lados da autoestrada eram feios, estavam sujos dos escapes dos automóveis e exibiam painéis publicitários espalhafatosos. Aquela paisagem deprimia-a.

Porque será que as pessoas têm de construir coisas tão deprimentes? Não é que pense que todos os cantos e recantos do mundo tenham de ser bonitos, mas será forçoso que sejam assim tão feios?

Por fim, passado algum tempo, no campo de visão de Aomame surgiu uma paisagem familiar – o ponto onde saíra do táxi. O taxista de meia-idade dissera-lhe, como se insinuasse um significado mais profundo, que existia ali uma escada de emergência. Mesmo à sua frente estava o enorme painel que publicitava a petrolífera Esso. Um tigre sorridente empunhava uma mangueira de gasolina. Era o mesmo painel que vira antes.

«Meta um tigre no seu depósito.»

De repente, Aomame deu-se conta de ter a garganta seca. Tossiu uma vez, enfiou a mão na mala a tiracolo e tirou de lá uma caixinha de rebuçados de limão para a tosse. Pôs um deles na boca e meteu a caixa de novo na mala. Enquanto tinha a mão lá dentro, deu um forte apertão à coronha da *Heckler & Koch*, confortando-se com o seu peso e a sua dureza.

Bom, pensou.

O táxi avançou um pouco mais.

– Se não se importa, passe para a faixa da esquerda, está bem? – pediu ao taxista.

– A da direita está a andar melhor – contrapôs o homem, em voz baixa. – E a saída para Ikejiri é à direita. Se passar para a faixa da esquerda aqui, vou ter de mudar de faixa mais à frente, outra vez.

Aomame não estava disposta a escutar as objeções do taxista.

– Esqueça isso, passe para a da esquerda.

– Às suas ordens, menina – resignou-se o homem.

Inclinou-se, pôs a mão fora da janela do pendura e fez sinais ao camião-frigorífico que vinha mesmo atrás dele, na faixa da esquerda. Depois de verificar que o motorista o tinha visto, subiu o vidro e enfiou o táxi à frente do camião. Avançaram mais cerca de cinquenta metros e de novo pararam.

– Agora, abra-me a porta. Saio aqui – disse Aomame.

– Sai? – exclamou o taxista, atónito. Não fez qualquer gesto para acionar o manípulo da porta. – Aqui?!

– Sim, aqui. Tenho uma coisa para tratar aqui.

– Mas estamos no meio da autoestrada metropolitana. É demasiado perigoso sair aqui, e mesmo que o fizesse, não pode ir a lado nenhum.

– Não se preocupe, há umas escadas de emergência neste ponto.

– Escadas de emergência. – Abanou a cabeça. – Não sei se há escadas de emergência ou não, mas, se alguém descobre que deixei um passageiro sair num sítio destes, caem-me em cima e fico metido num sarilho dos grandes com a companhia de táxis *e* com a concessionária da autoestrada. Por favor, menina, não me faça isso...

– Lamento, mas eu *tenho* de sair aqui – declarou Aomame. Tirou do porta-moedas outra nota de dez mil ienes, fê-la estalar e entregou-a ao taxista. – Sei que lhe estou a pedir para fazer uma coisa que não devia. Isto compensará todos os problemas que tiver. Por isso, por favor, pare de discutir comigo e deixe-me sair.

O homem não aceitou o dinheiro. Resignado, estendeu a mão e acionou a alavanca. A porta do passageiro do lado esquerdo abriu-se.

– Não, muito obrigado. Já me pagou mais do que o suficiente. Mas, por favor, tenha cuidado. A autoestrada não tem bermas e, por muito congestionado que o trânsito esteja, é sempre demasiado perigoso caminhar por aqui.

– Muito obrigada – respondeu Aomame. Depois de sair, bateu com os nós dos dedos na janela da frente do lado do passageiro e fez-lhe sinal para baixar o vidro. Inclinou-se para dentro do táxi e enfiou a nota na mão do taxista.

– Aceite, não se preocupe. Tenho dinheiro de sobra.

O olhar do taxista saltou entre a cara de Aomame e a nota.

Aomame insistiu:

– Se isto o meter em sarilhos com a polícia ou com a companhia, diga-lhes que o ameacei com uma pistola e que não houve remédio, teve mesmo de me deixar sair. Eles calam-se.

O taxista estava assombrado, não parecia entender o que lhe dizia. Dinheiro de sobra? Ameaçou-o com uma pistola? Ainda assim, recebeu o dinheiro, provavelmente com medo de que, caso recusasse, ela pudesse sair-se com qualquer coisa ainda mais irracional.

Como tinha feito antes, Aomame caminhou entre a fila de carros e o muro da autoestrada, na direção de Shibuya. Tinha de percorrer cerca de cinquenta metros. As pessoas que estavam nos carros observavam-na, incrédulas, mas Aomame não se deixou importunar. Caminhava determinada, em grandes passos e de costas bem direitas, como uma modelo numa *passerelle* parisiense.

O vento agitava-lhe o cabelo. Os camiões que passavam a toda a velocidade no sentido oposto faziam tremer o pavimento. À medida que se ia aproximando, o painel da Esso foi aumentando de tamanho, até que, por fim, chegou à familiar saída de emergência.

Tudo tinha a mesma aparência que dantes – a barreira de metal, a caixa amarela mesmo ao lado, contendo um telefone de emergência.

Foi aqui que se iniciou o ano de 1Q84.

No instante em que comecei a descer esta escada até à Estrada 246, um mundo tomou o lugar de outro. Por isso, vou tentar descê-la de novo. Estávamos em abril quando a desci pela primeira vez, e eu tinha o meu casaco bege vestido. Agora, estamos no princípio de setembro e está demasiado calor para vestir um casaco. Fora isso, tenho vestido rigorosamente o mesmo fato que tinha nesse dia, quando matei aquele homem horrível do petróleo – o meu fato Junko Shimada *e os sapatos de salto alto* Charles Jourdan. *Blusa branca. Meias e sutiã branco, com armação. Tive de puxar a minissaia para passar por cima da barreira e desci a escada de emergência a partir daqui.*

Vou tentar fazer a mesma coisa outra vez... por simples curiosidade. Só quero saber o que acontece se fizer a mesma coisa, no mesmo sítio, vestindo a mesma roupa. Não estou com esperança de que isto me salve. Não tenho propriamente medo de morrer. Chegada a hora, não vacilarei. Posso morrer a sorrir.

Mas Aomame não queria morrer na ignorância, sem *perceber como é que as coisas funcionavam.*

Quero experimentar os meus limites e, se as coisas não correrem bem, dar-me-ei por satisfeita. Mas farei tudo o que puder até ao final cruel. É assim que eu vivo a minha vida.

Aomame dobrou-se por cima da barreira de metal e procurou pela escada de emergência. Não estava lá.

Olhou de novo, insistiu, sempre com o mesmo resultado. A escada de emergência desaparecera.

Aomame mordeu o lábio e contorceu a cara com toda a força. *Não estou no sítio errado. Foi nesta saída, de certeza absoluta. Tudo aqui à volta tem o mesmíssimo aspeto. O cartaz da Esso está ali. A saída de emergência existia naquele sítio no ano de 1984.*

Aomame encontrara-a com facilidade, precisamente no mesmo sítio em que o estranho taxista lhe dissera que estava. Conseguira passar por cima da barreira e descer. Mas, no mundo de 1Q84, a escada de emergência já não existia.

A saída estava bloqueada.

Aomame relaxou a cara e, com o maior cuidado, observou o sítio onde estava. Levantou, de novo, o olhar para o painel da Esso. De mangueira em punho, com a cauda enrolada levantada, o tigre devolveu-lhe o olhar, com um sorriso contente – um sorriso tão feliz que parecia sugerir ser impossível uma satisfação maior.

Sim, claro.

Soubera-o desde sempre. O Líder confirmara-o antes de ela o matar, na suíte do Hotel Okura: não havia maneira de sair de 1Q84 e regressar a 1984. A porta de acesso a este mundo abria numa só direção.

Mesmo assim, Aomame precisava de confirmar o facto com os seus próprios olhos. Fim. A demonstração estava feita. *Q.e.d.*[2]

Aomame encostou-se à barreira de metal e olhou para o céu. Estava um tempo perfeito. Algumas nuvens compridas e estreitas desenhavam linhas no céu de um azul intenso. A visibilidade permitia estender o olhar até muito longe. Não parecia o céu de uma cidade. Mas, à vista, não havia luas. Onde poderiam ter-se metido as luas?

Oh, bem, uma lua é uma lua e eu sou eu. Cada uma de nós tem uma forma diferente de viver. Todas temos os nossos próprios planos.

Fora ela Faye Dunaway e, provavelmente, nesse instante teria puxado de um cigarro fino e, num gesto descontraído, tê-

[2] *Quod erat demonstrandum*, expressão latina que significa «como fica demonstrado». (*N. das T.*)

-lo-ia acendido com um isqueiro, semicerrando os olhos num gesto elegante. Mas Aomame não fumava e não tinha consigo nem cigarros nem isqueiro. Dentro da mala pouco mais tinha do que uma caixa de rebuçados de limão para a tosse. Isso, uma 9 mm automática e um picador de gelo de fabrico especial que utilizara para matar vários homens, espetando-o nas respetivas nucas. Qualquer um dos dois objetos era bastante mais letal do que um cigarro.

Olhou para a fila de carros presos no engarrafamento. Dentro dos seus carros, as pessoas olhavam para ela com insistência. Claro. Não era todos os dias que se via um cidadão comum a caminhar ao longo da autoestrada metropolitana, especialmente tratando-se de uma mulher jovem, de minissaia e saltos altos, com óculos de sol verdes e um sorriso nos lábios. Qualquer pessoa que *não* olhasse teria de certeza um grave problema.

A maior parte dos veículos presos na autoestrada eram grandes camiões. Camiões que transportavam toda a sorte de mercadorias, de variadíssimas proveniências, para dentro de Tóquio. Muito provavelmente, os motoristas tinham estado ao volante a noite toda. Agora, viam-se presos naquele maldito engarrafamento matinal. Estavam aborrecidos, fartos e cansados. A única coisa que queriam era tomar banho, barbear-se, deitar-se e dormir. Fixavam Aomame com um olhar apático, como se estivessem a observar um animal desconhecido. Estavam demasiado cansados para reagir categoricamente à rapariga.

Enfiado no meio daqueles camiões todos, fazendo lembrar um gracioso antílope no meio de uma manada de rinocerontes, estava um *Mercedes-Benz coupé* prateado. O elegante chassis, com ar de ter acabado de sair da fábrica, refletia o sol da manhã. A cor das jantes combinava com o resto do carro. Era um modelo importado e tinha o volante do lado esquerdo. A janela do condutor estava descida e, lá dentro, uma mulher de meia-idade, bem vestida, olhava a direito para Aomame. Óculos de sol *Givenchy*. Mãos à vista, pousadas no volante. Anéis faiscantes.

A mulher tinha um ar amável e parecia estar preocupada com Aomame. Obviamente, interrogava-se sobre o que faria aquela rapariga vestida com elegância no meio da faixa de rodagem da autoestrada metropolitana e que razão teria para estar onde estava. Parecia prestes a chamar Aomame. Se lhe pedisse, talvez a levasse onde quisesse.

Aomame tirou os *Ray-Ban* e pô-los no bolso do peito do casaco. A luz do Sol fê-la semicerrar os olhos, e ela esfregou demoradamente as marcas que os óculos tinham deixado dos dois lados do nariz. Passou a língua pelos lábios secos e sentiu o ténue sabor do batom. Olhou para o céu sem nuvens e, mais uma vez, verificou o chão por baixo dos seus pés.

Abriu a mala a tiracolo e lá de dentro tirou a *Heckler & Koch*, deixando cair o saco aos pés, para ficar com as duas mãos livres. Com a mão esquerda destravou a arma e puxou a corrediça, fazendo a munição deslizar para a câmara. Cumpriu a sequência de movimentos com rapidez e precisão, numa série de estalidos satisfatórios. Abanou levemente a arma na mão, avaliando o seu peso. A arma sem munições pesava quatrocentos e oitenta gramas, a que havia que acrescentar o peso das sete balas.

Não há dúvida, está carregada.

Percebia-se pelo peso.

Na linha reta dos lábios de Aomame ainda pairava um leve sorriso. As pessoas estavam concentradas nas suas ações. Ninguém ficou surpreendido por a verem tirar uma arma da mala – ou, pelo menos, ninguém mostrou qualquer surpresa. Talvez não acreditassem que a arma fosse real.

Ah!, mas é, disse-lhes Aomame, em pensamento.

A seguir, virou a arma para si e enfiou o cano na boca. Agora, estava diretamente apontada ao cérebro dela – o labirinto cinzento onde se alojava a consciência.

As palavras de uma oração vieram-lhe automaticamente à cabeça, sem ter de pensar. Recitou-as depressa, com o cano da arma ainda enfiado na boca.

Ninguém consegue ouvir o que estou a dizer, tenho a certeza. Mas, e depois? O que importa é que Deus me ouça.

Na sua infância, Aomame tinha dificuldade em compreender as frases que debitava, mas as palavras ficaram gravadas bem no fundo de si mesma. Antes do almoço, no colégio, tinha de rezar, dizer as palavras em voz alta, sozinha, sem se deixar perturbar pelos olhares curiosos e pelos risos de escárnio das outras crianças. *O que importa é que Deus está a ver. Ninguém pode fugir ao olhar de Deus.*

O Grande Irmão está a observar-te.

Jeová, que estais no céu, santificado seja o Vosso nome, venha a nós o Vosso reino. Perdoai as nossas ofensas e dai-nos a Vossa bênção enquanto prosseguimos o nosso humilde caminho. Ámen.

A mulher de meia-idade e ar simpático ao volante do *Mercedes-Benz* novo em folha tinha ainda os olhos postos em Aomame. Tal como todos os outros que a observavam, também ela parecia incapaz de perceber o real significado da arma que Aomame tinha na mão.

Aomame deixava correr o pensamento:

Se percebesse, teria de desviar o olhar. Se vir o meu cérebro explodir em todas as direções, provavelmente não será capaz de olhar para o almoço hoje... ou para o jantar. Não a culpo se desviar os olhos. Não estou para aqui a lavar os dentes. Tenho uma arma automática alemã, uma Heckler & Koch, enfiada na boca. Rezei as minhas orações. Devia saber o que isto significa.

Sem palavras, Aomame dialogava com a mulher.

Deixe que lhe dê um conselho, um conselho importante. Não olhe para nada. Limite-se a conduzir o seu Mercedes *novinho em folha até casa, até à sua linda casa, onde o seu precioso marido e as suas preciosas crianças esperam por si, e continue a viver a sua vidinha pacífica. Isto não é coisa para os seus olhos. Trata-se de uma pistola feia, verdadeira, carregada com sete feias balas de 9 mm. E, como disse Anton Tchékhov, quando uma arma surge numa história, num momento ou noutro, vai ter de ser disparada. É isto o que entendemos por «história».*

Mas a mulher de meia-idade não desviava o olhar dela. Resignada, Aomame fez um leve gesto com a cabeça.

Lamento, mas não posso continuar à espera. O *meu tempo terminou. Vamos a isto.*

Meta um tigre no seu depósito.

– Oh, oh – disse o que apanhou o ritmo.

– Oh, oh – os outros seis juntaram-se em coro.

– Tengo! – exclamou Aomame e começou a apertar o gatilho.

24

TENGO

Enquanto fizer este calor

Pela manhã, Tengo apanhou o expresso que saía da estação de Tóquio para Tateyama, onde mudou para um comboio urbano, e foi até Chikura. Estava uma manhã bonita e sem nuvens. Não havia vento e não se via uma onda no mar. Há muito que o verão se fora. Tinha vestido um casaco de algodão leve, por cima de uma camisa de manga curta, o que se revelou ser a roupa adequada àquele tempo. Já sem banhistas, a cidade balnear estava surpreendentemente deserta e calma. *Como uma autêntica cidade dos gatos*, pensou Tengo.

Almoçou uma coisa simples perto da estação e apanhou um táxi para o sanatório, tendo chegado ao bater da uma. Foi recebido pela mesma enfermeira de meia-idade, que o saudou de detrás do balcão – a mulher que atendera a chamada telefónica da noite anterior. A enfermeira Tamura. Ela recordava-se da cara de Tengo e foi um pouco mais amável do que da primeira vez, ao ponto de conseguir esboçar um leve sorriso, quiçá por influência do ar mais aperaltado de Tengo.

A mulher começou por conduzi-lo ao refeitório, onde lhe serviu um café.

– Por favor, aguarde aqui. O médico virá falar consigo – disse. Dez minutos mais tarde chegou o médico assistente do pai, a enxugar as mãos numa toalha. Por entre o cabelo negro espetado viam-se já, aqui e ali, madeixas brancas. Andaria por volta dos cinquenta. Não trazia a bata branca, como se tivesse estado a terminar uma tarefa fora dali. Em vez disso, vestia uma camisola de fato de treino cinzenta com calças a condizer e calçava um velho par de ténis. Era bem constituído e tinha menos o ar de um médico do que de um treinador universitário que nunca tivesse conseguido passar da segunda divisão.

O médico repetiu mais ou menos o que lhe dissera ao telefone, na noite anterior. A julgar pela sua expressão e enquanto falava, ele parecia genuinamente triste ao informá-lo.

– Lamento dizer, mas, no ponto em que estamos e em termos médicos, não há muito mais que possamos fazer. Só nos resta fazê-lo escutar a voz do filho. Pode ser que volte a despertar nele o desejo de viver.

– Pensa que ele ouve o que lhe dizem? – perguntou Tengo.

O médico franziu o sobrolho, ponderando a questão, enquanto bebericava o seu chá verde morno.

– Para lhe dizer a verdade, nem mesmo eu tenho a resposta para isso. O seu pai está em coma. Não reage minimamente quando lhe falamos. Contudo, tem havido casos em que uma pessoa em coma profundo consegue ouvir o que lhe dizem e, por vezes, até compreende o que é dito.

– Mas, olhando para ele, não se consegue dizer.

– Não, não conseguimos.

– Posso ficar até às seis e meia da tarde – disse Tengo. – Vou sentar-me ao lado da cama e falar o mais possível. Veremos se resulta.

– Se ele mostrar qualquer tipo de reação, por favor, avise-me – pediu o médico. – Vou estar por aqui.

Uma enfermeira jovem conduziu Tengo ao quarto do pai. Tinha uma placa de identificação com o nome – Adachi. Fora transferido para um quarto individual numa nova ala da clínica, a ala onde ficavam os doentes mais graves. Por outras palavras, tinha avançado mais um dente na engrenagem. A partir dali, já não havia para onde ir. Era um quartinho sem graça, comprido e estreito, onde a cama ocupava mais de metade do espaço. Para lá da janela via-se o pinhal frondoso, protegendo a clínica do vento como uma espécie de biombo. O bosque cerrado fazia lembrar um muro, que separava o sanatório da vitalidade do mundo real. A enfermeira saiu, deixando Tengo sozinho com o pai, que, deitado de costas, estava profundamente adormecido. Tengo sentou-se num banquinho de madeira, ao lado da cama, e olhou para o pai.

Perto da cabeceira da cama havia um sistema de perfusão intravenosa e o líquido que se encontrava dentro do saco de plástico corria por um tubo para a veia do pai. Tinham-no algaliado para recolher a urina, mas o resultado era surpreendentemente escasso. Desde que o vira, um mês antes, o pai parecia ter encolhido um ou dois tamanhos. Nas maxilas e no queixo emaciados crescia uma barba branca com talvez dois dias. O pai sempre tivera os olhos encovados, mas agora tinham-se afundado mais do que nunca. Tengo não conseguiu evitar pensar se seria necessário puxar para fora os globos oculares com um instrumento cirúrgico qualquer. No fundo daquelas cavernas, as pálpebras encontravam-se firmemente cerradas, como persianas corridas, e tinha a boca ligeiramente aberta. Tengo não conseguia ouvir a respiração do pai, mas, quando aproximou o ouvido, sentiu a ligeira deslocação do ar. A energia vital era gerada calmamente a um nível mínimo.

As palavras do médico ao telefone na noite anterior – «como um comboio que vai abrandando à medida que se aproxima da estação» – começaram a assumir uma realidade assustadora aos olhos de Tengo. Aquele comboio «pai» estava gradualmente a perder a velocidade e a preparar-se para uma paragem silenciosa no meio de uma planície deserta. Pelo menos, já não havia nem um passageiro a bordo, ninguém que apresentasse uma reclamação quanto à paragem do comboio. Era a única salvação.

Tengo sentiu que devia começar a falar com o pai, mas não sabia o que dizer, ou se o devia dizer, ou que tom de voz empregar.

Muito bem, diz qualquer coisa.

Não obstante, foi incapaz de encontrar as palavras adequadas.

– Pai – arriscou num murmúrio, mas não lhe saíram mais palavras.

Levantou-se do banco, aproximou-se da janela e observou o relvado bem cuidado, o jardim e o céu que se estendia bem alto, por cima dos pinheiros. Um corvo solitário estava empoleirado numa grande antena, avaliando toda a zona com um olhar de desprezo, banhado pela luz do Sol. Perto da cabeceira da cama, alguém tinha posto um rádio-despertador, mas o pai não precisava de nenhuma das funções de que o aparelho dispunha.

– Sou eu... o Tengo. Vim de Tóquio. Está a ouvir-me? – disse, de pé, perto da janela, baixando os olhos para o pai, que não teve a mais pequena reação. Depois de ter feito vibrar o ar durante alguns instantes, o som da sua voz foi absorvido sem deixar vestígios por aquele vazio que viera ocupar o quarto.

Olhando para aqueles olhos afundados, Tengo foi capaz de perceber o que se passava.

Este homem está a tentar morrer. Decidiu terminar a sua vida, fechou os olhos e mergulhou neste sono profundo. Por muito que fale com ele, por mais que o anime, é impossível anular a decisão que tomou.

De um ponto de vista médico, ainda estava vivo, mas para aquele homem a vida já terminara. Já não tinha nem razão nem vontade de prosseguir a luta. A Tengo restava apenas cumprir os desejos do pai e deixá-lo morrer em paz. A expressão da sua cara revelava uma tranquilidade absoluta. Não parecia estar a sofrer. Como o médico afirmara ao telefone, era a única vantagem.

Contudo, Tengo via-se forçado a falar com o pai, quanto mais não fosse porque prometera ao médico que o faria. Ele parecia tratar do seu pai com um carinho genuíno. Em segundo lugar, havia a questão daquilo que designava por «cortesia». Há muito, muito tempo que Tengo não tinha uma conversa em condições com o pai, nem sequer uma troca de palavras frívola. A verdade é que era mais do que provável que, da última vez que conversaram a sério, Tengo frequentasse ainda o ensino básico. Depois disso, Tengo raras vezes ia a casa, e mesmo quando havia qualquer assunto que o obrigasse a ir lá, envidava todos os esforços para evitar cruzar-se com o pai.

Agora, tendo confessado que não era, de facto, o seu pai verdadeiro, o homem podia libertar-se do fardo que carregara. Inclusivamente, parecia aliviado.

O que significa que ambos fomos capazes de nos livrar do nosso fardo... no último momento.

Ali estava o homem que criara Tengo como se fora seu filho, incluindo-o nessa condição no registo familiar, apesar da ausência de laços de sangue, e criando-o até ter idade para trilhar o seu próprio caminho.

Devo-lhe isso. Tenho uma certa obrigação de lhe dizer o que fiz da minha vida até agora, bem como alguns pensamentos que tive enquanto a vivia. Não é tanto uma obrigação como uma cortesia. Não interessa que as coisas que digo não lhe cheguem aos ouvidos ou que o que lhe conto não tenha qualquer utilidade.

Tengo voltou a sentar-se no banquinho ao lado da cama e começou a narrar um resumo da sua vida até ao presente, começando no dia em que saíra de casa, indo viver para a residência do clube de judo quando entrara na escola secundária. Fora a partir daí que ele e o pai tinham perdido quase todo o contacto, criando uma situação em que nenhum dos dois se ralava com o que o outro andava a fazer. Tengo sentiu que era melhor preencher esse enorme vazio tão bem quanto pudesse.

Em última análise, não havia grande coisa a dizer acerca da vida de Tengo nessa fase. Frequentara uma escola privada na prefeitura de Chiba, cuja equipa de judo gozava de grande prestígio. Poderia facilmente ter entrado numa escola mais conceituada, mas as condições que aquela lhe oferecera eram as melhores. Estava isento de propinas, permitiam-lhe viver na residência estudantil e ainda lhe davam três refeições por dia. Tengo tornara-se uma estrela da equipa de judo, estudava entre os treinos (conseguia manter algumas das notas mais altas da sua turma sem ter de se esforçar demasiado) e ganhava algum dinheiro extra durante as férias, fazendo vários trabalhos manuais pesados com os colegas de equipa. Com tanto em que se ocupar, dava consigo sem dispor de tempo livre, um dia atrás do outro. Pouco mais havia a dizer sobre os seus três anos de secundário senão que fora um tempo em que andara muito ocupado. Não tinha sido particularmente agradável, nem fizera amigos íntimos. Nunca gostara da escola, que tinha muitas regras. Fazia o que tinha de fazer para se dar bem com os colegas de equipa, mas não estavam no mesmo comprimento de onda. Para falar com toda a franqueza, Tengo nunca se empenhara de alma e coração no judo enquanto desporto. Precisava de ganhar para se manter, pelo que dedicava muita energia aos treinos a fim de não trair as expectativas de terceiros. Para ele era menos um desporto e mais um meio de sobrevivência – um emprego. Passou os três anos do secundário a pensar no dia em que o concluiria para, tão cedo quanto possível, poder começar a levar uma vida mais a sério.

No entanto, continuou com o judo mesmo depois de entrar na universidade. Basicamente, levava a mesma vida que antes, já que, por continuar a praticar judo, podia viver na residência universitária e poupar-se ao trabalho e ao incómodo de ter de procurar onde dormir e comer (por pouco que fosse). Também recebeu uma bolsa, se bem que não desse nem de perto nem de longe para as suas necessidades. Claro que o seu *major* era Matemática. Estudava com razoável empenho e também conseguiu ter boas notas. O tutor até insistiu com ele para que prosseguisse com uma pós-graduação. No entanto, à medida que foi avançando pelo terceiro ano e, depois, pelo quarto, a sua paixão pela Matemática enquanto disciplina académica esfriou rapidamente. Ainda gostava tanto de Matemática como antes, mas não tinha a menor vontade de se dedicar profissionalmente à investigação. Acontecera o mesmo com o judo. Enquanto praticante amador, não estava mal, mas ele não tinha nem a personalidade nem o ímpeto de lhe dedicar a vida toda, e estava bem consciente desse facto.

À medida que o seu interesse pela Matemática se ia dissipando e o final do curso se aproximava, as razões para prosseguir com o judo evaporaram-se e ele ficou sem saber o que fazer, por que caminho enveredar a seguir. A sua vida parecia ter perdido o rumo – não que alguma vez tivesse tido um rumo bem definido, mas, até àquele ponto, outras pessoas tinham depositado esperanças em si, tinham-lhe feito exigências, e ele mantivera-se ocupado a corresponder-lhes. Uma vez as esperanças e as exigências fora do panorama, contudo, não restava nada de que valesse a pena falar. Faltava um propósito à sua vida. Não tinha amigos chegados. Andava à deriva e era incapaz de concentrar as suas energias no que quer que fosse.

Durante a faculdade, tivera uma série de namoradas e ganhara muita experiência sexual. No sentido geral da palavra, Tengo não era um homem atraente, sociável, tão-pouco bom conversador ou espirituoso. Andava quase sempre sem dinheiro e não se vestia de forma minimamente elegante. Mas tal como o aroma de determinadas plantas atrai as borboletas, Tengo exercia um certo fascínio sobre certos tipos de mulheres – um enorme fascínio.

Tomara consciência deste facto por volta dos vinte anos (mais ou menos na altura em que começara a perder o entusiasmo pela Matemática enquanto disciplina académica). Sem que fizesse nada por isso, via-se sempre rodeado de mulheres suficientemente interessadas nele para serem elas a tomar a iniciativa de se aproximarem. Queriam que as abraçasse com os seus braços fortes – ou, pelo menos, nunca resistiam quando o fazia. Ao princípio, Tengo não percebia como funcionava aquela espécie de fenómeno e sentia-se muito confuso, mas acabara por lhe apanhar o jeito e aprendera a explorar essa capacidade que possuía. Desde então, Tengo raras vezes se vira sem uma mulher. Todavia, nunca sentira um impulso amoroso por essas companheiras. Limitava-se a andar com elas e a ter relações sexuais. Preenchiam as solidões mútuas. Por mais estranho que pareça, ele nunca sentira uma ligação emocional forte por nenhuma das mulheres que se sentiam fortemente atraídas por ele.

Tengo foi descrevendo estas circunstâncias a um pai em estado inconsciente, escolhendo as palavras devagar e com cuidado, ao princípio, depois com maior fluidez à medida que o tempo passava e, no fim, já com um certo entusiasmo. Até falou com toda a honestidade acerca da sua vida sexual. Pensou:

Não faz sentido agora sentir-me embaraçado com estas histórias.

O pai mantinha-se deitado de costas, imóvel, num sono profundo. A respiração continuava regular.

Pouco antes das três da tarde, uma enfermeira veio trocar o soro. Substituiu o saco da algália cheio por um outro, vazio, e mediu a febre ao pai. Era uma mulher forte, robusta, de trinta e muitos anos. Na placa de identificação estava escrito «Omura». Tinha o cabelo apanhado num carrapito, onde espetara uma caneta esferográfica.

– Alguma mudança no estado dele? – perguntou a Tengo, enquanto registava os números na papeleta com a esferográfica.

– Nenhuma. Esteve sempre num sono profundo – respondeu Tengo.

– Por favor, se acontecer alguma coisa, carregue naquele botão – disse ela, apontado para o botão de chamada, por cima da cabeceira da cama. A seguir, espetou de novo a esferográfica no cabelo.

– Muito bem.

Pouco depois de a enfermeira ter abandonado o quarto, ouviu uma breve pancada na porta, e a enfermeira Tamura, de óculos, espreitou para lá para dentro.

– Quer comer alguma coisa? Pode ir ao refeitório.

– Obrigado, mas ainda não tenho fome – respondeu.

– Como está o seu pai?

Tengo fez um gesto com a cabeça.

– Tenho estado a falar com ele, sem interrupções. Não sei dizer se me está a ouvir.

– Falar com eles faz-lhes bem – disse. Teve um sorriso de encorajamento. – Não se preocupe, tenho a certeza de que ele o ouve.

Devagarinho, fechou a porta. Tengo e o pai ficaram de novo sozinhos naquele quarto.

* * *

Tengo continuou a falar.

Licenciara-se e começara a dar aulas em Tóquio, numa escola que preparava os alunos para a universidade. Deixara de ser o prodígio da Matemática, de quem toda a gente esperava grandes feitos, assim como já não era um elemento promissor da equipa de judo. Tornara-se um simples professor numa escola. Precisamente por causa disso, sentia-se feliz. Finalmente, podia respirar. Pela primeira vez, era livre: podia viver a sua vida como desejava sem ter de se preocupar com mais ninguém.

Ao fim de algum tempo, começou a escrever ficção. Candidatou-se a vários prémios com alguns dos seus contos, o que acabou por o levar ao contacto com um editor *sui generis* chamado Komatsu, que o encarregou de reescrever *A Crisálida de Ar*, uma história da autoria de uma rapariga de dezassete anos chamada Fuka-Eri (Eriko Fukada era o seu nome verdadeiro). Fuka-Eri criara a história mas não tinha talento para a escrita, pelo que Tengo teve de se encarregar de tal tarefa. Fez um trabalho tão bom que a obra ganhou um prémio para novos autores atribuído por uma revista, e foi depois publicada em livro, tendo-se transformado num enorme êxito de vendas. Deu tanto que falar que os membros do júri do Prémio Akutagawa, o prémio literário mais prestigiado, o acolheram friamente, mantendo-o à distância, e não ganhara aquele galardão em particular. Todavia, tinha-se vendido tanto que Komatsu, ao seu jeito brusco típico, declarara: «Quem precisa de prémios daqueles narizes empinados?»

Tengo não acreditava que a sua história estivesse a chegar aos ouvidos do pai e, mesmo que estivesse, não tinha forma de dizer se ele o entendia ou não. Estava com a sensação de que as suas palavras não tinham qualquer impacto e não descortinava a menor reação. Nem mesmo percebia se elas chegavam ao pai. Talvez o velho as achasse irritantes. Talvez estivesse a pensar: «Quem se importa com a vida dos outros, caramba? Deixem-me dormir!» No entanto, tudo o que Tengo podia fazer era continuar a dizer o que lhe viesse à cabeça. Não conseguia lembrar-se de nada melhor enquanto estivesse encafuado naquele quartinho com o pai.

O pai nunca esboçou o mais pequeno movimento. Tinha os olhos fechados, com força, encovados no fundo daqueles dois buracos escuros. Parecia estar à espera de que o inverno chegasse e os enchesse de neve.

– Não posso dizer que, de momento, as coisas estejam a correr muito bem, mas é possível que venha a poder ganhar a vida com a escrita; não a reescrever o trabalho de outros, mas a escrever o que quero, da maneira que me apetece. A escrita, especialmente a escrita de ficção, vai bem com a minha personalidade, creio. É bom ter qualquer coisa que se queira fazer, e agora, finalmente, isso aconteceu-me. Ainda não publiquei nada com o meu nome, mas espero que o venha a conseguir, dentro de pouco tempo. Não me cabe a mim dizê-lo, mas, modéstia à parte, não sou mau escritor. Há pelo menos um editor que acha que tenho talento. Desse ponto de vista, não estou muito preocupado.

Pensou acrescentar ainda:

E parece que também tenho as qualidades necessárias para ser um Recetor. Tanto assim é, que fui puxado para dentro do mundo ficcional que eu próprio descrevi.

Mas não era nem o tempo nem o lugar para discutir assuntos tão complexos. Era uma questão completamente diferente. Decidiu mudar de assunto.

– O que mais me preocupa é nunca ter sido capaz de amar alguém a sério. Desde o dia em que nasci que nunca senti um amor incondicional por alguém, nunca senti que poderia entregar-me em absoluto a uma pessoa. Nem uma única vez.

No momento em que disse isto, Tengo deu consigo a pensar se o velho com ar miserável à sua frente alguma vez experimentara amar alguém do fundo do coração. Talvez tivesse amado profundamente a mãe de Tengo, razão pela qual o tinha criado, pese embora o facto de não partilharem laços de sangue. A ser assim, tinha tido uma vida espiritualmente muito mais cheia do que Tengo.

– O único caso em que, provavelmente, as coisas não se passaram do mesmo modo é o de uma rapariga de que me lembro nitidamente. Durante o terceiro e o quarto anos, em Ichikawa, estivemos na mesma turma. Sim, estou a falar de uma coisa que se passou há uns bons vinte anos.

» Sentia-me muito atraído por ela. Ao longo deste tempo todo, nunca deixei de pensar nessa rapariga, e ainda agora o faço. Mas nem cheguei a falar realmente com ela. Mudou de escola e nunca mais a vi. No entanto, aconteceu uma coisa que me fez querer encontrá-la. Há pouco tempo, percebi que me faz falta, que quero vê-la e falar-lhe de tudo e mais alguma coisa. Mas não fui capaz de a localizar. Calculo que devesse ter-me posto à procura dela há muito mais tempo. Talvez tivesse sido bastante fácil encontrá-la.

Tengo ficou silencioso durante um bocado, aguardando que o que acabava de contar penetrasse na cabeça do pai – ou melhor, penetrasse na sua própria cabeça. Depois, prosseguiu:

– Sim, neste caso, fui muito cobarde. A mesma razão impediu-me de ir investigar o registo civil. Se quisesse, na altura teria sido fácil descobrir se a minha mãe morreu. Bastava deslocar-me à Câmara e não teria dificuldade em inteirar-me da situação. A bem dizer, pensei nisso muitas vezes. Até cheguei a ir à Câmara. Mas nunca me decidi a fazer o pedido dos documentos. Tive medo de ver a verdade à frente dos olhos. Tive medo de a expor pelas minhas próprias mãos. E, por isso, esperei que acontecesse por si, naturalmente.

Tengo soltou um suspiro.

– Oh, bem, pondo isto de parte, devia ter-me lançado à procura da rapariga mais cedo. Fiz um enorme desvio e fui incapaz de agir. Eu não passo... como dizê-lo?... de um cobarde, quando toca a assuntos do coração. É o meu erro fatal.

Tengo levantou-se do banco, foi até à janela, olhou para fora e contemplou o pinhal. O vento amainara. Não ouvia já o rugir do mar. Uma gata grande atravessava o jardim. A avaliar pelo arrastar da barriga, deveria estar grávida. Deitou-se junto a uma árvore, abriu as pernas e começou a lamber a barriga.

Encostado ao parapeito da janela, Tengo continuava a falar com o pai.

– Pondo este tema de parte, ultimamente parece que estão a dar-se algumas mudanças na minha vida. Pelo menos, tenho essa sensação. Para ser sincero, odiei-te durante muito tempo, pai. Desde pequeno que pensei que o meu destino não podia residir num lugar tão miserável e acanhado; eu merecia circunstâncias mais confortáveis. O tratamento que recebia parecia-me demasiado injusto. Todos os meus companheiros de colégio aparentavam levar vidas cheias e felizes. Tinham menos talento e menos qualidades do que eu, mas levavam vidas mais alegres, sem comparação possível. Nessa época, desejava que não fosses meu pai. Sempre pensei que tinha havido um engano e que eu não era teu filho. Que não existia o menor vínculo de sangue entre nós dois.

Tengo tornou a olhar pela janela e viu a gata. Distraída, continuava a lamber a barriga inchada, sem ter consciência de que estava a ser observada. Sem tirar os olhos da gata, Tengo prosseguiu:

– Mas já não sinto nada disto. Agora penso que estava no local que me competia e tive o pai que devia ter. Estou a falar a sério. A verdade é que eu era um ser insignificante, uma pessoa sem valor. Em certo sentido, eu próprio deitei-me a perder. Agora percebo-o. Em miúdo, fui um prodígio da Matemática, é verdade. Eu mesmo creio que tinha um grande talento. Toda a gente me mantinha debaixo de olho e me mimava. Mas, em última análise, era um talento sem grandes hipóteses de evoluir para algo de útil. *Estava ali*, pura e simplesmente. Fui sempre um miúdo grande e saía-me bem no judo. Tinha bons resultados nos campeonatos da prefeitura. Porém, quando passei para o mundo em geral, verifiquei que havia imensos tipos muito mais fortes do que eu. Nunca me escolheram para representar a minha universidade nos torneios nacionais. Foi um grande choque para mim e, durante algum tempo, nem sabia quem era. O que é natural, uma vez que não era nada.

Tengo abriu a garrafa de água mineral que trouxera consigo e bebeu. Depois, sentou-se de novo no banco.

– Já te disse isto, mas estou-te grato. Penso que não sou teu filho biológico. Tenho quase a certeza. Estou grato por me teres educado apesar de não partilharmos qualquer laço de sangue. Tenho a certeza de que não deve ter sido fácil criares um filho sozinho. Hoje, contudo, quando recordo as voltas contigo para ires cobrar as cotas da NHK, ainda fico doente. Só tenho memórias horríveis dessas voltas. Mas tenho a certeza de que não conseguiste arranjar outra forma de comunicar comigo. Como dizer? Provavelmente, era o melhor que conseguias fazer. Era o teu único elo de ligação com a sociedade e quiseste mostrar-me como eram as coisas. Agora percebo-o. Claro que também calculaste que ter uma criança contigo tornaria mais fácil receber o dinheiro. Mas suspeito que não se tratava só disso.

Tengo voltou a fazer uma pequena pausa para deixar que as palavras assentassem e reordenou as ideias.

– Claro que, em criança, não era capaz de ver as coisas por este prisma. Para mim, tudo aquilo era embaraçoso, e eu sofria por ter de o fazer: acompanhar-te na volta dos pagamentos enquanto os meus colegas passavam os domingos na brincadeira. Nem consigo exprimir o quanto odiava a chegada dos domingos. Mas agora, pelo menos em certa medida, eu percebo o que estavas a fazer. Não estou a dizer que fosse certo. Deixou-me cicatrizes. Para uma criança, era muito duro. Mas o que lá vai, lá vai. Não te preocupes. Sinto que, graças a isto tudo, fiquei bastante mais forte. Aprendi por experiência própria que não é fácil singrar na vida.

Tengo abriu as mãos e fitou as palmas durante um bom bocado.

– Seja lá como for, vou continuar a viver. Acho que, a partir de agora, posso melhorar as coisas, sem me perder em desvios inúteis. Não sei o que queres fazer. Talvez só queiras continuar a dormir, sossegado, sem voltar a acordar. Se é isso que queres, fá-lo. Não posso opor-me, se é o que desejas. Não tenho outro remédio senão deixar-te dormir. Em todo o caso, queria dizer-te isto tudo: dizer-te o que fiz na vida até agora e o que penso. Talvez tivesses preferido não ouvir nada disto, e, se é esse o caso, peço desculpa por ter-to imposto. Seja como for, não tenho mais nada para te contar. Já disse mais ou menos quanto havia a dizer. Não te incomodo mais. Podes dormir quanto tenhas vontade.

Passava das cindo da tarde quando a enfermeira Omura, a que tinha a esferográfica espetada no cabelo, entrou no quarto e verificou a quantidade de soro no saco. Dessa vez, não tirou a temperatura ao pai de Tengo.

– Houve alguma mudança? – perguntou.

– Não, nada em particular. Esteve o tempo todo a dormir – respondeu Tengo.

A enfermeira assentiu com um gesto de cabeça.

– O médico virá aqui dentro de pouco tempo. Até que horas pode ficar, senhor Kawana?

Tengo olhou para o relógio.

– Vou apanhar o comboio que sai mesmo antes das sete, por isso posso ficar até às seis e meia.

A enfermeira escreveu qualquer coisa na papeleta do pai e tornou a espetar a esferográfica no cabelo.

– Tenho estado a falar com ele o tempo todo, mas não me parece que ouça o que quer que seja – informou Tengo.

A enfermeira respondeu:

– Se alguma coisa aprendi na escola de enfermagem foi que as palavras alegres fazem os tímpanos vibrar com alegria. Há vibrações alegres nas palavras alegres. Portanto, mesmo que o doente não perceba o que lhe estão a dizer, os tímpanos vibrarão fisicamente nesse comprimento de onda alegre. Ensinam-nos a falar com os doentes sempre num tom animado, vivo, quer eles nos oiçam quer não. A verdade é que resulta, seja qual for a lógica que o explica. E falo por experiência.

Tengo matutou um pouco naquilo.

– Obrigado – disse. A enfermeira Omura fez um breve gesto de cabeça e, em poucos passos rápidos, abandonou o quarto.

Depois da saída dela, Tengo manteve-se silencioso durante um bom bocado. Já não lhe restava nada para dizer, e o silêncio não lhe era desconfortável. A luz da tarde começava a desaparecer e no ar pairava já uma sugestão de noite. Os derradeiros raios de sol deslocavam-se, lenta mas seguramente, pelo quarto.

De súbito, perguntou-se se já teria falado ao pai nas duas luas. Tinha a sensação de que provavelmente não o fizera. Tengo vivia agora num mundo onde havia duas luas. *Uma visão muito estranha, por mais vezes que ocorra*, quis dizer, mas também pensou que não haveria grande vantagem em mencioná-lo. O pai não se importava com o número de luas no céu. Era um problema que Tengo teria de resolver por si próprio.

Além do mais, houvesse nesse mundo (ou *neste* mundo) uma, duas ou três luas, não havia mais do que um Tengo. Que diferença faria? Fosse em que mundo fosse, Tengo era Tengo. A mesma pessoa com os seus problemas e as suas qualidades específicas. O cerne da questão não estava na lua mas no próprio Tengo.

Meia hora mais tarde, a enfermeira Omura regressou. Por qualquer razão desconhecida, já não trazia a esferográfica espetada no cabelo. Para onde teria ido? Tengo deu por si estranhamente preocupado com a caneta. Com ela vieram dois elementos masculinos do pessoal, a empurrar uma cama de rodas. Eram ambos corpulentos, de tez escura, e nenhum proferiu uma única palavra. Bem podiam ser estrangeiros.

– Temos de levar o seu pai para fazer uns exames, senhor Kawana – informou a enfermeira. – Quer esperar aqui?

Tengo olhou para o relógio.

– Passa-se alguma coisa de errado?

A enfermeira abanou a cabeça.

– Não, não, nada. Não temos o equipamento necessário para os exames neste quarto e vamos levá-lo para outro onde existe. Não é nada de especial. Provavelmente, o senhor doutor falará consigo depois.

– Muito bem. Espero aqui.

– Pode ir até ao refeitório beber um chá quente. Devia descansar.

– Muito obrigado.

Com cuidado, os dois ergueram o esquálido corpo do pai de Tengo, com os tubos intravenosos ainda ligados, e transferiram-no para a cama de rodas. Empurraram a cama e o suporte do soro para o corredor em movimentos rápidos e destros. Continuaram sem proferir uma palavra.

– Não vai demorar muito – informou a enfermeira.

Decorreu algum tempo e o pai não regressou. A luz que entrava pela janela foi ficando cada vez mais fraca, mas Tengo não acendeu o candeeiro. Sentiu que, se o fizesse, perder-se-ia algo muito importante.

No sítio onde o pai repousara, tinha ficado a marca do seu corpo. O pai já não devia ter peso quase nenhum; todavia, a marca do corpo era bem visível. Enquanto contemplava a cama vaga, foi assaltado pela forte sensação de que ficara sozinho neste mundo. Sentiu até que, uma vez caída a noite, a aurora poderia nunca mais despontar.

Sentado no banco ao lado da cama, mergulhado nas cores da noite que se avizinhava, Tengo deixou-se ficar na mesma posição, perdido nos seus pensamentos. Foi então que, de repente, se deu conta de que não tinha estado a pensar em nada, antes mergulhara num vazio sem sentido. Devagar, pôs-se de pé, foi à casa de banho e fez as suas necessidades. Lavou a cara com água fria, secou-a com o lenço e olhou-se ao espelho. Depois, recordando o que a enfermeira lhe dissera, desceu as escadas para o refeitório e foi tomar um chá verde quente.

Quando regressou, ao fim de vinte minutos, o pai ainda não tinha sido trazido de volta. Em vez dele, descobriu, na depressão que o corpo deixara na cama, um objeto branco, que nunca vira antes.

Media quase um metro e meio e tinha umas linhas suaves, arredondadas. À primeira vista, parecia ter a forma de uma casca de amendoim e estava coberto por uma espécie de plumagem curta, suave, que emitia um brilho ténue mas doce e uniforme. No quarto que escurecia com rapidez, uma luz azulada envolvia o objeto com suavidade. Aquela coisa estava imóvel na cama, estendida, como se preenchesse o espaço individual que o pai deixara temporariamente vago. Tengo deteve-se junto à porta, com a mão na maçaneta, a olhar para o misterioso objeto. Os lábios pareceram mexer-se, mas deles não saiu nenhum som.

Que demónio é isto?, perguntou-se Tengo, ali parado, de olhos semicerrados. Como é que teria ido parar ali, ao lugar do pai? Não fora trazido por um médico ou por uma enfermeira, era mais do que óbvio. À sua volta pairava um ar especial que, de certa forma, o fazia parecer dessincronizado da realidade.

De repente, percebeu.

É uma crisálida de ar!

Era a primeira vez que Tengo via uma crisálida de ar. No romance descrevera algumas com grande pormenor, mas claro que nunca vira nenhuma com os seus próprios olhos e nunca pensara nelas como algo que existisse de facto. Mas o que tinha agora à sua frente era o próprio objeto que imaginara e que as suas palavras haviam descrito: uma crisálida de ar. Teve uma sensação de *déjà vu* tão intensa que foi como se uma liga de ferro lhe apertasse o estômago. Mesmo assim, Tengo entrou no quarto e fechou a porta. Era melhor que ninguém visse aquilo. Engoliu a saliva que se lhe acumulara dentro da boca. Do fundo da sua garganta veio um som estranho.

Devagar, aproximou-se da cama, detendo-se a cerca de um metro de distância para examinar a crisálida de ar com grande atenção. Agora tinha a certeza absoluta de que era rigorosamente igual ao desenho que tinha feito quando escrevera a história. Antes de esboçar a descrição de uma crisálida de ar, fizera um simples esboço a lápis, na tentativa de criar uma imagem mental que, posteriormente, traduziria por palavras. Tivera o desenho preso na parede, por cima da secretária, enquanto escrevia *A Crisálida de Ar*. Tinha um formato mais próximo do de um casulo do que de uma crisálida, mas «crisálida de ar» era o único nome por que Fuka-Eri (e o próprio Tengo) conseguia designar a coisa.

Durante o trabalho, Tengo criara a maior parte das caraterísticas exteriores de uma crisálida de ar e acrescentara-as às descrições, incluindo a elegância da curva mais estreita na parte central e as protuberâncias redondas, inchadas e decorativas, em cada extremidade. Eram da exclusiva responsabilidade da imaginação de Tengo. No «relato» original de Fuka-Eri não havia qualquer referência a nada disto. Para Fuka-Eri, a crisálida de ar era apenas a crisálida de ar; a bem dizer, algo entre o concreto e o conceptual, e a rapariga não parecia sentir a necessidade de a descrever por palavras. Tengo vira-se forçado a inventar todos os pormenores, e a crisálida de ar que estava agora perante os seus olhos tinha rigorosamente os mesmos pormenores: o estreitamento no meio e as bonitas protuberâncias nas duas extremidades.

É a crisálida de ar que desenhei e descrevi. Passou-se o mesmo com as duas luas.

Por uma razão desconhecida, todos os pormenores que escrevera tinham-se tornado realidade. Causa e efeito enredavam-se.

Pernas e braços, os membros de Tengo foram percorridos por uma sensação estranha, nervosa, de pele de galinha, e os seus músculos começaram a retesar-se. Já não era capaz de distinguir quanto do mundo presente era realidade e quanto era ficção. Que parte pertencia à cabeça de Fuka-Eri, que parte à de Tengo e que parte à dos dois?

No topo da crisálida de ar surgiu uma pequena fenda: a crisálida estava prestes a abrir-se. Formara-se uma abertura de uns três centímetros de comprimento. Se se inclinasse para a frente e encostasse o olho à abertura, era provável que conseguisse ver o que estava no interior. Mas Tengo não encontrou coragem para o fazer. Sentou-se no banco, ao lado da cama, a olhar fixamente para a crisálida de ar, ao mesmo tempo que os seus ombros subiam e desciam de forma impercetível, enquanto ele lutava para controlar a respiração. A crisálida de ar branca ficou ali, emitindo o seu brilho pálido, numa espera silenciosa, qual equação matemática aguardando que Tengo a resolvesse.

Que poderia estar dentro da crisálida?

O que estaria a tentar mostrar-lhe?

No romance *A Crisálida de Ar*, a jovem protagonista descobre lá dentro um outro eu. A sua *nina*. A menina abandona a *nina* e foge da comunidade, sozinha. Mas o que poderia estar dentro da crisálida de ar de Tengo? (Sentia por intuição que aquela crisálida de ar era *sua*.) Seria bom ou mau? Algo que o guiaria até algum lugar ou algo que lhe barraria o caminho? E quem lhe poderia ter enviado, para ali, esta crisálida de ar, c'os demónios?

Tengo tinha a perfeita noção de que lhe estava a ser pedido que agisse. Mas não encontrou a coragem que lhe permitiria corresponder e espreitar para dentro da crisálida. Estava com medo. O que quer que estivesse lá dentro poderia feri-lo ou mudar a sua vida para sempre. Perante esta ideia, o corpo de Tengo retesou-se, sentado no banco como alguém que acabou de perder o seu último refúgio. Sentia o mesmo tipo de medo que o levara a não ir ver o registo civil ou a não procurar Aomame. *Não queria saber* o que estava dentro da crisálida de ar que lhe tinham arranjado. Se conseguisse abster-se de o saber, preferia que as coisas se mantivessem assim. Sendo possível, queria abandonar o quarto *naquele instante*, apanhar o comboio e regressar a Tóquio. Fecharia os olhos, taparia os ouvidos e esconder-se-ia dentro do seu humilde mundo interior.

Mas Tengo também sabia que era impossível.

Se sair daqui sem ver o que está lá dentro, vou arrepender-me para o resto da vida. Provavelmente, nunca me conseguirei perdoar por ter desviado os olhos daquela coisa, *seja lá o que for.*

Tengo deixou-se ficar sentado no banco durante muito tempo, sem saber bem o que fazer, incapaz de avançar ou recuar. Com as mãos dobradas sobre os joelhos, observava a crisálida de ar em cima da cama, lançando olhares para fora da janela, como se tivesse esperança de escapar. O Sol já se pusera, e havia uma luz pálida a envolver os pinheiros. Continuava a não haver vento, nem era audível o barulho das ondas. Estava tudo quase misteriosamente silencioso. E, à medida que a escuridão aumentava dentro do quarto, a luz que o objeto branco emitia ia-se tornando mais intensa e mais viva. Aos olhos de Tengo, a própria crisálida parecia um ser vivo, com o seu suave brilho da vida, o seu calor único e uma vibração extremamente ténue.

Por fim, Tengo decidiu-se, levantou-se do banco e inclinou--se sobre a cama. Fugir estava já fora de questão. Não podia viver a vida toda como uma criança assustada, desviando o olhar de tudo o que lhe aparecesse à frente. Só sabendo a verdade – fosse ela qual fosse – o ser humano conseguia alcançar a força de que necessitava.

A fenda da crisálida mantinha-se inalterada, nem maior nem mais pequena do que antes. Franziu os olhos e espreitou pela abertura, mas não conseguiu ver quase nada lá dentro. Estava escuro e parecia haver uma fina membrana que cobria todo o espaço interior. Tengo abrandou a respiração e verificou que não tinha as mãos a tremer. Depois, enfiou os dedos na abertura de três centímetros e fez força para os lados, como se estivesse a abrir duas portas corrediças. Abriu-se com facilidade, oferecendo pouca resistência e sem produzir qualquer som, como se tivesse estado à espera das suas mãos.

Era agora a luz da própria crisálida que iluminava suavemente o seu interior, como se fora um reflexo de neve. Apesar de não poder dizer-se que a luz era suficiente, ele conseguiu ver o que estava lá dentro.

Tengo viu uma bonita menina de dez anos.

Estava profundamente adormecida. Tinha um vestido branco discreto, sem enfeites, parecido com uma camisa de noite, e as mãozinhas cruzadas sobre o peito. Tengo soube instantaneamente de quem se tratava. A cara era esguia e a boca formava uma linha reta, como se tivesse sido desenhada a régua e esquadro. Uma franja impecável cobria uma testa suave e bonita. O narizinho parecia estar à procura de qualquer coisa, espetado para cima. As maçãs do rosto abriam ligeiramente para os lados. Tinha os olhos fechados, mas Tengo sabia como seriam, quando os abrisse. Como poderia não saber? Há vinte anos que vivia com a imagem desta rapariga guardada no coração.

– Aomame – disse, em voz alta.

A rapariga estava profundamente adormecida – um sono muito profundo e natural. A sua respiração quase não se sentia e o coração batia tão baixinho que mal se ouvia. Não tinha a energia necessária para levantar as pálpebras. Ainda não tinha chegado a sua *hora*. A sua mente não estava ali: andava por longe. Mesmo assim, a palavra que Tengo tinha pronunciado vibrara levemente nos tímpanos dela. Era o nome da menina.

Nesse local distante, Aomame ouviu a chamada.

Tengo, pensou. A sua boca formou a palavra, apesar de não ter feito mover os lábios da rapariga dentro da crisálida de ar nem a palavra ter chegado aos ouvidos de Tengo.

Tengo olhava fixamente para a menina, sem se cansar, como se lhe tivessem roubado a alma, respirando de forma entrecortada. Na face dela espelhava-se uma paz absoluta, sem a menor sombra de tristeza, dor ou ansiedade.

Os seus lábios, finos e pequenos, pareciam prestes a começar a mover-se para emitir sons relevantes. As pálpebras pareciam prontas a abrir-se. Do fundo do coração de Tengo saiu uma prece para que tal acontecesse. Apesar de não ter chegado a pronunciar qualquer palavra definida, do seu coração soltou-se uma reza informe, que se ergueu no ar. Todavia, a menina não mostrou sinais de acordar.

– Aomame – chamou de novo.

Havia umas quantas coisas que tinha de dizer a Aomame, sentimentos que queria transmitir-lhe. Há anos que vivia com eles, que os guardava no mais fundo de si mesmo. Mas, de momento, Tengo só podia repetir o nome dela.

– Aomame – chamou.

Ousou estender o braço e tocou na mão da menina estendida dentro da crisálida de ar. Pousou a sua manápula de adulto sobre a mão da criança. Era a mãozinha que com tanta força apertara a de Tengo, quando este tinha dez anos. Aquela mão estendera-se, procurara a sua e dera-lhe coragem. A mão da menina que dormia envolta naquele brilho pálido tinha o inconfundível calor da vida. Tengo pensou:

A Aomame veio para me transmitir o seu calor. Era o que significava o embrulho que me entregou naquela sala de aulas, vinte anos atrás.

Agora, por fim, podia abrir o embrulho e ver o que continha.

– Aomame – disse Tengo. – Vou encontrar-te, custe o que custar.

A crisálida de ar foi perdendo gradualmente o seu brilho e desapareceu, como que sugada pela escuridão. A jovem Aomame desapareceu com ela, e Tengo deu por si incapaz de decidir se tudo aquilo teria realmente acontecido. Mas os seus dedos retinham o toque e o calor íntimo da mãozinha dela.

Este calor nunca mais desaparecerá, é mais do que certo, pensou Tengo, já a bordo do comboio expresso, de regresso a Tóquio. Tengo vivera os últimos vinte anos com a memória do toque dela. A partir daquele instante, podia viver com este novo calor.

O comboio expresso descreveu um grande arco, percorrendo a linha da costa do oceano no sopé das altas montanhas, e chegou a um ponto onde se viam as duas luas, pairando, lado a lado no céu, por cima do mar calmo. Destacavam-se muito bem – a lua grande, amarela, e a lua pequena, verde – de contornos bem definidos, mas a uma distância incomensurável. Ao luar, a superfície do mar, com uma ondulação mínima, cintilava misteriosamente, como se de pedaços de vidro se tratasse. Enquanto o comboio descrevia a curva, as duas luas cruzaram devagar a janela, deixando um rasto desses fragmentos, qual recordação silenciosa, até desaparecerem de vista.

Quando as luas desapareceram, o calor regressou ao peito de Tengo. Apesar de fraco, era indubitável que estava lá, transmitindo uma promessa como uma luz que o viajante vê a grande distância.

A partir de agora, vou viver neste mundo, pensou Tengo, e fechou os olhos. Ainda não sabia como fora criado este mundo, ou quais os princípios que o regiam, e não tinha maneira de adivinhar o que iria acontecer. Mas não fazia mal. Não precisava de ter medo. O que quer que fosse que o esperava, ele sobreviveria neste mundo com duas luas e descobriria o caminho a seguir – desde que nunca se esquecesse daquele calor, desde que não perdesse o que o seu coração sentia.

Deixou-se ficar assim durante muito tempo, de olhos fechados. Mais tarde, abriu os olhos e olhou para a escuridão do princípio da noite outonal, para além da janela. O oceano há muito que desaparecera.

Repetiu o seu juramento:

Aconteça o que acontecer, vou encontrar a Aomame. Seja em que mundo for, seja ela quem for.

ÍNDICE

Livro 2

julho-setembro